孙多慈与徐悲鸿爱情画传

张健初 著

你的温柔，我的慈悲

江苏凤凰文艺出版社

图书在版编目（CIP）数据

你的温柔，我的慈悲：孙多慈与徐悲鸿爱情画传 /
张健初著 . -- 南京：江苏凤凰文艺出版社，2019.5
ISBN 978-7-5594-2672-7

Ⅰ.①你… Ⅱ.①张… Ⅲ.①传记文学 – 中国 – 当代
Ⅳ.① I25

中国版本图书馆 CIP 数据核字（2018）第 178313 号

你的温柔，我的慈悲：孙多慈与徐悲鸿爱情画传

张健初 著

责 任 编 辑	孙建兵　万馥蕾
装 帧 设 计	观止堂_未氓　孔舒琴
责 任 印 制	刘　巍
出版社地址	南京市中央路165号，邮编：210009
出版社网址	http://www.jswenyi.com
印　　　刷	江苏凤凰通达印刷有限公司
开　　　本	718×1000毫米 1/16
印　　　张	27.5
字　　　数	415千字
版　　　次	2019年5月第1版　2019年5月第1次印刷
标 准 书 号	ISBN 978-7-5594-2672-7
定　　　价	49.00元

（江苏凤凰文艺版图书凡印刷、装订错误可随时向承印厂调换）

前记

对于大多数人来说,孙多慈是个神秘的女子。她是个画家,在民国六位"新女性"画家中,她的年龄最小,但她的成就斐然,国立中央大学毕业时,就在中华书局出版了《孙多慈描集》,然而现在大家知道孙多慈的名字,并不是因为她的画,而是她与美术巨匠徐悲鸿的师生恋情。

我写孙多慈,则是从她父亲孙传瑗开始的。蒋碧微《我与悲鸿》中,说她与徐悲鸿关系紧张时,孙多慈之父曾"特地由安庆来到南京,下榻鼓楼饭店",并"通知徐先生的学生蒋仁,说他要见徐先生"。后来他们"在鸡鸣寺的茶座会晤",还请孙先生来傅厚岗6号小聚。因关注地方文史,所以引发兴趣,孙多慈父亲孙传瑗,在安徽老省城安庆,会是个什么样的人物?

一发而不可收。

安徽光复前后,一直到20世纪30年代,孙传瑗在安徽政界都有一席之地,陈独秀出任安徽都督秘书长时,他就在陈手下工作。而这之前,安徽创办革命报纸,孙传瑗也是重量级人物。1929年方振武任安徽省政府主席,孙传瑗是决策班子里的重要成员(省政府委员),后因在孙传芳处任五省联军秘书,被蒋介石秘密关押南京老虎桥监狱。研究地方文史,这样的人物自然值得深究。

由这条线往下走,我们看到了清丽纯朴的孙多慈。

孙多慈以她的清丽纯朴,击中了美术大师徐悲鸿。"慈学画三月,智慧绝伦,敏妙之才,吾所罕见。"事实上,孙多慈一出现,就扰乱了大师的平静生活。三个月后，徐悲鸿对孙多慈的感情，由爱"才"发展到爱"情"。就是在这种背景下，徐悲鸿创作了以自己和孙多慈为原型的油画《台城月夜》。他和蒋碧微之间的矛盾，也开始升级到不可调和。

之后的故事，便是这部 2008 年由江苏文艺出版社出版的《孙多慈与徐悲鸿爱情画传》。

孙多慈与徐悲鸿相恋十年，但最终仍是无言的结局。这中间，有包括战争在内的诸多因素，但最重要的，还是孙传瑗近乎于固执的反对。

孙传瑗拼命反对女儿与徐悲鸿结合，有其特定原因：孙传瑗生有四个子女，大儿子早夭，二儿子患有自闭症，小儿子因盲肠炎病逝于南京。孙多慈性格温柔，对父母百依百顺，孙传瑗本来就视她为掌上明珠，如此一来，更疼爱有加。徐悲鸿虽也是个优秀人物，但毕竟大孙多慈十七岁，且已有家室，女儿嫁给这样的人，孙传瑗感情上无法接受。而孙多慈，"十成的安琪儿，幽娴贞静，旧道德，新思想，兼而有之。"（安徽舒城科学家沈宜甲语）于是酿成她与徐悲鸿之间的爱情悲剧。但孙传瑗不知道，一人一命，孙多慈生来如此，后来的女婿许绍棣，同样也是大龄且是有过家室的。

孙多慈与许绍棣的结合，牵线人是王映霞。王映霞当时是郁达夫的妻子。而郁达夫，1929 年来安徽大学任教时，孙多慈还是安庆街头无忧无虑的花季少女。

关注地方文史，这自然也是一个切入点。

一段没有结局的爱情故事。一个因爱而痛苦一生的女人。

不少女性读者告诉我,读到故事结尾,孙多慈在挚友吴健雄手心写下一语双关的"慈悲"二字时,都忍不住落下眼泪。她们说也知道这里是作者温厚的虚拟,但还是接受了这种"庸俗而温暖的爱情悲剧的狭隘想象"。

回过头看,如果孙多慈与徐悲鸿成就一段爱情佳话,其结果未必好于现在。残缺之美,让我们充满无数想象。

所以,《孙多慈与徐悲鸿爱情画传》注定是一部没有结局的爱情传奇。

《孙多慈与徐悲鸿爱情画传》再版,动因起于2013年。这年8月10日,台湾历史博物馆举办"回眸有情——孙多慈百年纪念展"。接下来,2014年3月23日,安徽博物院举办"艺游心曲——孙多慈艺术展"。2015年,浙江美术馆又举办"孤山丽水觅诗情——孙多慈画展"。海峡两岸,再度掀起孙多慈热。

这三大展览,都由孙多慈外孙女李既鸣教授策展。后来,李既鸣来安庆,陪她寻访外婆安庆的足迹,一路深聊,才发现初版《孙多慈与徐悲鸿爱情画传》需要补充的东西太多。当时就有这个决定,如果有机会做修订本,一定会努力去丰富,去完善。

感谢江苏文艺出版社汪修荣总编提供了这个机会。

此次再版,修正了初版中的一些史实错误,补充一些具体的生动的细节,也新增了不少孙多慈画作,以及不同时期孙多慈的老照片。

目录

引子

一、晚清斗士孙传瑗…1

二、安庆街头美少女…13

三、家有变故…27

四、旁听国立中央大学…44

五、打动徐悲鸿…57

六、恋爱倾向…70

七、有心做媒…82

八、台城月夜…95

九、天降不测风云…107

十、图画满分…120

十一、闺中密友…135

十二、四川同学屈义林…148

十三、天目山采红豆…159

十四、第一本素描集…170

十五、蒋碧微：我容不了她…182

十六、出国未果…197

徐悲鸿《女画家孙多慈》
| 布面油画
| 画布
| 132cm × 107cm
| 作于 1936 年

孙多慈自写像，作于 1935 年前后。
刊《孙多慈描集》

十七、三个人的苦夏…210

十八、人生转折的 1935…220

十九、乙亥孟冬画展…235

二十、暗中资助…247

二十一、教英语的小白脸…261

二十二、1937，徐悲鸿安庆行…275

二十三、逃亡的日子…289

二十四、与许绍棣…305

二十五、爱情动乱…318

二十六、不想分手的分手…333

二十七、丽水婚事…350

二十八、浙之水，渝之山…362

二十九、南京的晚霞…375

三十、隔海相思…392

三十一、吾尽力以搜求…403

三十二、最后的烛光灭了…418

引子

1930年，三十五岁的徐悲鸿继任国立中央大学艺术专修科美术教授。

4月，徐悲鸿发表《悲鸿自述》，详述了他的个人经历，"悲鸿生性拙劣，而爱画入骨髓，奔走四方，略窥门径……"徐悲鸿以为自此以后，人生不再有大的变化，因此在文章中，他极力把自己做一个阶段性的总结，"吾乐吾道，忧患奚恤，不惮词费，追记如左。"但人生轨迹的发展，恐怕并不能为他自己所左右。

这一年的秋天，一个叫孙多慈的少女闯入了他的眼帘。

"慈学画三月，智慧绝伦，敏妙之才，吾所罕见。"仅仅两个月后，徐悲鸿就对这位十八岁的安庆姑娘，发出了异乎寻常的赞赏。

当然不仅仅是赞赏，还有许多无尽的爱恋。这之后，徐悲鸿一直陷入不能自拔的感情纠葛之中。"燕子矶头叹水逝，秦淮艳迹已消沉。荒寒剩有台城路，水月双清万古情。"冬夜，寒风在南京街头肆虐，徐悲鸿独自坐在画室里，灯火幽暗，心绪浮沉，一首《苦恋孙多慈》，由他心灵深处汩汩淌出。

一段师生奇恋，在中央大学，在南京，在美术界，在全国，纷纷扬扬生起。

"夜来芳讯与愁残，直守黄昏到夜阑。绝色俄疑成一梦，应当海市蜃楼看。"八年之后，在香港，这段乱世之恋依然没有结果，寥寥二十八个字的《怀孙多慈》，将大师心中的愁苦，一倾而出。

"浙东紧急，当然慈甚可恶，但因缘既绝，从此萧郎是路人，只好不想到她算了。"徐悲鸿说。

"慈之问题，只好从此了结（彼实在困难，我了解之至）。早识浮生若梦而自难醒，彼则失眠，故能常醒。"徐悲鸿又说。

"弟尚幸留其作品不少，便用慰藉此后半生矣！"徐悲鸿还说。

多少相思，多少愁苦，多少无奈……

孙多慈，究竟是一个什么样的奇女子，居然能让一代美术大师如此揪心？

要介绍孙多慈，就必须从徐悲鸿所说"面貌似为吾前生身之冤仇"的孙多慈父亲孙传瑗说起。

一、晚清斗士孙传瑗

远远看到省城安庆高高城门楼时,孙传瑗和他身后的孩子们,个个都发出了惊喜的叫声。六七天的长途跋涉,穿过这道城门,就算是到达目的地了。

老街叫荷仙桥,荷仙桥架在碟子塘上。传说当年张果老带着何仙姑,就是在这桥上升天的。窄窄的麻石条路,街道两旁各色店铺,一家挨一家。与寿州老城相比,这里的老街,显得杂乱,也显得繁华。

长长的一支队伍,都是半大孩子,有四十多人吧。只有两位带队的年龄稍大一些,但也大不了多少,顶多六七岁的样子,甚至还不到。无论是孩子还是大人,都有一个特别,就是脑后少了根辫子,空荡荡的,还真不习惯。

当年安庆是安徽省政治、经济、文化中心,也是许多革命志士向往的地方

徐悲鸿所说"面貌似为吾前生身之冤仇"的孙多慈父亲孙传瑗。孙多慈作,刊《孙多慈描集》

　　沿街店铺的老板、老板娘都把头伸了出来,好奇地打量着他们。这帮操着北方侉子腔的孩子们,个个筋疲力尽,似乎戳一指头就会倒下去。他们到省城干什么来了?

　　有好事者拦住孙传瑗,想向他打听什么,但软软的安庆方言,既快又碎,孙传瑗努力了半天,仍没有听明白。

　　但最后他还是明白了,他们看到的城楼,并不是集贤门,而是堑楼,它是安庆城池的头道防守要塞。抬头向上,可以看到门洞上方"盘石万年"楼额。穿过堑楼,走接官厅,走厉坛,走吊桥,走北城口街,这才是安庆城的北门——集贤门。

　　孙传瑗突然有所醒悟,这十来天在自己身上突变的这一切,是不是也如此,需要一步步向前深入,才能达到最后的目的地?

　　他实在太累了,从寿州城出来,带着这帮孩子,已经走了一个多星期了。

　　这是清光绪三十一年(1905)晚秋的一个傍晚。

　　在寿州,孙传瑗他们孙氏家族,是声名远播的名门望族。六百年前,寿州孙氏始祖孙鉴与孙铠二公,由山东迁至"东据淮河,西扼渒颍"的寿州城,安居在双桥镇一个叫孙厂的村子，传至第十代，光绪年间，孙氏家族风生水转，一下子涌出许多在全国都叫得响的人物。其中最出名的有两位，一位是咸丰己未科一甲一名的孙家鼐，另一位便是同盟会骨干成员的孙毓筠。

孙家鼐一路青云，官做到都察院左都御史、工部尚书，人称"寿州相国"。后又以吏部尚书协办大学士，命为管学大臣，主持创办京师大学堂——也就是现在北京大学的前身。传说他家的大门上，曾挂有一副对联，上联为"门生天子"，下联为"天子门生"。这个才学，这个气派，在寿县，在安徽，又能找出多少？但孙家鼐的家规极严，在孙家，男子十六岁之前，不许穿丝绸，不许穿皮毛；男子的行为举止，须以《礼记》为准则；如发现有偷、抢、奸等行为，家族内部会给予严厉惩处。

孙毓筠虽也是秀才出身，却一身武气，光绪三十一年（1905），他东渡日本求学，在东京加入同盟会。次年被派回国，参与密谋新军起义。年底，因与杨卓林、陈陶遗、段云、权道涵等，谋刺两江总督端方，被人告密被捕，关押五年。如此量刑，当然是看宰相孙家鼐的面子：毕竟也是寿州孙氏之后，毕竟是孙家鼐的侄孙，而两江总督端方与孙家鼐，又有割不断的师生之情。南京光复后，孙毓筠恢复自由，任江浙联军总部副秘书长。1912年3月，又出任安徽第一任都督。此是后话。

还有两位寿县孙氏之后，在中国经济界极具实力，他们便是孙多森和孙多钰。

孙多森虽然光绪十一年（1885）中秀才，继为贡生，后来还拿钱捐了个候补同知。因为是候补，实职遥遥无望，索性调整思路，走上了经济强国之路。光绪二十四年（1898）2月，他在上海创办阜丰面粉公司，自任总经理。这也是中国第一家华商面粉厂。后又出任北洋政府国家银行事务所会办，并筹办中国银行。次年4月，出任中国银行首位总裁。翌年，创办中孚银行，任总经理。

孙多钰走的则是科学兴国之路。光绪二十五年（1899），孙多钰远赴美国留学，光绪三十一年（1905）入康奈尔大学工科，学习铁路工程，毕业时授工科学士。十年后，孙多钰学成回国，次年学部考试，名列最优，赏工科进士，后授翰林院检讨（掌修国史之官）。先后任吉长铁路工程局督办、宁湘铁路工程局局长、沪宁铁路管理局局长等职。1923年任北洋军阀政府交通部次长兼中孚银行总经理。

孙氏家族目前排序的二十个辈分是——

士克祖家传

多方以自全

同心仰化日

守土享长年

孙传瑷，号仰遽，字养癯，生于光绪十二年（1886），他们这一支的延续为：孙蟠（士字辈）—孙克佺—孙敬祖（祖字辈）—孙家湘—孙传瑗。在孙氏家族中，孙传瑷属小房之后。小房出大辈，他的辈分"传"在谱序中排第五。孙家鼐是长者，高他一辈。孙毓筠名多琪，字竹如，号少侯，和孙多森、孙多钰一样，要低孙传瑷一辈。

从小受孙氏家族的影响，孙传瑷对科考充满敬仰，他最大的理想，就是能和孙家鼐一样，通过科举考试，青云直上，光宗耀祖。但作为有抱负的年轻人，身处晚清时代，山雨欲来，政治动荡，又不能不激情如火，热血沸腾。在这方面，孙毓筠又是他仰慕的英雄。

光绪二十九年（1903）5月，孙多森在寿州城南街楼巷创办私立阜财高等学堂，首批招收七十五名学生。此举在寿州引起轰动，也让孙氏家族另一位传奇人物，三十三岁的孙毓筠突然意识到，自己年龄正一年年老去，而要完成拯救中国之大任，更多希望，是在下一代的身上。一贯不满足于平静生活的孙毓筠，当即做出了让族人大为震惊的举动，他将家产变卖，所得钱款，租借北街僧格林沁祠旧址，于次年2月，创办了寿县第一所新式学堂——蒙养初等学堂。当年，学堂招收九十名学生，孙毓筠自任堂长。虽身为堂长，但孙毓筠并不大关心学校事务，而是同张树侯、柏文蔚等激进人士，在寿州城内改良藏书楼，成立"阅书报社""强学会"等团体，向民众灌输新思想、新知识。同时组织"天足会"，鼓动年轻女子放足，回归人性。

也就是这个时候，年仅十八岁的孙传瑗，不顾父母反对，毅然决然投奔到孙毓筠麾下，到蒙养学堂当了一名国文教师。

光绪三十一年（1905），孙毓筠追随留学热，又东渡日本求学，寿州城的蒙养学堂，便交由孙传瑗等几个年轻教师当家。

孙毓筠一走，柏文蔚也离开了寿州，赴南京任第九镇二十三标二营管带。轰轰烈烈的寿州城，似乎一夜间就冷静下来了，蒙养学堂也归于沉寂。孙传瑗坐不住了，同事汤葆明也坐不住。汤葆明年龄略长，但思想比孙传瑗还激进，到蒙养初等学堂来教书，就是冲着孙毓筠过来的。两个年轻人志同道合，就商量着要弄出些什么事情来。思来思去，眼睛一亮，同时喊出了"剪发"的主张。

"断发易服"起于光绪二十四年（1898），当时康有为上递奏折，请求断发易服，维新变法。但此举遭到守旧者的强烈反对。而男人脑后的那根辫子，剪

20世纪20年代，安庆街头的舞龙灯表演

与不剪，到最后，甚至上升到是否拥护革命的具体态度。

光绪末年，寿州城虽然涌现大量革命志士，但毕竟还是千年古城，民族认同和文化记忆，依然有自己的顽固和僵化。在这里进行"断发易服"行动，其后果，可想而知。

但孙传瑗和汤葆明依仗他们的年轻，还是实施了他们的"革命"之举。

开课前的例行操会，学生们都集中在祠堂前进的院子里。现场气氛十分凝重。孙传瑗和汤葆明，不言传，只身教，身后辫子甩到胸前，左手相握，右手执剪，略微一使力，拖在脑后十多年的辫子，便不再是身上的赘物。"剪辫是身体解放的第一步，身体解放才有思想解放，思想解放才能有革命党人的事业。"如此慷慨激昂的鼓动，立刻引发出学生们强烈的情绪。

"老师我要剪！"

"老师，先剪我的！"

"先把我的辫子剪掉！"

不到半个小时，除个别年弱和胆小者外，蒙养学堂里的学生，个个身后都空荡荡的。

虽然身为人师，但相比学堂高年级学生，孙传瑗也只略年长，仍然还是个毛头孩子。一时冲动的"剪发"，虽图得一时畅快，但随后在寿州城引发出一系列反响，以至于蒙养学堂不得不关门停办，是他们万万没有想到的。

从"剪发"风波的那天中午起，就不断有学生家长到学堂里来，斯文些的，平心静气向他们讨要说法，蛮横些的，指着他们的鼻子破口大骂。也有些家长抱着孩子的头只知道痛哭。还有些以此为借口，追着孙传瑗他们要求经济赔偿。年龄稍大些的学生，不满家长的保守思想，犟着脖子和他们对抗。也有开明士绅出面帮忙做安抚工作，但更多的是保守的地方长老，也不说话，抱着双臂，就在一边看笑话。整个蒙养初等学堂乱成一团。孙传瑗和汤葆明，深深体会到了"度日如年"的滋味。这中间，既有对世俗压力的愤恨，也有对世俗压力的无奈。

经过两日的思考，他们决定带学生投奔省城安庆，为他们的革命理想，寻求明确的前进方向。

建议得到了五十余名学生的强烈支持。

他们是趁着暮色悄悄离开县城的，大片大片乌云压在寿州老城墙上方，风在半空中发出"呜呜"鸣叫。孙传瑗走在队伍的后面，带着留恋的心情，最后望了宾阳门一眼。他知道，这一别，就有可能不再回到这座老城了。

光绪三十二年（1906）至1912年的这六年，对于安庆，对于安徽，是政治变革最为痛苦，最为无常，最为彻底的六年。这六年，同样是孙传瑗人生观发生重大变化的六年。其中有两个人对他影响最大，一个是尚志两等小学堂训导主任、岳王会安庆分部长常恒芳，另一个是《安徽通俗公报》的主编韩衍。

《安徽通俗公报》主编韩衍

孙传瑗带寿州五十余名蒙学堂学生到安庆，投奔的就是安庆尚志学堂。从集贤门进安庆城，走北门内正大街，向东转，藏书楼之左，便是尚志学堂。尚志学堂创办于光绪二十八年（1902），创办人冯汝简，"不应光绪甲辰年礼部试，而为兴学尽力奔走。"在教育界，被传一段佳话。民国后任安徽省政府秘书长的陈独秀、教育司司长邓艺荪等社会名流，对尚志学堂创办，都给予极大关注和极大支持。尚志学堂实际也是安徽革命党人的活动基地之一。与学堂一墙之隔的藏书楼，光绪二十九年（1903）5月17日，大雨滂沱，二十四岁的陈独秀，撑着一把红油纸伞赶过来，就在这里，主讲了著名的"安徽爱国会演说"。操着浓浓的安庆乡音，他喊道："全中国人既如是沉梦不醒，我等既稍有一知半解，再委弃不顾，则神州四百兆岂非无一人耶！故我等在全国中虽居少数，亦必尽力将国事担任起来。"台下来自安徽高等学堂、安徽武备学堂以及桐城中学堂、凤鸣中学堂等三百余名青年，掌声如雷。

孙传瑗与汤葆明率领五十余名蒙养学堂学生到安庆时，常恒芳正与岳王会几位同志商谈近期工作。闻知寿州蒙养学堂五十余名师生集体从寿州投奔省城，他匆匆赶回学堂。

常恒芳高高大大，也是北方汉子的性格，见孙传瑗的第一句话，就显得特别的地道，"到了就好，到了这里，大家就算是到家了。"

孙传瑗听了心里一热，几天里受的苦累，顿时烟消云散。他的两眼湿湿的，泪水围着眼眶打转转，马上就想流出来。

当晚就做出安排，年龄稍小些的学生，全部安插在尚志学堂继续学习，汤葆明负责他们的起居生活。另一部分年龄稍大些的，因为此时孙毓筠在南京，柏文蔚也在第九镇二十三标二营任管带，因而由孙传瑗带队，当晚坐船到南京，交由他们另行安排。常恒芳年龄比孙传瑗大不了两三岁，但处事果断干脆，这既让孙传瑗开了眼界，又打心眼里由衷佩服。

两个月后，孙传瑗从南京回安庆，重返尚志学堂，成为常恒芳左右。常恒芳是安徽武备学堂首届毕业生，后去安徽公学读书，在那里追随陈独秀、柏文蔚等，组建了反清秘密组织岳王会，担任安庆分部长。接受邓艺荪邀请，来安庆出任尚志学堂训导主任一职，也就是想借此平台，为岳王会在安庆的工作打开局面。事实上，此时的岳王会，因陈独秀东渡日本求学，柏文蔚赴南京就任军职，重心也随常恒芳移到了安庆。

这是孙传瑗生命中最具价值的一段时光，那些天，他跟着常恒芳，或是到东门外的迎江寺，坐在振风塔下，商谈岳王会下一步的工作；或是出八卦门沿西门大街走到大观亭，钻到松树林里，讨论多变的安徽革命形势。有时候也带高年级学生过去，那时候会跑得更远些，在马山附近的地藏庵，说是兵式体操训练，实际上是遮人耳目，掩护他们的革命工作。大多时候，常恒芳是主讲，孙传瑗和其他的人，在一边只有听的份。常恒芳极具逻辑思维，说话有条有理，你没有理由不佩服他。

那一阶段是岳王会的低谷阶段，在安庆，他们的成员甚至还不足三十人。后经过努力，又成立了一个外围组织，叫"维新会"，吸收的成员，都是"老三营"的人。光绪三十年（1904）2月，安徽巡抚招募三百新军，交由武备学堂首届毕业生训练，称安徽武备学堂练军。后练军改组为新军第二标第三营，熊成基、倪映典（后赴南京南洋陆师学堂深造）就是练军成员。张汇涛、范传甲、石德宽等辛亥革命志士，都是岳王会在"老三营"里的骨干力量。

这年年底，安徽督练公所成立步、马、炮等弁目训练所，常恒芳觉得是新的发展机遇，报名参加了炮兵弁目所。孙传瑗也想跟着过去，常恒芳阻止了他，"你这身子骨单薄薄的，拿拿笔杆子还可以，动真刀，动真枪，恐怕力不能及。"

光绪三十三年（1907）7月6日，星期六，徐锡麟在百花亭安徽巡警学堂发动起义，掏枪把参加毕业典礼的巡抚恩铭给撂倒了。常恒芳并不知道，当时他在东门外，正和孙传瑗一道，由卸甲坡往上走，准备从枞阳门进城，结果给拦住了，盘查了很久才放行。向路人一打听，才知道巡警学堂那边出了事，巡抚大人中了枪，生命危险，已经接同仁医院戴世煌医生过去了，但凶多吉少。

常恒芳半天没有说话，后来恨恨地咬了咬牙，"这个徐锡麟，还是抢在我们前头了！"

当天晚上，传来巡抚恩铭去世的消息，隔一日，又有消息传过来，徐锡麟已经就地正法了，地点就在巡抚衙门外的东辕门。死之前，胸膛被剖开，把一颗心活活给掏了出来。说是巡抚夫人特意吩咐的，她说她不能理解，恩铭对徐锡麟恩重如山，非常信任，才把他安排在巡警学堂会办这样重要位置上，他怎么能狠下心，一枪把恩铭给杀了呢？这颗心，还是人心不是？

接下来，安庆风声吃紧，岳王会在安庆的革命活动，也受到官府注意。特别是常恒芳的身份，更是遭到怀疑。不得已，常恒芳只好逃离省城，远赴定远县萃华学堂教书，以躲避风险。之后不久，他又东渡日本求学。安庆岳王会的工作，改由炮营队官熊成基取代。第二年，他们在安庆组织了震惊朝野的炮马营起义。

韩衍也是岳王会的骨干成员，孙传瑗与他相识时，他还在督练公所做文案。韩衍是江苏丹徒人，说话家乡口音很重，激动起来，语速变快，孙传瑗根本听不懂。韩衍是武将，但更是文才，而与孙传瑗交往，更多时候，是在一起谈诗论词。韩衍在这方面造诣很深，孙传瑗读过他的《绿云楼诗存》，其中有好多首，他不得不拍案称绝。如《月夜登宜城野望》："一塔忽骑江水住，城阴凉月白纷纷。

菱湖欲啮大龙尾，片片荷花夜入云。"如《雨后登安庆城》："雨后蛟龙入水深，碧天尽处海沉沉。城头又与黄昏近，一寸斜阳万里心。"把自己的心情糅入地方景色其中，既自然，又贴切。

光绪三十四年（1908）10月，韩衍来到孙传瑗住所，邀他一起参与创办《安徽通俗公报》。韩衍说："当前革命的困难是什么，是民众的意识的觉醒。怎么办？最好的做法，就是办一张给他们看的报纸。《安徽通俗公报》就是这样一份报纸，它用通俗的语体文，猛烈抨击时弊，鼓吹革命，从而唤起民众。"孙传瑗不待他说完，就把手高高举起来，"只要是为革命的事，一定要算我一个。"

报馆设在姚家口萍萃楼客栈，离尚志学堂只有几步路。客栈老板毕少斋，骨子里也是激进的革命者。他说他开客栈的目的，就是为淮上老乡来省城革命提供方便。《安徽通俗公报》是安徽首家民间报纸，资助者除咨议局议员王龙廷外，还有皖北教育会吴性元、杨元麟等。因为经费严重短缺，报社总编辑韩衍和三个编辑，孙传瑗、陈白虚和高语罕，也是义务性质。虽说一日三餐能保证供应，但也就是咸菜就白饭，根本闻不到肉腥。倒是每每稿件编成，且有几篇得意的力作，编辑们就去搜韩衍的口袋，然后到萧家桥买几个铜板的花生，打一两百钱高粱烧酒，以此表示庆贺。喝得高了，几个人就在小客栈里扯着嗓子乱吼。

韩衍身材短小，面部黧黑。他又不注重仪表，常年穿一件蓝色长大褂，头发蓬乱，胡须满面。他走路的步子很快，每每街头疾走，不认识的人，都要避让三分。那时他已经结婚，家住四方城，居名"绿云楼"。他的夫人红叶，也是个女才子，因为敬重他的诗文才华，常来请教。韩衍另存目的，一诱再诱，结果就把她哄到手了。绿云楼内，家里除几件简单家具，几乎四壁如洗。韩衍并不在意，他搂着夫人红叶的臂膀，一脸悠然自得，"你们要做革命党人，就得准备过这样的清贫生活！"这句话对孙传瑗触动很大。

同是寿州老乡的高语罕，年稍小两岁，早年为陈独秀《安徽白话报》的主要作者，文章锐气十足。但他对孙传瑗的才气十分敬重，尊其为"十年以长"。有时做些时评，把拿不住，总递过去让孙传瑗参考一下。孙传瑗相对保守，也不多说，就劝他，"你应该找著伯去改一改。"而韩衍总是热情支持，"蛮好，为什么不能用？就这样发出来。"孙传瑷也敬仰韩衍的激进，但具体到稿件上，他的那种沉稳，或者说暮气，就表现出来了。一定意义上，这还是受孙家鼐的影响吧。

《安徽通俗公报》是宣统二年（1910）11月停刊的，在这之前，报纸发表多篇文章，揭露了泾铜矿务公司发起人方玉山对外出卖矿权的黑幕，并极力声援铜官山民众驱逐英籍矿师麦奎的活动。报纸由此招来对方的怨恨，报馆多次遭到身份不明的流氓骚扰。入冬后不久，韩衍在街头遭人暗算，有人斜冲过来，对他腹间连刺了五刀。幸好发现得早，及时送到同仁医院，才把一条命保住了。

韩衍被刺时，孙传瑷远在镇江，闻知此讯，心中怅然良久。"孤云天外去迢遥，江上箫声不可招。篷底有人拥被卧，把君诗卷看金焦。"在《京口舟中寄韩衍蓍伯》中，他用一个"孤"道出了韩衍的生存状态。从镇江回来，差不多是春节前后了，韩衍还住在医院里，孙传瑷赶过去探望，韩衍一双眼睛气得布满血丝，"想用这种流氓手段吓倒我蓍伯，那又太小看我了！"说话口气，仍是条血性汉子。但谈得深了，多少还是也有些伤感，"我们这些人，怕最终还是倒在他们的黑手之下啊！"

这句话居然不幸而言中，两年后，1912年4月的一个晚上，韩衍从都督府大院往家里走，行至同安岭街头，再遭歹徒刺杀，并因失血过多，永远倒在安庆这片土地上。此时韩衍的身份，是《安徽船》的主笔，《青年军报》和《血报》的主编。"以言破坏则血洗乾坤，以言建设则以血造山河，公理所在，以身殉之，则以血饯是非！"之后好多个夜晚，孙传瑷都会在梦中看到韩衍，一口江苏乡音，依旧怪怪的硬硬的充满血气。从梦中惊醒，孙传瑷就睁着眼睛，耐心地等着又一个黎明到来。

1913年，癸丑牛年，4月12日，农历三月初六，孙传瑷夫人汤毅英，在同仁医院，为他们家添了个可爱的千金。这是他的第三个孩子。五年前，也就是在创办《安徽通俗公报》时期，一位年轻貌美且温柔善良的少女，走进了他的生活。那一阶段，孙传瑷在报社工作，七事八事特别多，有时候两人三四天见不到面，但女朋友特别理解，一句多余的话也不说。之后不久，他们便组建家庭，开始了甜甜蜜蜜的夫妻生活。一年后，大儿子孙多謇呱呱坠地。取名"謇"，实际是孙传瑷自己的追求，謇正，謇直，謇謇，都是他努力想磨炼的品格。次年，二儿子孙多拯出世。为这一个"拯"字,也可以说是脑筋费尽。此时的孙传瑗,抱有远大理想,既想拯救国家,又想拯救民众,为儿子取名"多拯",就是想自己报国报民的理想,在下一代身上延续。

女儿孙多慈出世,孙传瑗正随安徽教育代表团视学日本江户,接到国内发来的电报,多少有些欣喜若狂。推门走出来,天蓝如洗,半下午的阳光斜射,把院子里一株樱花映成金色。为女儿取的"多慈"之名,就是那一刹那间闪出的火花。女儿随两个儿子之后问世,阴阳相冲,多少也缓冲了他思想中激情成分。尤其是韩衍被害,更让他对这个世界,有宁谧、和谐、平静的渴望。单取一个"慈"字,正是他这种渴望的表白。"慈爱""慈善""慈悲""慈祥""慈和"他希望将来女儿能以这仁爱之心,温暖她自己,温暖整个世界,也温暖他这个父亲。"几时能诵小茶诗(元遗山女名小茶,有小茶诗),索哺咿呀总解颐。我与香山情迥异,平生爱女胜男儿。""阿母裁帛为制裳,阿兄笑未如我长。遥知绕膝呼爷日,狼藉丹铅学母妆。"诗《四月十二日小女慈生,时视学江户》,就是在这种心情下一气呵成的。这是孙传瑗诗作中少有的温情之笔,自然也是他一生的最爱。晚年编印《今雅堂诗存》,特将这首小诗也选于其中。

1913年,在江苏宜兴和桥镇彭城中学,十八岁的图画教员徐悲鸿,为寻求半工半读机会,再次走入都会城市上海。这期间,徐悲鸿曾短暂入读图画美术院选科。因该院既无教材,"并半身石膏模型一具都无,惟赖北京路旧书摊中插图为范。"故入学后不久便不辞而别。时,同乡徐子明任教于中国公学。徐悲鸿常从他那儿得到从法国带回来的卢浮宫名画复制品,从而萌生留学法国的想法。前一年,徐悲鸿创作的白描戏剧画《时迁偷鸡》,在《时事新报》上发表,并获二等奖。这也是他公开发表的第一幅作品。

二、安庆街头美少女

晚年孙多慈在台湾，应台湾"国史馆"馆长罗家伦委托，绘制大幅的辛亥革命先烈和开国元勋的油画，不知为什么，只要一拿起画笔，她的眼前，总是浮起生她养她培育她的那座城市——安庆。而平时，有多少次，她铺开纸，想把自己印象中的安庆老城画下来，但始终不敢下笔，那里承载有她太多爱太多恨太多忧太多愁，她害怕一落笔，就把自己对这座老城的印象给冲淡了。

走在台北街头，海风拂面，孙多慈的心中，常常生出许多莫名的愁绪。她知道，这种愁绪叫思乡。孙多慈是寿州人，但她回寿州的次数很少，她的童年，她的少年，她的青春时代，都与安徽省城安庆紧密地联系在一起。

孙多慈对安庆城的认识，出自她手中的画笔，出自她从绘画角度的观察。

什么时候对绘画产生兴趣的？记不清了，也许与生俱来吧。稍大一些，大概八九岁，就喜欢老模老样地夹着一个小画本，满大街地跑，看到什么都想把它画下来。

印象最深的是1921年初秋，一个暑寒陡生异变的日子。不知为什么，小小的孙多慈突发奇想，想爬上镇海门城楼，俯在雉堞之间，隔着江水，画画江南那片秋色。

是学校不上课的周日，一大早就从家里溜出来了。离吕八街不远，只十来分钟的路，往南，便是繁华的三牌楼。沿街店铺有一半门还没有开，但街上人流涌动，或来，或往，十分热闹。过往的人个个神色兴奋，相识的还会隔着人群打个招呼，"有消息吗？""没有！"摆摆手就过去了。孙多慈夹在人群中，向南，过四牌楼，过登云坡，过胭脂巷，由着高高的石板街下来，就这样被推着搡着登上了镇海门城楼。

出门时还是闷热的天气，结果站到高高镇海门城楼上时，风就带着寒意了。雨点从半空中飘落，落在裸露的臂膀上，有一丝沁凉。长江水很大，城外的街面

孙多慈的母亲汤毅英。孙多慈作于1935年春末,刊《孙多慈描集》

上，漫有浊黄的江水，拉黄包车的车夫，赤着一双脚在水里跑，踩出的水花向上，车轮轧出水纹往后。

根本没有她安心作画的地方。

往东的城墙上挤满了人，往西的城墙上挤满了人。人群中，有长衫马褂的文人儒士，也有赤着胳膊的乡村野夫，身份不同，神色一致，个个都有"天降大任于斯人"之凝重。昨晚有人在城墙头上守夜，不少竹凉床还没有来得及收起来。城楼下的城门洞口，有许多的市民在那里把守，进城出城的每一个人都遭到盘查，奇怪的是，对那些衣冠整洁的中年男子，盘查得总是格外仔细，反过来，一些看上去就是劳苦汉子的人，基本是挥挥手就放行了。更怪的是，不管是盘查的还是被盘查的，大家都非常认真对待眼前的事，既没有反感，也没有抵制。

孙多慈正睁大眼睛好奇地观望这一切，束在脑后的小辫子让人给提起来了。回头一看，是父亲孙传瑗。"你这小丫头，不好好在家里待着，跑到这儿干什么来了？"手伸开巴掌举在半空，似乎马上就要落下来。

并不慌张，就傻傻地笑着，她知道父亲疼她还来不及呢，怎么舍得把这一巴掌打下来？

果然，父亲低下身，拦腰把她抱了起来。看到她带的纸笔，便笑了起来，"嗬，我们家的小画家到这来画画了？来画画也好，把这难得的大场面画下来，让大家知道我们安庆是座什么样的城市，知道我们安徽人是群什么样的血性汉子。"

1921年的安庆，注定就是多事之秋，先是为教育经费之事，发生了震惊全国的"六二惨案"，安徽省立第一师范一位叫姜高琦的学生，在去省议会就政府克扣教育经费一事请愿时，被持枪士兵连刺七刀，虽经抢救，最终还是因伤势过重而身亡。接下来，北洋政府内阁总理靳云鹏收受倪道烺四十万巨贿，任命亲信李兆珍为安徽省省长。消息传到安庆，引起社会各界的强烈反对，他们采取最原始的做法，组织两千余人睡卧江岸，日夜轮守城门，不许李兆珍下岸入城就职。

孙多慈眼前的一切，就是安庆居民守城的场面。

本身就是浩大壮观的场景，在童年孙多慈的眼光中，又被无限地放大，因而给她留下强烈而深刻的印象。这次写生经历，江南秋色没有画成，但另一幅现实的画，让孙多慈一生永远都记住了这座长江北岸的城市——安庆。

事实上就在这一天，李兆珍悄悄乘利济号轮船来到安庆，不过他是在五里庙下的船，后又化装成农民，改坐小民船，在小南门下岸入了城。尽管如此，抗议群众仍不依不饶，商界罢市，学生罢课，码头工人还闹起了罢工。僵持了十多天，缩在政府大院的李兆珍也觉得没有意思，这鸟官，不做也罢，于是又一身苦力打扮，悄悄逃离了安庆。

父亲后来和孙多慈在一起回忆，那个月的 25 日，安庆社会各界盛大集会，大概有万余人吧，在黄家操场，庆祝安徽"驱李"运动的胜利。之后举行的环城大游行，场面那个热烈，场面那个壮观，在安庆城，旷古未有。游行队伍如潮水，涌到哪里，震天的口号喊到哪里，飞舞的传单就散到哪里。这个印象孙多慈是有的，因为当时她正在大拐角头，游行队伍黑压压就过来了，前不见首，后不见尾。参加游行的人，每个人手里都摇着一面小旗，长方形的纸，或红或绿或黄，贴在小木棍上。孙多慈的眼尖，一下子看到妈妈也在其中，就拼命地喊，但妈妈没有理她，只是向她摆摆手，又跟着游行队伍走过去了。

那一阶段，也是孙传瑗人生经历相对辉煌的一个阶段。孙多慈出世后不久，孙传瑗便离开安庆，先是一路向北至北京，后南下在湖北汉口、襄阳、孝感一带奔波。1916年底去上海短住，后又辗转至广东的广州、增城、博罗、惠阳、潮阳周边。"大江东注水潆洄，郁郁层阴拨不开。厘市连云疑噀火，车声撼梦似鸣雷。近缘病肺疏罇酒，却喜论心尽俊才。借向浮幢怀旧侣，纵横风雨夜深来。"人虽不在安庆，但安庆人、安庆事始终挂在心上。作于1916年《卧病沪渎之卢家湾，同易白沙、程演生、邓仲纯叔存兄弟、方孝岳、汤葆明作》，就真实地反映了他的心境。

1920 年末，孙传瑗一回到安庆，便立即投身到安徽这场轰轰烈烈的政治运动之中，并很快在其中扮演相对重要的角色：1921 年夏，孙传瑗与蔡晓舟、赵纶士、徐天闵、刘希平等，邀请胡适、陶行知、梅光迪等皖籍知名人士来安庆参加演讲会。胡适在安庆作了《国文运动与国语教育》《实验主义》《科学人生观》《学生自治问题》《好政府主义》《女子问题》《对安徽教育局的一点意见》等一系列讲座。后，孙传瑗又与胡适他们以及程振钧、光明甫、刘式庵等，

20世纪20年代末，安庆女子中学的团体操表演

联名发表《改造安徽教育会宣言》："我们安徽省教育会，建筑的宏伟，经费的充裕，在中国都要称第一，而且是全省的，不是省垣一隅的，更是开全国未有的风气了。然而近来因竞争会长，已经闹到搁浅的地步了，我们哪能不可惜她呢。古人说得好：'穷则变，变则通。'我们既走到这山重水复的绝境来，就不能不想个变通方法来，来救济救济。我们几个人一再考虑，一再商量，以为救济目前困难，只要把会长制改为委员制的一个方法最为适当……"再往后，孙传瑗与蔡晓舟等联络省内外政要、名流、学者，共同提出成立安徽大学发展安徽高等教育的设想，此设想得到省长许世英首肯，并以安徽省政府名义，批准了成立安徽大学的报告和筹备章程。

1921年11月14日，安徽省学联与学生总会联手，在黄家操场举行姜高琦追悼大会，省长许世英及教育、民政等厅厅长都参加了追悼大会。上午10时，大会开始，鸣炮三响，次奏军乐，各校学生

合唱追悼歌。向灵位行礼毕后，主席徐皋浦介绍烈士生平，之后学生及各界代表在大会做了发言。各界代表只有三位，一位是舒铁香，一位是张东野，另一位就是孙传瑗。这场大会被看作是象征1921年安徽民主大胜利的标志，能在这样的场合做公开演讲，可见当时孙传瑗在安庆政界的分量之重。

童年孙多慈对绘画只是一种爱好，也仅仅限于简单的模仿而已。但这种在她看来非常简单的模仿，却能引起玩伴们的惊讶。有一次父亲无意中看到了，也惊奇不已，"这是我们家丫头画的？不会吧！多慈还有这种天分？"

有这种天分的还有她的弟弟孙多括。

孙多括小姐姐三岁，从小就和姐姐特别亲，无论孙多慈到哪里去，他总不依不饶跟在身后。与孙多慈亲密无间的小姐妹李家应总是笑他，说他是姐姐身后的小跟屁虫。看到姐姐画画，他也夹在中间凑热闹，关键是他的悟性极高，只要他拿起画笔，基本是画什么像什么。那时候家里刚刚装电灯，一只十五支光的灯泡，吊在桌子上方，孙多慈和弟弟各霸一方桌子，画靠墙根长的葡萄树，画院子里悠闲踱步的大公鸡，画庙会时挤在人群中买的小风车。有时候姐弟还相互对画，不过画到纸上的姐姐方头大耳，弟弟也不知道像个什么怪物了。

那时候是母亲汤毅英最幸福的时候，倚在门框上，静静地看着他们。父亲在家时，她还把他喊过来，两人立在一侧，脸上淡淡浮一层笑，一看就是半天。"想不到我们孙家，一大一小，还出两位天才画家！"父

孙多慈《菱湖秋早》，上题"庚戌（1970）秋深，写忆故乡景色"。晚年乡愁，童年对家乡的印象，——浮现眼前

母相互交流的言语中,始终有抑制不住的得意。

与父亲孙传瑗一样,母亲汤毅英也是温婉而贤惠的新式女子。早年在老家时,就受过很好的教育,后来嫁给孙传瑗,一连生了四个孩子,虽如此,仍坚持在女子教育的岗位上。父母对艺术,对文学,以及对世界的认识,通过日常的言谈举止,深深印在孙多慈和她弟弟心中,并由此影响到他们的兴趣爱好。后来孙多慈在《孙多慈描集》"述学"中讲到自己的成长:

> 吾自来发从受书时,以吾父吾母嗜文艺,故幼即沉酣于审美环境中;而吾幼弟括,对于绘画音乐,尤具有惊人之天才。姊弟二人,恒于窗前灯下,涂色傅采,摹写天然事物,用足嬉憨。吾父吾母顾而乐之,戏呼为两小画家。初为天性趋遣,直浑然无知也。

父亲见她有兴趣,还专门为她请了个教授美术的家庭教师。当然也是名家,姓阎,名磊,字松父。阎松父是江苏扬州人,讲话快、碎,不太容易懂。他自称自己是青湖旧主,住的地方叫半耕草堂,半间破屋做画室,却有个响亮的名字,叫"啸凤楼"。那时候阎松父在培德女中任教,组织了一个丁丁画社,专门研讨中国画。他对孙多慈的接受能力赞叹不已,但认为她的笔风太野,倒像个有血性的男孩儿,如果继续往前走,西洋画更适合。孙多慈懵懵懂懂,并不知西洋画为何物。

有年秋天,孙多慈大概十一二岁吧,家里来了一位客人,姓萧,是北京来的一位画家。后来父亲与客人在席间喝高了,非要孙多慈把平时画的那些画作拿出来,让客人给点评点评。萧叔叔还真看了,看得还挺仔细,关键是看了后还说好,口口声声叮嘱父亲,说如果千金以后真有向这方面发展的想法,就去北京找他。

孙多慈并不当真,撅着小嘴,满脸不屑的神态。

父亲就批评她:"你这丫头,不知天高地厚,在北京,在安庆,有多少人想跟你萧叔叔学画,他理都不理呢!"

父亲的这位朋友,是安庆东郊杨桥石塘湖人,姓萧,名愻,字谦中,别号大龙山樵。在北京,他可是出名的大画家。民国初年,大总统徐世昌还把萧谦中请到家，专门为自己作画。萧谦中山水喜用重墨，故有"黑萧"之称。又因长期居住北京，画坛便把他和萧俊贤，并称为"南北二萧"。萧谦中回安庆时，身份是北平美术专科学校的教授，与孙传瑗一见如故，聊古，聊今，聊国学，十分投机。一高兴，孙传瑗就把他带到家中来了。

后来孙多慈看过萧谦中的山水画作，但并不喜欢，说他的画太乱，又黑，看了不舒服。她把这个感觉说与父亲听时，父亲哈哈大笑，"你这个丫头，什么也不懂，还乱评价人！"

于是父亲把孙多慈叫到身边，如同老朋友聊天一样，深入浅出地与女儿谈起诗，谈起词，谈起文，谈起史，谈诗词文史与绘画的关系。孙多慈扑闪着一双明亮的眼睛，似懂非懂，但一字一句都听到心里去了。在《孙多慈描集》的"述学"中，她非常感谢父亲对她的这种诱导式教育：

> 稍长，吾父授吾以《毛诗》，曰："此诗也，人间之至文也；然亦画也。"授吾以《离骚》《两汉乐府》《古诗十九首》《孔雀东南飞》诸篇什，曰："此辞赋与诗，人间之至文也；然诗也，亦画也。"更进而授吾马迁之"史"，如：易水之别，博浪之椎，鸿门之宴，垓下之骓，田横之岛，曰："此史也，然亦诗也，画也。汝其识之！"吾于是憬然有悟于文艺领域之广，与夫地位之崇。

孙传瑗对女儿喜爱画画持肯定态度，但不持支持态度，在他看来，历史上以画出名的女子不多，如果能著书立说，成为一个作家，那就不一样了。这也与他相识的两个年轻作家有关。其中之一的韦素园，安徽霍邱人。1920 年转入安徽省立法政专门学校读书时，正好"六二"学潮，年轻人情绪激动，也投身于其中了，好像还是省学生联合会的头。在相关协调会上见过两面，给孙传瑗的印象，一是白，二是瘦，有一种病态，就记住了。离开安庆后，经鲁迅推荐，韦素园去《民报》做了副刊编辑。后又与李霁野、台静农等组建了未名社，相继创办《未名》半月刊、《未名丛刊》、《莽原》半月刊等杂志，名气一下子就大了起来。另一位女作家庐隐,曾与妻子汤毅英共过事,两人私交也不错。庐隐在安庆待的时间不长,真名叫黄淑仪。后来也写小说出了名。省立第一女子高等小学校校长舒畹芬,还被她写入书中,作为《海滨故人》主人公兰馨的原型。此外,当时在安徽省立法政专门学校教书的郁达夫,两人也有过两次交往,他对这位教授的印象不怎么样,对他的文字也不感兴趣,但他在安庆创作的几部小说,如《秋柳》《茫茫夜》等,却在中国文坛引起了反响。

这时候孙多慈已经在省立第一女子中学读书了,看父亲对作家的这种羡慕,一脸不屑之色。不就是写两篇破文章吗,当真还有多大了不起?那段时间,逢星期天,孙多慈就背着写生本出去,在城西的鸭儿塘,在城东的皖江公园,在城南的江岸,看到好的景色,或水天相连,或楼阁相依,或树木婆娑,便一屁股坐下来,一待就是半天。也不全是观察景色或提笔写生,而是让思绪变成文字,在脑海里无言流动。后来她把这些文字记录下来,用稿纸誊了,投给安庆的几家报馆,其中有两篇,居然在报纸副刊发了出来。

父亲就笑她是脚踩两条船,对于今后的发展,是当作家,还是当画家,自己也不知道该上哪一条。但父亲的倾向十分明确,绘画充其量也只能是一个爱好,那是无论如何也当不得饭吃的。

小的时候,孙多慈一家居所并不安定,在四方城也住过,在大墨子巷也住过,还在近圣街也住过一阵子。但从她有记忆开始,就一直住在杨家塘之西的昭忠祠,门牌号为"1"的老宅子里。

昭忠祠位于安庆城西北,原本是祭祀湘军阵亡将士的祠堂,民国后功能消退,但昭忠祠一名保留了下来,延伸为了街巷名。昭忠祠是一条不规则的短巷子,由昭忠祠出街过郭家桥,走百十米就到玉虹门一带的老城墙。往东走,不远是马号后,再过去就是杨家塘。早前这周边寺院云集,除昭忠祠外,大士庵、县城隍庙(怀宁)、三官堂、普济寺等,也聚于此。其中县城隍庙,早前建于安庆城西北三十华里外的山口镇,嘉庆二十四年(1819),怀宁贤达动议,将它另建于杨家塘西。光绪年间,县城隍庙曾多次重修,庙门额为"敕封赞化显忠灵佑王"。城隍的职能,是守卫城池,演化为阴间官员,则专司城中百姓善恶贫富,生老病死。虽地处偏

孙多慈《对着石膏像祈祷》｜油彩｜画布｜65cm×50cm

僻之地，但每年两次的城隍会，县城隍庙也同样以八抬黄绸大轿抬城隍菩萨巡游。每逢此时，鼓乐动天，鞭炮不断，烟火缭绕，热闹非凡。城隍会也是童年孙多慈最最期盼的快乐日子。

搬进昭忠祠1号老宅时，孙多慈还在省立第一模范小学读书。这所学校的前身，就是父亲从寿州带学生投奔安庆时，落脚的尚志小学堂。民国成立后，尚志小学堂与附近的崇武、养正、正化等另外三所小学堂合并，成立公立第一国民高等小学，1918年改为省立第一模范小学时，又将原省立第一女子高等小学校合并了进来。后来孙多慈上高中时，学校又改名为省立第一实验小学。省立第一模范小学在北门拐角头，从昭忠祠出来，有两条路可以抵达，一条是向西走郭家桥，再转北向东走关岳庙街至大拐角头，向北至法治街便是。另外一条是出门向东，经县城隍庙、杨家塘，直走至邓家坡，再北转走大珠子巷到大拐角头。两条路都差不多远近，孙多慈背着蓝色的布书包，从家里出来，如果走得快，只要六七分钟，就能看见省立第一模范小学高高的门楼了。如果边走边玩，十来分钟也足够。

孙多慈喜欢走关岳庙街，因为街北有一个大关帝庙。对于孙多慈，那是个神秘之地，有事无事，都喜欢钻到里面去看个究竟。有一天，大概是农历五月十三，红脸关公的生日，大关帝庙热闹非凡，城东城南城北的市民都赶过来了，或求子，或求财，或求福，或求医，或求寿，大殿里供奉的关帝老爷，香火里三层外三层，烟雾弥漫，眼睛都睁不开。偏偏半上午天上又丢了些雨点，就说是关公磨刀雨，大吉大利，又添了另一番热闹。孙多慈放学出来，一抬眼看到了，就被吸引过来。也不知道自己到底想看些什么，反正喜欢在人堆里钻，看各色民众对关公的那一份崇敬。后来还是父亲寻过来，揪着耳朵，把她拽回了家。

小学毕业读初中，选的是六邑联立中学，这是由安庆六邑同乡会出资创办的学校，省政府也适当给予一定补贴。一开始并没有考虑这所学校，碰巧学校校长程小苏为教育经费来求父亲周旋，坐在客厅里，看见了孙多慈，随口就问了一句："千金在哪所学校读书啊？"得知小学毕业正要上初中，便极力向孙传瑗推荐，"六邑中学师资雄厚，环境幽雅，你们不妨也做个考虑。"孙传瑗当时只笑了笑，没有同意，但也没有回绝，但他把程小苏的话当真了，专门带女儿去学校转了一圈。结果孙多慈一眼就看上了学校的环境，吵死吵活，非要上这所中学不可。

孙传瑗带女儿到学校报到，对程小苏说："把女儿送到六邑中学，可完全是冲你程校长的名气过来的哟！"

程小苏在安庆教育界，有口皆碑，光绪末年，孙传瑗还在尚志小学堂任教时，他就在学堂东侧创办了私立专门法政学堂，后又与陈独秀在一起组建江淮大学。民国后他上北京创办《中原日报》，因得罪了当局，被驱逐出北京。

六邑联立中学前身为安庆府中学堂，址于小南门外多宝仓。迁到双井街北的保宁庵，也不过十来年时间。"大概是宣统元年吧，"回忆这段经历，程小苏一脸得意，"我和方宝山两人到这边来有事，走过升官桥，看到老城墙下有一大片闲地，一打听，都是保宁庵的地产，正要卖。于是赶紧说与六邑同乡会，抢先把这事给定下来了。后来同仁医院也打这片土地的心思，但晚了一步，让我们捷足先登了。"

从北京回到安庆，程小苏把全部精力都放在六邑联立中学的校园建设上，这两年，不仅盖起了常规教学楼和图书馆，开辟了运动场，还在校园内建起了植物园、动物园等。说是植物园，其实也就是四时菜地，春菠秋苴，也还有些特色。菜地之东，还有一片花圃，月季、菊花等花卉，种了不少。校长还是个老顽童，一有时间，就带着学生自己动手。蔬圃花圃东西，本有两口荷花塘，师生就开凿出一条大沟，将两片水连接起来，又在塘边搭建起风景亭，一曰"吟风"，一曰"弄月"，后来学生们又集资修了一个"听雨"。这样的环境，在省城其他学校，确实很难找到。

孙多慈在六邑中学读书期间，始终是学校的校花，不仅长得漂亮，学习好，而且各方面知识也丰富。程小苏校长老和孙传瑗开玩笑，"你把多慈送到我这里来，是为六邑中学又添了一道风景啊！"

三年后，孙多慈初中毕业，孙传瑗考虑再三，还是让她报考了省立第一女子中学，也就是老百姓说的安庆女中。

安庆女中与六邑中学，同在老城之北，两所学校一东一西，中间隔着一个圣保罗中学。从大拐角出来，东行孝肃路到底，再北转锡麟街，依旧到底，便是安庆女中。安庆女中的前身,是女子师范学堂,创办于宣统元年(1909),创办人是跛着一条腿的吴季白。当时学堂在凤节井街西,与状元府一墙之隔。三年后,安徽政局发生变化,女子师范学堂改为安徽省立第一女子师范学校,校址也迁到城北百花亭,也就是曾发生过徐锡麟起义的安徽高等巡警学堂。学校初期规模并不大,只有师范本科一个班,但另外设有初等、高小各一班(后称附属小学第一部),并开设有幼稚园。孙多慈考入安庆女中,是1927年秋的事,当时她还不满十五岁,学校也还是省立第一女子师范学校。易名为省立第一女子中学,是1928年的事。这年秋天,孙多慈高中二年级时,胸前的校徽,就换了省立第一女子中学。

此时的孙多慈,上身是月白色的大袖衫,下身是蓝色的短裙,剪着齐刷刷的短发,是典型的安庆城美少女,走到街上,行人都要多望几眼。

1928年是画家徐悲鸿事业发展的高峰年。

2月,与田汉、欧阳予倩共同创办的南国艺术学院开学。后因夫人蒋碧微反对,被迫退出。

2月,应南京国立中央大学之聘,兼任教育学院艺术专修科美术教授。夏,至校任教。并在南京第四师范学校举行个人画展。

7月,应中华艺术大学之聘,出任校务行政委员,兼西画教授。

11月,接任北平大学艺术学院院长一职。

是年,完成大幅油画《田横五百士》创作。油画题材出自《史记·田儋列传》,文末感叹:"田横之高节,宾客慕义而从横死,岂非至贤!余因而列焉,不无善画者,莫能图,何哉?"徐悲鸿读后,心动。

1928年,在浙江,许绍棣出任国民党浙江省党部执行委员兼宣传部长,成为国民党一方政要。

三、家有变故

对于高中母校安庆女中,孙多慈一直充满深深的情感,后来她有这样的回忆:

> 既入安徽第一女中,吾所交友,悉与吾同嗜。每于课余,辄取纸笔,任意挥写;墨彩飞溅,相顾而笑,意自得也。或于上课时,窃摹教师尊容,传递戏乐;或写鸡犬村舍,以相赠答。凡此种种,虽不足纪,要皆征吾之于艺,有如盛渴之遇甘露也。

短短数句,却生动,却可爱。字里行间,我们能看到的,是一个青春的、清纯的、活泼的美少女。

至少在1929年秋家有变故之前,孙多慈生活在无忧无虑的家庭环境和学习环境之中。

在安庆女中,最先肯定孙多慈绘画天分的,是图画教师胡衡一。那时候的胡衡一,身体略略有些胖,尤其在冬天,穿着宽大的长袍,显得十分臃肿。臃肿的图画教师,在讲台上放一只苹果,让学生做静物写生练习。大家都低头认真地去画那只苹果,孙多慈却在画纸上画臃肿的图画教师。虽然谈不上形似,但多少也还有神似之处。胡衡一老远就知道她在下面做小动作,也不说破,故意绕到教室后面,再轻轻上前,逮了个正着。以为至少要吃一顿批评,却没有,反而"呵呵"笑出声来,把她的"作品"高高向学生扬起,"孙多慈同学放着小苹果不画,非要画我这只大苹果,大家看看,还真有些传神呢!只要同学们画得好,想怎么画就怎么画,老师无所谓。"

孙多慈在同学们羡慕的眼光中,多少有些得意,而对胡衡一老师的深爱,也

孙多慈《月夜》｜油彩｜画布｜44cm×50cm｜作于1952年

由此埋进心间。"在一女中学校，教师中对我期许最殷切者，为图画教师胡衡一先生。"直到晚年，在台湾，每每向朋友回忆旧事，她依然如是说。

胡衡一冬天穿的那一身宽大长袍，质地非常好，是正宗的杭州绸缎，黑底子金色图案，远远看去，既洋气，又做派。他自己也非常得意，常常在课堂上向学生炫耀，这样的衣服，在安庆女中，恐怕只有他胡衡一独一件。

在安庆，他们胡家是财大气粗的名门望族，绵延至今的百年老字号"胡玉美"，就是他们家祖传的制酱产业。"胡玉美"创立于道光十八年（1838），这之前，创始人胡兆祥与岳父曾先后在南庄岭、三步两桥开设"四美"与"玉美义",但生意一直做不上去。后两家分营,其岳父在大南门药王庙对面另开"甘玉美",胡兆祥挂出"胡玉美"招牌。相比之下,"胡玉美"跳出家族管理的小圈圈,放手让外姓行家经营酱园业务,从而短短几年就发展成规模,使老城酱园业胡、甘二姓之争,最终以"胡玉美"并购"甘玉美"而结束。"胡玉美"也因此奠定老城制酱业不可动摇的老大位置。"胡玉美"主要产品就是蚕豆酱,它的特点,简单概括,就是色泽红润,豆瓣柔软,咸辣适中,可口开胃。说来简单,但在制作过程中,却凝聚了胡氏祖先无尽的智慧与才思。蚕豆酱是舶来品,起源于四川,发展在安庆。能在安庆成功,并能上打武汉,下打南京,更在1915年荣获巴拿马万国商品博览会金奖,最重要的一点,就是在川酱基础上,依据江南一带饮食习惯,弱化了其中的麻、辣、咸,又浇淋小磨麻油,增强了其香其鲜。制酱本身,从技术发展成为工艺,在赢得顾客的同时,也赢得了市场。

胡兆祥是胡衡一的曾祖父,在安庆,排在四世。经过五世、六世的共同努力,到第七世"怡怡堂"和"古欢堂"手中,胡氏酱业已经有很大的规模。但真正形成品牌效应,是在"古欢堂"七世胡子穆的手上。胡衡一是"怡怡堂"七世,与胡子穆共一个曾祖父。他对"胡玉美"的贡献,就是为"胡玉美"设计了商标。商标图案本色本土,取安庆东门外振风塔为原形,注册为"振风古塔"。商标设计出来,先用在瓦罐蚕豆酱的红色封口招牌纸上,之后又用到瓶装酱油的彩色瓶签和虾子腐乳的彩色包装纸上。这也是安庆最早注册的产品商标。胡衡一对学生们说:"我的这枚商标设计,不在于设计本身,而在于设计思路。想想看,安庆振风塔是万里长江第一塔,俗有'过了安庆不说塔'之誉,胡玉美蚕豆酱自然借它广为传播。当然,胡玉美蚕豆酱卖到哪里,也把振风塔的名气带到哪里。"

胡衡一之子胡庆汉,上海电影译制片厂导演,著名的配音演员,法国影片《红与黑》中的于连、《巴黎圣母院》中的斐比斯,都是他的配音。

同样对孙多慈宠爱有加的,是国文教师李则纲。

父亲孙传瑗对李则纲非常佩服,他说他的国文不怎么出众,但绝对是位有见解的历史学家,书教得活,能超越课本的局限,独抒己见,给学生以启示。当时的中国历史教科书，大都按照远古、中古、近古分期，概念模糊，缺乏科学性。李则纲在讲课时，对这种模糊分类不以为然，他将自己的观点写成剖析文章，在权威杂志《教与学》上发表，引起安徽教育界的关注。李则纲是在省立第一师范学校毕业后，考入武昌高等师范学校的。后回安庆，分别在安庆女中和安庆高级中学任教。新中国成立后，他曾出任安徽省博物馆馆长。著作有《史学通论》《安徽历史述要》《中国文化史》等。

李则纲对孙多慈清新如水的文字极力推崇。每每读孙多慈的作文，总是半眯着眼睛，尤其读到他欣赏的句子，摇头晃脑，似乎陶醉于其中。李则纲是枞阳人，口音重，读到忘情处，孙多慈都不知道他在读什么东西。

1932年春，孙多慈已经在国立中央大学读书时，无意间在图书馆翻到刚刚出版的《絮茜》创刊号，头条位置刊发的，就是李则纲老师的短篇小说《牧场》："在春水初涨的时候，从枞阳泛着小舟，沿河流西行，不到半里的路程，一片肥沃而平广的高原，横卧在河流的北岸……"只寥寥数笔，就把他们老家的景象，描画为一幅让人向往的美图。这让已经是大学生的孙多慈，又怀念起在安庆读高中的那段生活来。

受到李则纲鼓励，孙多慈转而对国文开始产生浓厚兴趣，尤其是新出版的文学期刊，像什么《创造》《小说月报》《东方杂志》等，几乎达到如醉如痴地步。只要能找到，关到房间一看就是半天。父亲鼓励她，帮她四处去借，遇上周日，还带着她去谯楼后面的省立图书馆去找。

省立图书馆馆长吴季白，是安庆女中的创始人，跛着一条腿，慈眉善目，看到孙多慈来，总喜欢拍拍她的肩膀，"我是你的老校长啊，想看什么书，自己来就行了，老拖着你爸干什么？"

后来在《创造》季刊创刊号上读到了郁达夫《茫茫夜》，读着读着，就有一种困惑，作家笔下的安庆"城"，怎么一下子变得遥远而陌生了？就产生了疯狂的或"痴"或"醉"的想法：沿着作家的描写，去实地考察她生活的这座城市。

就这样，初冬一个暖洋洋的周日上午，孙多慈手持刊有郁达夫小说的《创造》杂志，由大南门正街出镇海门走到城外。

太阳悬在远处的江面上，泛着一些白色。在招商局码头附近，孙多慈翻着《茫茫夜》，认真地一家家寻找，她想看看到底哪家旅馆，是小说中主人公质夫夜间两三点钟乘船抵达安庆后，住的"一家同十八世纪的英国乡下的旅舍似的旅馆"。小说中，质夫第二天一早，"就坐了一乘人力车上学校里去。沿了长江，过了一条店家还未起来的冷清的小街，质夫的人力车就折向北去。"从方向上判断，因为是"折向北"，那这条"冷清的小街"只能是东城口街。于是孙多慈也顺着新修的沿江马路走了过去。果然就感受到了小说中描写的"车并着了一道城外的沟渠，在一条长堤上慢慢前进……"转脸东望，"以浓蓝的天空作了背景的一座白色的宝塔，把半规初出的太阳遮在那里。"而换一个方向，路的西边，"是一道古城，城外环绕的长沟，远近只有些起伏重叠的低岗和几排鹅黄疏淡的杨柳点缀在那里。"孙多慈感到了兴奋。

　　沿着书中说的"一条长堤"往北去，路是顺着护城河蜿蜒的，不宽，勉强能行两三辆黄包车。护城河西是高高的城墙，远远能看见"孤立在那里的一排电杆的电线"。孙多慈看着就有些发呆，眼中的画面，或者前世，或者来生，非常熟悉，似乎早印在心中。多少年后，她在南京中央大学艺术专修科读书，才知道，这实际是幅不用任何修饰就非常完美的油画构图。

　　再往前，就是主人公质夫任教的安徽省立法政专门学校了。此时学校正以全省契税收入七十二万元为基金，筹办安徽大学。因为父亲孙传瑗也参加了学校的筹办工作，还带自己到学校来过两次，因此孙多慈对这一带比较熟。顺着护城河堤向西，还是围着老城墙绕行，大概半个小时吧，就看到北门外的吊桥了。过吊桥，走北城口街，进集贤门，绕城走了大半天，这才又回到了城内。《茫茫夜》中，质夫本是想到城内去的，但"在城内又无熟人，又没有法子弄得到一张出城券"，所以就放弃了进城的念头。想到这个细节时，孙多慈正走在北门内正大街上，当时就生起一种后怕，如果天晚了，我也进不了城，那我该怎么办？但看到沿街商铺红红绿绿的招牌，闻到从沿街饭店飘出的油香气，她的心又变得轻松了。这才是她能够真实感受并能坦然行于其中的"城"啊！

　　孙多慈之所以一生都喜爱这座江滨小城，很大程度上，就得益于这一次绕

"城"而行得来的印象。中年之后,每每和儿女忆及,言语中还淡淡有一种甜蜜。过了知天命之年,独自在台北的画室,秋风四起,寒露渐生,童年关于"城"的印象,也时不时会浮到眼前来。

变故起于1929年的初秋。

变故之前,没有任何征兆。那天中午,一家人正围着桌子在吃饭。孙多慈说她下午放学回来晚一点,要和同学李家应去华中电影院看一场电影。父亲当时停住筷子,望着她,温和地问:"哦?什么电影?又是哪位明星主演的?"

那一阶段,父亲特别忙,很少看到他待在家里。孙多慈有些气,就硬硬地说:"你现在政务缠身,哪还有时间看电影!说了你也不会知道的,王汉伦的《女伶复仇记》,听说过吗?"

孙传瑗"呵呵"笑了,"说别人可能不知道,王汉伦我却十分熟悉,小时候我还抱过她呢。她的父亲彭名保,光绪年间是日新蚕桑公司经理,东门外的那一片桑园,都是他们公司种植的。她的真名叫彭琴士,字剑青。后来从艺,自己把名字改了,叫王汉伦。"又说,"彭名保早年任安庆电报局会办时,在黄甲山,还设计发明了一部电话机呢!"

孙多慈一双眼睛睁得多大。"不会吧?王汉伦是安庆人!她可是了不起,《女伶复仇记》是她自己出钱拍的,导演请的是卜万苍,高占非、费柏清、陆品娟、蔡楚生等一些名演员,都在里面扮演角色。我们同学都说好看死了,特别惨!"

"去吧,去吧。记着早点回来!"孙传瑗话语中,

孙多慈《孙多慈自画像》,刊1935年第10期《美术生活》。画面上的孙多慈,既有女学生的清纯之气,也有小城少女质朴之风

充满对女儿的爱意。

确实如女儿所说，1929年夏秋的孙传瑗，不仅忙，而且忙得不可开交。但再忙，他的心里也非常高兴，因为这一阶段，是他政治生涯中，最为春风得意的一段时光。

这年3月，蒋介石下令，委任原冯玉祥旧部方振武，出任讨逆军第六路军总指挥。5月，又以"皖人治皖"为由，调任方振武为安徽省主席。

方振武与孙传瑗同是寿州老乡，两人早年就有过交往，不过一个从文，一个习武。当年孙传瑗带蒙养学生投奔安庆时，方振武刚刚从安庆武备学堂毕业。后来在街头相遇，方振武还有意笑话他，"你这个寿州才子，胆子真大，怎么敢私下带学生投奔省城？家长真要追过来，还不把你给一刀捅了？"就笑笑，两人距离因此拉得更近。

安徽武备学堂原先在抚署东侧的演武厅，与尚志小学堂只一街之隔，从东围墙插上去，几分钟就到了。后来学堂搬迁到北门城外敬敷书院旧址。光绪三十年（1904），安徽巡抚诚勋招募新军三百名，就是交由武备学堂首届毕业生训练的。这之中，就有光绪三十四年（1908）打响新军起义第一枪的风云人物熊成基。方振武在武备学堂，属于思想激进的学员，但勇中有谋，心机很深。武备学堂毕业后，方振武先是在安徽新军中任队官，后投奔到南京第九镇统制徐绍桢部，被冷御秋协统提拔为排长。武昌起义爆发，方振武随徐绍桢响应起义，并身先士卒，屡建战功。1913年，讨袁战役失败，方振武逃往日本，在那里见到孙中山，又加入了中华革命党。1918年，方振武任广东护法军政府海军陆战队大队长。1924年，在奉系军阀张宗昌部，先后任直鲁联军别动队支队司令、补充旅旅长、二十四师师长。1925年12月率部追随冯玉祥，任国民军联军援陕副总指挥，第三方面军总司令。

任命方振武为安徽省主席，表面看，是蒋介石对方振武的信任，实则不然。这年年初，中国局势出现新变化，蒋（介石）、冯（玉祥）、阎（锡山）、李（宗仁）等各派，矛盾由暗转明，形成公开冲突。先是蒋桂战争，后是蒋冯大战。方振武是冯玉祥旧部，自然是蒋介石重点防范的对象。这年6月，方振武来安庆就任，

第六路军被整编为两个师，也随之调至安徽。与此同时，蒋介石则将其嫡系韩德勤部调皖，用以牵制方振武，削弱他的军事力量。

武官从文，方振武两眼一抹黑。而此前的安徽，政府官员走马灯调换，没有任何公信力。让方振武略感欣慰的是，在省政府长长的工作人员名单中，他看到了旧友孙传瑗的名字。

方振武立即秘招孙传瑗，在他办公室，两人相聊至天黑。

"民族独立，民权自由，民生幸福，这是中山先生一生追求的理想。我此次来，一定要将这个理想在安徽实现！"

"怎么做？多办他几个学校，多出他几张报纸，多杀他几个害民的土匪头子！"

"辛亥革命在安徽，寿州老乡流血流汗，是出了大力啊！我们一定要在省城安庆建一座淮上军烈士纪念碑。"

方振武在屋内来回踱着步子，说到高兴处，死命地拍自己的前脑门。孙传瑗一直点着头，受方振武影响，他的血管里，被压抑多年的青年时代的刚勇，又有萌生的冲动。但安徽官场人际关系复杂，加上蒋介石的独权统治，这位寿州老乡的抱负，能否得到实现，还是一个大问号。

果然，第二日，蒋介石密电放到了方振武的办公桌上。

电文抬头客气得不能再客气，但内容却冷冰冰不容他有半点更改："叔平兄：又着民政厅长吴醒亚，财政厅长袁励宸，建设厅长李范一，教育厅长程天放赴任。中正。"

面对密电，方振武愣了半天。但作为军人，他的天职只有两个字：服从。他只能按蒋介石已经搭好的框架行事。

1929年夏，安徽新一届政府成员名单出台——

主席：方振武

委员：方振武（叔平）、方植之、吴醒亚、苏宗辙（企六）、郭子清、袁励宸、程天放、李光炯、江暐（彤侯）、李范一、孙传瑗、石友三

秘书长：方植之

民政厅长：吴醒亚

财政厅长：袁励宸

建设厅长：李范一

教育厅长：程天放

    面对这样的名单，方振武哭笑不得。要说蒋介石没有给自己面子，那是说不过去的，毕竟秘书长方植之算是自己的人，苏宗辙、孙传瑗、郭子清三人都是方振武极力推荐的。但这四张牌在整个名单中，能有多大分量？况且民政、财政、建设、教育四大厅的权力被控，秘书长方植之手中又能有多大权力？

    安庆百姓对方振武的"皖人治皖"却抱有无尽期待。初到安庆那几天，沿街商家几乎日日鞭炮不断，市民们也天天举着小旗上街游行，"欢迎方总指挥来安庆主皖"的口号，此起彼伏，喊得方振武都生出烦意。那些天，安庆城大街小巷，

安庆五大城门之一的盛唐门，民间俗称小南门。现不存

比正月里舞龙灯、接财神还要热闹。

受这种气氛影响，孙传瑗情绪高涨，信心大增，工作劲头加大，工作节奏也加快了。"兼旬冗雨喜初晴，帘箔新寒一剪轻。露重花梢寒睡蝶，春深铃阁晓闻莺。幼舆端合置邱壑，安石从来少宦情。省识先忧后乐意，可能霖雨到苍生。"作于这一时期的七律《退值皖府后乐轩，同方叔平主席、苏企六、程天放、李范一、袁励辰、江彤侯、方植之各委员作》，应该是孙传瑗内心情绪的真实表达。

而母亲汤毅英并不以为然，总是开玩笑对孙多慈说："看你爸爸，手里稍稍掌一点小权，就屁颠颠不知天南地北了。"孙多慈自然向着爸爸，"才不是呢，爸爸本来就是有本事，只不过大材小用，没有发挥之地罢了！"

实际这一阶段，母亲汤毅英也受父亲影响，深深卷入安徽政治事务之中。1924年前后，应安徽立第三女子师范学校校长叶沛青邀请，汤毅英带着孙多慈他们，离开安庆赴老家寿县，主持过一段校务工作。从寿县回来，逢安徽省组建省妇女协会筹备处，汤毅英积极参与，与陆淑如、潘仲愚、吴宛曾、夏漱兰、杨佩之、叶之遐等，被推选为筹备员。3月23日，蒋介石来安庆，妇协筹备处与省农协、省总工会、省商民协会、省学联等，以安庆市民的名义召开欢迎大会。后不久，安徽省妇女协会公开成立。1929年，安徽省妇女协会改组为安徽省妇女协会整理委员会，代行省妇女协会执行委员会的职权。之后又发起组织成立安徽省妇女职业介绍委员会。其成立宣言的核心为："在竭尽介绍之职责，引导全省妇女，攘臂奋起，努力前进，以求……使女子在社会上法律上政治上经济上一切与男子平等。"每每说至此，母亲眼中总是露出与她年龄不相称的眼光，自信、朝气、敏锐、进取，等等，与她晚年深迷于佛教判若两人。

但这一切，只不过两三个月工夫，在孙多慈看王汉伦的《女伶复仇记》的那个下午，形势陡然发生变化。对于孙多慈，由火的高峰，至冰的低谷，那场电影是个临界点。

放学出校门，孙多慈和好友李家应一起赶往天后宫华中电影院。走百花亭、锡麟街，过黄家狮子，穿新市路，向南插到化民里、阜民巷，西行，脚就走在天后宫的石板路上了。天后宫原先是建在福建会馆内的庙宇，祭的是天后娘娘妈祖。

早些年，春秋两度大祀，香火旺盛，半条街热闹非凡，以至于后来喧宾夺主，名气超过福建会馆，成为安庆城一大去处，并由此叫响了一条街道。天后宫往东，火正街走到底，便是安庆五大城门之一的枞阳门，出了城门，就是安庆人说的东门外了。福建会馆早些年气势了得，天后宫从东到西半条街，都是它的地盘。父亲孙传瑗说他第一次进福建会馆，看大有亭榭楼阁，小有名花珍木，左荷池，右石山，就怀疑是不是走错了地方，闯到哪个官宦人家的后花园来了。民国之后，以地域乡情为纽带的会馆势力，逐步为以行业性质为中心的各业公所（后演化为同业公会）所替代，福建会馆也随大势趋于衰败，迫不得已，将会馆主建筑改建为爱仁大戏院，对外出租，以租金勉强度日。爱仁大戏院可容四百左右观众，规模不小，但经营状况平平。后来换老板重新营业，乱七八糟什么都演，包括早期无声电影"影子戏"。没想到无意插柳柳成荫，影子戏一在安庆露脸，就轰动了半个城。大活人能在银幕上走动，在当时，可是惊天新奇事。孙多慈也吵死吵活要父母带她过来看，结果一看就上了瘾，只要是新片子，一部也没有落下。爱仁大戏院的生意，由此也一火冲天。老板赚了钱，便投入更多资金，将剧场修缮一新。也就是1929年初，戏院改名，正式挂出华中电影院的招牌。这一年安庆的电影业，也从默片时期，进入有声时代。

《女伶复仇记》的故事，说复杂也复杂，说简单也简单。同一所大学毕业的两位同学，汝南和尤温，同时爱上温情女伶幽兰。接触过程中，幽兰因与汝南的感情发展迅速，从而冷落了尤温。尤温恨从心起，找由头将汝南打成双目失明。幽兰愤而复仇，却被尤温手下劫持，并欲施非礼，幽兰以死相抗，结果被尤温关进土牢。多少年后，幽兰从土牢逃出，欲与汝南重温旧情。不料双目失明的汝南，以手相抚，竟不相信眼前的苍老女人，就是当年相爱的幽兰。面对如此结局，悲痛欲绝的幽兰，只能选择以自刎了却一切……

当电影院灯光暗下来，当银幕上出现电影片名，那一刻，不知为什么，孙多慈心中突然生出一种莫名的怯意。随着电影情节的展开，这种怯意越来越强烈。特别看到幽兰被关押进土牢里那一段，这种怯意，又转换成无边的恐惧。恐惧惊悚而慌乱，潮湿而黑暗，似乎从天而落，没有任何依附，茫然而无法掌控。土牢里关押的,好像不是银幕上的幽兰,而是她自己,或是她的家人。当这种怯意在心中转化成一种委屈一种伤感时,眼中的泪水就控制不住了,该哭的地方她流泪,不该哭的地方,她的泪水依旧汪汪。手中的一条小手绢,电影从头放到尾,就一直没有干过。

从电影院出来,孙多慈只有一个信念,就是匆匆往家里赶。李家应跟在后面喊了她两声,想邀她再去逛四牌楼,她却话也顾不上回,急急消失在人群中。

穿过近圣街,穿过杨家塘,离家越来越近,她心中的恐惧就越来越有令人窒息的压迫感,而这种压迫感,使她似乎在冥冥中得知,家中肯定要出什么大事。当远远地看见昭忠祠 1 号老宅大门洞开,看见老宅外挤有三三两两交头接耳的邻居,而这些邻居一看到她就缄口不语,她就知道她的预感得到了验证。那一刻,她隐隐看到头顶上的天,阴云密布,越压越低,甚至一抬手就能触到。而她的神经,在这一刻也完全崩溃,她的腿有些软,她不知道如何再迈动自己的脚步。

但随她走进老宅,这种恐惧陡然间全部消失了。似乎一瞬之间,她整个人,从里到外都发生了质的蜕变,由一个无忧无虑的纯情少女,成熟为饱经沧桑的冷静女子,她甚至隐隐感觉,他们这个家,从此以后,将由她来挑起大梁。

"你爸爸,被南京来的人带走了。"看见孙多慈回来,搂着弟弟孙多括的母亲,怔了好久,才轻轻向孙多慈吐出这几个字。

孙多慈平静地抱着母亲的肩膀,拍拍,什么话也没有说。

这天下午,孙多慈离开家不到半个小时,省府大院那边就匆匆来人向孙传瑗通报,说南京那边来了一行人,点名要找省府秘书长方植之,省府委员苏宗辙和孙传瑗,恐怕来者不善,让他赶紧找地方躲一躲。孙传瑗虽然早有南京方面可能会对自己动手的预感,但对方行动之快,下手之狠,仍让他始料不及。

方振武在安徽,所作所为,本来就让蒋介石放不下心。这期间,他又与韩复榘、石友三、马鸿逵、刘镇华,在郑州结拜了金兰之交。密报传至蒋介石处,更引起他的高度重视。

9 月 22 日,南京发来紧急电报,要求方振武南京述职。方振武心知肚明,冷冷一笑,"这一去如赴汤蹈火,恐怕去了就回不来了。不能去啊!"他找了个借口，让民政厅长苏宗辙代行述职。

三天后，蒋介石亲自打来电话，"叔平兄，怎么没有来南京呀？"

"我的身体不舒服，实在是去不了啊。"

"你还是来一下吧，我同你还有要事相商。已经派安丰舰接你去了……就这样，见面再说吧。"不容方振武回话，他把电话挂了。

方振武转到孙传瑗办公室来，"是福不是祸，是祸躲不过。看来不去还是不行啊！"

此间，也有风传说孙传瑗是孙传芳同宗亲信，近期又成方振武左右膀，蒋介石很不高兴，准备对他施加颜色。孙传瑗害怕，就想出去躲一躲。方振武不以为然，"你一介文官，手无缚鸡之力，对他能构成什么威胁？放心，有什么事，也牵涉不到你身上来。"

26日，方振武带着卫队乘安丰舰离开安庆。几乎在同一时刻，蒋介石在南京接连下达两道手令：

命令方策率陆军第六师速达安庆接防；方鼎英率陆军第十师速达合肥接防。

命方策速将方植之、苏宗辙、孙传瑗逮捕，押送南京。

方振武乘坐的安丰舰，恐怕还没有驶出安徽的江面呢，在安庆，孙传瑗就在家中被押走了。

1929年的第一场秋雨，在这个夜晚，密密麻麻地落了下来。秋雨夹着秋意，带有一种无言的苍凉。恰恰又逢上停电，烛火在风中摇曳着，忽儿明，忽儿暗。没有父亲身影的客厅，更显得空空荡荡。

孙多慈坐在母亲身旁，轻轻为母亲拭着眼泪。

"你爸爸被带走的时候，只说了一句话，让你无论如何不要放弃学业。"

"我知道。"

"你爸爸把全部心思都放在你身上，可别让他失望啊！"

孙多慈没有回答。但那一刻，十六岁的她，知道自己长大了。

相比之下，这年秋天的安庆之乱，远比孙多慈家庭之乱来得狂野。方策率陆军第六师应蒋介石之令接防安庆时，本已率军南下继任安徽省主席的石友三，突然被改派赴两广与李宗仁、陈济棠部作战。石友三强烈不满，于是10月在江苏浦口发动兵变，重兵围攻了南京城。这之前的9月28日，已驻防于安庆的石友三部秦建斌师，因怨恨方策陆军第六师对他们的牵制，也在安庆城发生了骚变。不过安庆这场骚变的性质，更接近于一场兵灾。

孙多慈目睹兵灾的全过程。

那天下午放学，孙多慈绕道到倒扒狮子，到刘松林笔店去挑一支水笔。已经往家里走了，在四牌楼胡玉美酱坊门口，就听见身后一片骚动，马上就有人一脸惶恐奔过来，"不得了啦，士兵在店铺里抢东西啦！"

一街人都把脖子伸长往后看，"哪家？哪家？"

"还在海华鞋店呢，一店的鞋子都被抢空了，柜台也被掀翻了！"

还不等大家反应过来，就见一群身着黄军装的持枪士兵，大摇大摆由国货街转过弯来。军装之"黄"，黄得蛮横，黄得无理，刹那间，窄窄的四牌楼被这"黄"给浓浓罩住了，成为灾难之地。

商家的老板、伙计也顾不得许多了，"噼里啪啦"纷纷抢上门板。而没来得及关门的商家，那些急红了眼，已经撕开脸皮的士兵，枪一横，就直接冲了进去。老板态度好一些，他们还慢条斯理从货架上拿。稍有反抗的，抬起枪柄就朝柜台上砸。沿街的华利鞋店、三捷鞋店、久大恒绸布店、永聚恒百货店，不管需要还是不需要的东西，只要是眼能看到的，统统都揽到自己怀里来。亨得利钟表眼镜店里的那些钟表眼镜，更被洗劫一空。宝成银楼、正泰昌银楼和宝庆银楼虽是士兵眼热对象，但三家门户坚固，早早地就关起来了，士兵们用尽方法，也无法将他们砸开。

面对这一切，孙多慈不敢相信自己的眼睛，有好长一段时间，她就呆呆地立在那儿。还是一位过路的长者暗暗推了推她，"这是个是非之地，你一个女学生，还不快跑啊！"这才醒悟过来，气喘吁吁跑回汪家塘。

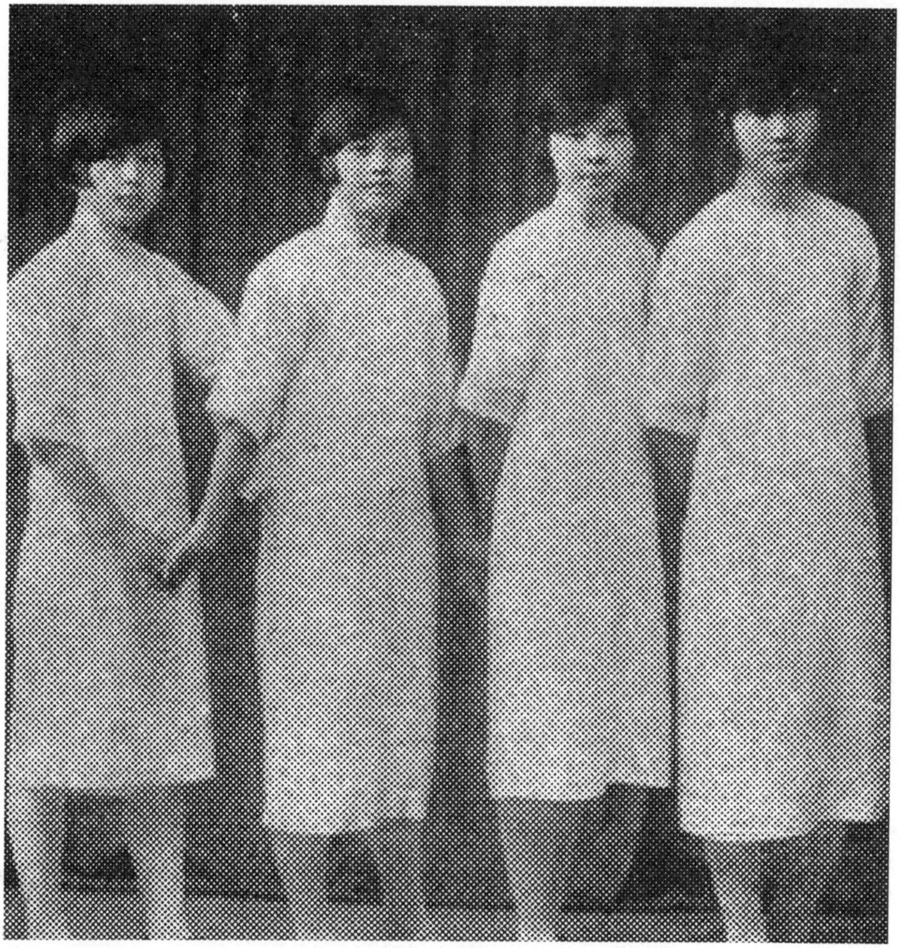

"安庆一女中毕业生洪弱如、童婉如、孙多慈、李家应,现均就学沪上。"
摄影寿康。刊 1930 年第 725 期《图画时报》

晚上就有各种消息传过来,说西门外也有军队起事了,他们冲进河街上的厘金局,想撬开里面的保险柜,结果没有得逞。厘金局的局长张啸岑,当时不在现场,后来听到消息,当场就吓得小便失禁。又说有另一批士兵在北正街省立第一中等职业学校,强行带走了十多位女学生。出城后,有一位女生拼死拼活不愿意,结果被一枪给打死了。陆军第六师师长方策，也在这场兵灾中被掳走，后被挑断脚筋，成了个废人。

那一夜，整个安庆城人心惶惶。

半夜里，孙多慈从噩梦中惊醒过来，在梦中，她老是觉得自己就是那个被杀的女学生。

难道这就是父亲梦想参与的政治？实在是太可怕了。在她的想象中，政治应该是和鲜花、掌声、列队欢迎的锣鼓连在一起的。而她目睹的这一切，包括父亲的被抓，实在是太丑陋、太卑鄙、太黑暗、太险恶了。

几乎同时，作家郁达夫接受省立安徽大学邀请，担任文学院中国文学系教授。9月29日中午，郁达夫从上海乘船抵达安庆。10月1日，郁达夫专门转到大南门内正街，在当年曾经来过的一家清真餐馆吃了午饭，后来又到东门的城墙头上转了一圈。10月6日，安徽教育厅长程天放攻击他为赤化分子，并列上政府重点清查的黑名单。闻此消息，郁达夫吓得半死，立刻赶到了招商局码头。"从安庆坐下水船赴沪，行李衣箱皆不带，真是一次仓皇的出走。"后来他在日记里说。

10月8日，郁达夫从安庆回到上海，夫人王映霞见怪不怪。去安庆之前，她就担心他的工作会有变故，所以买的是来回票。不过让她恼火的是，也不至于走得匆匆，连行李物件都丢在安庆。不得已，王映霞只好自己去了一趟安庆，不仅代郁达夫向学校要到了一学期的薪金，而且也把他的行李给取了回来。

虽然只去过安庆一次，王映霞却深深记住了这座江北城市。

四、旁听国立中央大学

1930年的阳历新年，在孙多慈的印象中，不明不暗，不阴不阳，不冷不热，带着一种灰调子，说来就来了。元旦当天，她拉着弟弟孙多括外出散心思，在城西，在大观亭之上，面对滔滔长江，看见长江南岸那远远一抹青灰之色，猛然想起，自己已经满十七周岁了。"倚槛苍茫千古事，过江多少六朝山。"面对大观亭门柱上这副对联，她停步良久，心中也生出许多苍凉的感慨来。

南京国立中央大学大门及大礼堂

几天后，父亲朋友从南京带来口信，说他们将方方面面关系疏通好了，孙多慈他们一家，可以到老虎桥监狱，探望分开三个月之久的父亲。

母亲汤毅英带着他兄妹三人，连夜坐船到了南京。从下关大轮码头下船，踏上南京城的街道，孙多慈突然有一种亲切之感，她不知道今后会发生什么，也不知道未来命运如何，但她感觉，这座城市，与她，与他们一家，肯定有许多剪不断理还乱的牵扯。

原以为父亲肯定是一副萎缩潦倒之像，甚至想象他完全变了个人：两颊瘦了下去，眼睛也凹得多深。在家里基本看不到的胡须，又深又长，挂满两腮。关键是他眼中始终充满激情的锐气消失了，替代的，是一种无可奈何甚至是绝望的惆怅。但让孙多慈没有料到的是，三个月的牢狱生活，不仅没有打垮父亲，反而在他身上，生出一种以前所没有的威武不屈之气。

顺着长长走廊走过去时，父亲正在斗大监室之中，消消停停地与监友下棋，看他神态，晬面盎背，怡然自得，根本没有把自己当作是阶下之囚。明明知道夫人带着孩子来看他，也不回头，倒是他的监友一再提醒，并且把棋盘推了，这才逼他回转身来。

看见父亲，孙多慈鼻子一酸，两行泪水夺眶而出。

"你这傻孩子，哭什么。"孙传瑗笑着将她拉过来，"来，介绍你认识蒋叔叔。蒋叔叔蒋方震，字百里，地地道道的民国奇人。你读过的《浙江潮》《改造》，中国一流大刊物，都是他主编的！爸爸此次能与他同监，实是三生有幸！"

孙传瑗初押南京老虎桥监狱，同监共有四个人，安庆押过来的方振武（叔平）、苏宗辙（企六），另外一位就是蒋百里。后孙传瑗四十三岁生日，一时兴起，特别作有一首《狱中生日同蒋百里、方叔平、苏企六作》："志士在沟壑，由来不辱身。可堪居秽地，矧复值兹辰。冯薄雷霆怒，昭苏天地仁。匪躬愚蹇蹇，岂敢逆龙鳞。鸿毛轻一掷，便尔泰山同。解系泥犁境，参禅鼎镬中。有身斯大患，唯口实兴戎。即此观空假，何缘动八风。"但没有多久，方振武就被秘密转移，软禁至安徽砀山。苏宗辙则由香港华商吴理卿保释出狱。孙传瑗半是伤感半是失落，一气呵成的《吴公理卿为企六及予请宥，企六得蒙省释，余以多识字故，未邀矜宥》，看上去似是洒脱，但字里行间，隐含无尽苦楚："闻道解骖赎越石，柏台风雨夜深哀。明时那有清流祸，忧患端从识字来。"

好在有仰慕已久的老友蒋百里做伴，狱中生活也不是特别枯燥。

蒋百里的名字，孙多慈有所耳闻。报刊介绍他是军界奇人，有"中国兵学泰斗"之誉。这位光绪秀才，青年时曾留学日本士官学校步兵科。毕业后回国，任沈阳督练公所参议。后又赴德国学军事。辛亥革命时，任浙江都督府总参议。1912年任保定军官学校校长。1917年在北京任总统府顾问。1920年考察欧洲，后回国从事新文化运动，其主编的《改造》杂志，在国内的影响，仅次于陈独秀主编的《新青年》。1923年，与胡适等组建新月社。1925年任吴佩孚军总参谋长。倾注他大量心血的"共学社丛书"，共16套86种，是民国规模最大的学术文化丛书之一。瞿秋白、耿济之、郑振铎等翻译的俄罗斯文学名著，都是在共学社出版的。1929年末，因参与唐生智联手石友三的反蒋活动，也被蒋介石秘密关押进南京老虎桥监狱。

孙传瑗对蒋方震说："我这个女儿孙多慈，是我的最爱，常和你说'平生爱女胜爱男'，指的就是这个丫头。"

孙多慈礼貌地与蒋百里打招呼，但她的眼睛里，泪水依然无法止住。

孙传瑗不高兴了，把脸一沉，道："还记得孟子《告子》关于'动心忍性'那一节吗，来，背来给我听听。"

"舜发于畎亩之中，傅说举于版筑之间，胶鬲举于鱼盐之中，管夷吾举于士，孙叔敖举于海，百里奚举于市。故天将降大任于斯人也，必先苦其心志，劳其筋骨，饿其体肤，空乏其身，行拂乱其所为，所以动心忍性，曾益其所不能。人恒过，然后能改。困于心，衡于虑，而后作；徵于色，发于声，而后喻。入则无法家拂士，出则无敌国外患者，国恒亡。然后知生于忧患而死于安乐也。"孙多慈一边哽咽，一边背诵出来。

孙传瑗满意地拍她的肩膀，"我知道你心里有委屈，你接受不了你眼前的事实。我理解你，但不支持你，不仅仅如此，我还要批评你。为什么，从小就和你讲过，人的聪明才智是天生的，但也得于后天的艰苦磨炼。家庭变故，人生坎坷，环境恶劣，是坏事也是好事，它能在最短的时间内，磨炼人，造就人。'天将降大任于斯人也，必先苦其心志，劳其筋骨，饿其体肤，空乏其身，行拂乱其所为，所以动心忍性，曾益其所不能'，只有这样，才能修养人格，坚强意志，致力学问，创造事业。只有这样，才能至大至刚，塞乎天地。只有这样，才能富贵不淫，贫贱不移，威武不屈。你懂吗？"

孙多慈半跪在父亲身边，一脸泪水，拼命地点着头。

"好，你给我记着，现在什么也不要想，抓紧时间，认真准备，还是按照我们原先订的计划，报考国立中央大学。"

在安庆女中，孙多慈一直是学校的骄傲，国文、数学、英语三门重点课目，只有数学略差一些，另两门始终是拿高分。当时在安徽大学任教的苏雪林，后来写文章回忆说："我是安徽省立第一女子师范卒业的。民国十九年，到安大教书，又回到安庆，母校此时已改为省立第一女子中学了。常听朋友们谈起：母校出了一个聪明学生孙多慈，国文根底甚深，善于写作，尤擅长绘画，所有教师都刮目相看，认为前途远大，不可限量。"安庆女中的校长也把孙多慈当作一面旗，无论校内校外，大会小会，总是得意洋洋地伸出两个手指头，"我们安庆女中有两位才子，一个苏雪林，现在是安徽大学的教授了，另一个孙多慈，将来还不知道如何发达！"

1930年是孙多慈命运转折关键之年，随高中最后一学期结束，她在安庆女中的学业将全部完成，面对她的，是全新的大学生活。报考什么学校，选择什么专业，早在高三之前的暑假，父母就和孙多慈，以及她的老师，做了细致的商量，当时定的目标十分明确，南京国立中央大学文学院的中国文学系。可突然发生的家庭变故，打乱了她的生活环境和学习心态，短短两个多月下来，各课成绩直线下滑，甚至到了雪崩地步。别说报考全国一流的国立中央大学了，即便是省立安徽大学，也还要看她最后的努力。

从南京回来，这种状况依然无法改善，孙多慈也知道父亲所说的一切，但要真正安下心来，非常困难。

母亲非常着急，但也非常无奈，"你这孩子，命真的是不好，偏偏在这节骨眼上，你爸爸这里出了这么大的事。"

　　孙多慈表面上还是很乐观，她安慰妈妈说："你放心，吉人自有天相，你女儿呀，肯定是国立中央大学的料。我会努力的！"可私下里，她的心思就是定不下来。只要一捧起书本，爸爸的影子就浮到眼前来了。就想哭，就想找一个没有人的地方，把眼睛、耳朵都捂住，什么也不想，痛痛快快地哭一场。

　　但之后不久，事态就发生了转机，这年 4 月 11 日，孙传瑗意外被释放出狱。从老虎桥监狱走出来，抬眼看暖暖春风里的如洗蓝天，孙传瑗的心情特别的畅快。《四月十一日蒙宥出狱》如实记述了他当时的内心感受："故人忍泪说南都，一夜东风草不枯。罪触雷霆缘底事，十年应悔读阴符。"父亲孙传瑗从南京回安庆，孙多慈事先并不知道，放学回家，见客厅坐着一个熟悉的身影，上前一看，竟然是父亲，就快活地"啊"的一声大叫，把父亲死死抱住，生怕别人再把他从自己身边带走。依旧泪水满眶，但这个泪，是高兴的泪。

　　孙传瑗在她鼻子上轻轻刮了一下，"你这个傻丫头，爸爸大难不死，又逃过一劫，你应该高兴才是，怎么哭出来了！"

　　孙多慈看着父亲，也不说话，只是乐呵呵地傻笑。

　　坐下来细谈，话题很快就绕到孙多慈报考国立中央大学的准备情况上来。"怎么样，你有多大把握？"

　　孙多慈难为情地笑笑，怯怯地伸出三根指头。

　　孙传瑗微微一怔，但很快就把失望之意掩饰过去，脸上依旧挂着一丝笑意，"我估摸着你也考不上。爸爸关在老虎桥监狱，你心挂在爸爸身上，哪还有心思复习准备？"

　　"也不是，我……"

　　孙传瑗摆了摆手，"你不要气馁，上不了国立中央大学，就上省立安徽大学，在安庆当地，爸妈还可以多照顾你一些。"

　　孙多慈略略迟疑，还是把自己的打算告诉了父亲，"如果今年能考上中央大学的中国文学系，那更好，如果考不上，我想改学绘画。先在中央大学旁听一年，明年再考。"

父亲很意外,"你什么时候有了这个念头?"

孙多慈淡淡一笑,没有深说。

其实孙多慈早胸有成竹。

元月上旬,孙多慈去老虎桥监狱探望父亲期间,恰逢中央美术会画展开幕,孙多慈那天正好路过,完全是无意识的,也随人流走进了展览大厅。在展馆第二室,一进门,她就看到了挂在中心位置,尺幅最大,色彩最艳,也最具视觉冲击力的油画《田横五百士》。

小时候就听父亲说过"田横五百士"故事,但那只是个模糊概念,具体画面,只能按她自己的想象做最大的发挥。而现在面对的《田横五百士》,却是强烈的震撼人心能够触摸的场景。在这幅巨画前,她不知道自己究竟站了多长时间,她只知道,她被画作右上角那片蓝色深深打动了。"蓝"是深邃的天空,其大可以包容一切。由"蓝"而衬出白云,浓烈而突出,与"壮"之意相互呼应。画面

徐悲鸿《田横五百士》| 布面油画 | 197cm×349cm | 作于1930年

上的所有人物，因有深邃的天，浓烈的云，从而形象高大，心胸高远，言行举止也有"壮"的威武，"壮"的雄健。

晚上回到旅馆，在《中央日报》上，她读到了紫天《徐悲鸿的画》这篇文章："《田横五百士》是描写汉帝遣人招抚田横，田横与五百士作别时的情景，此刻田横心中充满说不出的悲痛，至于五百士，也知田横此去凶多吉少，在伤别离之外，一方面愿他平安归来，一方面又愿他不屈不挠，所以此时的情绪最激昂，最含蓄，最幽郁，最深沉……"由此她也深深地记住了一个注定要让她记一辈子的名字——徐悲鸿。

去中央大学艺术专修科旁听西画的念头，就是在这一刻产生的。

父亲没有说话，虽然他不希望女儿走绘画这条路，但如果不能考上中央大学中国文学系，这也不失是一个好的选择。

1930年，孙多慈和同学李家应一道，到南京报考国立中央大学。父亲本来要陪着她们过来的，但孙多慈坚决不同意，她认为自己有能力处理好自己的事情。

国立中央大学的大门，类似法国巴黎的凯旋门，不过结构上要简单些，造型也很平淡，更谈不上什么大气势了。它由四根方形立柱为支撑，宽约十多米，高在六米左右，单单薄薄的孙多慈从下面走过，显得十分渺小。穿过大门，大道笔直，远处圆形的带堡状屋顶的建筑，有一种欧洲风情。

迈进中央大学大门的那一刻，孙多慈的心，就有些怪怪的，并不是慌乱，也不是兴奋，而是一种黏黏的如胶状的东西，还没等她做出反应，一下子就把心给吸住了，牵引着她，迫使她不自觉地跟着它走。而且她感觉，这种行走，一时半会还不能终止，似乎绵绵无尽，似乎遥遥无期。也不害怕，也不讨厌，只是好奇，只是刺激，就想以自己的生命，陪着它一直走下去。

多少年后，孙多慈反复回忆到这一细节时，最终明白，那就是冥冥之中，爱情对她的呼唤。

1930年的国立中央大学，从头至尾，组建才满三年时间。1927年3月，国民革命军占领南京。4月，国民政府成立。6月，国民政府教育行政委员会采纳蔡元培关于"改官僚化为学术化"的提议，颁布"大学区制"，率先在江苏和浙江两省试行。在江苏，国立东南大学与河海工科大学、上海商科大学、江苏法政大学、江苏医科大学及南京工业专门学校、南京农业学校、苏州工业专门学校、上海商业专门学校被合并组成国立第四中山大学，由江苏省教育厅厅长张乃燕出任首任校长。1928年2月，依照国民政府大学院大学委员会决议，国立第四中山大学改称江苏大学。同年5月，又改名国立中央大学。国立中央大学校长一职，国民政府推选吴稚晖出任，但吴稚晖一直未能到职，校长一职，仍由张乃燕续任。孙多慈报考中央大学时，国立中央大学共设八个学院，分别是文学院、理学院、法学院、教育学院、农学院、工学院、商学院和医学院。下设四十个系科。孙多慈报考的，是文学院中国文学系。

考试的感觉就不是很好，即便是孙多慈擅长的写作，也始终找不到感觉。来南京报考中央大学的考生，高手如云，孙多慈那点才华，本来就不是特别出众，这种才华又只显露了二分之一，自然无法与强手一拼。结果在意料之中，孙多慈的名字，没有出现在国立中央大学的新生录取名单上。

从南京回来，孙多慈情绪很沉闷，把自己关到房间里，成天到晚只知道画画，连饭也是弟弟孙多括送进来。前后折腾了大概有半个月，这种低落的情绪发泄完了，再从屋里出来，她也换了个人，身子瘦了一圈，脸色也苍白如纸。

父亲见怪不怪，"情绪调整过来了？调整过来就好。那就去办该办的事吧。"说着，递给她来一封信，信封上的收件人，是南京中央大学文学院哲学系宗白华教授。

"筹办安徽大学时，也想请宗白华来安庆执教，是我去南京找的他。这两年我们多有交往，也和他说过你报考中央大学的事。你去南京找他，他会帮忙的。"

早些年，大概是上初中的时候吧，就听父亲说过宗白华教授。当时父亲带她去招商局码头接他一个朋友，从高井头上来，快到小南门时，父亲指着一处老宅子对她说："这户大门头是方公馆，里面住的方家，在桐城是名门望族。早先有大学者方东树和方宗诚，现在他们家的外孙宗白华，在中国，是诗人，是哲学家，还是了不得的美学家。中国美学现在有两块牌子，叫'南宗北邓'，其中'南宗'就是宗白华，他是在德国法兰克福大学和柏林大学留的学，现在是东南大学美学

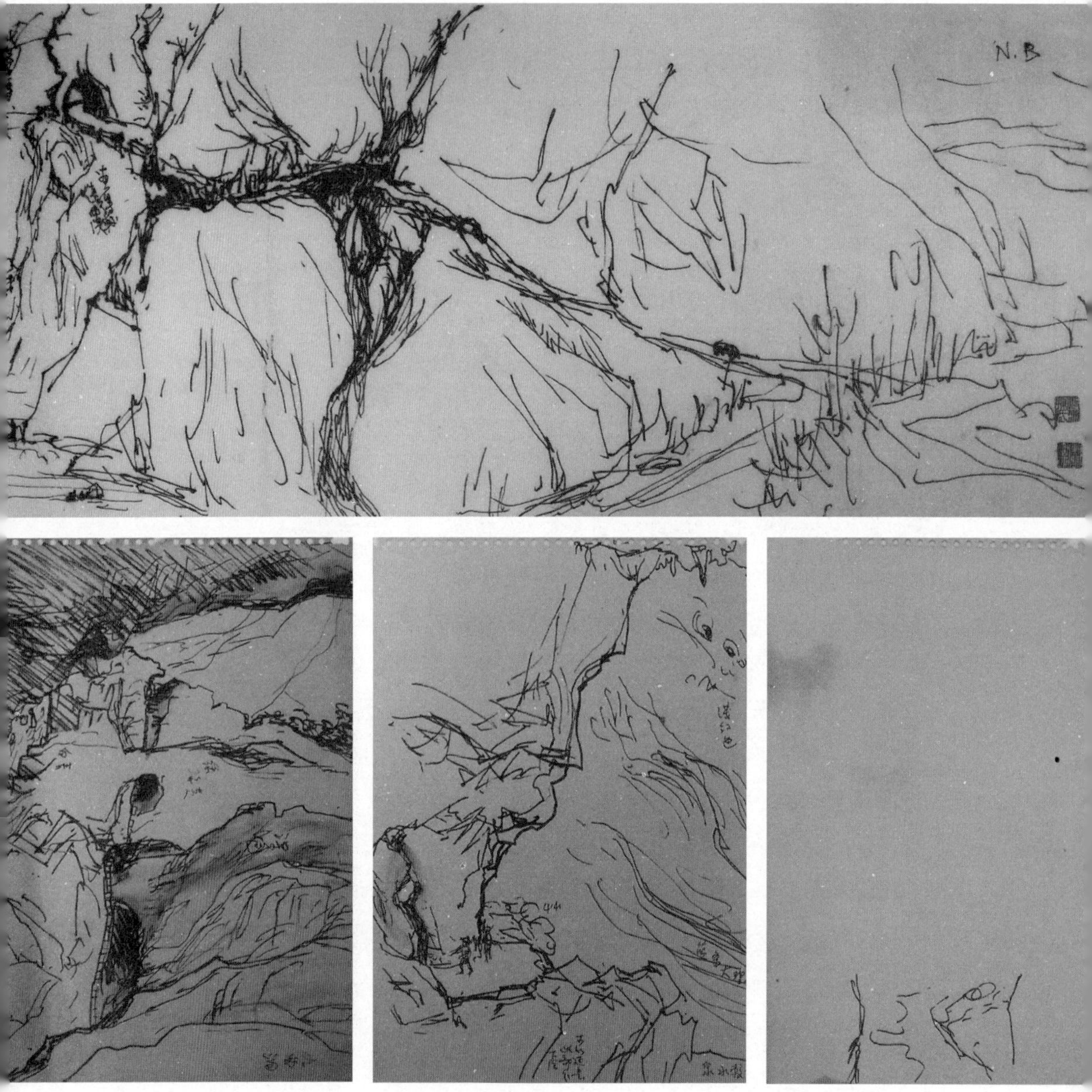

台湾中横公路写生稿，上图：27.5cm×63cm，钤"寿春孙氏""多慈书画"印

头一块牌子。'北邓'指的是邓以蜇,也是我们安庆人。当年在尚志小学堂时,我还当过他的老师呢。"孙多慈后来经过方公馆,都忍不住抬头对那边多望一眼。

"你现在大了,路要自己走。爸爸也只能帮你引引路了。走好走坏,你自己把握,只要不让爸爸失望就行。"

孙传瑗极力显得平淡显得轻松的话语,让孙多慈非常感动,她的鼻子酸酸的,突然有紧紧抱住父亲痛哭一场的冲动。

父亲拍拍她的肩膀,说:"也好,本来你绘画就有基础的。当年萧谦中到我们家来,还建议你去北平找他呢。"又说,"我打听了一下,中央大学的艺术专修科属教育学院,画家潘玉良也在这里任教。潘玉良的老家在桐城,小时候很苦,后来沦落至青楼。潘赞化任芜湖海关监督时,把她救了出来,后来两人在上海结合,就做了潘赞化的二房。潘赞化我见过几次面,但他夫人一直不认识。如果能进中央大学艺术专修科旁听,最好跟着她,都是安庆人嘛,会有照顾的。"说到此,他笑笑地看着女儿,"听说潘赞化和潘玉良在上海结婚,还是陈独秀给证的婚。陈独秀你应该知道,现在是中国共产党的总书记,名气大得很啦。陈独秀也是安庆人,家就住在南水关。民国初年他任安徽都督府秘书长,你爸爸还是他的手下呢!"

半个月后,孙多慈独自来到南京,到国立中央大学文学院找到了宗白华教授。

宗白华果然对安庆小老乡特别热情,知道是孙传瑗的女儿,更生出许多爱怜之意。"可惜了,可惜了,如果不是你爸爸出事,考到我们大学来,会有什么问题!"又说,"去年暑假到安庆,见到了你们女中校长,说到你,一口一个'好'字!"

孙多慈把父亲的意思说了,想请宗白华帮她引见潘玉良。

宗白华说:"潘玉良我还真不太熟,不过既然决定到艺术专修科来旁听,自然直接找徐悲鸿教授,跟在他后面,才能真正学到东西。"

孙多慈一双眼睛睁得多大,"你是说徐悲鸿……不会吧?他那么大名气的画家,能收我?"

宗白华笑了起来,"别人找他可能不行,但我宗白华去找他,他绝不敢说一个'不'字!你放心,这事我给你打包票了!"

宗白华与徐悲鸿相交，是1920年夏天的事，当时宗白华正准备赴德国法兰克福留学，听说就读法国国立最高美术学校的徐悲鸿如何了得，便慕名前来拜访。结果两人一见如故，并由此拉开几乎长达半个世纪的神交。

第二天上午，宗白华带着孙多慈，来到艺术专修科徐悲鸿画室。徐悲鸿正在作画，差不多已经完成了，宣纸上，三五根青竹，两三块残石，立在一旁的，是一只栩栩如生的大公鸡。徐悲鸿左手撑腰，右手高高提着毛笔，正考虑往画上题什么款。见宗白华进来，并不搭理，锁着眉头思索了会，便"刷刷刷"在画上落下两行字，"风雨如晦，鸡鸣不已，既见君子，云何不喜，惜未见也。"反复看看，很满意，又极其痛快地在后面补上"庚午夏日悲鸿"六个大字。然后，笔一甩，朝宗白华扬扬手，"既然白华兄来了，给评价一下，怎么样？"

宗白华也不客气，"既见君子，云何不喜，惜未见也。什么话，狗屁不通！"

"你一个美学大教授，连'狗屁'都出来了，成何体统！"一抬眼，看见怯生生跟在宗白华身后的孙多慈，后边的话收了回去，"这就是想来旁听的学生？"

宗白华把孙多慈推到他的面前，"我这个安庆小老乡，你收也得收，不收也得收！"

徐悲鸿上下打量了一下孙多慈，并不是太在意，他对宗白华说："你老兄是美学教授，推荐学生来旁听西画，我敢有什么意见？"又问孙多慈，"以前画过些什么作品？"

孙多慈把事先特意准备的自己认为还说得过去的一些习作递了过去。但徐悲鸿只是随手翻了翻，就把它们丢到一边了，"过去拜过什么老师没有？"

孙多慈犹豫了半天，小声说："安庆有个画家，叫阎松父，跟他学过一阵子。"想了想，又补充道，"北平画家萧谦中到我们家时，也给

少女孙多慈。刊1934年第2卷第6期《艺风》

他看过。"

徐悲鸿皱了皱眉,"西画和国画路子不一样。以后再说吧,也许能学得出来。"又说,"听说你是报考中国文学系没有录取,才改主意来我们艺术专修科旁听的?"

孙多慈点了点头。

"这不好,"徐悲鸿似乎有些恼怒,"这把我们艺术专修科放到什么位置上了,是其他系的残汤剩饭?"

孙多慈脸涨得通红,一句话也不敢反驳。

徐悲鸿见状笑了起来,"到底是孩子,一句玩笑话就当真了。放心,没有事的,我要是真生气,还会答应你吗?"又向宗白华嚷道,"你看你这个小老乡,多大出息,进来这么长时间了,连正眼都不敢看我!"

孙多慈确实不敢抬眼和徐悲鸿直视。她觉得她现在面对的,不仅是著名画家,是大学教授,还有其他许许多多的复杂身份。她有些茫然,有些慌乱,她不知道这影响她一生的关键一步,到底需要不需要勇敢地迈出去。

五、打动徐悲鸿

那年初秋,十七岁的安庆少女孙多慈,带着既惶恐,又兴奋,还淡淡有些刺激的心情,开始了她国立中央大学的旁听生活。

1930年的中央大学艺术专修科,规模还没有达到"系"的要求,当时艺术专修科下面只设有国画、西画和音乐三个组。而教育学院,也只有一系三科,分别是教育学系,师资科、艺术专修科和体育专修科。七年之后,也就是南京沦陷前夕,艺术专修科才升格为艺术系,教育学院也同时改称为师范学院。之后不久,10月,国立中央大学西迁至四川,其中本部设在重庆沙坪坝。

在国立中央大学,最大的建筑,便是工字大楼,艺术专修科国画组和西画组的教室,就设在这栋大楼里。徐悲鸿主讲西画组一、二年级素描课,单独有一个石膏素描教室。石膏素描教室是徐悲鸿来国立中央大学后一手创办的,里面有人物胸像、头像,动物全身及其解剖模型,大小一百多件。其中亚波罗和维纳斯全身像,高两米有余,在国内,独一无二。徐悲鸿很得意他的石膏素描教室,常向同学们炫耀说:"你们知道这些石膏模型是从哪儿采购的吗?法国巴黎。同学们都还没有去过巴黎吧,那你们就摸摸石膏模型,也算是和巴黎亲密接触了!"说到这里,他总是有意停顿三四秒钟,让学生轻松地笑一笑,再切入主题。"这些石膏模型,都是世界著名雕塑家的代表作品,每一件都具有极高的艺术价值。石膏模型是静止的无色的艺术形体,它是练习素描的最好对象。而素描,是锻炼绘画基本功的唯一途径,想掌握好它,只有两条,一是'勤',二是'苦',没有其他的路可走。"

教室面积很大,而上课的学生,通常只有二十多个,徐悲鸿宽厚又富有磁性的声音,在空旷的教室里回荡,更具有特别的亲和力。

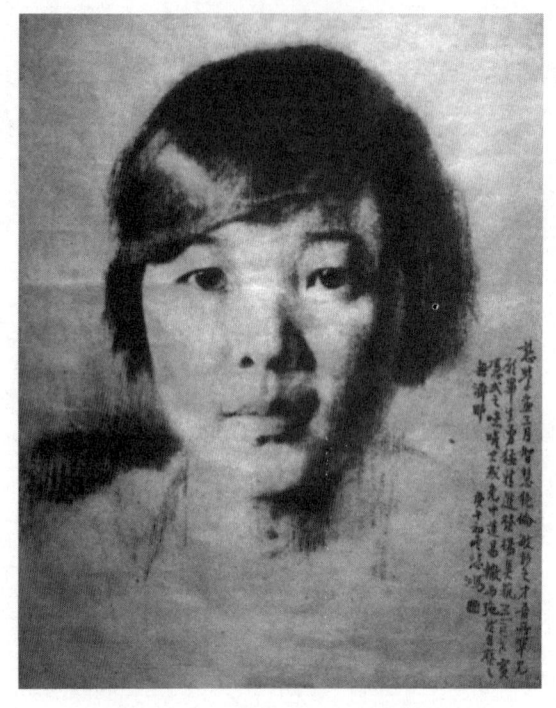

徐悲鸿眼中的纯洁少女孙多慈。
刊《孙多慈描集》

孙多慈从来没有接触过正规绘画教育，面对这突然而来的新生事物，多少还有些不适应。加上是女性，年龄小，又是旁听生，孙多慈很少说话。不少时候，为某个艺术观点发生争论，在场的同学，几乎人人都脸红脖子粗，只有孙多慈，微笑看着大家，什么也不说。有时候逼急了，非要她表态，就往后退两步，"我觉得，你们讲的都有道理，只是立场不同罢了。"并不明显偏向哪一方，但大家都认可她的态度。

徐悲鸿一开始也没有把孙多慈放在眼中。那时候，每年都有喜欢绘画的学生到国立中央大学艺术专修科来旁听。虽说是旁听，但吃住都安排在学校，还要交相当的学习费用，一般人家，根本花费不起。在艺术专修科旁听，多是两种情况，一种是落榜生，另一种就是转科的，无论哪一种，绘画基础都不是很好。所以艺术专修科对旁听生有辅导，但不是特别侧重。

大约是一个多月后，徐悲鸿应栖霞乡村师范学校校长黄质夫邀请，带领艺术专修科西画组的学生去学校参观,并在那里做演讲。孙多慈也跟着去了。因为是在城郊,路不太好走,很少走远路的孙多慈落到了其他同学的后面。徐悲鸿注意到了这个细节,便站住,特意等她赶了上来。"看来你这个小女生很少锻炼,走这样的远路还是第一次吧?怎么样,是不是脚有些痛?"

孙多慈抬眼淡淡一笑,脸上泛起一团红晕。"没有,也还好。"想想,又补充一句,"谢谢徐先生。"

徐悲鸿本想和她开句玩笑轻松一下气氛的,但当他眼光与孙多慈对视的那一刻,没来由突然一阵心动。这个看上去十分清纯的少女,一双眼睛却生满让人无尽爱怜的忧郁。那种忧郁不是造作而出,也不带矫揉之情,却如一扇明净的窗口,透过它,你可以清澈地看见她的内心世界。徐悲鸿以一双画家的眼睛,敏感地抓住了这一瞬间,他不知道面前这位少女,过去发生了什么,现在正在发生什么,将来还会发生什么,但他知道,她的身上,肯定有说不尽道不完的戏。

孙多慈却被他的眼光震慑住了,想说什么,又不知该说什么。结果一抬脚,差点打了个趔趄,徐悲鸿伸手扶住了她,"小心,千万别崴了脚,要不晚上就回不去了!"

后来在学校礼堂做关于文艺的演讲,徐悲鸿显得特别有激情。"艺术创作确实需要天才,但如果不下苦功夫,你那一分'天才'有什么用?天才与地才结合,才能创作出惊世之作!"又说,"我们的艺术,最重要的,就是以'真'为贵。什么是'真'?'真'就是生活中的美。艺术创作最难的,就是一个'真'字。求真难,不真易。打个比喻,我们画人难不难?难。画鬼呢?画鬼就容易多了。"接下来谈到美术界的一些不正之风时,他的情绪明显有些激动,"现在有些画家,自命为什么新派画家,实际他们没有什么表现逼真的能力。说白了,就是打着'新'的旗号,自己欺骗自己,也欺骗他人。他们的绘画,不仅乡村种田的农夫不喜爱,他们自己也不喜爱!"

同学们都被鼓舞起来了,巴掌拍得震天响。孙多慈也随大家站了起来,一双手拍得通红。这才是一个真正的血性汉子啊,她在心里暗暗叫道。

台上的徐悲鸿，在众多的学生中，一眼就看到了孙多慈，不知为什么，那一瞬间，他居然有一种从未有过的得意。

　　接下来的素描课，徐悲鸿把更多的注意力放到了孙多慈身上。连续几天的观察，他发现必须重新审视这位女学生。从孙多慈绘画技艺看，确实是班上基础最差的一个，但通过近两个月的学习，她的素描水平进步非常快，在班上排名，已经够得上中游偏上的水平。徐悲鸿暗暗吃惊，这个看似温柔，看似宁静的少女，却有如此之高的悟性和巨大的发展潜力。

　　"绘画艺术是造型艺术之一，绘画是通过客观形象来表现主观精神的。'以形写神，神形兼备，形之不存，神将焉附？'这也是素描功课的根本。这一点，孙多慈同学进步很快。应该说，她已经掌握到了一定技巧。"说这话时，徐悲鸿就站在孙多慈身后，他把她的素描稿从画板上拿下来，在教室里向大家展示了一圈。"同学们的素描，看似是对静止物的静态临摹，其实错了，它同样也需要我们动态去研究，去体验。临摹对象是固定的不变的，但通过观察，通过比较，同学们对它的结构、动态、比例以及其明暗调子，都会形成各自见解。这种见解的高低，就是你们掌握素描基本功的进度。"最后，他转回来，帮孙多慈把素描稿重新夹到画板上，对她说："我并不是说你的功课做得有多好，只是说你的功课有进步。对于临摹对象，你还需要由整体到局部，再由局部到整体反复校正，最终达到高度概括的境界。"接着，他又提高声音，转向全班同学，"只有通过这样的长期训练，我们才能培养自己坚实的准确的造型能力。"

　　那一刻，素描班的同学，眼光齐刷刷全聚集在孙多慈身上。如此点名道姓表扬一个同学，对于徐悲鸿，是不多见的事。

　　这之后，徐悲鸿对孙多慈印象越来越深，也越来越关注。到教室里来上课，习惯性的第一眼，就是看孙多慈在不在，在什么位置。有时候孙多慈晚来几分钟，或者生病缺课，他就有些烦躁不安，脾气也略微大些。私下里，他也暗暗吃惊，难道自己对这位年龄几乎可以做他女儿的学生，产生了师生之外的情感？

　　孙多慈并没有感觉到什么，在中央大学，她依旧慢条斯文地打理着她的生活。校园里偶尔与徐悲鸿相遇，远远就立住，低下身，非常恭敬地喊一声"徐先生"。

和徐悲鸿对话,虽然胆子大了,话语碎了,有时还淘气地开个小玩笑,但语气之中,仍有一丝畏缩的拘泥。徐悲鸿看她白白的胖胖的脸庞,看着她弯弯的笑笑的丹凤眼,看她悠闲自在但始终夹有一丝忧郁的神情,总有一股按捺不住的急于表现的冲动。这种冲动自然不是感情上的,但究竟是什么,他又无法说清。直到有一天,他用两手的拇指和食指,构成长方形画框,将孙多慈的头像锁于其中,这才知道,这种冲动,更大程度上,是创作激情的爆发。"孙多慈同学,能不能抽点时间到我的画室来,做做老师的模特?"

"我?"孙多慈把手压在胸口,一脸惊讶。

"是的,你,孙多慈同学。老师想以你做模特,创作一些作品。"

面对这种突如其来的请求,孙多慈不知是兴奋还是惊讶,她不知如何作答。

"怎么,你不愿意?"

"不,不,能为先生服务,求之不得呢!"

"那为什么不爽快答应?"

"可,可……"也说不出什么理由,只是女孩子固有的羞涩吧。

"吞吞吐吐干什么?或同意,或拒绝,简简单单的事。如果有什么不妥,说不来不就行了!"

孙多慈脑海里突然浮现出《田横五百士》画面,就淡淡一笑,"我,我是怕一个女孩子,到先生笔下,会变成威猛阳刚的硬汉子。"

徐悲鸿哈哈笑出声来,"怎么会有这种想法?"

孙多慈就说了年初在中央美术会画展观赏《田横五百士》和《徯我后》的感想。"画上的人物,不管是男是女,个个都……"

徐悲鸿点点头,非常严肃地说:"绘画创作最重要的,就是表现主题,绘画作品中的人、物、风景,都应该围绕主题做文章,只有这样,创作出来的作品,才具有感染力和号召力。"又笑笑,"你放心,在我眼中,你是文文静静的女学生,我想表现的,只是你柔情似水的一面,不会有其他。"

孙多慈满脸阳光。

接下来的一段日子,孙多慈天天跑徐悲鸿画室。徐悲鸿的画室,在中央大学东北角，隔着一道围墙，外边就是成贤街北口。画室分里外两大间，其中外间开了大玻璃天窗，这是徐悲鸿作画的地方，里面一间略小一些，是他的藏书室。徐悲鸿心细如发，那些天，他的画室总备有一两盘水果，或一串葡萄，或两个苹果，或刚刚摘下来的柿子。孙多慈坐在他的对面，也很随意，想动的时候就动一下，想走的时候就走一走，有时候嘴渴了，就嚷着要歇会喝几口水。徐悲鸿总是笑着看她，也不阻拦，只有他完全投入状态的时候，才绷着脸吼上一两声。

　　一个星期后，人物头像素描完成。画稿上的孙多慈，短发齐耳，脸盘如月，两嘴紧抿着，表情淡然。既有少女学生的清纯之美，也有小城少女的质朴之风。但孙多慈不满意，她认为这不是真实的孙多慈，至少不是她自己认可的孙多慈。徐悲鸿却觉得非常到位，"年刚十八的如花少女，刚从安庆来到南京，清纯依旧，质朴依旧，这就是我要在你身上寻找的亮点。我把握得没错啊！"抬起头，看孙多慈一脸委屈，突然明白了她的心思。"你不要担心画得好看不好看，我这是不加任何感情的原始记录。在我眼中，你是一张没有图案的白纸，今后所有变化，都会从这空白之处开始。我说的变化，包括我对你形象的二度创作，也包括你自己对未来的生活道路的选择。"

　　孙多慈无语。老师的话充满哲理，她无法反驳。

　　徐悲鸿提起笔，稍做思索，在素描稿的右下方，龙飞凤舞写上了四行字："慈学画三月，智慧绝伦，敏妙之才，吾所罕见。愿毕生勇猛精进，发扬真艺，实式凭之。噫嘻！其或免中道易辙与施然自废之无济

孙多慈《天问图》，题"问天万古终无语，埋地千年尚有忧"。

耶。"最后的落款,是"庚午初冬,悲鸿"。写毕,抬眼看孙多慈,"我这里面说的意思,你能明白吗?"

孙多慈点点头,"我知道,请先生放心,我不会辜负你的期望。"

徐悲鸿非常满意,"果真如此,那就好。"又说,"我答应你,如果哪天你出画集,我就把这幅素描放进去,是对你的支持,对你的肯定,也是对你的鼓励。"

孙多慈望着徐悲鸿,内心暗暗涌上一层暖意。这种暖意,既来自徐悲鸿对她师长般的深爱,也来自徐悲鸿对她兄长般的深爱。好长时间,她就被这种爱,深深地感动着。这天晚上,在日记里,孙多慈把自己的这种感动,通过另外一种形式表露了出来:"徐悲鸿教授是一位非常和蔼的长者,他有学识,有修养,有风度,还有一颗善良的心。"

12月初的一个周末,徐悲鸿发出邀请,要孙多慈陪他去附近的台城写生,孙多慈答应了。

初冬的日子,微风。在山下时,天蓝蓝的还有些太阳,但过北极阁,沿鸡鸣寺南的山麓爬上去,便依稀有雨丝飘了下来。虽不大,却略略生出些寒意。徐悲鸿与孙多慈并肩而行,一地落叶在脚下"沙沙"作响,走到窄处,徐悲鸿便上前一步,把拦在路中的树枝挡开,等孙多慈钻过来,然后再快步跟上。两人气喘吁吁立在台城之顶时,眼前的天地,一下子变得开阔。东望,远处的钟山,群峦绵延,龙蟠苍翠。北眺,茫茫玄武湖,十里烟柳,水天一色。

"知道台城的历史吗?"徐悲鸿偏过头,问孙多慈。

"小时候爸爸让我背过一首诗,'江雨霏霏江草齐,六朝如梦鸟空啼。无情最是台城柳,依旧烟笼十里堤。'说的就是这个台城吧?"孙多慈答。

"是啊,凭吊六朝古迹,台城是不能不说的。这些诗句中,唐代诗人韦庄反其意,明用'无情',实则有情,因而传唱了上千年。可惜此时的台城,已经不是三国时代吴国的后苑城了,也不是东晋、南朝期间的朝廷台省和后宫禁城。历史的风依旧,历史的云依旧,但山野间流动的,已经绝了钟鼓之乐,断了萧瑟之声啊!"徐悲鸿无限感叹。

徐悲鸿带有颓废之情的感叹,不知为什么,突然让孙多慈想到了父亲孙传瑗。

1931年,南京中央大学艺术系的女生合影。左起:金有影、孙多慈、张蓓英等

偏偏此时,鸡鸣古刹的钟声从山下传来,由远及近,如一股巨大的气场围着他们,荡荡悠悠,始终不肯散去。孙多慈控制不住,泪水夺眶而出,顺两腮"扑簌簌"流下来。

徐悲鸿歪脸看见了,不由一惊,"刚刚还好好的心情,怎么说流泪就流泪了?"

孙多慈一手捂住眼睛,一手朝徐悲鸿摆了摆,"你别管我,我只是心里难受,一会就好了。"

"不行不行,你得告诉我,是不是我哪句话触动了你的心思,让你伤心起来了?"

孙多慈点点头,又摇摇头,在自己的老师面前,她不知该怎么表达才好。

在中央大学办好旁听美术专修科手续，孙多慈正准备回安庆，不料父亲孙传瑗带着弟弟孙多括，突然从安庆赶到了南京。这一年，弟弟孙多括初中毕业，本来已准备报考安庆高中，父亲却临时改变主意，要他报考南京中学，随姐姐一道，在南京读书。弟弟孙多括自然一千一万个同意，父子俩便连夜乘船赶了过来。

南京中学是江苏全省五大省立名中之一。学校在太平南路白下会堂附近，其源头，是建于雍正元年（1723）的钟山书院。清代的书院，相当于民国的大学，是学者讲学，士子学习的场所。钟山书院历任山长中，"桐城派"领袖人物姚鼐主讲时间最长，前后两次共二十余年，影响极大，这也是钟山书院的鼎盛时期。咸丰年间，钟山书院毁于太平天国战乱，直到光绪七年（1881）才在原址复建。光绪二十八年（1902）废科举，书院改为江南高等学堂，聘缪荃孙为总教习。1912年，书院改建为江苏省立第四师范，仇采任校长。1927年，又改为江苏省立南京中学。

孙多括学习本来就好，加上又想和姐姐在一起，更添了许多努力，考试成绩公布，自然榜上有名。孙传瑗非常高兴，当即在石婆婆巷租下房子，然后把夫人孙汤氏接过来，让她专门照顾两姐弟的起居生活。

但接下来的一幕是孙多慈以及母亲孙汤氏都没有料到的，他们都以为父亲回到了安庆，还住在城西北昭忠祠1号，但实际不在，邻居介绍，自把他们送到南京，他就根本没有回过安庆。向父亲朋友打听，也只知道他曾说过"北上有事"，但具体原因，具体行程，都不清楚。孙多慈为此事还专门赶回安庆，但待了两三天，一点确切消息也得不到，只好抱憾而归。父亲突然出走，且杳无音信，让孙多慈和母亲十分担心，但居在南京，孤独无助，又没有任何办法。后来孙多慈出版《孙多慈描集》，"述学"中介绍这段生活，提到父亲，她用了八个字，"吾父北行，秘不使知。"看似简单，实则是一腔无奈。

在徐悲鸿再三追问下，孙多慈只好将事情原委一一道出。讲1929年秋父亲如何被秘捕入狱，讲1930年初与母亲如何老虎桥探监，讲弟弟孙多括如何发愤考入南京中学，讲母亲孙汤氏带着他们姐弟如何在石婆婆巷生活，从头至尾，她的脸上始终两行泪水，到最后，说父亲带着哥哥北上，行踪全无，她已经伤心到不能正常出声，"现在他们已经失踪两个多月了，是死是活，我们一点也不知道。"

徐悲鸿搂住她的肩膀，安慰她说："你父亲是政治家，他的行动，有他周密的计划和目的。这一点，你应该放心。"又说，"政治斗争总是残酷的，勾心斗角，尔虞我诈，整个一个黑吃黑。比如你父亲，什么罪行也没有，只是和方振武走得近一些，就成了蒋介石与方振武之间矛盾的牺牲品。"

孙多慈摇摇头，说："先生说的也对，但也不全对，其实父亲真正被抓的原因，不是方振武，而是与孙传芳有关。"

"孙传芳？直系军阀首领，当年浙、闽、苏、皖、赣五省联军总司令？"

"是的，父亲曾在他手下工作过。听父亲说，这份差事是江苏巡按使韩国钧介绍过去的。"

徐悲鸿眉毛挑了起来，他简直不敢相信，面前这位身材高挑的文静少女，家庭背景居然如此错综复杂。

严格地说，孙传瑗是政治上的失败者。但民国前，民国后，他一直都想并努力往这个圈子里挤。从一定意义上讲，也取得了一定成果。孙传瑗第一次步入政治漩涡，也是在南京。光绪三十二年（1906），他带蒙养学堂的那批年龄稍大些的学生，从安庆到南京，投奔的两个寿州老乡，一位是柏文蔚，另一位就是孙毓筠。当时孙毓筠在吴春阳介绍下，刚刚加入同盟会。同时入盟的，还有权道涵、段云、第九镇部分官兵，以及南京学界和商界一些革命志士。宣誓加入同盟会的盟书，仪式结束后，便由孙毓筠藏到随身携带的皮箱中。为防意外，孙毓筠又安排正好赶到南京的孙传瑗，连夜将皮箱带往上海。果然，孙传瑗离开南京刚几个小时，孙毓筠和权道涵、段云三人，就被当局秘密逮捕了。

1912年安徽省政府成立，孙毓筠出任安徽民国史上第一位都督，孙传瑗自然受提携，一脚迈入了安徽政界。虽然做的不是顶层决策工作，但与之交往的都是政界要员，接触到的，也全是治理一方的省策。后来孙毓筠辞职，柏文蔚继任安徽都督和民政长，孙传瑗依旧春风得意。1913年春，孙多森接任安徽都督和民政长，这位寿州老乡对孙传瑗还是十分关照。再往后，1914年夏，举人

孙多慈油画《静物》，旅行苏锡写生作品展览会作品，刊《文华》1933年第38期

出身的韩国钧出任安徽巡按使，他对孙传瑗的才学，不仅欣赏，而且格外器重。后韩国钧调任江苏巡按使，孙传瑗在安徽受到排挤，只好离开安庆另寻政治出路。1915年到1920年，前后差不多六年时间，孙传瑗一直奔波在外。晚年结集《今雅堂诗存》，收录不少写于这一阶段的诗作，从中可以看到，他当时的足迹，或湖北，或上海，或广东，很少固定在一个地方。1925年末，经韩国钧力荐，孙传瑗又转投东南五省总司令孙传芳，成为他手下一员大将。虽然孙传瑗与孙传芳籍贯有异，但"同宗同姓"，还都是"传"字辈的，因此孙传芳很器重他，任命他为浙、闽、苏、皖、赣五省联军秘书，兼总部交际处副科长。可惜的是，

这一次孙传瑗站错了地方。1927年2月，孙传芳组织兵力，继续阻止北伐。8月，又率部渡江反攻，与蒋、桂军在南京龙潭一带激战，与蒋介石结下冤仇。孙传瑗官职不大，本不是重点追究的对象，但他偏偏又在方振武组建的安徽班子占了一席，这自然不能不引起蒋介石注意。带有突袭性质的秘密关押孙传瑗，多少还有杀鸡给猴看的意思。

徐悲鸿"哦"了一声，他这才明白，在孙多慈的眼中，为什么始终有那种黯然神伤的忧郁。再仔细看孙多慈，他觉得她的家境，她的身世，她的命运，都值得深深同情。他转过身，用两手把孙多慈环抱在自己怀中，"现在我知道你没能考上中央大学文学院的理由了。家有变故，你一个女孩子，怎么能安心准备考试？"又用手轻轻勾了一下她的鼻子，"这样也好，你要是被中国文学系录取了，中国画坛，岂不是少了一位女画家！"见孙多慈破涕为笑，徐悲鸿带着一份怜爱，在她的额上轻轻吻了一下，"好了，你记住，从现在开始，无论你到哪里，天涯海角，始终有一个人在关心着你！这个人就是我，徐悲鸿！"

孙多慈心"扑腾"跳了一下，如电闪，如雷击，如春日漫步在如火的桃花之中，又如秋夜静坐于飘香的桂花树下，但又说不好到底是什么感受。她闭上眼，完全是一种沉醉的神态，把头轻轻靠在徐悲鸿的肩上。那一刻，她感觉她又回到童年时光，在父亲的怀抱里，无忧无虑地享受着亲情。

六、恋爱倾向

徐悲鸿《悲鸿自写》。他的那双多情之眼，是不是正在注视他的学生孙多慈

多少年后，中国文化大学美术系主任孙多慈，在她的画室，独自忆起年轻时的情事，就在想，她与徐悲鸿之间那一湖清澄之水，究竟是从哪一个决口，哪一个时段，开始宣泄而下的？

在徐悲鸿方面，这个转折点十分明显，他对孙多慈的爱意，就是在台城，在孙多慈额上那轻轻一吻始，一发而不可收，前前后后，持续有十年之久。

1930年冬，徐悲鸿三十五周岁，事业上如日中天。而此时，虽然他已经历了两段婚姻，但感情静如止水，并没有太大的波动。

1911年，徐悲鸿刚满十六周岁，在江苏宜兴屺桥镇，他牵着当地一位农村姑娘的手，走进了父母为他准备的洞房。次年，十七岁的徐悲鸿做了父亲，儿子"劫生"之名，暗含"遭劫而生"之意，表示出他对父母包办婚姻的不满。后改"吉生"，一字之差，意思完全反了过来。1917年3月，他的第一位夫人在老家病逝。次年，儿子吉生也因患天花而夭折。

1916年，在上海，在同乡前辈蒋梅笙家，他结识蒋家二小姐蒋棠珍。1917年春，徐悲鸿与蒋棠珍暗地里确定恋爱关系，并把她的名字改为"碧微"。5月，徐悲鸿偕蒋碧微登上日本博爱丸轮船，由上海私奔至日本。1927年12月26日，他们的大儿子伯阳在上海出世，1929年11月20日，小女儿丽丽生于南京。

从 1916 年春到 1930 年冬，与蒋碧微相识相爱，到孩子出世，经过十五个季节的轮换，如火的激情被冲淡了，如蜜的感情被冲淡了，如月的生活也被冲淡了。就是在这种背景下，孙多慈带着她青春的笑，侧着身子，从他窄窄的心缝里，硬是挤了进来。

徐悲鸿实在难以无动于衷。

说不上是谁的对，也说不上是谁的错。简简单单，就是一种天意。

1930 年冬季，对于蒋碧微，爱情变盘的征兆可能来得更早一些。1964 年 10 月，台湾《皇冠》杂志刊行《蒋碧微回忆录》，她在书中这样写道："对于我个人来说，1930 年是一连串不幸的黑色岁月，许多重大的事故，都在那一年里发生。4 月间，丹麟弟病势沉重，咯血不止，我们请王苏宇医师为他诊治。稍微好了一点，于是决定送他到牯岭普仁医院疗养。5 月 7 日，母亲陪他同行，我们送到码头，真想不到这竟是最后的诀别。同年暑假，我们到宜兴避暑，住在西氿边程老先生的学生们为他所建的'雪堂'。三个多月以后，8 月 19 日，聪明好学的丹麟终告不治，病逝庐山。噩耗传来，徐先生立刻赶到牯岭，帮忙母亲料理丧葬事宜。办完丧事，再陪母亲回到宜兴；我因为这时静娟姑母也病得厉害，所以便留在宜兴侍疾，徐先生则在开学前独自返回南京。到了 11 月初，姑母病重，父亲赶回来照料，延到 15 日，她老人家竟一病不起，与世长辞。她和丹麟弟的逝世，使我伤心万分。"

蒋碧微不在南京的这个冬季，徐悲鸿大多时间都在他的画室里。画室里的另外一个身影，就是孙多慈。

这一阶段，徐悲鸿主要进入油画《孙多慈像》的创作。对于徐悲鸿，这只是他关于"孙多慈"系列的热身之作，画幅不大，画面也简简单单，就是孙多慈的半身像。

徐悲鸿应聘来中央大学任教时，校方给他在艺术专修科安排了两个房间，后来他搬出来住，但房间一直保留着，后来就改做了画室。画室内间是书房，一面墙靠壁有两个玻璃书柜，里面堆放着徐悲鸿多年来搜集的世界名家名作精印品。欧洲文艺复兴时期的美术大师，像鲁本斯、歌雅、门采尔、列宾等的作品，他都有收藏。另一面墙上，挂的是他留学欧洲的两位导师，法国达仰和德国康普的油画作品，其中达仰是一幅油彩速写人像，色彩绚丽，笔触泼辣，色块粗犷，层次清晰，给人以发自内心的震撼。孙多慈每每注目，总是惊叹不已。

相处时间久了，和徐悲鸿不再有师生间那种尊严的隔阂，孙多慈便顽皮地笑，说先生的画与达仰的作品，有异曲同工之妙。"你们的画都有一个共同点，就是在色块缝中，隐隐约约，能看到青色的起稿线。油彩技法也非常相似。"

徐悲鸿并不回答，微微笑着，任她随意发挥。

更多的时候，孙多慈半躺在摇椅上，手里捧着一本书，安静得像一只猫，只有徐悲鸿喊她坐正时，才忙不迭理理头发端方四正坐直。稍有松懈，就又缩了下去。那些天，孙多慈读了不少书，像郁达夫的翻译小说集《小伍之家》，小说《纸币的跳跃》《杨梅烧酒》《十三夜》等，都是在这一阶段读完的。多数时候，画室里静悄悄的，只听得到徐悲鸿画笔落在画布上的声音和孙多慈一页一页翻书的声响。时光像是凝固了，唯有透过窗户斜射进来的日光，一丝一丝挪动位置，直到最后从屋内消失。偶尔徐悲鸿咳嗽两声，或者立起身捶捶腰，孙多慈便立刻会从摇椅上站起来，或是倒上一杯水，或是削上一只梨，递过来，然后又小猫似的重新蜷到摇椅上。

孙多慈看书入神的时候，徐悲鸿反而会歇下笔，以别样的眼光，细细地打量对面的这位小女生。有时候，他就想，该用什么样的词来形容她呢？"内秀如玉"，可以，"外美如璞"，也可以。"蜜意如风"，可以，"柔情似水"，也可以。也许天下只要能有的相关词语，放到孙多慈身上，都是恰如其分的吧。想至此，他又不禁暗暗生笑，这是怎么啦，已经年近不惑的中年汉子了，怎么还会有年轻人的那种爱的冲动？但这种感情，他是绝不敢向孙多慈说出的，一方面是怕吓着了她，从而破坏了自己在她心中的印象。毕竟还是个半大孩子，她对爱的深层次意思，又能了解多少？另一方面，只要略略往深处想一些，夫人蒋碧微的一脸怨气的影子，就立刻浮现到眼前来。爱是要付出代价的，对于他这样的名人，对于他这样当年就充满传奇婚恋的名人，当真有必要再来一次改变？

他不怕世俗，但也不敢轻易逆世俗而动。

11月28日，星期五，下午三点多钟，上海中华书局编辑所所长舒新城，到

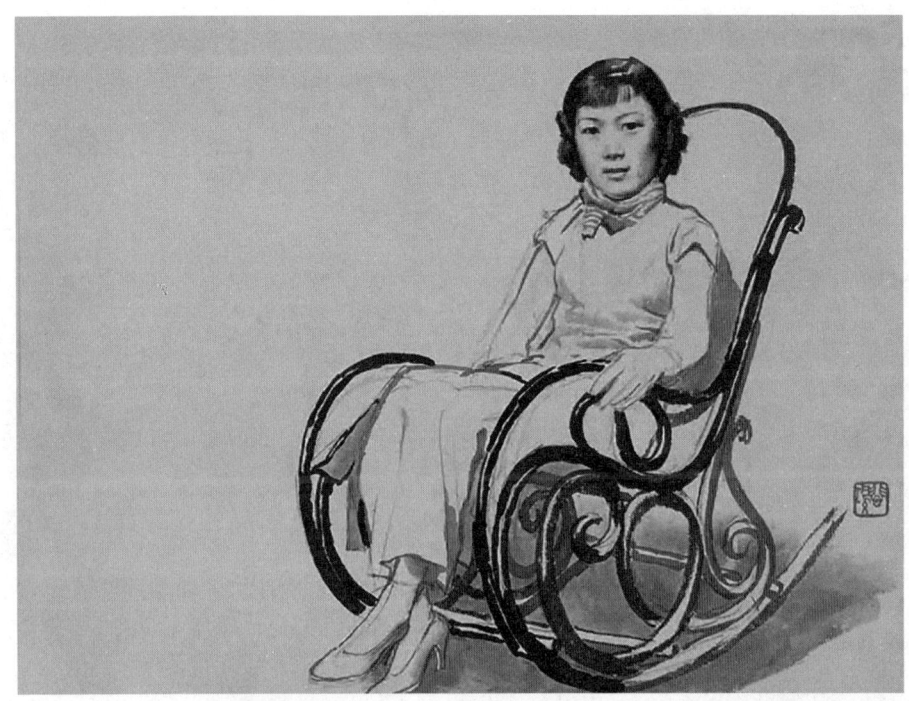

徐悲鸿《女画家孙多慈》素描稿。两者相比,油画上的孙多慈更有许多妩媚

南京中央大学拜访徐悲鸿。

推开徐悲鸿画室,舒新城一眼就看到了蜷卧在摇椅中的孙多慈。看见来了客人,孙多慈立即站了起来,脸上浮出淡淡羞涩。舒新城多看了她一眼,他的印象是,肤色玉白,身材高挑,举止大方而得体。如果用一个字形容,他只能找到"纯"这个字眼。

徐悲鸿略显慌乱,但很快便掩饰过去。"我的学生孙多慈。"他只简单介绍了一下,便让孙多慈先回教室去了。

舒新城伸手指向他,笑也怪怪的。"只是学生这样简单?"

"待会再说,待会再说。"徐悲鸿泡茶倒水,很快把话支开了。

舒新城是徐悲鸿无话不说的老友,两人年龄相仿,舒新城生于光绪十九年(1893),略长两岁。1928年,应中华出局之邀,舒新城继任《辞海》主编。1930年,又兼任上海中华书局编辑所所长兼任中华书局图书馆馆长。徐悲鸿自选自编的《悲鸿描集》前后三集，都是经舒新城手，在中华书局出版的。1930年，徐悲鸿与中华书局有更大合作，3月底，他在给舒新城的信中写道："弟欲以四百种世界美术之大奇杰作，托贵局精印，取名《空青》（即世可无瞽目之意），又以美术史贯串之，每图有释，并附作者小传，较之笼桶（统）之美术史可为言之有物。"

舒新城是中国出版界的传奇人物，1912年，他为逃避父母包办的婚姻，只身逃往湖南常德，考入了湖南省第二师范附设的单级教员养成所，但后来却在湖南高等师范本科英语部毕业。湖南高等师范当时名叫岳麓高师，舒新城参加考试时，因为没有读过中学，便借族兄舒建勋的中学毕业文凭报了名。考试成绩虽然优异，但冒名报考的事却被人揭发了。幸亏校长符定一慧眼识英才，不仅让他继续上学，而且还特别准许他恢复了本名。

1920年，舒新城在湖南省立第一师范学校任教，而后来的新中国第一代领导人毛泽东，则是小学部主事。两人关系不错，还一同参加了"少年中国学会"。三十七年后的1957年9月17日，毛泽东视察上海，与舒新城曾有一见。毛泽东对舒新城关于编辑《辞海》和《百科全书》的建议非常赞赏，还和舒新城开玩笑说："可以发扬愚公移山精神，自己干不了，就让儿子继续干下去。"1959年春，《辞海》编辑委员会成立，舒新城被任命为主编。

舒新城的爱情故事，同样充满传奇色彩。1924年，舒新城应聘在四川国立成都高等师范任教育学教授，因与学生刘济群产生感情，从而引起了一场轩然大波。当时校方态度十分坚决，指控舒新城"诱惑女生，师生恋爱"，并调军警对舒新城进行拘捕。舒新城四处逃匿，短短两天，就换了三四个居处。后来军警抓不到舒新城，便捕了他的朋友以充数。不得已，舒新城不得不化装逃离成都，绕开了这一是非之地。

因有这一层相通之处，这一天，徐悲鸿的情绪特别高涨。他们先是到宗白华的新居，想三人在一起畅畅快快地小聚，可惜宗白华不在，敲了半天门，也没有个回应。两人只好在附近找了家小饭馆。上了盘盐水鸭，叫了个水煮花生，开了瓶红酒，把杯子举了起来。

两杯酒下肚，徐悲鸿倾诉的欲望被勾上来，想拦都拦不住。"在茫茫大沙漠里独自行走，眼前突然出现了一片绿洲。新城兄，你说你的心情会怎样？孙多慈现在就是我眼前的那片绿洲啊！"隔着酒桌，他紧紧握住舒新城的手，眼光咄咄逼人，问，"我的这位学生你老兄也见到了，和蒋碧微比，感觉大不一样吧？"

舒新城笑笑，"别人怎么看并不重要，关键是你自己，是你那情人眼中，是否真的出了西施！"

"好！你这个比喻好！我现在看孙多慈，就是情人眼中的西施，怎么看怎么舒服。"说到此，他半仰起头，眼睛微闭，"她的笑意，是春日柳树枝头那摆动的一抹绿，晃晃悠悠，给人甜蜜无尽的挑逗。她的眼波，如老城里的一口古井，也清澈明亮，也深不可测。她的……"

舒新城打断了他，"悲鸿兄，我理解此时你的心情，但也不必如此肉麻吧？你看我，浑身都起鸡皮疙瘩了！"

徐悲鸿说："新城兄，我必须向你坦白，对于我，这个爱，如闪电如雷鸣，已经降临到我身上了。我对孙多慈，已经明显有恋爱的倾向，现在唯一着急的，就是不知道孙多慈对我有没有'爱'的态度。但愿她不是把当我老师，也不是把我当兄长啊！"

舒新城把酒杯举了起来，一饮而尽，道："蒙你信得过，对我如此坦白。我必须旗帜鲜明地表示我的立场——既然已经产生了这种爱，那你没有选择，就要义无反顾地爱下去。'爱'是上天赠与人类的情感，我们没有任何拒绝的理由！"说至此，他又压低声音，十分严肃地规劝徐悲鸿，"不过你老兄的情况特殊，当年你和蒋碧微相爱，也是轰轰烈烈，不顾一切。现在突然把她撂到一边，社会舆论是不是……你好好把握一下，必定你我都是'社会人'，两者一定要平衡好。"

徐悲鸿脸色暗淡了下来。"和蒋碧微这边，其实早有裂痕，只不过没有表现出来而已。算了，不说了，喝酒，喝酒！"

舒新城的话，勾起了徐悲鸿近阶段的愁绪。外人看他们依旧是对恩爱夫妻，实际早在1928年春，两人之间就生有实质性的隔阂。

这时徐悲鸿刚刚从欧洲回国，雄心勃勃，在上海和田汉、欧阳予倩等，成立

孙多慈中国画《花好月圆人寿》，晚年作于台湾与徐悲鸿先生"花好月圆"，也是她一生的梦想

南国社，并于这年的春节，创办了南国艺术学院，徐悲鸿任绘画部主任。因为带有义务教学性质，蒋碧微一直反对。4月中旬，趁徐悲鸿去南京中央大学任教期间，蒋碧微擅自做主，雇一辆车，将徐悲鸿在南国艺术学院内的画具，全部搬了回来。蒋碧微的理由很简单，因为全家将搬南京定居，徐悲鸿再没时间过问学院的事了。

事实并非如此。在此之前，夫妻之间就有过多次争论，蒋碧微以女人之见，固执地认为，作为国内外知名的大画家，在经济回报十分渺茫的情况下，没有必要费神费力去搞义务教育。因有前些年在国外多次断炊的经历，徐悲鸿对蒋碧微的经济处理方式，能够理解，但蒋碧微不和自己通气，采取极端的做法，是他无论如何也不能赞同的。并不是在意她过激做法的本身，而是愤慨由此给自己带来的负面效应——徐悲鸿是经济利益高于一切的庸俗画家，徐悲鸿在家还是严重惧内的软弱男人。

看徐悲鸿情绪低落，舒新城与他碰了碰杯，"关于你对孙多慈的爱意，我倒是很有感触，即兴作了首白话诗，也算是对你们的祝福吧。"他站起身，半借着酒意，用他那略有些变调的湖南溆浦口音，朗诵起他的新作：

> 我想建筑一座空中楼阁
> 居住冥鸿与慈多
> 闲来比翼飞飞
> 兴来共涂仙娥
> 把一生的光阴都在美中过

徐悲鸿高兴得把巴掌拍得通红。"诗写得好不好我不说，但新城兄，我感谢你是我这段感情最先的也是最有力的支持者。说真的，你和嫂夫人的事我早有耳闻，什么时候带我一见，让我也感受一下你们敢于冲破牢笼的气概？"

"好说，好说。"舒新城的脸上，也流露出得意的神情。

第二天起来，在旅馆，舒新城给女友刘济群写了一封信。在信中，他说："昨日徐悲鸿约我去其家闲谈，适见其正在为某女画像，看其行动，似正在入走恋爱之途。她去后，徐详告经过，谓苦闷不堪。我将我的恋爱哲学大加发挥，他认为闻所未闻，一谈竟谈到夜十二时，对于你更有神奇感（我们往事因从前报上之宣传，所谓知识分子，大概都知道），非得见你一次不可。并谓友云如南下，不去杭州，即在南京画，亦未尝不可。我谓且到明年再说。"

与此同时，徐悲鸿躺在床上，也在对自己的感情进行深度反思。这之中他想得更多的，是蒋碧微十七岁与自己相识后，共同经历的酸甜苦辣。不知为什么，此时在他眼前浮现的蒋碧微，始终是温柔多情的蒋碧微，落落大方的蒋碧微，善解人意的蒋碧微。突然就有一种深深歉疚，如果仅凭一时的感情冲动，草草处理这段同过甘苦共过患难的婚姻，对于一个有责任心的男人，是不是太仓促了些？想到此，他从床上翻起身，伏在桌前，匆匆给蒋碧微写了一封信。

"碧微，你快点回南京吧！你要是再不回来，我恐怕要爱上别人了！"他在信中说。

一个星期后，徐悲鸿收到蒋碧微从宜兴发来的加急电报，说第二日便回到南京。拆阅电报的那一刻，徐悲鸿又突然生出后悔之意，他不知道蒋碧微回南京后，他的生活会发生什么样的变化，他的感情又会向哪个方向发展。

"太太明日入都，从此天下多事。"他在给舒新城的信中说。信的末尾，还另外附有一首迷恋孙多慈小诗：

燕子矶头叹水逝，秦淮艳迹已消沉。

荒寒剩有台城路，水月双清万古情。

"小诗一章写奉，请勿示人，或示人而不言，所以重要！"在信的末端，他又特别叮嘱了一句。

蒋碧微是12月15日傍晚回到南京的。这天是周一，徐悲鸿本来下午有课，但还是请假去车站接她了。双方见面，依旧客客气气。坐黄包车回家，蒋碧微和徐悲鸿挤的是一辆车，但路上双方也没有多说什么。走进家门，蒋碧微神情也没有什么变化。把儿子伯阳和女儿丽丽交给刘妈和同弟，安排他们洗澡、换衣、吃饭，反复交代清了，蒋碧微这才拽着徐悲鸿的手，把他拉进了卧室。前脚进门，后边一只脚就把门给推上了。

"说，怎么回事？怎么我一不在家，你这感情就出问题了？"蒋碧微咄咄逼人地问。

徐悲鸿支支吾吾难以说清，只好一退再退，最后一屁股坐在床上。"你也别太着急，听我慢慢向你解释，好吗？"

"我是一个普普通通的女人，是一个只需要家庭生活稳定的女人！悲鸿，难

孙多慈《白领结学生像》
| 油彩
| 画布
| 65cm×53cm
| 作于1959年

道这么一点小小要求,你都不能答应我吗?"话未说完,泪水"扑簌簌"就从她眼中流出来了。

徐悲鸿拉她在自己身边坐下,非常真诚地说:"我既然能向你承认有感情出轨意向,就说明我对这件事已有悔意,你……"

蒋碧微边哭边打断了他的话,"自从当年瞒着家人和你到日本,相识相知相爱相交十五年,我把我的理想,我的希望,我的生命,全都放在你的身上。你却背着我又爱上了别的女人。这样做,你怎么对得起我?怎么对得起我啊!"

徐悲鸿一生最怕,就是女人的眼泪,而女人的眼泪中,他最怕的,又是蒋碧微的泪水。那是道开启就不能合上的大闸,有时候让他十分烦躁。他伸过手,揽着她的肩,拍拍,一句话也不说。

"我最恨的,就是你现在这样!一到关键时刻,就缄口不语。你不说话就是看我不起,看我不起你就会移情别恋⋯⋯"

"碧微,你一定要相信我,这事刚刚才有个开始,我会好好地把握它,不会任它自由发展的。"徐悲鸿的态度十分诚恳。

"我不是那种胡搅蛮缠的女人,我也理解我不在南京的这段时间,你作为男人,内心必然产生的空虚。但你必须告诉我,这个女人是谁,你和她是如何开始的,现在已经进行到哪个阶段了⋯⋯"

"事情真的还没到你想象的这一步,"徐悲鸿说,"也许就仅仅是我的一个单相思罢了。"掏出手绢,他将蒋碧微脸上的泪水擦了擦,"她叫孙多慈,老家在安徽省的省会安庆。本来她是报考中央大学文学院的,没被录取,就转到艺术专修科旁听来了。我只是对她印象很好,还谈不上对她有感情或者没感情。在我眼里,她还是个小女孩呢,明年4月,她才满十八周岁。她的个条和你差不多,相貌也只勉强说得过去,但她脸上流露出来的清纯和质朴,我是真的非常喜欢。还有一点,孙多慈极聪明,对绘画有敏锐的领悟力。虽是旁听生,但她进步的速度,比一般同学还快一些。你在课堂上讲课,本来要十句话说完的,到第三句,她就已经能够透彻地理解了。"

"完了?"蒋碧微问。

"完了。"徐悲鸿答。

蒋碧微用疑惑的眼光看着他,"我对你太了解了。你对我隐瞒的东西还太多。你与那个孙多慈之间,绝对不止这么一点简简单单的故事。"

徐悲鸿想想,又补充道:"你知道我是爱才的,对于这样的学生,自然要偏爱一些。另外,她的相貌也有特点,因而约她到画室来,画过几次素描。还有⋯⋯"

蒋碧微眼睛直视着他的眼睛,等待着他的下文。

"前不久带她去台城写生,听她介绍了她的身世。在安庆,她是官宦人家的女儿,父亲做过安徽省政府委员,还在孙传芳手下做过秘书。也正因为如此,去年9月,她父亲被蒋介石关进了老虎桥监狱。从监狱出来,父亲又北上密谋政治活动,把她和她母亲、弟弟丢在人生地不熟的南京。听了她的家世,我很同情,因而对她也多了一分关照。"

"就这些？"蒋碧微仍然不相信。

"真的只有这些了。"徐悲鸿说，"但我也确实不敢保证，如果任感情发展下去，最后会出现什么样的结果。"

"如果是这样，我无论如何要和孙多慈谈一次，给她打打预防针，免得她有其他想法。"

"拜托，你千万别做这傻事。"徐悲鸿合起双手，朝蒋碧微拜了拜，"她是个单纯的孩子，她只知道这是师生之谊，如果你说破了，她反而有了想法，那岂不反而坏了事？"

蒋碧微想想也有道理，便说："那好，我相信你。相信你的诚意，也相信你为我们这个家，为我们这对可爱的儿女，为你自己在社会上的形象，会处理好这份情感。"

徐悲鸿肯定地回答："现在好了，你回到南京了，我想以后不会再发生什么其他问题。"

尽管蒋碧微信任地把头靠在徐悲鸿的肩膀上，但她头顶的那层疑云，依旧低低盘绕，无法消散。多少年后，在她的回忆录里，她这样描写出她当时的心情："尽管徐先生不断地向我声明解释，说他只是爱重孙韵君（多慈）的才华，想培植她成为有用的人才。但是在我的感觉中，他们之间所存在的绝对不是纯粹的师生关系，因为徐先生的行动越来越不正常。我心怀苦果，泪眼旁观，我觉察他已渐渐不能控制感情的泛滥。"

那一刻，徐悲鸿心里也是翻了五味酱，说不上来是酸是甜是苦还是辣。从家庭的角度，他确实需要快刀斩乱麻，彻底了结他与孙多慈之间的那层还未发展起来的情感。但在内心，他又无法割舍孙多慈那双忧郁而质朴的眼睛。两者相比，一个是现实的，是利益的，也是庸俗的；一个是浪漫的，是温情的，也是理想的。如何取舍，他真的难做出决定。

1930年12月15日的夜晚，在南京，徐悲鸿与蒋碧微，十五年来，夫妻同床第一次没有同梦。

七、有心做媒

1916年3月，春风暖暖的一个下午，在上海震旦大学院，徐悲鸿在学校里认识了一位新同学，这便是盛成。

"我宁愿到野外去写生，完全地拜大自然为老师，也绝不愿抄袭前人不变的章法。"二十一岁的徐悲鸿长盛成四岁，所言所语，在盛成看来，都是至理名言。后来盛成回忆，"悲鸿是位画家，出于共同对艺术的酷爱，我们在一起时常讨论一些如何看待和发展中国书画艺术的问题，当悲鸿每次谈到中国的绘画自明清以来渐渐僵化，落入到一成不变的时候，就感到非常气愤。"上面的那段感慨，就是徐悲鸿气愤之余发出的。

那时候的徐悲鸿，因感激资助他上学的黄警顽、黄震之两位恩人，把自己的名字改为"黄扶"。

盛成对徐悲鸿多少还有一些崇拜之情。

盛成后来成为二十世纪集作家、诗人、翻译家、语言学家、汉学家为一身的著名学者，在国内，在国外，都享有极高声誉。而在此之前，1911年光复南京战役中，年仅十二岁的盛成追随孙中山，就已经是"辛亥革命三童子"中的一位。

震旦大学院是主教耶稣会在中国创办的大学，光绪二十九年（1903）春由中国神父马相伯筹建，初址在徐家汇天文台，光绪三十四年（1908）迁卢家湾吕班路。"震旦"是印度对中国旧称，英、法文校名分别为 Aurora 和 L'Aurore。1916年的震旦学院为六年制，分设博物医学、法政文学、算术工程三科。

盛成和徐悲鸿，都是震旦学院预科学生。共同的艺术追求，使他们成为莫逆之交。两人的友谊，持续了半个世纪。

1928年，盛成应聘到巴黎大学主讲中国科学课程。"天下殊途而同归。"

这是他深悟东西方思想相通之处后，提出的独具慧眼的见解。由此而生的自传体小说《我的母亲》，当年在巴黎出版，震动法国文坛。诗人瓦莱里激动之余，写下万言长序，以示赞叹之情。当时欧美文学巨匠纪德、罗曼·罗兰、萧伯纳、海明威、罗素等，都对《我的母亲》进行了高度评价。《我的母亲》先后译成英、德、西、荷、希伯来等十六种文字，在世界各国出版发行。盛成也因此获法国"总统奖"。

也就是在这前后，法国举办全国美术展览会，徐悲鸿有九件作品入选，其中之一，就是以蒋碧微为原型创作的油画《箫声》。据蒋碧微介绍，"我的画像《箫声》，油画在巴黎第八区六楼画室作，画我在吹箫，画面于朦胧中颇富诗意。法国大诗人瓦莱里极为赞赏，曾在画上题了两句诗。大约有三尺高，一尺五寸宽。"而瓦莱里，正是从盛成那里知道徐悲鸿这幅油画作品的。"我写了一封信给瓦莱里，特别介绍悲鸿。还

孙多慈《垂柳美人背影》
| 设色
| 纸本
| 114.2cm×34cm
| 印"寿春孙氏""多慈印信"

有一封信是给瓦氏的志愿秘书莫诺,是一位大银行家。"盛成后来回忆说,"悲鸿到巴黎后去看了他们,瓦氏在悲鸿画碧微吹箫的画上亲笔题了两句诗,这幅画于是轰动巴黎,画由莫诺买去。悲鸿由此成名。"

两人之间的感情,由此可见一斑。

1930年12月,盛成从法国归来,专程赶到南京,看望一别两年的老友徐悲鸿。

在中央大学徐悲鸿画室,看见盛成推门而入,徐悲鸿喜出望外,上前紧紧握住他的手,久久不放。"前些天和舒新城在一起看他摄制的小电影,还专门谈到了你。"又说,"舒新城是上海中华书局编辑所所长,最近准备向读者重点介绍法国文学。我推荐了两位大家,一个是曾觉之,一个就是你。"

倒水泡茶,两人面对面坐下来。老朋友见面,自然海阔天空乱聊,尤其是十多年前,在震旦大学院的陈芝麻烂谷子旧事,说出来,更如数家珍,越聊越兴奋。

盛成就感叹说:"当年你追求婚姻自主,带着蒋碧微悄悄离开上海,在震旦,在上海,可都是轰动一方的大新闻啊!"

徐悲鸿说:"情感所致,身不由己,让你们笑话了吧?"

"没有,没有。羡慕你还来不及呢!实话告诉你,正是钦佩悲鸿兄的胆量和魄力,我才鼓足勇气,冲破祖母指腹为婚的樊笼,求学海外,获得了自由。我还要好好谢谢你呢!"

徐悲鸿看看他,说:"记得你比我小四岁,也有三十一了吧?在国外这么多年,是不是遇到一位可意的洋妞儿了?"

盛成道:"说年龄是有三十出头了,说婚姻,却仍'进门一盏灯,出门一把锁',还是孤家寡人啊!"

"哦?"徐悲鸿疑惑的眼神看着他,"不会是玩笑话吧?"

"在悲鸿兄面前,有必要说谎吗?"

徐悲鸿不由心一动,立刻把他和孙多慈的影像叠在一起。一个是英气逼人的才子,一个是年轻貌美的才女,如能将他们的姻缘撮合到一起,倒是有一石三鸟的功效——既断了自己的非分之想,也为孙多慈寻得一个好归宿,还把盛成和自己的关系拉得更近。最终的结局,肯定是皆大欢喜。想到这里,徐悲鸿起身拍拍盛成肩膀，说："中国的情形与法国不同，在法国单身生活不足为奇，在中国可不行，不是你自己不行，而是你周围的人认为不行。世俗眼光看，你一个大男人，老大年龄不娶妻生子，不是生理上有病，就是心理上有病。"不等盛成反驳，徐悲鸿凑近他，压低声音，说："你要问我什么意见，一个字，'结！'"

盛成笑了笑，"结婚可是两方面的事情，要结也要有对象啊。我刚从国外回来，女性朋友不认识几个，怎么结？"

徐悲鸿说："这个你放心，我有一个女学生，聪明奇绝，文章写得好，画也出众。年龄虽然小一些，但只要真心相爱，不是障碍。"

盛成手指点向徐悲鸿，开玩笑地说："悲鸿兄，你这做的可是拉皮条的生意啊！"

徐悲鸿把脸绷了起来，"你严肃点，我这是以中央大学教授的身份在和你说话！"

盛成大笑不止，"那我也严肃地问一句，除了聪明奇绝，是否也长得貌若天仙？"

"还真让你说对了。"徐悲鸿转起身，带盛成走到还在创作之中的油画《孙多慈像》前，"怎么样，是不是清纯如水，秀丽如月？特别强调一句，我用的可是一位大画家的眼光哦！"

盛成没有说话，他不觉得孙多慈有多漂亮，但不丑，看久了，也确实还有动人之处。

徐悲鸿又从案头翻出孙多慈的两本笔记，交给盛成，说："这是她'透视学'和'解剖学'课笔记，你是教育和文学方面的专家，随便翻翻，你就能看出她的文字功底了。"

盛成翻了几页，果然才气过人，而且一手字写得漂亮，秀丽之中，不乏大家之气，"如果真是这样，那真的不妨一见。"盛成点点头。

"好，我来安排，明天下午怎样？就明天下午。在我的画室，我把她约来画像，你就当是随意来访的客人好了。"徐悲鸿一脸兴奋。

多少年后，盛成回忆1931年元月与孙多慈的这次会面，用的是"平平淡淡"

四个字,自始至终,他都没有对孙多慈产生更多感情,反过来,从孙多慈与徐悲鸿的言谈举止中,他倒发现到了另外的秘密。

因为临时有事,盛成来得稍晚一些,推开徐悲鸿画室房门,孙多慈已经在画室了。徐悲鸿完全沉浸在《孙多慈像》创作中,没有察觉他的到来。孙多慈看到了,也不动,只是朝他礼貌地笑笑。盛成用眼角扫了一眼,感觉孙多慈清纯秀丽,温顺柔和,是那种可交也可信任的女子。

徐悲鸿抬眼看到盛成,马上将手中的画笔丢到一边,"来了?好!我给你介绍一下,孙多慈小姐,我这幅油画上的主人公。"

盛成向孙多慈点点头,"昨天从悲鸿兄的画作上,就欣赏到孙小姐的芳容了。"

徐悲鸿朝盛成说:"刚刚我们还在说你,孙小姐知道'辛亥革命三童子',但不相信你当时才十二岁。"

"那时候年纪轻,糊涂胆大,敢去不敢去的地方,一个字,'去!'能做不能做的事情,也是一个字,'做!'"

孙多慈说:"我父亲也是同盟会会员,小时候就和我说过'辛亥革命三童子'的事,以为起码是条壮汉子呢,见了面,才知道也是文弱书生。"

盛成与徐悲鸿相视一笑,说:"也不尽然,身子虽单薄了,血性气还是有的。"

孙多慈《失地上的孩子》
| 炭精笔
| 纸
| 30cm×23cm
| 作于1939年

孙多慈知道自己话说得不妥，脸上泛起一团红晕，"我不是说……我是说……"她抬起眼，向徐悲鸿投去求救的目光。

徐悲鸿打趣道："本来就是单薄嘛，说得没错，继续，继续！"

盛成也笑笑，表示自己并没有在意。

孙多慈还是不好意思，说："我准备明年选修法文，学成了，要认真拜读你的自传体小说《我的母亲》。先生说他当年看你的书，感动了好多回呢！"

盛成说："正好带了几本回来，哪天送你一本。不过有个条件，半年之内，一定要读通原文哦！"

孙多慈兴奋得脸有些红，"真的？送一本原版书给我？谢谢盛先生，谢谢盛先生！"

徐悲鸿笑了起来，拍拍盛成的臂膀，"你看，对你崇拜得五体投地，也算是你半个弟子了吧？"又转过脸，对孙多慈说，"既然准备选修法文，现在站在你面前的，就是世界顶尖的老师，以后要向他多讨教。"

孙多慈带有一丝埋怨的眼光，朝徐悲鸿快速瞥了一眼，然后低下眉，低声道："先生开玩笑了，盛先生是国内外著名的学术大家，怎么可能带我这个笨学生？即便他肯带，我也不敢耽误他的时间的。"

盛成注意到孙多慈脸上细腻的表情变化，淡淡一笑，立即把话题转了开来。"听说孙小姐还喜欢文学？"

孙多慈点点头，"读过一些文学书。中学时，在老家安庆的报纸上，还发过几篇豆腐块文章呢。不过纯粹是中学生的作文，当不得真的。"

徐悲鸿说："你也别谦虚了，既然是徐悲鸿的弟子，肚子里有多少墨水，做老师的最清楚。"

孙多慈有些着急地辩解："即使有，也是过去式了。到美术专修科旁听后，一门心思在绘画上，没有时间，书也看得少了。"

三人又扯天扯地聊了一会，因为孙多慈与同学约好有事，就先回去了。此时天已晚，徐悲鸿便拉着盛成，到大学附近一家叫"谷雨轩"的酒家，叫了几个小菜，两人面对面坐了下来。

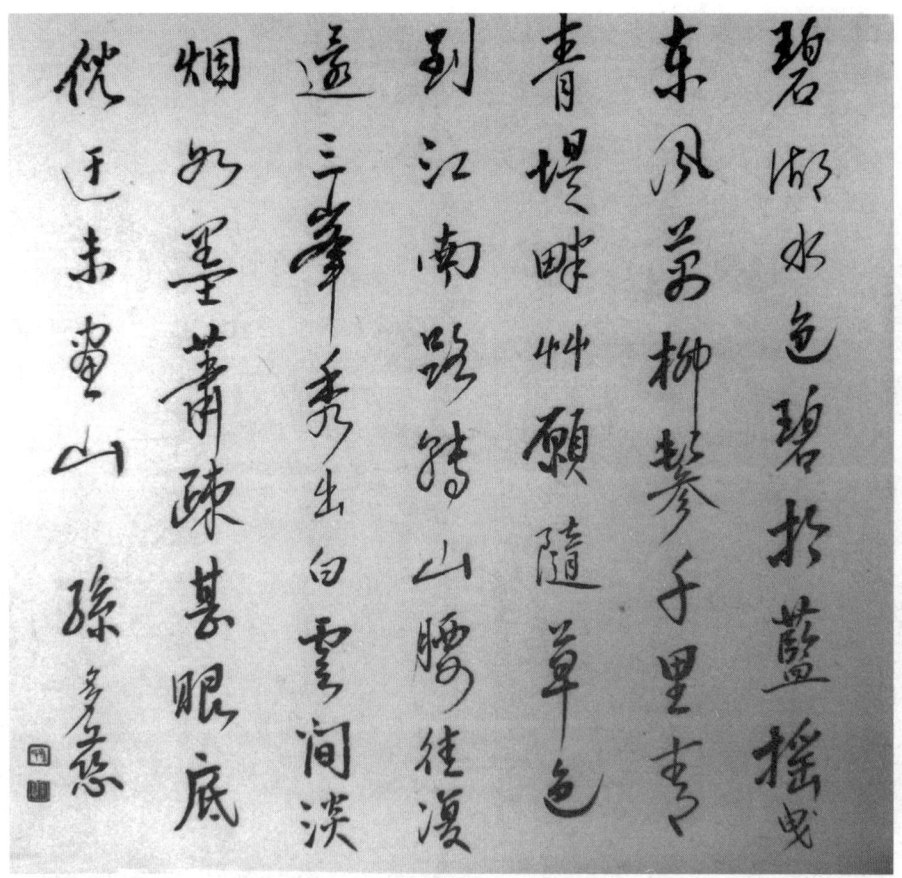

孙多慈书法《碧湖》:"碧湖水色碧于蓝,摇曳东风万柳毵。千里青青堤畔草,愿随草色到江南。路转山腰往复还,三峰秀出白云间。淡烟如墨萧疏甚,眼底倪迂未画山。"

"孙小姐你也见了,两人也有过交流,说说看,有什么感觉?"徐悲鸿满心期待地望着盛成。

"没有感觉。"盛成老老实实回答。

"不会吧?"徐悲鸿一脸讶异,"面对这么好的女孩子,你居然没有感觉?现在我倒真怀疑你生理方面是不是有原因了。"

盛成一笑,"要我说实话?"

孙多慈素描《瓶汲》，作于1930年前后，刊《孙多慈描集》

"当然。你我之间还绕什么圈子！"

"那好，我告诉你。孙小姐人真的很不错，但我和她之间，无缘。"慢慢地抿了口酒，又说，"责任不在我，在她。为什么？她对我根本没有任何意思。"

徐悲鸿笑了起来，"头一次见面，双方都不熟悉，你让人家怎么对你有'意思'？难不成要她上来就直白地向你表示爱意？不可能嘛！"

盛成说："那当然不可能。但她的言谈举止，也没有给我什么可乘之机呀！"

"你们头一次见面，我又没有说破，她当然不可能对你有什么想法。"

"问题是，你听好了，我说的是……问题是，"盛成两眼直勾勾地盯着徐悲鸿，"她对某些人是有感情的，而且这种感情，有意识无意识，表露得十分清楚。除非是傻子，明白人一眼就能看出来！"

徐悲鸿望着他，筷子拿在手中反复转动，半天不说话。

"你别这样子看着我，我说的某些人，具体些，就是你徐悲鸿！"最后"徐悲鸿"的名字，盛成几乎一个字一个字从嘴里蹦出来的。

徐悲鸿愣了半天，最后不自然地笑笑，道："这么说，你也看出来了？"

"我当然看出来了！"盛成非常肯定地回答。

话说到这个份上，徐悲鸿反而轻松地舒了口气。想想，他从口袋里掏出一封信，递给盛成。信是舒新城从上海寄来的，信封背面题有两句诗："台城有路直须走，莫待路断枉伤情。"

"什么意思？"盛成不明白，问。

徐悲鸿仰脖将杯中的酒一干而尽，然后从宗白华介绍认识孙多慈，栖霞乡村师范对她产生好感，到后来台城一吻，以及蒋碧微对此事的态度，通通说了出来。"本想把孙小姐介绍给你，断了我的一些想头，继续和蒋碧微安安稳稳过日子。不承想，你老兄以'没有感觉'为由，一点忙也帮不上。你看看，这不是硬逼着我往火坑里跳嘛！"

盛成笑笑道："相处多年，悲鸿兄那点心思，我还是看得透的。把孙小姐介绍给我，绝对是你的违心之举，或者说是你的虚招罢了。"又说，"我若真和孙小姐谈到一起，你徐悲鸿不拿刀杀了我才怪！我盛成再笨，也不会去做这个冤大头！况且，我也不想因为孙小姐，失去了你这位我多年的好友！"

"知我者，盛成也！"徐悲鸿斟满酒，颇为悲壮地举起来，满口而尽。

话头一转，两人都有意避开孙多慈不谈。这段友谊插曲，也成为他们心中埋藏多年的心照不宣的小秘密。

1934年，盛成再度去欧洲，临别之际，徐悲鸿到盛成南京住处"卷庐"送行。相聊之中，徐悲鸿突发灵感，当场作了一幅中国画，取名《石头》，强逼着要送给盛成。画上题款只有八个字："吾心非石，不可卷也"。

盛成看了半天，先是不解，后突然领悟，知是暗指孙多慈之事，不由得开怀大笑。

为孙多慈牵线盛成之事，徐悲鸿本是想瞒着孙多慈的，但最后还是忍不住，以笑话的口吻，同孙多慈说了。其实内心他还有更"阴险"的目的，就是以此来试探孙多慈，看自己在她心中，究竟处于什么样的位置。

孙多慈脸刷的一下红了，她抬起头，恨恨地盯了徐悲鸿一眼。当两人眼光相遇时，徐悲鸿一颗心立刻被融化了——那眼光是哀怨的，那眼光是深情的，那眼光是凄迷的。那一瞬间，徐悲鸿脑中闪过的唯一念头，就是今生今世，一定要用全部真情，全部生命，百般呵护面前的这位淳朴少女。

孙多慈察觉到了一时的失态，装着去倒开水，轻描淡写将话题转开，"先生是嫌学生丑，嫌学生老，怕她嫁不出去吧！"

徐悲鸿一笑，"你看你，狗咬吕洞宾，不识好人心了吧。这种尖刻的话都说得出来！"

孙多慈索性又尖刻地补上一句："我说的是真话，既然又老又丑，也不值得先生动这样心思！"

徐悲鸿解释说："因为欣赏你，关爱你，所以才会为你牵这根线，换别人，我肯做吗？"

孙多慈也觉得自己的话有些过，便把杯中的水端过来，道："说老实话，我对盛成教授也没有感觉，他不是我喜欢的那种类型。"

徐悲鸿"哦"了一声，"那你说说看，你喜爱的男人，应该是什么类型？"

孙多慈想了想，答："稳重一些，宽厚一些，年龄也要稍长一些。身子骨强健，性格开朗，为人处世，要有大男子汉的血性。当然，最重要的，就是要有聪明过人的才气。"略略迟疑，又补了一句，"相比之下，盛成教授干瘦了些，人显得精明，不太适合我。"

徐悲鸿开玩笑说："好了，知道了，以后就按这个模子为你寻一个婆家。"

孙多慈白了他一眼，但眼神中传递出来的，是一种温柔而多情的爱意。

徐悲鸿觉得自己从她的眼中，读到了一首关于未来的动人诗篇。

与孙多慈相聊时，徐悲鸿手中的画笔一直没有停下来，他手头的这幅作品，是国画人物《黄震之像》。孙多慈侧头看了半天，不知道画中的人物是谁，但从徐悲鸿的创作神态看，她知道他对这幅画十分看重，投入了很多精力。

徐悲鸿回忆说："1915年我离开家乡来到上海，准备报考震旦大学院，当时经济条件非常差，经常饿着肚子画画。黄震之是位商人，得知情况，给了我很大帮助，要不是他，我绝没有现在这般成就！点水之恩，当涌泉相报。我徐悲鸿是不会忘记的。"说这话时，徐悲鸿动了真情，后来他在画上题款道："震之黄先生六十岁影，悲鸿写并录旧诗。"

诗是这样写的：

饥溺天下若由己，先生岂不慈！

衡量人心若持鉴,先生岂不智!
少年裘马老颓唐,施恩莫忆愁早忘!
赢得身安心康泰,矍铄精神日益强。
我奉先生居后辈,谈笑竟日无倦意,为人忠谋古所稀!
又视人生等游戏,纷纷末世欲何为?
先生之风足追企,敬貌先生慈祥容,叹息此时天下事!

孙多慈立在一边轻声读完,之后半天无语。她的眼角,湿湿的闪有泪花。

徐悲鸿回头看见了,不解,问:"又触动你什么心思了?"

孙多慈摇摇头,"我是为老师的身世而感叹,也为老师知恩图报的这种品格而感动。"

孙多慈《静物》,刊《艺风》1935年第3卷第5期

这一刻，斜阳余晖从窗外射进，孙多慈整个身子浸于其中，宛若一尊披着金色霞光的女神。这一刻，本身就是一幅凝固的油画。

徐悲鸿感觉手有些痒，创作冲动如火花，如灵光，由此激发而出。"多慈，我要为你画一幅画，"他的言语有些激动，"我要为你画一幅我满意你满意并且要让许多人满意的油画！"他说。

孙多慈笑而不语。

此后一段时间，徐悲鸿完全沉浸在他新的创作热情之中。晚年蒋碧微回忆："从这时开始，徐先生便很少在家，他总是一清早去上课，下午再去画画，晚上还要到艺术系去赶晚班，因为他初到南京时，中大曾经在艺术系给他预备两个房间，这两个房间他一直保留着，后来就做了他的画室，学生们当然也常到他画室里请教。但我明明知道，他每天早出晚归，并非完全由于教学上的需要，其中还夹杂有感情的因素，因为在那充满艺术气氛的画室里，还有那么一个人。——当丈夫的感情发生了变化，每一个女人都会有敏锐的感觉。"

1930年12月31日深夜，天上飘着雪花，南京街头，偶尔也传来几声稀稀落落的爆仗声。秦淮河两岸，灯红酒绿，低吟浅歌。但更多的地方，是无边无尽的夜色。

1931年的元旦，就是在这种氛围中，悄悄地走来了。

在这个辞旧迎新的夜晚，徐悲鸿完成了他的新作。他给它取了个诗意的名字，叫《台城月夜》。画面上本来是没有月亮的，但后来他还是加上去了。他希望那轮清澈如水的月亮，能照亮他眼下这条铺满五色花的爱情小道。

八、台城月夜

孙多慈知道徐悲鸿是在画自己，但徐悲鸿瞒得很紧。孙多慈每次来画室，徐悲鸿或是做《孙多慈像》最后的修改，或是以她为模特画一些素描，整体，局部，正面，侧面，身体各个部位。而里间书房，支起来的另一画板，永远用一块蓝布遮盖着。孙多慈也不多问，在画室，依旧默默做着她应该做的一切。而孙多慈这种看似漫不经心，实则善解人意的态度，更让徐悲鸿对她充满了好感。

新年后不久，舒新城从上海寄来他拍摄的六十幅西湖风景照片，请徐悲鸿帮他选二十多张，出一本摄影集。这也是徐悲鸿的主意，他觉得舒新城的西湖风景摄影，表现力，丝毫不亚于绘画。徐悲鸿为摄影集取名《美的西湖》，亲自设计了封面，还用了一个多小时时间，专门为摄影集作了个序。

孙多慈这天过来时，徐悲鸿的"序"刚刚写好，从头至尾看了两遍，很满意。见孙多慈进来，立即招招手，把她叫到自己身边，然后大声读给她听，"夫百尺巍楼，万间广厦，大匠之功也，其结构不能舍规矩而为。桌椅橱架之工者，亦审知其材。又如植果木者与耕耘者，虽所事不同，要期其收之美之熟，无二致也。"读到此，他将自己认为出色的几幅摄影挑出来，让孙多慈顺着他的思路欣赏，"吾友舒新城先生，既以其摄影《习作集》问世，道悭于人，不胫而走。吾虽叙之，例为楚声。庚午秋，新城东游归，箧中益富，思陆续以所造公诸同好，因先辑旧稿，征意见于仆。仆乃于其叱咤之际，加以抑扬激越之后，和以曼声，犹楚声也。间尝强为美之定义，以为美者，乃造物组织自然之和，或在字，或在音，或在象，或在色，而造物不尽和美术者，乃撷取造物所以为和之德。而艺术不尽美，取舍者嗜尚之，徵体者习守之调也。"

孙多慈之前也看过一些风景照片，但看了就忘了，并不认为它是一门多大的艺术。但看徐悲鸿为舒新城摄影集选出来的摄影作品,又听他深刻而独到的赏析,仿佛走进全新的艺术领域,惊讶不已,目光久久不肯离开。

徐悲鸿说:"无论绘画,还是摄影,美都是相通的。"继而,声调一提,半文半白,以吟诵形式,谈出他对"美"的理解。"美者,及造物组织自然之和,或在字,或在音,或在象,或在色,而造物不尽和美术者,乃撷取造物所以为和之德。而艺术不尽美,取舍者嗜向之,徵体者习守之调也。"

孙多慈无话可说,她的眼光始终盯在徐悲鸿脸上,一副崇敬之情。

徐悲鸿不由得伸手在她脸上拍了拍,"这是怎么啦?走火入魔?"

孙多慈一脸通红,低下头,不好意思地笑了笑。

南京国立中央大学校园

徐悲鸿一高兴，拽着孙多慈的手，把她拉到画室内间那始终遮着蓝布的画板前。"知道最近我在创作什么作品吗？"

孙多慈摇摇头。

"想不想看？"

孙多慈点点头。

"想看就把布掀开来。"

孙多慈疑惑地看着徐悲鸿，手不动。

"让你掀你就掀，怕什么呀！"

孙多慈手向前伸了半截，想想，又缩回来。望望徐悲鸿，见他眼里尽是鼓励，便用右手拇指和食指，将遮在画板上的布的一角捏住，闭上眼，"哗"的一声，将它扯了下来。

画室一亮。天地一亮。

孙多慈眼睛一亮。孙多慈心头一亮。

画面上，徐悲鸿席地而坐，两眼望天，天际皓皓一轮明月。

孙多慈侧立其左，眼含柔意，脸浮温情。绕在脖颈间的一方纱巾，随风拂动。

关于孙多慈，同是安庆老乡的作家苏雪林曾这样描写她："一个青年女学生，二十左右的年纪。白皙细嫩的脸庞，漆黑的双瞳，童式的短发，穿一身工装衣裤，秀美温文，笑时尤甜蜜可爱。"又说，"与之相对，如沐春阳，如饮醇醪，无人不觉她可爱。"徐悲鸿笔下的孙多慈与徐悲鸿心中的孙多慈，也大致如此吧。

情以画寄。徐悲鸿对孙多慈的一往情深，在《台城月夜》中，已经表达到极致。

孙多慈突然有一种想哭的冲动。有一种想扑到徐悲鸿的怀中，将他双颈紧紧搂住，无遮无拦地放声大哭一场的冲动。当然，这是幸福的哭，是感动的哭。

但，他们身后，远远的，画家多了几笔隐隐能见的台城的影子。

那城中，也许有"烟笼寒水月笼沙，夜泊秦淮近酒家"，也许有"朱雀桥边野草花，乌衣巷口夕阳斜"，也许还有"淮水东边旧时月，夜深还过女墙来"，但最终，仍是"玉树歌残亡气终，景阳兵合戍楼空"。

不能不说是悲剧的征兆。

一切起于宜黄大师。

宜黄大师本名欧阳竟无,是徐悲鸿和盛成共同的朋友。盛成此次来南京,就住在他那儿。

欧阳竟无生于同治十年(1871),名渐,字镜湖,号竟无。民国时期,是著名佛学家、思想家和教育家,因出生于江西宜黄,大家尊称他为"宜黄大师"。1931年,他在他主持的金陵刻经处附设佛学研究部,带领四十多名学生,正在进行一项巨大工程——编印唐以来译自梵文的佛经,共二十余种一百多卷,并创办了以讨论、宣传唯识论为内容的《内院年刊》和《内院杂志》。

徐悲鸿和盛成小宜黄大师十多岁,但平日关系处得极好,尤其是徐悲鸿,为宜黄大师画过多幅画像,还专门送过他一支特制的毛笔,上刻有"声贯金石"四字,落款为"悲鸿赠竟无先生"。

徐悲鸿到宜黄大师处回访盛成,聊起了近期创作,宜黄大师很感兴趣,说好长时间没有看徐悲鸿新作了,不知道画风有哪些方面的改变。

"那就请宜黄大师过来看看吧,明天如何?我在中央大学画室等你们。"徐悲鸿诚恳地发出邀请。

第二天上午,盛成和宜黄大师坐黄包车赶了过来,在丹凤街,两人刚刚下车,远远就看见了蒋碧微。想到徐悲鸿说因孙多慈与她在感情上有些隔阂,盛成就扶着宜黄大师的胳膊,想绕过去,不和她打招呼。但蒋碧微眼尖,还是从人群中看到他们,手一扬,热情地迎上来了。

"你们这是……"

宜黄大师不知内情,老老实实回答:"悲鸿约我们过去参观他的画室。"又说,"要不,你也陪我们一道过去看看?"

蒋碧微犹豫了会,点了点头,"我也好长时间没有到他画室去过了,一道去看看也好。"

三人一起走进国立中央大学工字大楼。

徐悲鸿看到蒋碧微与他们同行,当时就皱了皱眉头,因有宜黄大师在,又不好多说什么,便很快以一脸笑容掩饰过去。但这种瞬间的表情变化,细心的盛成察觉到了，多疑的蒋碧微也察觉到了。三人都不动声色，只是隐约感觉，接下来的可能会是一场疾风暴雨。

蒋碧微走进艺术专修科素描组画室时，孙多慈一眼就认出了她。这位气质胜过姿色的少妇，言语谈笑，抬手投足，一个眼神，一个手势，都有高贵而典雅的风韵。孙多慈在她的面前，只能远距离仰对。除了年轻，除了才气，两人之间，再没有任何可比之处。

那一刻，蒋碧微凭女人特有的敏感，也认出了立在教室一侧的孙多慈，她甚至连眼角的余光都没有扫过去。"还是个小丫头片子嘛！"她在心里暗暗哼了一声。说相貌，只能是清丽，谈不上漂亮；说身材，只能是高挑，谈不上苗条；说气质，只能是淳朴，谈不上高雅。蒋碧微摇了摇头，就是这么一个女学生，怎么就让徐悲鸿动了心呢？她真怀疑他的爱情审美观，出了方向上的偏差。

徐悲鸿陪宜黄大师在美术专修科的几个教室转了一圈，然后要陪他参观中央大学的校园。

盛成知道徐悲鸿对蒋碧微的顾忌，便附和说："我还是1919年东南大学建校时来过一次，改为中央大学后，一直没有到校园里转过。"

宜黄大师不解其意，坚持要参观徐悲鸿的画室。

僵持之间，蒋碧微上前一步，笑盈盈地把手伸到徐悲鸿腰间，从钥匙扣上取下钥匙，"宜黄大师想看，自然求之不得，可要多为我们悲鸿提意见哦！"

这一切发生得太突然，盛成没有反应过来，徐悲鸿更没有反应过来。等徐悲鸿想做出反应时，蒋碧微已经转身，若无其事，径直向画室走去了。徐悲鸿脸色顿时沉下来，黑得厉害。"这，这……"

盛成不过意，上前拍拍徐悲鸿的臂膀，朝他使了个眼色，立即跟着蒋碧微赶了过去。

"嫂夫人，等两步，悲鸿兄还在后面呢！"

"不用，他会过来的。"

蒋碧微打开门锁，以完完全全的女主人身份，推门走进画室。

进门先看见的，是基本完稿的《孙多慈像》。画面上的孙多慈，文文静静，以少女特有的矜持微笑，面对着蒋碧微。这是两个女人之间，现实与浪漫的对视，占有与拥有的对视，掠夺与渗透的对视。在这场虚幻的对视大战中，蒋碧微认为她取得了胜利。短短的几秒钟内，她脸上的表情，从嫉恨到坦然，再到浮出带有嘲讽意味的一笑，之后转过身，不再理会它了。

盛成跟在她身后，微微松了口气。

画室没有发现可疑之处，蒋碧微又把目光瞄准内间书房。

房门推开，两人都有些惊讶。书房中间支有画架，画板上，遮有一块蓝布。因为遮得严严实实，反而十分抢眼。蒋碧微觉察出其中的蹊跷，快步走近，一伸手，将蓝布从画板上恶狠狠扯下来。

《台城月夜》夺目的亮，耀眼的亮。

蒋碧微和她身后的盛成，都被画面上那轮悬于天际的明月给震住了。

明月之下，徐悲鸿席地而坐，脸向上侧抬，他的目光，深情地注视着孙多慈。

孙多慈双手抱立，似是享受大自然月光的沐浴，似是享受徐悲鸿眼光的沐浴。

明月下的一对男女，有情，还是无情？

顿时，蒋碧微的脸色苍白如纸。身体也站不稳，似乎马上要瘫倒到地下。

盛成快步上前，伸手扶住了她。"嫂夫人，这画，是悲鸿兄应我要求画的，没什么其他意思。"

蒋碧微转过脸看了他一眼，冷冷地问："你知道画上的女学生是谁？"

"当然知道，孙多慈嘛，艺术专修科的旁听生，安庆人。"又故意不好意思地压低声音，"悲鸿兄打算做月老，把她介绍给我呢！"

蒋碧微一脸惊讶，"给你们牵线？不可能。你看画上他们俩……"

"你不要误解，悲鸿兄是我的朋友，孙多慈是我……"

蒋碧微冷冷地打断了他的话，"算了，你别演戏了，我心里比什么都清楚！"

此时，徐悲鸿陪着宜黄大师，也走进了画室。看见蒋碧微站在《台城月夜》前，徐悲鸿正向宜黄大师说的半截话，戛然而止。

夫妻如同仇人，你望着我，我望着你，相互敌视，一句话也不说。

画室一时无声。

之后蒋碧微昂起头,尖刻地笑了一声,从徐悲鸿身边走了过去。画室里的三个男人,望着她的背影,手足无措,不知她到底要干什么。

看她走远,盛成对徐悲鸿说:"我也和她解释了,可劝不住。"

徐悲鸿摇摇头,"已经不是十年前的蒋碧微了,这个女人,什么事都能做得出来。"

"不至于吧,大面子她还是会讲的。"

徐悲鸿苦笑着摇摇头,"等着吧,更好看的戏在后面呢!"

果然,蒋碧微重新回到画室时,身后跟着艺术专修科的一位男同学。

"你们参观你们的,"蒋碧微一脸笑意,仿佛什么事也没有发生,"有两幅画我很喜欢,请这位同学帮我搬回去。"

男同学看着徐悲鸿,动也不是,不动也不是。

徐悲鸿朝他挥挥手,示意按她的意思办。然后带盛成他们过来,展开正在创作中的国画《九方皋》油画《霸王别姬》和《叔梁纥》等,请他们谈谈意见。但他的眼角,一直在关注着蒋碧微的行动。

蒋碧微的目标十分明确,一是《孙多慈像》,一是《台城月夜》,后者是重点中的重点。《台城月夜》是画在三夹板上的,不好卷,她就让同学用旧报纸把它包起来,外面再结上细绳。在这个过程中,蒋碧微的举止,一直十分得体,临出门时,还特别向盛成和宜黄大师打招呼:"你们看细一些,记着要给我们悲鸿多提意见哦!"

徐悲鸿恨得咬牙切齿,但又毫无办法,只能眼巴巴看她把两幅画带出门。"你们看看,你们看看,"他向盛成说,"是不是一头时刻都准备咬人的母老虎?"

盛成无话可答。回身看宜黄大师,大师双手合掌,在一边视而不见。

本是好端端的一个上午,让蒋碧微给搅得谁都没有心思。

盛成格外不好意思,"正好在大学门口碰到了,她要来,也不好拦着她……"

徐悲鸿摆摆手,"算了。天要下雨,娘要嫁人,也只有随它去了。"

大家不欢而散。

第二天,盛成放心不下,一大早就去丹凤街52号中央大学宿舍,到徐悲鸿

孙多慈《日出》｜油彩｜画布｜34.4cm×45.4cm｜作于1953年

住处,想了解他们夫妇回家后的情况。蒋碧微开的门,见是盛成,既没有高兴,也没有不高兴,她把他引上楼,说:"悲鸿昨天回来就生病了,躺在床上,一晚上都没有吃东西。"又悄悄指指自己的胸口,哼了一声,道,"他呀,是这里面的病,你来得正好,也开导开导他。"

盛成问:"回来两人吵了?"

"看你说的,嫂子是那种鸡肠狗肚,不讲道理的人吗?没有,我一句话也没有说。"又回身指指客厅,"他的那幅画,我不是好好放着嘛,动都不敢动他的。"

顺着她手指的方向,盛成看到《台城月夜》放在客厅显眼处。画面上的徐悲鸿和孙多慈,他们身后的景色,以及画面强烈的色彩,和客厅和谐宁静的环境,极不协调。盛成没有说什么,但在心里,暗暗惊讶蒋碧微的精明和老辣。"真的是一位角色啊！"他对自己说。

徐悲鸿看见盛成，点点头，撑着从床上坐起来。

"不舒服？"盛成问。

徐悲鸿同样指指心口，"这种情形，让我怎么能够舒服？"

盛成劝他说："你也应从嫂夫人角度想想，这种问题，女人最敏感，遇上了，真的难以克制。"

徐悲鸿摇摇头，"类似状况，不是一天两天了。即使不为孙多慈，她也有其他理由。"又说，"她逢人就抱怨我成天都泡在画室里，可老弟你看见了，像这种生活，像这种环境，我一个画家，不呆在画室又能呆在哪里？"

"夫妻之间磕磕碰碰，牙齿咬舌头，哪家也避免不了，相互让让就好了。"

"你一个单身汉，没有家庭生活经验，不懂里面的酸甜苦辣啊！"说到这里，徐悲鸿深深叹了口气，"我也真不明白，当年那样一个小鸟依人的少女，十多年下来，怎么会变成如此刁蛮撒泼的妇人？"

盛成只能不说话。

话题转到孙多慈身上，徐悲鸿眼睛亮了。"古人说，女人无才便是德。错了，女人的'德'不在于有没有才，而在于能不能善解人意。要说'才'，孙多慈自然远远超出蒋碧微。但她性格温柔，心地善良，能够体谅人，照顾人，更是蒋碧微不能比的。说心里话，她在我的心中，真如天上一轮明月，行于其中，也随之变得亮堂，变得畅快啊。"

盛成笑笑，道："老兄你这是初恋的感觉。果真两人到一起，具体事务缠身，要不了三五年，同样会发生变化。"

"那你是对孙多慈太不了解了，她不是那种类型的女性。真的，我有直觉。"

盛成笑笑，话说到这个份上，也不好继续相劝。

从徐悲鸿家出来时，蒋碧微送他到门外。盛成对蒋碧微说："嫂子，听我一句，两人没有什么大不了的事，各退一步，海阔天空。夫妇俩，有什么事说不开？"

蒋碧微笑笑，说："谢谢你的关心。真的没什么事。你认识嫂子也不是一年两年了，嫂子最通情达理。昨天我就对悲鸿说了，凡是他的作品，我是不会把它毁掉的。但我也声明，只要我还活在世上，这幅《台城月夜》，就不要拿出去给大家看。"

听到她话中有话，盛成只好说："都怪我不好，给你们带来麻烦了。"

蒋碧微脸上虽浮着笑意，但话语却硬硬的不饶人，"我们夫妻之间的事情，与你有什么相干？"

盛成听出话头不对，生怕再往下深入，便匆匆逃离了他们家。

半个世纪后，几位当事人回忆1931年初发生在画家夫妻间的冷战，虽细节有异，但大格局和大走向基本相同。冷战的结果，是徐悲鸿与蒋碧微之间的情感隔阂，从相互容忍，升级到针锋相对的新阶段。

那段日子里，最痛苦的，当然是徐悲鸿。蒋碧微强行从画室带回来的两幅画，《孙多慈像》被卷成轴，悄悄藏到了保姆的箱子里。徐悲鸿虽多次翻箱倒柜寻觅，但始终没有找到。《台城月夜》画在三夹板上，收无法收，藏无法藏，蒋碧微索性放在客厅显眼处，让徐悲鸿过来过去，刺眼又刺心。蒋碧微的目的，就是要向徐悲鸿公开叫板："我要让你知道，你不仅是社会公众人物，也是有家有儿女的人，不要为一时感情变异，毁了自己名望和家庭。即便你不顾惜我，你也要顾惜你那一对儿女。"

徐悲鸿懒得理会，进进出出，始终保持沉默。

关于《台城月夜》的结局，蒋碧微晚年在她的回忆录中这样写道："至于那幅《台城月夜》，是画在一块三夹板上的，徐先生既不能将它藏起，整天搁在那里，自己看看也觉得有点刺眼。一天，徐先生要为刘大悲先生的老太爷画像，他自动地将那画刮去，画上了刘老太爷。这幅画，我曾亲自带到重庆，三夹板上裹上层层的报纸，不料被白蚂蚁蛀蚀，我又请吴作人先生代为修补，妥善地交给了刘先生。"

七十年后，徐悲鸿成为画坛一代巨匠，他的画作，只要是尺幅稍稍大些的精品，落槌价都是惊人数字。如《放下你的鞭子》《奴隶与狮子》，拍卖价高达六千万左右，《愚公移山》也拍到了三千万以上。倾注大师一腔激情，又是表现大师爱情故事的《台城月夜》，如果能保存下来，拍卖价恐怕还要创出新高。

从这个角度看，真的是可惜了。

自从那天在中央大学美术专修科课堂见到蒋碧微，孙多慈就预想到了后面可能会发生的一切。她读过许多才子佳人小说，国内的，国外的，情节发展至此，结局都是一样。后来到徐悲鸿画室来，看见原先摆《台城月夜》的地方空空荡荡，就知道她的担心，已经变为现实。

徐悲鸿身心虽然疲惫，但看孙多慈进来，两眼还是熠熠生出光亮。"可惜了，真的可惜了。两幅好画啊。"他说。

孙多慈为他倒了一杯水，然后坐到他的对面，安慰他说："画在先生心中，什么时候想动笔，先生还可以再画的。"

听她一说，徐悲鸿的心豁然开朗，他点点头，"是啊，她可以把我的画拿走，但她不能把我的心拿走。"立起身，他把两手叉在腰间，在画室里来回踱了几步。"好，说得好。我犯不着和这种女人怄气！"

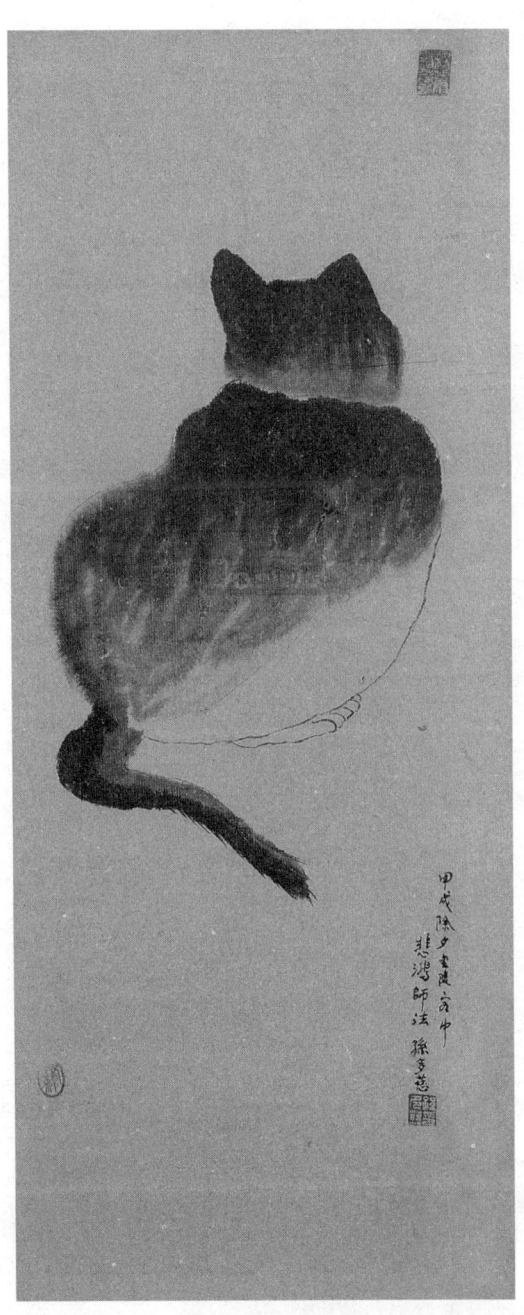

孙多慈《猫》，题："甲戌（1934）除夕客中，悲鸿师法，孙多慈。"

说得快活了，他把手向孙多慈挥挥，"给我把纸铺上，老师今天要为你画张画！"

孙多慈快活地笑了起来，"真的？先生还没有给多慈画过一张画呢！"于是，忙不迭铺纸，磨墨，然后静静立在一边，看徐悲鸿把笔提了起来。

是一张《睡猫图》。三两杂石，四五蕉枝，睡猫蜷曲卧伏，两眼似睁似闭，"清芳来入梦，嫱懒睡乡甜。"猫的懒散，猫的警觉，猫的乖巧，都在寥寥几笔中勾了出来。把自己心爱的女子比作猫，而且还是一只温驯的睡猫，既贴切，又形象，多少还有深爱不尽的意思。

孙多慈立在一边，心如蜂蜜，随他画笔舞动而波动。微微一团红晕，从她耳根处，一直浮现到她的脸上。

丢下画笔，徐悲鸿抱着双臂看了看，画境平和温醇，画意悠长深远，他自己也感到非常满意。之后他取出一方印章，在画面的左下方，两手紧压，重重地盖了下去。"这是我的一方闲章，仔细看看，能不能认出上面的四个字？"

孙多慈一眼就辨出来了，上是"大慈"，下是"大悲"。

"知道什么意思吗？"徐悲鸿问。

当然知道。但是绝对不能说。

这是徐悲鸿近日为自己刻的一方闲章，也是最可心最喜爱的印章之一。当初想到"大慈大悲"四字，他几乎快活地要大叫出声。看似平淡的四个字，既隐含了两个人的名字，又隐含了两个人的感情。夹于其间的"大"，可以理解为大爱无边，大爱无涯，大爱无时。

这，就是徐悲鸿对孙多慈最直接的表白。

孙多慈笑如小鸟。

徐悲鸿把孙多慈揽在怀中，轻轻抱了抱，说："我仔细考虑过了，你还年轻，你不应该卷到这场风波里来。"又说，"老师希望你为他争口气，就把全部精力放到学业上来，以优异的成绩，考入中央大学艺术专修科。老师等着你！"

孙多慈深深感动了，她想说些什么，但什么也说不出，眼里闪着泪花，她使劲地点着头。

九、天降不测风云

接下来，打击接踵而至，而且这种打击，对于十八岁的孙多慈，可以说是致命性的。

1931年的春节来得特别晚，立春都过去十多天了，到2月16日，才迎来一年一度的除夕夜。这一年，孙多慈和母亲、弟弟是在南京过的。父亲孙传瑗和哥哥孙多拯依旧没有消息。也正因为他们没有消息，本来准备回安庆过年的，也不得不放弃计划。人生地不熟，认识的朋友又少，所以在孙多慈的印象中，这个大年夜与去年的大年夜相比，还要冷清，还要惨淡。早早地一家三个人就上了床。

初一、初二没有出门，大年初三是二十四节气中的雨水，本想拉着妈妈和弟弟去夫子庙的，结果早上起来，推开门，只见绵绵细雨漫天而降，又起了风，风夹着寒意，雨丝之中，隐隐还有些雪粒。出门的计划泡汤，只好又闷在家里。弟弟孙多括在房间里做寒假作业，孙多慈支起画架，在一旁为他画一幅头像素描。

孙传瑗对孙多慈与孙多括特别钟爱，有它特定的原因。他们姐弟之上，另有兄长孙多謇与孙多拯。1916年除夕夜，那时小儿子孙多括还没有出世，孙传瑗在外奔波大半年，回安庆与家人一道辞岁。夫人与子女相围而坐，亲情暖暖，孙传瑗感叹万分，提笔作诗《岁暮风雪，与内子围炉夜饮，謇儿、拯儿、小女慈，均侍侧相顾笑乐》，表述了他的心情："料理溪山一钓车，流行坎止讵无涯。摧颓似鹤将安适，冷澹如僧却有家。别院枯梅初破萼，冻缸寒夜自生花。野人为被胸怀恶，酌取春醪饯岁华。"

初为人父，孙传瑗对儿子寄有无数斑驳陆离的希望，尤其是长子孙多謇。后来结集的《今雅堂诗存》，特别有一首1914年所作的《示謇》："南山种豆乖吾愿，北郭耕桑计总虚。三径就荒陶令宅，十弓借卜子云居。青灯有味应怜汝，

孙多慈《小姐弟》｜炭精笔｜纸｜21.5cm×30.7cm｜作于 1939～1941 年间

白首无闻孰起予。毕竟六经多至味，强于剽盗百家书。""果腹秖堪适莽苍，未若百里宿春粮。亦知吾发何由漆，却喜汝颈已有缰。闭户常思歌浩浩，惊心空负岁堂堂。莫随小草争春色，松桂青青菊晚芳。"

　　但梦想很快破灭。之后不久，孙多謇意外夭折，过早离开人间。孙传瑗悲痛不已，继而把这些期待转到二儿子孙多拯身上。作于 1915 年末的《示拯》，他这样写道："人生识字多忧患，汝但躬耕十亩田。尔祖温恭终有报，吾诗卑弱不堪传。莫随小草争春色，须共灵椿说大年。经训菑畬先圣诫，而翁辛苦抱陈编。"但事情发展并不按孙传瑗的设计而行，二儿子孙多拯两岁多一点，夫妇俩就发现他智力异常，虽说话走路与其他小孩没有多大区别，但性格上有明显的缺陷，喜欢独处，不愿意和其他小朋友交往，甚至不愿意与父母做更多的交流。稍大一些，这些症状更加明显，连学校也不愿意去上。有时候一家人在一起吃饭，他也不愿意出来，只能叫佣人端进去。后来科学发达，把这种症状称之为"自闭症"，但在当时，包括孙传瑗这样的大文人，也不知道孩子"异"在何处。

绝望之余，孙传瑗只能把希望寄托于孙多慈与孙多括姐弟。

孙多慈从小就是父母可心的小宝贝，襁褓之中就表现出她温顺柔和、小鸟依人的一面。越往大，她的这种个性就越明显。孙多慈之"慈"，是孙传瑗对女儿的一种偏爱，也反映出他的世界观、人生观，包括他的个性，在经历多次挫折后，有了新的转变。激进的一面少了，温和的一面多了，更愿意用一双"爱"的眼睛，温暖世界，感化世界。而孙多慈对"文"的天赋，又远远超出孙传瑗的预料，有时两父女坐在院子里谈论诗词，看她那有模有样的神情，孙传瑗甚至都不敢相信这是自己的女儿。

孙多括是孙传瑗最小的儿子，安庆话称之为"老憨儿子"，自然宠爱有加。为幼子取名，单挑了一个"括"字，用意更是独特。"括"的本义是"包容"。包括之"括"，概括之"括"，总括之"括"，囊括之"括"，等等。贾谊《过秦论》中，也有"囊括四海"之句。"括"的引申义中，也还有"约束"之意，"以礼括其君，使人于善也。"语出《孔丛子》。孙传瑗对小儿子的期待，就不是简简单单词面上的含义了。

孙多括也如姐姐一样文静，但相比之下，更有男孩子特有的敏锐和悟性。什么功课，无论国文、算术、历史、地理，包括英语，只要他看过一遍，就能说出子丑寅卯来。学习成绩自然出奇的好，小学、初中，各科成绩，在班上排名从没有落下前三名。有一个阶段，孙多括也吵着要跟姐姐一样学画，结果只三五个月，画就画得与姐姐孙多慈不分伯仲。"吾幼弟括，对于绘画音乐，尤具有惊人之天才。姊弟二人，恒于窗前灯下，涂色傅采，摹写天然事物，用足嬉憨。吾父吾母顾而乐之，戏呼为两小画家。"但孙传瑗并不希望他与姐姐同走行文之路，他更希望这个小儿子，能在理科方面走得更远一些。"我们的这个家庭，要文理之道，一张一弛。"本应该是"文武之道"，但孙传瑗对"武"不感兴趣，因而也追赶近世中国的时尚，希望幼子多括，能出国留洋深造，以科学报国。不仅仅如此，因为孙多拯自闭现象越来越严重，孙传瑗就更把自己的全部希望，都寄托在小儿子孙多括身上。

孙多括是孙多慈的小尾巴，虽然两人相差不到四岁，但孙多括对姐姐，完全是言听计从。在南京中学，孙多括表现依旧突出，是各科老师争相宠爱的好学生。孙多慈也为自己的弟弟感到骄傲。她曾经和徐悲鸿谈心，说他们孙家真正的希望，就是她的弟弟。正是带着这样的感性色彩，孙多慈画笔下的弟弟，是聪明的，是纯洁的，是进取的，也是善良的。弟弟是她生活中的一盏灯。

她无论如何也没有想到的是，1931年春节为弟弟画的这幅素描，居然是他最后一幅肖像。

悲剧发生在开学后的第一个周末，寄宿在学校的孙多括和姐姐孙多慈，都从学校回家度周末。孙多慈回家稍晚一些，但一进门，她就感觉到弟弟有些异常。往日回来，弟弟如果先到家，总是满脸阳光迎出来，即使手头有事，也会清清脆脆地喊一声"姐姐"。而今天，正在桌前做作业的弟弟，只是抬头笑了笑，没有起身，也没有说话。他的一只手，在桌下紧紧按着腹部。

孙多慈就有些急，问："多括，你怎么啦，哪儿不舒服？"

"没什么，回家时大概走得快了一些，肚子有些隐隐的痛。"孙多括回答。

"什么部位？厉害不厉害？"

"具体也说不准，肚脐附近，偏上一点，也不是太痛，一阵一阵，闷闷的。"

孙多慈摸摸他的额头，并不烧，但还是不放心，要带他去医院。孙多括笑道："不至于吧，肚子疼一点有什么关系，喝点水就好了。姐姐你放心，我一个大小伙子，不会有事的。"

晚餐很丰盛，母亲知道姐弟俩回来，特意多烧了两个菜，其中有孙多括特别爱吃的咸菜烧猪大肠。但孙多括吃的不多，平平的大半碗饭。平时看见猪大肠，筷子伸出来就不愿缩回去，今天只勉强吃了几块。饭碗放下，感觉还是不太好，就打招呼先回房间休息了。

孙多慈看着弟弟的背影，隐隐有一种不祥之感，但没往深处想，因此也没太在意。

大概是天快亮的时候，外面客厅的挂钟"当当"敲过五下，孙多慈被一阵又

孙多慈《雪景》｜设色｜纸本｜36cm×45cm｜作于1969年

一阵呻吟声给惊醒了。侧身起来细听，是从弟弟房间传来的，呻吟声中带有那有极度忍受但又无法忍受的痛苦。孙多慈推醒母亲，两人赶紧披衣跑了过来，拉开灯，母女俩都惊呆了。

孙多括痛得满床打滚，身上盖的被子早掀到了一边。他的脸色蜡黄，一头虚汗。

"多括，多括，你这是……"

"姐，姐，我实在是痛得不行了。"

孙多慈伸手按向弟弟的腹部，发现他身上很烫，嘴里哈出的口气，也明显有一种异味。压在腹部的手稍稍用力，孙多括就疼得叫出声来。

"妈，快帮弟弟把衣服穿起来，一点也不能拖了，得赶紧把他送医院！"

母亲已经吓得六神无主，听到女儿的催促，这才慌慌张张帮着把儿子的衣服套上了身。

孙多括已经没有多少知觉，他的一只手搭在姐姐肩上，两脚稀软的在地上拖动。"不行，妈，你照顾弟弟，我去找辆黄包车！"

外面的天色虽然已经麻麻亮，但街上几乎看不到什么行人，更不用说什么黄包车了。孙多慈只能茫无目的地在小街奔跑。从他们居住的石婆婆巷出来，向西跑到双龙巷，又向南一路跑过薛家巷、吉兆营、同仁街，街上还是连黄包车的影子也看不到。孙多慈急得如无头苍蝇，"黄包车，黄包车，快，快，快些救救我弟弟啊！"她带着哽咽哭喊，一路狂奔。

终于在焦状元巷和三眼井交叉口，远远看见有辆黄包车停在路口。"师傅，师傅，快一点，快快一点去救我弟弟！"孙多慈像是看到了救星，喊着冲了过来。

黄包车夫是个中年人，粗粗壮壮，他把孙多慈扶上车。"你别急，先坐上来，告诉我，你们住在哪？"

孙多慈什么话也说不出来，只是把手向前伸着，两行热泪潸然而下。

黄包车赶到石婆婆巷时，孙多括已经处于半昏迷状态，母亲孙汤氏紧紧抱着他，就坐在冷冰冰的石板地上。黄包车夫二话不说，搭起孙多括的手，就把他扶上了车。

孙多慈也挤在车上，把弟弟紧紧地拥在怀里。

最近的也是最好的医院就是鼓楼医院，孙多慈把所有的希望寄托在那里。

弟弟已经人事不知，只能发出微弱的呻吟之声。

"多括，再忍忍，多括，姐姐会救你的！姐姐会救你的！"孙多慈满脸泪水，声音中带有一种绝望。

母亲跛着一双小脚，远远地跟在黄包车后。

鼓楼医院是南京最早建立的西医医院之一，创建者威廉姆·爱德华·麦克林（W.E.Macklin），是加拿大籍传教士，同时也是位医学博士。南京人亲切地喊他为"马林"，这所医院因此也被喊作马林医院。马林医院的前身是马林诊所，地址先在北门桥附近，后迁到南花市大街，光绪十三年（1887），美国基督教会出资，当地士绅景维行捐地，在鼓楼南坡建起了马林医院。之后医院改为金陵大学实习医院，1914年，正式更名为金陵大学鼓楼医院。

黄包车夫帮忙把孙多括背进了急诊室。值班医生是一位中国大夫，他伸手翻开孙多括眼皮，只看了一眼，便有些遗憾地摇了摇头。此时孙多括已经处于完全昏迷状态，脸色苍白，没有任何血色。

孙多慈问："大夫，我弟弟他……"

"把病人拖成这样，你们家人早干什么去了？"

"大夫，求求你一定要救他！他是我唯一的弟弟，在南京中学读书，各科成绩都很优秀，老师都说他前途远大啊！大夫，我求求你了！"

"急性阑尾炎，已经穿孔化脓，如果早送来两个小时……先送手术室抢救吧，能有多大把握，我也不知道。"

急诊室乱成一团，当班的医生、护士都过来帮忙。孙多慈跟在手术车后面，两眼模糊地看着弟弟被推进了手术室。当手术室大门在她面前沉重合上时，她的心中突然升起强烈的类似山穷水尽的绝望感。

时间一分一秒流过，生命一分一秒流过，悲伤一分一秒流过。

母亲跛着一双小脚奔了进来，"多慈，多慈，你在哪？"

看见走廊另一头母亲一夜间陡然苍老的身影，孙多慈又生出强烈的责任意识，父亲不在身边，自己就是这个家的主人，无论发生什么事情，哪怕天塌下来，也必须以自己微薄的双肩，把它用力给顶起来。

半个小时后，值班医生推开手术室门，一脸凝重走出来。

"大夫，我弟弟他……"

"急性盲肠炎。阑尾穿孔，坏疽化脓，已经引发弥漫性腹膜炎。如果送来得早，剖腹切除阑尾，进行腹腔引流，应该没有多大问题。但你们耽搁时间太久了，我们实在无能为力。"

"你是说，我弟弟他，一点希望也没有了？"

值班医生十分抱歉地耸了耸肩。

手术室门再次打开，从里面推出来的弟弟，身上已经盖上了白色床单。

立在身边的母亲，无法忍受这悲惨的一幕，立刻昏了过去。

孙多慈拼命咬着自己的嘴唇，在这一刻，她不能让自己倒下去。

天塌地陷。

日月无光。

徐悲鸿是通过李家应知道孙多慈的家庭变故的。匆匆赶过来时，孙多慈已经处理完了整个丧事。

"我回家时他已经在家里了，就是说肚子痛，也没有太在意。那时候要去医院就好了，肯定能救得过来的，结果我没有，还笑他一点男子汉气质也没有，结果却是……是我害了他啊，我这个做姐姐的，连弟弟都保护不好，我……"在徐悲鸿面前，孙多慈硬撑出来的"坚强"，如冰山见到阳光，顷刻间化作一摊水。

孙多慈的弟弟孙多括，徐悲鸿曾经见过一面，很喜欢，听说他也喜欢画画，还鼓励了几句。没想到才十四五岁的少年，仅仅因为急性盲肠炎，治疗晚了点，就送了一条青春性命，也实在是太可惜了。

"那天晚上睡觉前，我也担心弟弟会不会有事，又想他一个大小伙子，闹点

20世纪30年代，国立中央大学艺术科素描课

小肚子痛，能有多大事，结果就忽略了。要是送他去医院看一看，也不至于……"

徐悲鸿用双手环抱着她，也不知该说些什么话来安慰她。

接下来的情形更糟，母亲因承受不了中年丧子的悲痛，病床上一倒，就再也起不来了。找西医看过，找中医也看过，都说不上是什么病，就是头昏眼花，就是浑身无力，就是饮食不安。无论你同她说什么事情，都一双无神的眼睛看着你，也不说好，也不说坏，甚至连头也不点一下。

而此时，父亲和哥哥依旧杳无音信。

那一阶段，孙多慈清早起来，先侍候母亲进汤食药，安排好母亲的早餐，然后才匆匆赶到中央大学听课。中午急慌慌赶回来，热一点现饭，两人胡乱吃一口，又忙着到学校去。下午回家，还要抽时间绕道到菜场，买两把韭菜，几块豆腐，或者称两斤青菜，提前准备第二天的菜饭。

"吾母则悲痛几绝，病于京寓，缠绵床褥者又年余。此年余中，吾则晨入中大听课，归则侍慈母进汤药。"关于这一段生活，孙多慈总不愿提及。晚年时，偶尔与子女相谈，她总是用"忧劳相煎，夜以达旦"来形容。

而此时更大的考验，是在中央大学艺术专修科，班上的同学，有意识对她进行冷漠的疏远。

孙多慈是旁听生，按理与其他同学没有利害上的冲突，但由于徐悲鸿对孙多慈的偏爱，尤其是让孙多慈做他的模特，引起了大家的嫉妒。表面上当然不说，你好，我好，大家都好，有时候还有一种过分的热情，但私下里，总是离孙多慈远远的，用一种异样的眼光盯着她。蒋碧微大闹徐悲鸿画室之后，这种矛盾更到了白热化的地步。有好多次，孙多慈到课堂上来，便发现自己的画布被人偷偷割破了。一刀一刀，甚至十多厘米长的口子。仇恨之深，可以感觉。孙多慈也想开口骂人，但环顾四周，同学们各自忙碌，你能骂谁，你又能骂到谁？于是酸也罢，苦也罢，只好闭着眼睛全咽下肚。"与社会接触日密，觉人心之虚伪，偏私，阴险，疑忌，刻薄，残忍，充塞于天地之间。"类似这样的语言，本不应从如花似玉年纪的孙多慈口中说出，但她说了，而且说得咬牙切齿，没有一定感受，是不可能动这样怒气的。

徐悲鸿当时并不在南京。他是 3 月下旬带中央大学艺术专修科毕业生去北方参观的，这一去，直到 6 月初才回来。虽然不在南京，但他一颗心，依旧系在孙多慈身上。在孙多慈人生最艰难的时刻，他真的对她放不下心。从济南到天津，到北平，这一路，他不断写信鼓励孙多慈，或长达数页，或寥寥几句，但意思只有一个，就是让孙多慈为了家庭，为了艺术，也为了自己的前途，一定要挺住，要战胜人生这一道最艰难的坎。好多个夜晚，孙多慈独自坐在灯下，听风在窗外呼呼而过，就是一遍一遍读徐悲鸿那些充满温情的信，才有坚持下去的信心与勇气。

激励孙多慈战胜人生最大挫折的另一个动因，就是父亲孙传瑗曾经为她讲述的"动心忍性"。后来她在《孙多慈描集》的"述学"中说："然后知吾父为吾讲'动心忍性'之有因也。非此者，吾几于不能自持。"虽然中间"几欲致疑孟子性善之章"，但最终还是从中受到启发：

怅然以悲，毅然以起，誓欲于虚伪、偏私、残酷、险诈、猜忌、刻薄之中，求善求真求美……倘使风雨雷霆，供我驰驱，大海波涛，为我激荡；宇宙之大，人情之变，熔冶之洪炉也，将欲避其烈焰，突火而出，反身而观，此至繁极赜不可思议之造物，令入我笔端，出我腕底，强使吾艺状其博大，状其雄奇，状其沉郁，状其壮丽，状其高超，状其秀曼。吾之意志，于以坚强；吾浩然之气，至大至刚，与天地无终极，随文运以回旋者，盖古往今来怀宏愿者之所以事事，终不以吾之小而抉弃也。人固可言其不知量，但吾所以答吾贤父母良师友殷切之期望者，固无他道，抑自定其为生涯者也。

奇怪的是，在这种状态下，孙多慈的绘画技艺，却有了突飞猛进的进展。

父亲是这年 6 月中旬带着哥哥回到南京的，得知幼子去世，这位晚清斗士呆住了，什么话也不说，只有两行老泪顺腮而下。那个夜晚，他一句话也不说，只是在那里喝闷酒。之后衣服也不脱，倒在床上就睡。这一睡就是三天三夜，第四天起来时，他整个人都瘦脱了形，下巴上的胡子也生得老长。孙多慈有些怕与他对视，在她看来，父亲此时的精神状态，比他在老虎桥监狱时，不知差多少倍。

这天父亲略好一些，把孙多慈叫到身边，深深叹了口气，道："这一阶段，让你挑了这么重的担子，实在是受苦了。你不会恨爸爸吧？"

孙多慈有些哽咽，"爸，你别太难过，我……"

"你放心，爸爸想开了，命中只有八合米，走遍天下不满升啊！现在你是爸爸唯一的精神寄托了，好女儿，可别让爸爸失望啊！"

孙多慈拼命地点头，"你放心，今年我肯定能考上中央大学！"

为了让父亲高兴，孙多慈把话头转到自己的学习上来。她不歇嘴说了许多，讲在中央大学的学习和生活，讲艺术专修科各组的课程设置，讲几位导师不同的授课方式，讲自己对绘画越来越新、越来越深的理解，等等。父亲也不阻止她，只是静静地在听，他的脸上，渐渐浮出满意的笑容。最后孙多慈的话题转到徐悲鸿的身上，说徐悲鸿在课堂上对她的赞赏，说徐悲鸿单独为她画画，说徐悲鸿带她到郊外去写生，还说了许多在学校听来的关于徐悲鸿的趣闻轶事。孙多慈自己不察觉，在讲到徐悲鸿时，她的眼中，闪动着另一层光亮。

父亲孙传瑷敏感地捕捉到了，他的眉头暗暗地皱了皱。后来他用商量的口气对孙多慈说："省立安徽大学发来邀请，让我接任事务长一职，我答应了。这两天我就和你妈妈他们回安庆，你一个人在南京我不太放心，要不，你也转到安徽大学来？"

孙多慈微微一愣，立即摇了摇头，"按我现在的成绩，明年进中央大学艺术专修科，没有任何问题，为什么退而求其次？"

孙传瑷说："这只是我的一个意思，最后的决定权，当然还在你自己。"又调转话头，似乎很轻描淡写地说，"徐悲鸿是公众人物，报纸上的新闻不少，好像他们夫妇关系还不错，有许多浪漫传奇的故事吧？"

孙多慈说："他夫人我只见过一面，这一阶段他们不在南京，带毕业生去北方写生了。"又问，"爸爸是古板人，怎么也过问起名人的家庭私事？"

孙传瑷道："爸爸以前就说过，'平生爱女胜爱男。'现在你弟弟又没了，

孙多慈《松瀑鸣泉》
| 设色
| 纸本
| 127cm×68cm
| 作于1968年

你哥哥等于半个残废人,能指望的,就是多慈你一个了啊!"

精明的孙多慈,立即从父亲的话中,捕捉到了他想要表达的另一层意思。她点点头,没有说话。

这天晚上,孙多慈一夜没有合眼。在南京与徐悲鸿交往的所有细节,如电影镜头,在她脑子里一帧不少地过了一遍。她觉得有些委屈,是不错,作为老师,徐悲鸿对自己偏爱了一些,但他爱才是出了名的,难道在自己身上,就成了感情方面的原因?从另一个角度,徐悲鸿家庭和美,已经有两个小孩,他难道可能抛弃家庭与自己结合?从年龄上讲,徐悲鸿已经老得可以做自己父亲,而自己,还是一个如花似玉的女孩儿,与他走到一起?这也太不现实了吧?

孙多慈还是太年轻了,她不知道,如果人的感情泛滥,那是没有任何理智的,包括徐悲鸿,也包括孙多慈自己。

这个夜晚,父亲孙传瑗同样也没有入睡。经历大起大落的波折之后,孙传瑗已经把世界看得十分透彻。徐悲鸿对孙多慈那一份特别的关爱,以及孙多慈在叙述老师的那一份特别的热情,都让他隐隐感到不安。孙多慈是他的掌上明珠,他关心她的一切。如果女儿幸福,他不在意徐悲鸿是否年龄过大,也不在意他是否已经建有家庭。但徐悲鸿看上去就是一位花花公子,至少对于他现在的家庭,缺少男人应有的责任感。他不相信女儿和他在一起会有什么幸福,倒是感觉,只要和他搅和到一起,就会成为花边新闻里的女主角。孙传瑗从骨子里还是封建的守旧的,他不愿看到这一幕的发生。

徐悲鸿与孙多慈的爱情悲剧,在这个燥风四吹的初夏之夜,在六朝古都南京城,不可避免地拉开了帷幕。

十、图画满分

"慈学画三月,智慧绝伦,敏妙之才,吾所罕见。"徐悲鸿的眼光,流露的更多是对孙多慈的赞赏

1931年7月上旬,国立中央大学爆出一条惊天新闻,艺术专修科招考新生,徐悲鸿主考的素描,当天结束,次日早晨,他就在工字大楼大门外,把考生试卷和分数当众公布出来了。这在南京,在中国,都是极少见的激进做法。

孙多慈的名字高高排在第一位,九十五分,无人能及。

在徐悲鸿看来是十分普通的事情,但外人眼里,却有变了性质的舞弊嫌疑。但大家都绕开这个话题,不说。

只有一个人说了,这就是徐悲鸿的夫人蒋碧微。

"这个结果我早就预料到了,是你的得意门生嘛,看你面子,看你感情,自然要多给几分的。"她的言语酸而尖刻。

徐悲鸿针锋相对,"知道你是要说这话的,所以公布成绩时,连试卷也一起贴出去了。她的水平如何,她可以得多少分,试卷说话。"

"醉翁之意不在酒。录取孙多慈才是你最终的目的。好啊,你的心愿达到了,你们可以更光明正大地在一起了。"

徐悲鸿十分恼火,声音也高了八度,"告诉你,蒋碧微,不要把话说得这么难听。如果我徐悲鸿想离婚,想拆散这个家庭,早就横下心与你分手了。之所以还和你保持夫妻关系,是因为在我的脑海里,还从没有想过要和谁结婚,所以也不存在要和谁离婚!"

蒋碧微冷冷笑着，"你这话，从认识你第一天起，就开始说了，已经说了十五年。本来我是相信的，但现在不信了。你心口不一，当面一套，背后一套，让我失望的地方太多太多。不客气地说，你就是个典型的伪君子！"

多少次交谈，始终争执不下，最终的结局，总是这样不欢而散。

1931年春夏之交，徐悲鸿始终处在感情的煎熬之中。

此时的中国，西风东渐，传统的婚姻观遭到毁灭性颠覆。徐悲鸿周围的几位朋友，包括上海中华书局的舒新城，受此影响，婚姻生活都另有变故。其对象，或是上海滩穿金戴银的富家小姐，或者独立自主的新知识女性，或是异地一见钟情的红颜知己。相比之下，他们都比徐悲鸿有魄力，只要感情一露头，就以快刀斩乱麻之果断，离异原配夫人，与新欢另外组建起家庭。相聚在一起时，他们都笑话徐悲鸿坐拥愁城，进也不是，退也不是，离也不是，守也不是。在感情上，百无聊赖，艰难度日。

舒新城的话更直接些，"悲鸿兄实在是书生气，爱就合，不爱就分，有什么好犹豫的？现在的离婚，既不是什么丑事，也不是什么难事，何必优柔寡断？"

说到底，徐悲鸿是典型的艺术家思维，传统与现代，保守与激进，在他身上，都能找到影子。感情上，他可以无拘无束，自由泛滥，但面对现实，他又不能不考虑方方面面的枝节。两个方面，不愿伤害蒋碧微和两个孩子的生活，不忍荒废了孙多慈正如日中天的学业。可能为他人利益考虑得更多些的缘故，他的心中，多少还有"我不入地狱谁入地狱"之气概。

这种新潮又守旧的思维方式，注定1931年的徐悲鸿，只能是一介书生，感情上一败涂地。

唯一让他欣慰的，就是孙多慈其他各科考试，成绩也同样出色。

1931年夏，孙多慈以图画满分的成绩，被南京中央大学艺术专修科录取。

风言风语也由此而起。南京的一些小报记者，捕风捉影，渲染附会，其中甚者，以"画家怜惜才女，图画批以高分""痴心画家动情取美女考生"等为题，添油加醋，绘影绘声，编成吸引读者眼球的花边新闻。一时间，洛阳纸贵，徐悲鸿与孙多慈的师生情，在他们的笔下，真假混杂，演变成一段说不清道不明的三角恋爱故事。

蒋碧微看到报纸时,正和徐悲鸿一起去郭有守家赴宴。从家里出来,正好有报童叫卖,顺手就拿了一份。刚看到标题,她的脸就变了,朝徐悲鸿恶狠狠一瞪,讥讽道:"好哇,大画家徐悲鸿成了黄色小报的风流主角,这下名可出大了吧!"

徐悲鸿不屑一顾,"那些捕风捉影的事,你蒋碧微也信?"

蒋碧微把手中的报纸抖得"哗哗"响,尖刻地说:"你要是行得正,无风又无影,他们编得出来吗?"

"真是妇人见识,懒得理你。"

"不是懒得理我,是理屈词穷!"

两人一路吵到郭有守家。

郭有守是徐悲鸿夫妇共同的朋友。他是四川资中人,早年毕业于北京大学,后赴法国巴黎大学攻读文学,也就在这段时间,他与徐悲鸿夫妇结为好友。郭有守生于光绪二十七年(1901),小蒋碧微两岁,因此蒋碧微更把他当作小弟弟看待。1928年郭有守获文学博士学位回国,在国民政府教育部任职,1931年夏,升任教育部秘书长。这之前一年,经杨度之子杨公兆牵线,郭有守与杨公兆正在上海光华大学读书的妹妹杨云慧相识相恋,并于这年冬天,在上海举办了盛大的婚礼。婚礼由杨度主婚,蔡元培证婚。在教育界,可说是轰动一时。徐悲鸿夫妇也专程去上海参加了婚礼。

郭有守与徐悲鸿夫妇走得很近,蒋碧微有什么烦心之事,第一个诉说对象,也是郭有守。徐悲鸿因孙多慈生出的感情变异,郭有守多多少少知道一点,请他们夫妇过来晚宴,也就是想在席间做一些劝解。

这是1931年7月14日,星期二,当日入伏,次日出梅。

徐悲鸿夫妇一进门,郭有守就发现气色不对,忙与夫人给他们泡茶递水果。

"悲鸿兄近段时间在报刊露脸不断啊,我与云慧记了一下,《北洋画报》好像期期都有画作发表,《良友》上也看到了画狮画猫的作品,《北晨画报》上刊的是一幅国画吧,题目《嘶风》取得真好。上周在《中央画刊》上也看到了两幅,一个是《双鸦图》,一个是《三鹅图》,都是极有味道的。"

《背纤》，孙多慈写于1934年秋，刊《孙多慈描集》。背景是她最熟悉的长江

杨云慧也说："我喜欢你在《申报图画周刊》上的《惊艳》，配的你那幅小照也很神气。'人皆知其精研西画，而不知其中画亦笔力雄浑。'这个评议也精确。"

蒋碧微气鼓鼓把手中报纸扔到了桌上，"你们没有看到吧，还有更精彩的呢，师生三角恋爱，已经成花边新闻人物了！"

郭有守立刻明白了他们争吵的原委，笑笑，"那些三流记者的胡编乱造，嫂夫人是不应该信的。"

"无风不起浪。如果没有影子，他们能编出什么花来。"

郭有守说："那我就斗胆批评嫂夫人一句了，若是和这些三流记者一般见识，那真大跌了你的身份。"

蒋碧微说:"我哪愿意这样?可你看看,国内外知名的大画家,不断为绯闻所缠绕,这样下去总不是个事吧?"

郭有守暗暗向杨云慧使了个眼色,然后一脸堆笑,在中间打着圆场。杨云慧明白丈夫的意思,忙吩咐下人将做好的菜端上桌。此时另外的客人,徐志摩和谢寿康他们,也陆陆续续到齐了,看到这种场景,大家故意嚷着肚子饿,要求主人赶快开席。

于是大家围着桌子坐下来,面前的杯子也斟满了酒。但徐悲鸿与蒋碧微之间,依旧烽烟不断。

"这酒是我从法国带回来的,"郭有守故意转开话题,"HAUTBRION,一直没有舍得喝,今天悲鸿兄夫妇光临,咬咬牙,开了!"

蒋碧微却不依不饶,不端杯子,不拿筷子,泪水"扑簌簌"直往下流。"最受伤害的是我,什么也没做,凭什么也把我卷进你们那些不明不白的事!"

"那你说怎么办?"徐悲鸿实在不耐烦了,把杯子重重地放到桌上。

蒋碧微望着他,"你要真想洗清白自己,两条,一,不要录取孙多慈,你可以把她推荐到其他大学去;二,如果非要录取孙多慈,那就辞了中央大学的工作。惹不起,难道还躲不起吗?"

徐悲鸿说:"我做错了什么?我又为什么要躲?"

蒋碧微回身指向茶几上的报纸,道:"你一个大画家,愿意每天上它们的头条吗?"

徐悲鸿张了张嘴,话到口边,又吞了回去。

"你说,你想继续为这些黄色小报制造花边新闻吗?"

徐悲鸿仍沉默不语。

略占上风的蒋碧微得理不饶人,向郭有守夫妇说:"你们看看,从来都是这样,需要他像个男子汉表态的时候,他就一句话也不说。"

"你真的非要我做出决定?"徐悲鸿问。

"二者取一,没有其他任何选择。"蒋碧微答。

"那好，我辞职。有守，帮我把纸笔拿过来，在这里，当着大家的面，我这就把辞职信写了！"

郭有守忙苦口相劝："悲鸿兄，嫂夫人也只是说说而已，当不得真的。大家还是在一起好好商量，看有没有其他更好的路。"

徐悲鸿冷冷地笑笑，"你不找？那不好意思，我自己来找吧。"说着，他立起身，走进郭有守书房。

蒋碧微被徐悲鸿突如其来的举动给打蒙了，半天无语。郭有守夫妇也不好说什么，转过脸，看徐悲鸿在书桌前坐了下来。

再进客厅，徐悲鸿一脸平静。他把手中的辞职信递向蒋碧微。"已经按你意图把辞职信写好了，麻烦你蒋碧微，明天替我跑一趟，把它转交中央大学校长朱家骅。"

蒋碧微完全是下意识地伸出手，两眼呆呆，不知该说什么。

反倒是徐悲鸿谈笑风生，自己给自己斟了杯酒，一仰脖，喝得干干净净。"真的是好酒啊，法国名牌，好像是'总统之爱'吧，在中国，他们喊作'红颜容'，价格不菲哦，这一杯恐怕得要好几元钱啊！"

郭有守赶紧给他夹菜，道："这酒你还是少喝点，醉了可不好。记得当年在巴黎……"

"当年的事就不说了，"徐悲鸿苦苦一笑，"今朝有酒今朝醉，莫使金樽空对月。醉了倒省许多心啊！"说罢，又要往自己的杯里倒酒。

郭有守拦住了他，"先吃点菜垫垫肚，然后我们再开怀畅饮，如何？"

"你这是不想让我喝酒？那好，我就不喝。我这胃正好有些隐隐作痛，那我就先回去吃点药吧。"不容大家反应过来，他已经起身出门了。

剩下来的三个人面面相觑，尤其是蒋碧微，没有料到最后会是这样一种结局。

不仅仅如此。

后来徐志摩和谢寿康送蒋碧微回家，发现徐悲鸿并不在家中。问佣人，才知道他回来后，匆匆理了几件衣服，就拎着皮箱出门了，去什么地方，不知道。

蒋碧微瘫软在沙发上，天南地北，不知方向。这之前，夫妻间发生争吵，总是以徐悲鸿的沉默为结束。蒋碧微也总是在他的沉默中,静静享受着胜利的愉悦。这次不同,这次徐悲鸿采取的是"敬而远之"的方式,真的是惹不起,躲得起。两个人的战争,突然少了对手,一贯占上风的蒋碧微,反过来无法应对了。

谢寿康说:"嫂夫人放心,这件事交给我,一定能把他劝回来。"

蒋碧微恨恨地说:"他也没有什么地方可去,十有八九,在上海舒新城那儿。我是不会让他有好日子过的,明天一大早我就赶过去!"

徐悲鸿当晚并没有离开南京,而是在下关车站附近的一家旅馆,住了一夜。第二天一早,他坐火车到了上海。如蒋碧微所料,到上海,他直接去中华书局,一屁股坐到了舒新城的办公室里。

舒新城并不惊讶,递过一杯水,"也好,在上海待几天,凡事都应该有个了结。"

这天晚上,由舒新城做东,邀了几位好友,都是留法的老同学,在舒新城家对面的正和祥酒楼,帮徐悲鸿散散心思。

宴席惯例,先上八个冷盘,然后是四个热炒,再往后,大盘小盘烧菜接连往上端,让人目不暇接,不知吃哪样好。最后上来是一个菊花锅,里面肉片、猪肝、蔬菜、粉丝等,荤也有,素也有。是刚刚在后场做成的,端上桌时,沸腾如初。火锅用酒精加热,酒精灯的火焰沿铜锅边缘上蹿,状如菊花,菊花锅因此得名。大家各舀一碗品尝,果然味道鲜美。

徐悲鸿端起酒杯,向大家表示歉意,"家中碎芝麻烂谷子的琐事,到新城处来骚扰,还让你如此破费,真的不好意思。干脆,这账算我的,也……"

舒新城笑了起来,"我一个小小编辑,虽说没有你大画家富有,但这一两餐饭,还是应该请得起的。"

大家便开心地笑了起来,说如果舒新城都是小编辑的话,那中国的百分之九十以上的文人,就应该是鲁迅先生笔下的孔乙己了。

正谈得开心,雅间的门被服务生打开了,外边走进两位女人,一位是舒新城的夫人刘济群,另一位便是专程从南京赶过来的蒋碧微。

徐悲鸿见是蒋碧微,当场就把脸沉下了,转过来,看也不看她。

舒新城虽然喊着让服务生加座,但在心中暗暗叫苦:好个蒋碧微,性格也太泼太辣了,居然能从南京追到上海来,分明是不给徐悲鸿一点面子嘛。如此夫妻关系,恐怕真的是走到头了。

但蒋碧微态度十分温和。"几个老朋友在聚会啊,真难得。正好,我和悲鸿闹了点小矛盾,大家帮我劝劝他。"

徐悲鸿瞪了她一眼,说:"你让我辞掉中央大学的工作,我按你要求,写了辞职书。我想到上海来清静两天,你居然还追过来。你到底想我怎么做?"

蒋碧微向大家说:"我可能性子急了点,做法有些过,但从我内心,确实是为悲鸿处境着想。他是当事者,当事者迷,旁观者清啊!孙多慈是悲鸿的学生,有才,悲鸿惜才,对她多关照了些。这本无可厚非,但外人不这样看,尤其是那些小报记者,硬从中编出许多花边新闻来。我让悲鸿拒收孙多慈,或者辞去教授职务,也是为悲鸿的名声考虑。国内外知名的大画家,总不能成为黄色小报的花边新闻主角吧。"又说,"让悲鸿辞去中央大学教授职务,本是一句气话,可悲鸿居然想都没有想就同意了。这实在太让我伤心了。"

徐悲鸿讥讽一笑,"妇人之见,我懒得说你。拒不拒绝孙多慈入学,是中央大学培养人才的公事。辞不辞去中大教授,是我个人工作选择的私事。公事为大,私事为小。"

蒋碧微有些激动,声音也提高了不少,"我们十五年的相识相交相爱,我们这个儿女双全的幸福家庭,在你心中,居然还不如孙多慈一个女学生吗?"

徐悲鸿回答十分坚定,"是的。我不能因为保全我们这个家庭,而放弃对一个优秀学子的培养。这是我徐悲鸿的处世原则!"又说,"辞职书不是已经在你手上吗?这个时候,你应该在南京,在中央大学校长办公室,向朱家骅校长递交我的辞职书。"

"你以为我是那种不明事理的女人?你错了,我蒋碧微不是。虽然我有时是很过激,但大事上绝不糊涂的。中央大学教授,能说辞就辞?"

徐悲鸿愤然无语。

酒桌上的几位老友,包括舒新城,面对他们夫妇的争吵,也不知该说些什么。

孙多慈《鹿》｜油彩｜画布｜28cm×35cm｜作于 1950 年，签名"慈"

蒋碧微也怕把关系僵化，向大家淡淡一笑，故意轻松地说："做教授夫人的感觉真的不错，我才舍不得放手呢！"

徐悲鸿垂下眼睑，"过去我念你的情分，一直下不了这个决心，此次你无情绝义，正好给了我个机会。蒋碧微，我们离婚吧。"

蒋碧微不相信自己的耳朵，盯着徐悲鸿又追问了一句："悲鸿你说什么？你再说一遍！"

"这个家没有必要再维持了，我们离婚吧。"

蒋碧微没有想到最后会出现这样的结果，她双手捂眼，忍不住放声大哭起来，"悲鸿，我为你鞍前马后忙了十五年，苦也吃了，罪也受了，到末了，你就给我这样一个结果吗？"

"话已经说到这个地步了，你愿意也得愿意，不愿意也得愿意，没有商量的余地。"徐悲鸿立起身，也不和众人打招呼，再次别她而去。

蒋碧微感觉到徐悲鸿一步一步走远，她知道，此次一行，他的心就难如以往，再也回不到她身边了。

两天后，蒋碧微回到南京，而同时，徐悲鸿的绝交信也邮到了她的手上。

"我观察你，近来唯以使我忧烦苦恼为乐，所以我不能再忍受。吾人之结合，全凭于爱，今爱已无存，相处亦已不可能。此后我按月寄你两百金，直到万金为止。两儿由你抚养，总之你亦在外十年，应可自立谋生。"

一字一句，深思熟虑，根本没有回旋的余地。

蒋碧微两眼含泪，绝望地坐在梳妆台前，镜中的自己，一脸憔悴，已经不再有前些年风一吹就能动的水嫩。面对这样的局面，除了心寒，除了伤痛，她也实在想不出更好的挽救办法。回过头细心想一想，自己所作所为，也确实做得有些过，别说没有抓住徐悲鸿与孙多慈相爱的把柄，即便抓到了，是推还是拉，也还是要讲究策略的，而自己，一味哭，一味闹，假事成真，既伤了自己，也伤透了徐悲鸿的心。扪心自问，她是真心爱着徐悲鸿的，也不希望这个家庭就此破裂，更不愿意一对儿女因此而失去父或母。

此时此地，谁能帮自己走出这个困境呢？

蒋碧微想，现在只有谢寿康了。

法国留学期间，与徐悲鸿、张道藩、常玉等，曾在巴黎成立过一个团体，叫"天狗会"，谢寿康便是其中一员。谢寿康才华出众，文采过人，他的法文作品，常在法国、比利时等国报刊发表。1927年春，他的五幕悲剧《李碎玉》在布鲁塞尔公演，轰动了比利时文艺界。天狗会类似同乡会，并没有什么特别的政治目的，主要是看不惯国内政治腐败、又对"帮闲文人"阿谀逢迎行为深恶痛绝的留法学生，借此经常聚首，联络乡情的小团体。蒋碧微作为唯一女性，在天狗会极为得宠。

蒋碧微随徐悲鸿初到巴黎时，和谢寿康同住在苏美拉路，那时他们还不熟悉，但谢寿康非常关注他们。徐悲鸿与蒋碧微外出，总是急慌慌走在前边，蒋碧微走得慢，总是落后一大截。徐悲鸿走得很远了，回头看不到蒋碧微，这才停下身来等她赶过来。后来和谢寿康相识，关系也处得亲密，谢寿康还开玩笑说，当时他差一点要给徐悲鸿上一堂礼仪课，因为在巴黎，"按照西洋礼俗，男女二人同行，男士一定要好好地照拂女士，即使不便搀扶，最低限度也得齐肩并步。"由此，他们也给徐悲鸿起了个"飞毛腿"的外号。

谢寿康回国后，受邀出任国立中央大学文学院院长，与徐悲鸿夫妇，同住在丹凤街中央大学宿舍那栋小洋楼里。也就是在这段时间，由徐悲鸿夫妇出面，帮谢寿康解决了他最最头痛的婚姻危机问题。谢寿康前妻刘作雨是位农村小脚女人，出国之前，两人感情尚可。谢寿康原也想与她厮守到老，但回国后，西风渐进，像他这样身份这样地位的人，守着的太太，"既矮又丑，站在桌子旁边，肘部刚好够到桌面，她穿一身土布短打，梳一个巴巴头，十足的乡下人模样。"连蒋碧微也看不过去，更不用说进出社交场合了。"两个人无论外表或内涵，一个乘云，一个行泥，距离实在太远。"后来谢寿康到徐悲鸿这边来，坦白承认他和太太相处不来。但他又不忍直接向太太挑明，便请求徐悲鸿夫妇去做工作。于是蒋碧微以自己三寸不烂之舌，三番五次，终于说动刘作雨与丈夫协议分手。条件也十分简单，刘作雨离婚不离家，由谢寿康每月提供五十元生活费。而离婚的所有细小枝节，谢寿康没有出面，都是徐悲鸿为他一手操办的。

此时蒋碧微家庭有变，请求谢寿康伸出援助之手，他如何敢怠慢半步？当天上午，他就匆匆由南京赶往上海，直奔中华书局舒新城处。

见谢寿康以中年婚姻变故者的身份来做说客，大家相视一笑。徐悲鸿本来是脸沉着的，也忍俊不禁。但谢寿康有他的撒手锏，这便是吴稚晖规劝徐悲鸿的一封长信。

对于徐悲鸿，吴稚晖是他特别敬重的长者。吴稚晖生于同治四年（1865），徐悲鸿光绪三十一年（1905）还跟在父亲身后学画时，他就在法国参加了中国同盟会。1915年，吴稚晖与李石曾创建留法勤工俭学会。1924年起，吴稚晖先后出任国民党中央监察委员、国民政府委员等要职。20世纪60年代，他还被联合国授予"世界文化名人"头衔。

"五四"新文化运动期间曾主张彻底摒弃封建传统文化的吴稚晖，在规劝徐悲鸿的长信中，却表现出了一个长者和一个智者的固执——

孙多慈《庄子》
| 水墨
| 绢本
| 38.2cm×28cm
| 印"孙氏""多慈"

"尊夫人仪态万方,先生尚复何求?"他问。"倘觉感情无法控制,则避之不见可乎?"他又问。信结尾处,他还以自己的婚姻打比喻,"弟家中亦有黄脸婆,颇亦自足,使弟今日一摩登,明日一摩登,侍候年轻少艾,吾不为也。"

徐悲鸿无法做出回答。

徐悲鸿来南京国立中央大学任教,总务处也安排有住处,在丹凤街52号,大小共四个房间。这是一幢老式的两层楼房,同住的,还有中央大学另外三位教授。其中谢寿康与他们同住二楼,楼下是何兆清夫妇和曾昭抡先生。当时蒋碧微父母以及蒋碧微的弟弟蒋丹麟也在南京,大小七口人,加上下人、奶妈,十分拥挤。徐悲鸿的创作,只好在国立中央大学画室里进行。吴稚晖闻知此事,二话没说,出资三千大洋,在南京鼓楼坡北面的傅厚岗,为徐悲鸿买下两亩宅地。

大恩不言谢。

面对这样一个长者,面对这样一种情义,徐悲鸿怎能将那个"不"字说出口?

谢寿康知道徐悲鸿的两难，也不逼他立即做出表态。

之后在舒新城家，徐悲鸿画兴大起，先是用铅笔为舒新城前妻贺菊瑞，画了幅人物速写。后又提笔为舒新城的新妻刘济群写下"勇迈"二字，题曰："济群女士为学深思，行其所安，不屈不挠，独与吾友舒新城相爱，险阻既经，前途坦荡，长此贻之。"

"你看我处理方式多得体，前妻后妻，一画一字，谁也不得罪！"又笑，"一个舒新城，一个谢寿康，还有一个徐悲鸿，现在的中年恋爱，恐怕已经成为时代之病了啊！"

舒新城笑道："我们已经从时代病中走出来了，只有你徐悲鸿，还在病中苦苦挣扎哦！"一时兴起，又为徐悲鸿作打油诗一首：

前日小谈后，急"马"大动摇。
时时想溜走，计划满头脑。
溜既溜不成，留住枉烦恼。
作"长"十九月，有甚可足道。
于人既无益，于己更无聊。
莫羡人洞昧，且请试试瞧。

徐悲鸿看后哈哈大笑，"知我者，新城也！"

谢寿康不失时机地插上一句："既然'溜既溜不成'，不如再给碧微一个机会，看看她的表现，你的意思呢？"见徐悲鸿沉默不语，又说，"这样吧，我来安排，咱们一起去庐山牯岭陈散原处避避暑，如何？"

徐悲鸿无语。无语就是应承。

陈散原是徐悲鸿忘年之交，长徐悲鸿四十三岁。散原是他的号，其本名陈三立，又号伯严。进士出身，曾任吏部主事，后因参与戊戌变法，与父亲陈宝箴（湖南巡抚）同被革职，隐退后自号神州袖手人。陈散原的诗作得极好，但晚年与人谈诗，总是一再谦虚，"吾七十以后已戒诗矣。"怪的是，书法不是他的强项，但只要有求，总是午夜篝灯，勤勤交卷。他的两个儿子，长子陈师曾号称北京画坛首领，八子陈寅恪则是著名历史学家。在巴黎留学时，徐悲鸿夫妇与陈寅恪交往极密。

谢寿康陪徐悲鸿到庐山后不久，蒋碧微得到谢寿康及时反馈的信息，在母亲陪同下，也匆匆赶到了庐山。

看到岳母陪蒋碧微一起过来，徐悲鸿微微吃了一惊，他的嘴上没说什么，但他知道，在这场夫妻对决战中，他的败势又增添了一分。

徐悲鸿可以不理蒋碧微，但对这位善良又慈祥的岳母，他不能不理。1917年11月，徐悲鸿与蒋碧微携手私奔日本，生米做成熟饭。而在上海蒋家，女儿突然失踪，蒋碧微许配的查家又来逼婚，几乎乱成一团，不得已，只好置一口空棺，以女儿病死为由搪塞过去。一年后，他们从日本回上海，蒋碧微不敢回家，便和徐悲鸿住在旅馆里。岳母知道后，瞒着她的父亲，独自过来看望，见他们经济窘迫，又出资在民厚里租了一间厢房，帮小两口度过了最为艰难的时光。

关于在庐山的这段生活，蒋碧微后来在回忆录中写道："散原先生一家对我非常好，徐先生则默然不理。朋友们极为撺掇我们同出同游，我们曾登临五老峰，也曾在巨瀑之下，褫衣冲淋。游兴虽浓，但是这些都不曾使我们之间的僵局，有打开的希望。"

转瞬半个多月过去，暑期接近尾声。再过十来天，国立中央大学也要开学上课。

蒋碧微自己不好开口，便撺掇母亲试探徐悲鸿的心思。母亲既然陪女儿过来，自然希望他们夫妻和好，于是有意无意向徐悲鸿说："立秋之后，一天比一天凉，也没有带更多的衣，怎么办？"

徐悲鸿听出了她的话意，快快而答："有什么怎么办？只好大家回去罢了。"

蒋碧微远远听见，心里一阵窃喜。辞职出国的事，当然也就从此不提。

从九江下来，坐的是招商局江安号客轮，船经过安庆，停靠一个小时。徐悲鸿走出船舱，独自立在甲板上。江岸之上，振风塔凌空而立，上蠹云汉；迎江寺群殿相拥，气势雄伟。孙多慈曾向他说过，这是安庆东城之外一大风景，俗有"过了安庆不说塔"之美誉。往西有枞阳门，进城往西北，一个叫昭忠祠的地方，便是她的家。徐悲鸿看江面上正冉冉而起的太阳，大概还不到早晨六点钟吧，此时的孙多慈，恐怕还在睡梦之中，她怎么能想得到，在南城外，在江安号客轮上，徐悲鸿正对她苦苦思念呢？那一刻，徐悲鸿真想随人流走下船去，在昭忠祠1号老宅，找到孙多慈，不再回南京，而是隐进深山，做牛郎，做织女，过男耕女织的田园生活。

但他知道，这是不可能的。徐悲鸿仍旧是一介凡夫俗子，他的爱情观，他的生活观，都注定他无法如此超脱。

在远处，蒋碧微一直在关注徐悲鸿的感情变化，直到大轮拉响长笛，缓缓离开码头，她才松了一口气。

就在徐悲鸿乘坐的江安号离开安庆码头的同时，早早起来的孙多慈，在昭忠祠1号老宅，在院子里那株葡萄树下，与父亲孙传瑗，正边吃早点边谈心。早点是安庆特有的饽饼包油条，刚刚在街头买来的，饽饼外脆内软，上面撒有芝麻，一咬一口香。

孙多慈以图画满分成绩被南京中央大学艺术专修科录取的消息，在安庆，算是特大新闻，自然不胫而走。安庆女中师生，更当是学校荣誉，四处传播。但同时，关于孙多慈与徐悲鸿之间的流言蜚语，也传到了安庆。更有甚者，从南京过来，还将刊有徐悲鸿与孙多慈花边新闻的小报带到安庆。孙多慈自然矢口否认。孙传瑗见多识广，虽然不是全信，但心里多少还是有些担忧。

父女俩有一句无一句地说话，但各自都揣有各自的心思，尤其是孙传瑗，面对十八岁如花似玉的女儿，说轻不行，说重也不行，只能点到为止。其中包括到中央大学后，如何与老师相处，如何与同性同学相处，如何与异性同学相处等。

孙多慈淡淡笑出声来，"你不就担心我在个人问题上不能把握吗？我向你保证，在学校期间，尽可能不与男生接触，如有什么对象，一定先和父亲商量。"

"我也不是反对你处男友，只是……"

"好了啦，我说到就会做到的，你还不相信我吗？"

孙传瑗无话可说。女儿大了，翅膀硬了，做父亲的，已经没有能力再把她掩在自己的身下了。

十一、闺中密友

在国立中央大学，孙多慈的闺中密友只有两位，一位是文学院社会学系李家应，一位是理学院物理系的吴健雄。对孙多慈的情事，两人持截然相反的态度，李家应是坚定的支持派，吴健雄是坚决的反对派。有趣的是，多少年后，两个闺中密友的态度大转换，李家应成了坚定的反对派，吴健雄则成为坚决的支持派。

在国立中央大学的日子，孙多慈外出，总是和两个闺中密友中的一位同行。

李家应是孙多慈自小玩到大的女友，可以用"形影不离"来形容。"同学中，则李家应女士与吾自小学、中学以至大学，未尝一日或离，情好逾于手足；以此之故，吾平生所作所画，以写家应者为独多，亦以写家应者为最逼肖。"孙多慈自己说。

李家应属猪，孙多慈属牛，但她只比孙多慈大七个月，虽如此，仍常在孙多慈面前摆出一副老大姐的姿态。李家应家住上吕八街27号，孙多慈从昭忠祠插上大拐角头，顺孝肃路过姚家口、过局前街，往北望，就能看到李家应他们家的门楼了。上吕八街与下吕八街虽只一街之隔，但下吕八街是繁华商业街，它南连三牌楼、四牌楼，再西拐，又直通国货街、倒扒狮子。上吕八街则是住宅区，居民多是安徽省政府各厅局的机关人员。

李家应老家在安徽含山，父亲李立民与孙多慈父亲孙传瑗一样，也是清末投奔安徽省城安庆的。民国之后，李立民在安徽政界任职多年。20世纪30年代初期，南下福建闽侯县任县长。1933年11月，李立民参与国民党第十九路军将领蒋光鼐、蔡廷锴等发动的福建事变。1938年春，李立民应新任浙江省政府主席黄绍竑邀请，出任浙江省政府秘书长。也正因为这一层，从小学到中学到大学都一直是同学的李家应，与孙多慈关系更为密切。

李家应也是1931年考入国立中央大学的，闺中密友重逢，自然有说不完的话。而此时，也是孙多慈相对苦恼的时期。于是，更多时候，李家应只是一个倾听者。

正式成为国立中央大学艺术专修科新生，孙多慈感觉最大的变化，就是老师徐悲鸿，对自己若近若远，若即若离，似乎是在有意识生疏自己。那段时间，他极少约孙多慈去他的画室，有时孙多慈自己去了，他的态度也不比往日。虽谈不上是冷淡，但也绝说不上是热情。他总是处在绘画创作状态，与孙多慈说话，有一句没一句，即使说了，也不在路子上。孙多慈很失望，如果徐悲鸿真对自己穷追猛打，她可能无所谓，不觉得这是什么快乐或幸福。但徐悲鸿对自己不冷不热，在感情上，她又一时接受不了，心里面始终空荡荡的。抬眼看头上的天，垂首看脚下的地，感觉都是灰蒙蒙一片。

孙多慈是无遮无掩的人，她的这种情绪，在闺中密友李家应面前，自然都表现了出来。

李家应认为孙多慈爱情之途险象环生。"如果真想和徐悲鸿相爱，在你心理上，至少要冲破三道障碍：一，年龄的障碍，他毕竟比你大十七岁，做得你的父亲了，现在还感觉不到什么，到你四十岁、五十岁时，想想看，他都是六十岁、七十岁的老人了，你能适应这种年龄差距？二，道德的障碍，师生恋一直是社会关注的对象，又是与徐悲鸿这样知名画家的师生恋，负面影响更要加倍。前期你们还没有闹出什么，小报记者就编了那么多花边新闻，如果真有什么故事，还不把一个南京城给炒翻天？三，家庭的障碍。你这边是你父亲的反对，他那边是他夫人的阻挠，尤其是他那个夫人，据说特别凶狠，你一个弱不禁风的女学生，怎是她的对手？"

孙多慈"扑哧"笑出声来，"到底是社会学系的高材生，说出话来，也一套一套。哪有那么严重，我只是和他交往密切而已，暂时还没有超过师生关系。"

"既然如此，你就不应该在乎他对你的态度。"

"不在乎也是假话，我是学生，当然希望得到老师的宠爱；我是个女学生，也当然希望得到男老师的关爱。人之常情嘛。但这并不代表我就期待与他在感情上能有什么发展。"

李家应说:"我有个馊主意,装作听取他的意见,说有男学生在追求你,和他半公开摊牌,看看他有什么反应。"

孙多慈不以为然,"这种下三滥的方法也拿得出手,他不笑话你才怪呢!"

"也只是试一试嘛,并不伤害你什么,也许有效果呢?"

孙多慈想想也对,就按李家应教的方法,到徐悲鸿画室,故意轻描淡写地把这事说了。

徐悲鸿并不接她的话头,笑笑,故意说起了另一件事,"昨天还是前天上午,有一位青年,经老朋友介绍,到我这里来,说要学习绘画。我看他西装革履,衣冠楚楚,就料想是哪位官宦人家的公子哥。于是我对他说:'绘画是小技,但可以显至美,造大奇,非锲而不舍,勤奋苦学不易成功。'我又对他说,'还需要有一种准备,即使你学有成绩,在当今的社会里,未免有饿肚子的忧虑,所以还要有殉道者式的精神,必要时要把整个生命扑上去。'那位青年听我说得如此恐怖,凳子也坐不住了,赶紧溜了出去。"

孙多慈先还不明白徐悲鸿的意思,也跟着傻傻地笑了笑,后来突然明白了其中的寓意,脸马上红成一团,头低下来,一句话也不说。

徐悲鸿走过来,抱住了她的臂膀。"你放心,老师对你的感情,没有任何变化。但现在你是中央大学的学生,身份变了,关系变了,环境也变了,有些事,就必须避一避。这一阶段,外面风言风语传得厉害,我家里那一位也不是盏省油的灯……如果真闹开来,徐悲鸿个人得失事小,你的前途事关重大。所以在近两三年内,我想,还是把我们的感情放一放。我希望你把你所有精力,都要集中到学习上来。你是我极力推崇的学生,如果你的画技两三年没有长进,出不了成绩,你让我对外界,怎么解释这一切?你那图画满分的佳话,岂不真要成为徐悲鸿一生的污点?懂吗?多慈!"

孙多慈是乖巧女孩,自然很快就领悟了徐悲鸿的这番良苦用心。而她更感动的,是他最后那一声亲切的"多慈",似乎是一盆火,能把她整个身体,都实实在在地熔于其中。

后来孙多慈把徐悲鸿的反应说与李家应,李家应也感到敬佩,"徐悲鸿教授

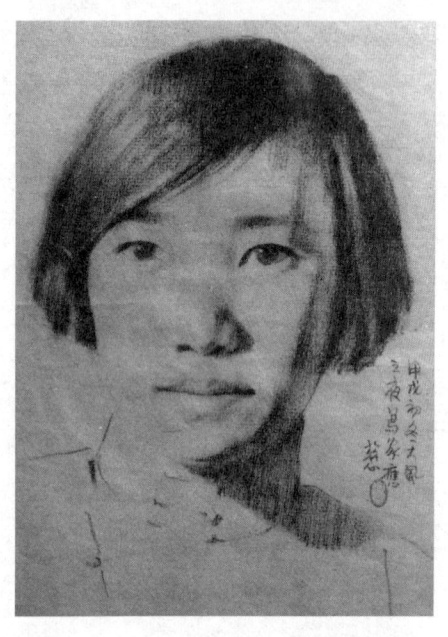

孙多慈《李家应》，题"甲戌初冬大风之夜写家应"，作于1934年，刊《孙多慈描集》

是真汉子，一生有这样的男人为知己，死也足矣！"她从心里发出感叹。

接下来的一段时间，是孙多慈集中精力投入学习的高峰阶段。晚年她向子女讲述这段往事，总是眯着眼睛，一片得意之情，"那时候，脑子里真的一片空白，除了学习，学习，还是学习。在学校里，我的生活路线基本是三点一线，宿舍——教室——图书馆，图书馆——教室——宿舍，甚至星期天也不逛大街。"除了美术专修科的专业课以外，她还选修了宗白华的《美学》，胡小石的《古诗选》，以及徐仲年的《法语》。

徐悲鸿对孙多慈的选修课程很满意，他对她说："胡小石是国学大师，中央大学文学院院长，他的《古诗选》，堪称中国第一。你喜爱古诗词，肯定获益匪浅。徐仲年是我们教授会主席，翻译家，鲁迅的《呐喊》，就是他译成法文推荐到国外去的。盛成的《我的母亲》能不能读好，就看你跟在他后面学得如何了。"又开玩笑说，"宗白华的《美学》，恐怕是出于老乡和前辈的面子才选的吧。"见孙多慈开口要辩，他笑笑道，"当然是一句笑话。在国立中央大学，在美术专修科，不选修宗白华的《美学》，专业课再好，也不能及格。宗白华可是中国现代美学的先行者和开拓者哦！说来有趣，美学界'南宗北邓'，都是你们安庆人，而且与我关系都不错。'南宗'宗白华算得上是至交，'北邓'邓以蜇是书法大家邓石如之后，记得你曾经说过，七扯八算，你们还是同一所学校的校友呢！前些天去北京，我还专门拜访了邓以蜇，欣赏了他珍藏的完白山人的书法作品，那真是大开眼界，大饱眼福。康有为说'完白既出之后，三尺竖童，皆能为篆'，一点不假啊！有机会去北京，你也要好好学习。完白山人邓石如，在你老家安庆，应该算第一名人啊！"

那时候，中央大学有四位裸体模特，其中一位是上海请来的，另外三位，都是南京本地挑出来的少女。孙多慈习惯了临摹石膏像，第一次面对真人，多少还有些不自然。一些男学生的眼光，也怪怪的另有一种色彩。徐悲鸿对模特很尊重，上课之前，总是向模特行注目礼。他也要求学生们对模特的献身艺术的精神表示尊重。

圈外的人对模特总有其他的联想，不少外系的学生谈至此，还有一些不理解，那天在食堂，几位同学为此相争，有一位老夫子居然怒气冲冲，"既然是实物写生，为什么偏要裸体人物？狗啊猫的，也同样可以用嘛！"

孙多慈在这边桌子吃饭，本来可以不多事，但听至此，实在忍不住了，立起身来反唇相讥："人为万物之灵，五官端正，身体曲线多美，兽类怎么可以相比！"

这是徐悲鸿授课时的原话，孙多慈在此只是照搬，但合乎情合乎理，掷地有声。

争论的几位同学不出声了，一起转过头，呆呆地看着这位冷美人。

后来孙多慈拿此事在徐悲鸿面前表功，徐悲鸿果然高兴。又感慨说："现在的社会，封建残余思想滥行，鼠目寸光者，少见多怪者，比比皆是！尽管不合时代潮流，但想彻底转变，也非易事。最根本的办法，就是我们要身体力行，大力宣传和推广现代艺术教育，我们共同努力吧。"

这年年底，徐悲鸿一家搬进傅厚岗6号新居。

吴稚晖出资为徐悲鸿买下的这片宅地，在鼓楼坡之北，之前是一片荒凉的坟地。民国政府定都南京后，随"建设新首都"计划启动，南京地产业出现二十世纪第一次地价飞涨。三千块大洋在当时不算是小数目，但在傅厚岗，也只能勉强圈下两亩地。南京老人回忆傅厚岗，都记得徐悲鸿公馆内的两棵大白杨，树干有十数米高，树冠如盖。徐悲鸿新建的画室，就坐落在两棵白杨的树荫之下。类似巨大白杨，南京城只有三棵，另一棵在城南。当时从上海坐火车到南京，火车徐徐驶进下关，远远就可以看到它们。

徐悲鸿公馆未落成之前，孙多慈拉着李家应来看过多次。这是栋精巧别致的两层小楼，建筑主体为欧式风格，但中间又糅进了有中国传统的庭院色彩。别墅下为客厅、餐厅，上是主人的卧室、浴室、卫生间等，前后为宽敞的庭院，四周以篱笆筑成隔墙。

孙多慈她们并不敢走近，立在街的这一边，遥遥相望。更多的时候，孙多慈一站多时，半天不想移身。李家应就笑她，说："又动起你那小心思了吧，是不是急着进去做女主人？"

孙多慈就用胳膊捅捅她，"去，把我想得那么俗，至于这样吗？"

李家应说："想做女主人有什么不好，这是你们感情发展的必然结果，也是最终结果。作为你闺中密友，我也想在这样的公馆进进出出啊！"

孙多慈低下声和她商量："先生要搬新居，我这个做学生的，总得要表示表示吧？可送什么好呢？一般的东西，先生看不上。太招摇太显眼了，让师母知道了，又会不容忍。你脑子灵活，帮我给拿个主意吧！"

李家应想想也是，但脑子转了半天，也不知送什么合适。

孙多慈说："我倒是有个谋划，自知也还算是个绝点子，但不知……"

李家应开玩笑地说："不会是安庆地方特产胡玉美蚕豆酱吧？"

"去！"孙多慈伸手打了她一下，"要是送几箱胡玉美蚕豆酱，配上师母的陈年老醋，那先生可就够受了！"

两人当街哈哈大笑。

之后孙多慈认认真真地说："我盘算着，先生公馆有这么大的院子，送他一些枫树苗，让他栽在院子里，如何？"

李家应张大嘴，半天说不出话来，"这真是个绝妙的主意，既特别又有新意。到秋霜季节，踱步于庭院，看一树红叶，徐悲鸿教授马上就想到了你。而他夫人，即便知道是别人送的礼物，都不会想到是你这个小丫头送的。不仅仅如此，随枫树一年年长大，一年年长高，你这礼物的意义，就越发凸显出来。到我们老了，不在人世了，你对徐悲鸿的这份心思，仍会一代一代传下去。"但她仍有一些担心，"可是，你这些枫树苗从哪弄来呢？"

孙多慈显得十分得意，"那就是我老爸的事了。安庆有个农事试验场，在皖

孙多慈《太鲁阁》｜油彩｜画布｜64cm×80cm｜作于1953年

江公园内，他应该有办法吧！"

当搬运工人将从安庆运来的数十株枫树苗运到傅厚岗时，徐悲鸿大吃一惊。之前孙多慈说是有特别礼物相送，他并没有在意，估摸着也就是瓷器、玉雕，或者古籍善本什么的，因为她父亲在安庆，有此雅好，据说李氏"慎余堂"的藏书，有好多就转到他手上了。没想到孙多慈出手的礼物，看似大俗，实则大雅，让人喜出望外。想想看，曾经是一片荒坟的徐悲鸿公馆，有数十株红枫在其中点缀，三五年之后，将是道什么样的醉人风景？

"'停车坐爱枫林晚，霜叶红于二月花。'有此大礼，"徐悲鸿和孙多慈开玩笑说，"我还真需要配置部好车，不过这车，怕是四个轮子满地跑的新式汽车了。"

"也不一定要车，"孙多慈也随着徐悲鸿的思路前行，"'月落乌啼霜满天，江枫渔火对愁眠。'同样也是一种境界。《山海经》说：'黄帝杀蚩尤于黎山，弃其械，化为枫树。'这不好，半夜散步，蚩尤出来，恐怕要吓坏先生。我喜欢《西厢记》中的'碧云天，黄花地，西风紧，北雁南飞。晓来谁染枫林醉？'秋长天高，云淡风轻，红枫婆娑，青竹扶疏，弯弯一条青石路，移步其上，低唱浅吟。那种感受，天不醉人人自醉啊！"

徐悲鸿半日不语，之后轻轻叹了口气，"果真有这一天，能与多慈一起在枫林间散步，那悲鸿就不是凡人，而是天上的神仙啦！"

可惜这数十株枫苗，栽下不到半年，5月初，立夏前后，蒋碧微趁徐悲鸿赴上海为张大千祝寿之际，吩咐园丁把它全部砍了。也就在那些天，她请来园林工人，在园内突击移种了多种观赏植物，如梅，如桃，如李，如柳等。院内草坪上，也植上了新草皮。草坪中间，撑起了两把巨型遮阳伞，伞下放有圆桌和藤椅。

徐悲鸿从上海回来，一切都变成现实。

蒋碧微向徐悲鸿解释说："大家都说我们公馆和院落风格不大协调，我一看也是，就没有和你商量，把它做了小的变动。因怕耽误你的创作，所以让园林工人抓了点紧，趁你不在家的几天，把它突击完成了。不少朋友来看了，都说有法兰西浪漫色彩。也确实，每每走在其中，我都有回到法国巴黎的感觉。"

徐悲鸿闭口不语。他从蒋碧微笑容背后，知道她一定弄清了枫树的来历，所以才采取如此"斩尽杀绝"行动。但她不说破，你也没有办法戳穿她。这也是蒋碧微或高超或阴损之处，明明知道徐悲鸿不同意，也不与他商量，先斩后奏，办好之后，才一脸堆笑告诉他。但她的态度，仍是满心虔诚，似乎对徐悲鸿，绝对唯命是听。

徐悲鸿的怨气，只能暗暗发泄。此后向别人介绍公馆，他总是以"无枫堂"而笑之。他的闲章中，也多了一款"无枫堂"。这一阶段，他的画作常以枫树为景，而画后，必钤上"无枫堂"印章。蒋碧微看见了，知道他是在泄心中之怒，虽也恼火，但绝不敢吱声。时间长了，她还是忍不下这口气，总是借赏画之机，挑些"无枫堂"的毛病。徐悲鸿毛了，一气之下，干脆改"无枫堂"为"危巢"，并专门作了篇《危巢小记》。"古人有居安思危之训，抑于灾难丧乱之际，卧薪尝胆之秋，敢忘其危，是取名之意也。"其实徐悲鸿真正想表达的意思，是"无枫堂"已经充满感情危机，这个勉强维持的家庭，危如累卵，不知什么时候，就会轰然倒塌。

搬进傅厚岗6号后，孙多慈去徐悲鸿画室的次数就少多了，她也没有那个胆量敢独自过去。随艺术专修科的同学自然来过多次，但只要看见蒋碧微，就缩着头挤在人群

吴健雄，孙多慈国立中央大学同学。在孙多慈眼中，"那时的健雄是一个娇小玲珑，活泼矫健的女孩子。"

最后面。在徐悲鸿新画室，孙多慈最感兴趣的是挂在墙上的一副对联，右为"独特偏见"，左为"一意孤行"，横批是"应毋庸议"。字如斗大，气魄雄健，似乎在宣泄他一腔的怨气。孙多慈暗暗想，这个"独特偏见"，这个"一意孤行"，恐怕就是指他对与自己的那份淡淡情感的态度吧。

孙多慈的另一位闺中密友吴健雄，与孙多慈同届，但不同系。吴健雄1930年初进中央大学时，念的是数学系。后来她到图书馆看书，翻阅到有关X光、电子、放射性、相对论等方面的书籍，一下子便被伦琴、贝克勒尔、居里夫妇、爱因斯坦等科学巨匠给深深地吸引住了。于是，第二学年，她向学校提出申请，转到了物理学系。

当年国立中央大学，班有班花，院有院花，校有校花，每个系还有自己的系花，吴健雄秀丽聪慧，是物理系的系花。孙多慈文静温和，是艺术专修科的系花。系花对系花，虽早有耳闻，但一直没有相见。

国立中央大学的女生宿舍，在北极阁山下的石婆婆巷，是学校向教会租用的楼房，东、西、南、北，共四栋，房间大小不一，大的住有六人，小的只安排了三个同学，也还有单身宿舍。吴健雄初入学时，住南楼，是三人间，后为专心念书，又搬至南楼后的小平房。同学因此戏称她为"南楼琼花"。但吴健雄是典型读书型女学生，在学校，不是上课，就是在实验室，或是关门在宿舍用功，很少有社会交往。

孙多慈早就想与吴健雄结识，只是没有合适机会。后来在图书馆，邻座有一位女同学，姓刘，也是理学院的，两人相聊，就说到吴健雄。对方和吴健雄不仅相识，而且还是要好的小老乡。也是个热心人，听说孙多慈想结识吴健雄，二话不说，拉起孙多慈，就要领她去吴健雄宿舍。

孙多慈有些犹豫："我们这样冒冒失失，人家一定很反感吧？"

"谁说的，吴健雄热情开朗，对你仰慕已久，也想和你认识呢！"

初次相识，礼节性的见面，双方并没有深聊。但两人都有一见如故的感觉。

不仅仅如此，此后两人长达四十余年的友谊，包括后来结成的儿女亲家，都在这一次见面中，埋下了长长的伏笔。

孙多慈晚年曾写文章称赞吴健雄，"远在民国二十年即1931年，我们同在南京中央大学读书，那时的健雄是一个娇小玲珑，活泼矫健的女孩子，她是江苏太仓人，一双神采奕奕的眸子，灵巧的嘴唇，短发，平鞋，朴素大方但剪裁合身的短旗袍。在两百左右的女同学中，她是显得那样地突出，当然她也是一般男孩子的追求目标，不仅男孩子，女孩子竟也有人为她神魂颠倒呢。"

半个月后，孙多慈去教务处领取奖学金，正好吴健雄也过来领奖学金，两人再次相遇。从教务处出来，两人肩并着肩，手拉着手，就已经无话不说了。那个阶段，孙多慈因徐悲鸿有意疏远，思想上有些苦闷，神情怏怏，气色不是很好。细心的吴健雄观察到了，便把孙多慈悄悄拉到一边，指指她的脑袋，问："是不是这里出问题了？"

孙多慈红着脸，"没有啊，我这里能有什么问题？"

吴健雄说："你的那些风言风语，全校都知道，我吴健雄能充耳不闻？说，

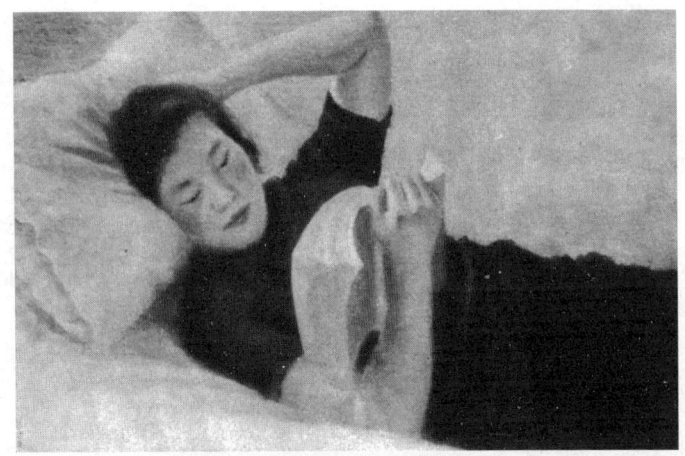

孙多慈《李女士像》,中国美术会第三届美展展出作品,刊《中国美术会季刊》1936年创刊号。又以《读者》之名刊《美术生活》1935年第21期

傅厚岗6号徐悲鸿公馆,先名"无枫堂",后改"危巢"

是不是徐悲鸿教授欺负我们多慈了？"

孙多慈说："我们之间的关系，绝没有外界传说的那么浑浊，但也绝不是一潭清水。说实在的，我自己也很矛盾，说有'爱'，不确切，说没有'爱'，也是一句假话。"

吴健雄与孙多慈同岁，虽同样是花季少女，但远比孙多慈老练精干，为人处世也有章有节。两人第一次相见，孙多慈就有可以信任可以依赖甚至可以托付的感觉。

这天吴健雄破例没有读书，两人在国立中央大学校园内，来来回回，走了两三个小时。从生活到学习，从理想到情感，几乎聊了个底翻天。特别是孙多慈，与徐悲鸿交往的每一个细节，都竹筒倒豆子般向吴健雄说了。

吴健雄态度十分明确。"徐悲鸿是优秀画家，是血性汉子，也是温柔情人，确实值得女人去深爱。但这个女人，不应该是你孙多慈。想想看，你还年轻，你的前途远大。这样不明不白卷入感情漩涡，是不是太早了些？"不仅仅如此，她还为孙多慈的处境深深担心，"徐教授夫人是出了名的厉害角色，你一个女学生，弱女子，哪是她的对手啊！"最后她给出的结论是一个字，"断。"并再三强调，"现在的局面，乱如一团麻。作为当事人，你一定要面对现实，当断则断，不然的话，近则影响你的学业，远则影响你的前程。"

孙多慈也觉得吴健雄的考虑在情在理，但真让她下决心，也不是那么简单。已经迈向感情漩涡的这只脚，想及时抽回来，无论从哪个方面，都不是件容易事啊！

1932年底，徐悲鸿与刘海粟发生激烈的口水大战。

刘海粟举行"刘海粟欧游作品展览会"，一位叫曾今可的文人，为展览写了个序，发在《新时代》第三卷第三期上，文中说："国内名画家如徐悲鸿、林风眠等，都是他的学生。"

11月3日，徐悲鸿在《申报》刊登《徐悲鸿启事》，"民国初年，有甬人乌某，在沪爱尔近路（后迁横浜路），设一图画美术院者，与其同学杨某，俱周湘之徒也。该院既无解剖、透视、美术史等要科，并半身石膏模型一具都无；

惟赖北京路旧书中插图为范,盖一纯粹之野鸡学校也。时吾年未二十,来自田间,诚意之愚,惑于广告,茫然不知其详;既而,鄙画亦成该院函授稿本。数月他去,乃学于震旦,始习素描。后游日本及留学欧洲。今有曾某者,为一文载某杂志,指吾为刘某之徒,不识刘某亦此野鸡学校中人否,鄙人于此野鸡学校固不认一切人为师也……"并指责对方,"今流氓西渡,惟学吹牛,学术前途,有何希望;师道应尊,但不存于野鸡学校。"

11月5日,刘海粟也在《申报》刊登《刘海粟启事》,称:"图画美术学院经几次苦斗,为国人所知,此非'艺术绅士'如徐某者所能抹杀。且美专二十一年来生徒遍海内外,影响所及,已成时代思潮,亦非一二人所能以爱恶生死之。"同日,《申报》还刊出《曾今可启事》,说:"今可认识徐悲鸿先生在认识刘海粟先生之前,彼此都是朋友,固无所厚薄,拙文中亦并无侮辱徐先生之处。"

11月9日,徐悲鸿在《申报》再次刊登《徐悲鸿启事》,"文艺之兴,须见真美,丑恶之增适形衰落。'日月经天,江河行地。'伟大牛皮!急不忘皮,念念在兹。但乞灵于皮,曷若乞灵于学!学而可敬,何必甘心认为流氓。笔墨之争,汝乃不及(除非撒谎),绘画之事,容有可为;先洗俗骨,除骄气,亲有道,用苦功,待汝十年,我不诬汝!"

孙多慈身为局外人,但她的愤怒,绝不亚于徐悲鸿本人,那些天和吴健雄闲聊,总是把对方说得一无是处。有时候吴健雄故意激她,说不管如何,刘海粟也是当今有成就的画家之一,厚此薄彼,不是国立中央大学艺术专修科一个学生应持的立场。孙多慈就满脸通红,辩解说:"他的成就怎么能和先生相比,一个在天,一个在地。如果他真有自己吹嘘的那番成绩,为什么不请他来中央大学任教?"

看到孙多慈如此认真,吴健雄忍不住就笑起来,"还说对徐悲鸿教授无所谓呢,你那一言一行,一举一动,都把对他的爱意表现出来了!看来我的劝说毫无用处,在个人情感的漩涡里,你已经连身子带头,全部被卷进去!"

孙多慈的话头戛然止住,就笑,脸如三月桃花。

十二、四川同学屈义林

1933年4月12日,星期三,孙多慈还在学校上课,下午两点多钟,父亲孙传瑷到国立中央大学来看孙多慈。

"爸爸,你怎么来了?"孙多慈一脸惊讶。

"正好来南京办一些事,想起今天是你二十岁的生日,就绕到这边来了。"孙传瑷说,"正好也代表你妈妈陪你吃碗长寿面呀!"

"还是爸爸有心,始终挂念着女儿!"孙多慈快活地尖叫起来,也不顾在场的同学,上前一把抱住了父亲。

这之前,1月28日,农历正月初三。徐悲鸿携夫人蒋碧微,由上海乘法国Andrelebon号轮船,前往欧洲举办中国绘画展览,第一站就是法国巴黎。寒假之前,徐悲鸿就把行程安排告诉了孙多慈。寒假结束回到学校,又收到徐悲鸿寄来的明信片,叙述在船上,副船长Teulon先生带他们参观舱内机器的印象。"则

民国时期的秦淮河与夫子庙

舟中咸水淡水冷热水之置管，一切电器之衔接，气象所指，历程所经，时局变迁，商情起伏，凡有便利，靡非人为。纯乎一城市设计，而不容有一隙闲地者也。方之世界五七万吨大舟，此仅二万四千吨之中型耳，其结构精密完美已如是。而此类造船师有多量杰作，流行于世，世人身受其惠者且不可胜计，顾其名不为人所知，亦无人询问其名者。而末世之艺术家，画几枚颠倒之苹果，畸形之风景，或塑长头大腿之女子，便为有功于文化。两两相较，其道理不特恒人所不解，即不佞亦深为惶惑者也。惜此类艺术家，无是机缘，令人一度自省也。"简简单单的一次参观，徐悲鸿凭艺术家的敏锐力，举一反三，引出作画的道理，也引出做人的道理。孙多慈反复读来，对徐悲鸿更心生敬意，但也由此加重对他的思念之情。

父亲孙传瑷的出现，让她那愁苦之心，一定程度上，得到缓解。

孙传瑷本是想让女儿"情调"一次，寻一家西餐厅，上一盘生日蛋糕，点二十根蜡烛，再让她为未来的生活，默默许上一个愿。但孙多慈不稀罕这种浪漫，"如果请我吃西餐，还不如请我去夫子庙，来南京一年多，我都快馋死了，从来没有畅畅快快吃过那些小吃。"

于是父女俩坐车赶往夫子庙。

孙传瑷虽然来南京多次，也来过夫子庙，但像这种形式逛街，还是头一次。女儿孙多慈到底还只有二十岁，不仅爱吃，会吃，而且能吃。沿街各色小点，只要看上去舒服一点，她都要来上一点。逢味道特别的，还转过头，硬要往父亲的嘴里塞上一口。转了一下午，天黑了，灯亮了，她的吃兴依旧不减，几乎所有小吃摊，都要驻足看一会。孙传瑷跟在后面付账，虽然有些累，但幸福，但快活，脸上始终挂着淡淡的笑意。

南京的小吃以"小"为特色，不讲究排场，但讲究口味。外观在其次，能不能"吃"，好不好"吃"，这才是最重要的。徐悲鸿曾经向孙多慈说过，南京人的吃，可以"刁钻古怪"来形容，同样的小吃，到南京，不同的作料，不同的做功，不同的火候，吃出来的味道，也就大不一样。

转累了，吃足了，问及感觉，孙多慈嘴里只蹦出两个字，"深刻。"

孙多慈的"深刻"，能说出道道。多少年后，战乱动荡，父女俩跑反至广西桂林，回忆起南京小吃，孙多慈还能把当天吃过的东西，生动传神地表述出来。

孙多慈说，"糖粥藕"要的就是那份香甜，糯米熬出来的粥，虽汤稠如浆，但米粒分明。藕为大节，入碗前，切成薄片，加以红糖，拌入粥中。淡紫色，深褐色，淡绿色，色色入眼，香香入鼻。孙多慈又说，"蟹壳黄"要的则是那份香脆，同样是烧饼，它的揉面之工多了一分韧劲，它的烘烤之力多了一分巧劲，形如螃蟹，色似蟹壳，一咬即碎，香溢满口。孙多慈还说，"卤茶蛋"不是什么鸡蛋都能用的，真正的食家，非要当年母鸡的头生蛋不可。先是泛煮，后去壳，划口，然后加各色调料文火慢煮，这时候拼的是耐心，没有七八个时辰，香味根本透不进去。"回卤干"更是孙多慈的心爱，豆腐剖成薄片，油炸成形后，加料回煮。用的也是文火，越久味道越好。最绝之处，是料中要放黄豆芽，以取其清香，取其鲜美。"南京干丝"看似普通，但能做到"嫩而不老，干而不碎"，那就是厨中高手了。豆腐自然需要特制，没有韧劲就没有嚼头。干丝切得要细，细还不能断，一筷子夹起来，有型有物。再浇上小磨麻油和"三伏抽秋"酱油，就能诱出你的口水了。南京干丝有好多种，简单的，只分素荤，复杂的，则延伸出烧鸭干丝、开洋干丝、笋干丝、冬菇干丝、蟹黄干丝、鸡肉干丝，等等，不胜枚举。以豆腐为原料的小吃，最有名的当是"豆腐涝"，南京声音拐，听上去又是"都不老"，也有叫作"豆腐脑""豆腐花"的。"豆腐涝"不是南京独有的小吃，但是在南京，加入虾米、榨菜、木耳、葱花、辣油、香油等多种作料后，色泽亮了，口感醇了，咸淡辛辣，恰到妙处。

当然，到南京，最不能不吃的，就是盐水鸭。父女俩在夫子庙安排的压轴戏，就是这道南京名吃。酒店叫"小雅轩"，窗外便是夜色中的秦淮河，春柳绕岸，灯笼高悬，悠悠竹丝弦乐，顺河水轻轻飘过来，有诗情，也有画意。一盘盐水鸭上桌，先看到的白嫩之色，后闻到的是鲜美之香，父女俩都忍不住伸出筷子。一口咬下去，果然肥而不腻，酥软香嫩。不过南京的盐水鸭，中秋前后才是极品，因是桂花盛开季节，又称"桂花鸭"。《白门食谱》记载："金陵八月时期，盐水鸭最著名，人人以为肉内有桂花香也。"

孙传瑗要了半壶老酒，两杯下肚，脸上便有了醉意。"父亲此次来南京，还想和你说件事，"他的眼中充满慈爱，"今天你满二十岁，吃过这餐饭，也就是二十一岁的人了。老大不小的，个人问题是不是也可以考虑考虑？"又说，"爸爸妈妈没有什么特别要求，只要你自己满意，以后在一起能好好过日子就成。"

孙多慈一块盐水鸭咬在嘴中，含含糊糊答道："你放心，我自己的事，我会把握的。"

孙传瑗故意打岔，"怎么，有意中人了？快跟爸爸说说，是不是中央大学的同学？"

"没有啦！"孙多慈脸上泛起红晕，"我是说我会把握的。"

孙传瑗说："如果说条件相当的同学，你也确实可以考虑。你妈妈也希望暑假能带一位回来给我们看看。"

孙多慈噘了噘嘴，"干什么嘛，急着我嫁不出去？"

孙传瑗笑笑，把话头转向了徐悲鸿。"报上说徐教授带夫人又去欧洲办画展去了，怕一年半载不能回来吧？"又故意加重语气，道，"徐教授的夫妻关系真的美满，每次去国外都与夫人同行，让人羡慕呀！"说这话时，他的眼光一直放在女儿的脸上，想看看她会有什么样的表情变化。

父亲问这话时，孙多慈确实心动了一下。徐悲鸿与夫人同行，一年半载不能回来，自己有必要把那一份感情放在他的身上吗？也许自己是该如父亲所说，尝试一下和其他男同学深层次接触，或许从此能将徐悲鸿忘掉！而更重要的，那一刻，她突然看到了父亲两鬓悄悄生出了白发。"平生爱女胜爱男。"面对这样的慈父，她怎么能忍心伤害他那颗已经苍老的心？

后来孙多慈把自己的这个念头，悄悄说与李家应听，得到了李家应的大力支持。"你父亲的话是有道理的，我也觉得你没必要把心思放在徐悲鸿身上。有合适的男性朋友，你也不妨处处看，也许能得到不一样且更能让你深刻的感受呢。"说到这里，她抱住孙多慈的肩膀，贴在耳边追问："会不会已经瞄准了对象？我看你一定是瞄准了，说说看，是谁？"

孙多慈笑而不答，她的心中，确实有一个对象，这就是四川同学屈义林。

最早知道"屈义林"这个名字，也是从徐悲鸿的口中。

屈义林与孙多慈一样，也是1931年夏报考国立中央大学艺术专修科的，不过

孙多慈《霜叶红于二月花》
| 设色
| 绢本
| 85cm×43cm
| 作于1959年
| 印"多慈书画"

这位来自四川的考生,报考的是西画组,并想直接进入三年级。在此之前,屈义林就读于成都高师和上海美专,后者是私立学校,按当时规定,私立学校的学生,没有资格报考国立学校。而在成都高师,屈义林读的是国文部,国文部的成绩,又不能转入中央大学艺术专修科。屈义林失望之余,更有几分苦恼和彷徨。就是在这种情境中,屈义林给徐悲鸿写了一封信,"抱璞空山,寻师万里,愿借阶前尺地,小试英才;莫令一纸空文,有负贤望。"字里行间,言辞真切。徐悲鸿被深深打动了,当即回函,同意他缓交转学成绩,先行取得考试资格。

孙多慈和屈义林在同一素描考场,他们都记得,那天徐悲鸿特别庄重,身着一套深青色西服,胸前打着黑色领结。快步走进考场后,他用威严但又充满慈爱的目光,将考生巡视了一遍。那天的素描对象,是位短须老人,老人半裸上身,坐在一张条凳上,搭在膝盖处的右手,捏着一杆黄烟袋。左手轻抵在大腿上,仿佛在沉思未来的生活。素描考试要求,所画人像大小和位置要适当,人物动态及其形体结构与比例要准确,并要求通过明暗调子,突出素描对象主体。当日考试完成,次日上午成绩和试卷同时公布,孙多慈列在第一位,紧接其后的,便是屈义林。

但孙多慈与屈义林交往不多,孙多慈是徐悲鸿的门生,屈义林是潘玉良的高徒,不在同一间教室,偶尔相遇,也只是点头打个招呼而已。

如老掉牙的故事一样,他们的相交,也是从图书馆开始的。据屈义林晚年回忆,那天他来中央大学图书馆查阅资料,一抬头,看见孙多慈在另一侧做功课,两人便对视一笑。那天图书馆人不多,四处都有空座位,但孙多慈坐的那张桌子,不一会就挤满了男同学。自然看书是假,看"花"是真。孙多慈也发现了其中异常,收拾起书本,移身到屈义林身边坐下了。

"每次都是这样,只要你到图书馆来,总有些男生要往你身边粘,甩都甩不掉,烦死人了。"孙多慈向屈义林解释。

孙多慈同学屈义林,国立中央大学毕业照。1934年,26岁

屈义林说:"同性相斥,异性相吸。何况你相貌出众,才华出众,是中央大学排得上座次的校花,仰慕者自然多了。"

孙多慈带着微微恼怒的神情,轻轻瞪了他一眼,"别人笑话我,你怎么也笑话我呢?"

屈义林急得脸通红,"没有,我说的是真话呢!"又问,"每回都和你在一起的密友呢,今天怎么放单线了?"

"你说李家应呀,她是我的老乡。她呀,重色轻友,今天和男朋友约会去了!"说到这儿,半掩着嘴,悄悄道,"待会我回宿舍,你做一回临时保镖,如何?"

屈义林自然求之不得。

孙多慈说:"我读过你的一篇文章,里面好像有两句诗,'国破家亡亲老病,情天孽海佛修持。'很有感染力。"

那是屈义林写的《游杭写生日记》，全文发表在国立中央大学校刊上。孙多慈说的诗，就是其中的《谒曼殊墓》，全诗共八句："断桥髡柳夕阳迟，剩墨犹怀燕子师。国破家亡亲老病，情天孽海佛修持。袈裟点滴胭脂泪，江海才华性命丝。异代几人同索寞，荒台留我不胜思。"知道孙多慈也关注自己的这篇文章，屈义林很兴奋，"我的那些文字，摆不上桌面的，让你见笑了。"

孙多慈说："我原来也喜欢文学，中学时，还在当地报纸上发过文章。本来上中央大学，是准备报考中国文学系的，因为没考上，所以才转报艺术专修科。"

因为有这一次接触，两人的交往，就频繁而自然了。

屈义林把他们的见面，戏称作"单飞"，单飞的地点，或是图书馆，或是工字楼素描教室。只有一次意外，孙多慈居然寻到屈义林他们的第五宿舍来了。孙多慈住在北极阁山下石婆婆巷的女生宿舍，与第五宿舍相隔有两华里，沿鸡鸣寺附近的小路，过铁道，还要穿越农场的一片菜地。那天孙多慈穿一件粉红色上衣，下罩深色底彩花宽敞长裙，头上还插有一朵朱红小花。孙多慈平常多淡妆素裹，是出名的素面美人，今日艳妆浓抹，则有另一番娇艳照人的风采。第五宿舍的男生一片惊呼，全涌到走廊外，眼巴巴看着她落落大方地走进屈义林的寝室。

孙多慈此次的借口，是向屈义林借阅《美学》笔记，但她真正的目的，是想让李家应认识屈义林。

不多久，李家应也尾随而来。

李家应对屈义林的感觉不错，就是嫌他一口四川话粗声硬气。反过来，孙多慈和屈义林接触越多，越是找不到感觉。她把他称之为稚气未脱的奶油小生。

1934年4月，艺术专修科西画组二十余同学，由潘玉良带队，前往北平旅游写生。孙多慈本不想去，但见屈义林真情相邀，最后还是同意了。写生队的团长是吴鸿翔，副手便是屈义林。吴鸿翔高孙多慈一届，在艺术专修科，也是出名的才女。相比之下，吴鸿翔口能说，手能做，特别精明能干。临出发的那天早晨，写生队的同学都坐上大汽车了，孙多慈却久久不见人影。后来李家应气喘吁吁跑过来，说孙多慈生病了，高烧不退，现正去医院看病呢，不能随队前行了。吴鸿翔对孙多慈本来就有一种抵触，有此由头，更是借题发挥，把孙多慈数落了一番。屈义林自然为孙多慈说话，红着脸和她争了几句，两人为此还闹个不快活。

此事后来让孙多慈知道了，过意不去，硬借此理由，请屈义林吃了一餐饭。本来也邀请了李家应的，但李家应说不想当电灯泡，回绝了。

那之前，北平旅游写生队的作品，在《黑白画刊》上出了一期"北游写生专辑"，屈义林发的是水墨《牛车图》，画上的题款，生动而风趣地道出北行印象："三石麦，五匹布，换来驴马帮牛步。一旦风沙起，移山复改路。南人不识北人情，请听牛车呜咽哭！"孙多慈虽然没有去北平写生，也有一幅黑白画《美人鱼》在专辑上发表。画面以黑为底色，人身鱼尾的美人鱼，独坐海边礁石，一把七弦琴，轻弹慢拨，余音袅袅，与一钩斜月相环，与四卷浪花相涌。美人鱼的身躯和面庞，以及整个画面的意境，无处不体现着一个"美"字。后来这期"北游写生专辑"，经法文教授徐仲年推荐，又在上海《美术生活》以专刊形式推出。

席间，屈义林谈到了孙多慈的《美人鱼》，问："你怎么突然生了这个构思呢？"

孙多慈笑笑，道："自张华《博物志》讲述美人鱼故事以来，文坛那些作家，个个都喜欢用此典故。倒是我们绘画，以美人鱼为题材不多。想到了，觉得很美，就画了，没有其他。"

屈义林本想和孙多慈开玩笑，说她就是那条美人鱼，但话到嘴边，看孙多慈水汪汪的两只大眼睛望着自己，又低垂下来，闪动着长长的睫毛，好像陷入深思，

孙多慈《人鱼的悲哀》，刊1934年第1期《漫画生活》

便咽回去了。

"这位内倾而宁静多感的才女,可能还不知道,那波谲云诡的茫茫人海,正张着巨口等待每一个年轻纯洁的美人鱼呢!"晚年屈义林回忆至此,还忍不住发出深深感叹。

这年暑假,孙传瑗让女儿陪自己上庐山,说是避暑,其实是为孙多慈提供一个写生机会。孙多慈专门从庐山给屈义林寄来一信,信中有她对庐山的感受,"难得清游陪杖履,好从真面仰银河。"在信末,她有意无意附了一句,"不知义林同学有无游兴?"

孙多慈是个细心的女子,她的这种安排,说到底,就是做给父亲看的。可惜屈义林当时正忙着落实工作,回信表示了歉意。"我只觉得,像我这样的一个穷学生,在名门世家的老先生面前,难免有许多拘束。而且,这时我在中大刚毕业,何去何从,还有很多更重要的事情。因此,我迟疑几天后,才简单作复,说我事忙不能去庐山。"晚年,在自传《义林奇遇九十年》中这样记述。

而孙多慈,接到屈义林的回信,反倒轻松地舒了口气。后来她与李家应谈到此事,说自己虽然对屈义林没有反感,但无论怎么努力,也不能对他产生爱意。她总觉得他屈义林缺乏男人应有的宽广胸怀和胆略。而这种宽广胸怀和胆略,似乎伴随着年龄的增长而增长。

李家应就笑,说:"你呀,这是典型的恋父情结。"

孙多慈伸手打了她一下,但想想,自己对徐悲鸿的那份依恋,似乎生来有之,也许真的是从父亲身上转移到徐悲鸿身上来了?

索性什么都不想。

关于这段感情,屈义林后来写过两首《梦中杂诗》,一首为:"问字寻幽人似玉,颠肠倒肺语如莺。鲛绡漫掩还珠泪,蟾阙空留朗月明。"另一首为:"两鬓清霜满面尘,年年旧梦与愁新。合是相忘莫相忆,春风野火遍啼痕。"

对于孙多慈,1934年是无忧无虑的一年,更是春风得意的一年。翻阅1934年的《申报》,从中就可以找到孙多慈轻松而愉悦的心情:

奖学金方面——

3月7日，《申报》"皖教江讯"刊"核发中大奖学金"，称"皖教育厅对中央大学皖籍学生定有奖学金额三十五名，本厅应领奖学金学生业经皖厅核定"，文学院的李家应、教育学院的孙多慈，均列于名单之中。

6月6日，《申报》刊"中大颁发各院系生奖学金（1933年度上学期）"，其中教育学院奖学金只有两名，其中之一便是孙多慈（另有各系奖学金十一名）。

学业方面——

6月4日，《申报》13版报道"艺风社画展开幕盛况"。此次画展为艺风社组织的第一届画展，于6月3日下午3时，在爱麦虞限路（近金神父路）中华学艺社开幕。"同日上午，虽未开幕，已有中外来宾千余人前往参观。"又特别介绍《艺风月刊》专号，"有陈树人、王世杰、罗文干之题词，曾仲鸣、徐仲年、汪亚尘……屈义林、孙伏园、孙福熙等之文字，方君璧、徐悲鸿……林风眠、潘玉良、孙多慈等之彩印及单色印刷品一百余幅。"孙多慈在《艺风月刊》专号刊载的画作，是两幅人体素描，一幅是《劳动者》，一幅是《农作》。两幅作品反映的，都是底层劳动者的形象。作为女性画家，把绘画眼光直接投向劳苦大众，且用笔大胆、直接、刚劲，这在20世纪30年代的画坛，确实是一股让人耳目一新的清风。

6月7日，《申报》发表徐仲年《参观艺风画展小记》，其中一段写道："艺风画展的出品数量既然是这样的大，在它的内容，画展中的四位女画家：方君璧、潘玉良、孙多慈、史人宇，已有慧茵君在二日的大晚报《火炬》上评论过，我私人对于这四位的感想正与慧茵君相同，所以不再论列了。"至于慧茵君发表于大晚报《火炬》的评论，可想而知，对这四位女画家，肯定褒奖多多。

6月10日，《申报》刊发画展闭幕消息，称此次连续八日的展览，观众至少在万人以上。"此次搜集北平、广州、南京、苏、杭、南昌、上海各地画家作品，多至一千余件，且皆精心之作，蜚声艺坛者久矣，其中以孙多慈、方君璧、潘玉良、史人宇四大女画家，天才横溢，作风潇洒，尤为生色不少。"展览闭幕前一日，中央研究院院长蔡元培独自前往参观。参观中，"蔡氏微笑颔首，绝口赞扬。且逐一审视，兴致极佳。"

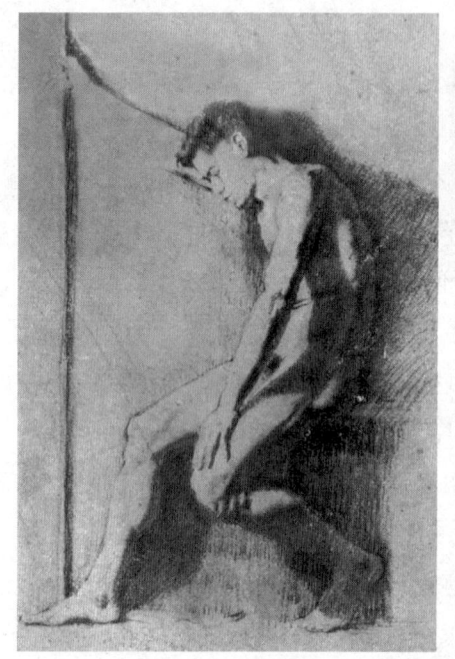

孙多慈《劳动者》《农作》，艺风社第一届画展参展作品，刊 1934 年第 2 卷第 6 期《艺风》

有一种说法，认为孙多慈作为在读大学生，20 世纪 30 年代就能在画坛露头，无疑背后有徐悲鸿的推力。自然有这种可能性，但也不完全是这样。1934 年艺风社组织第一届画展，徐悲鸿远在国外，即便他有心左右其中，也不会轻易把她列入"四大女画家"阵营。

1934 年夏末，徐悲鸿与蒋碧微由苏联返回中国，8 月 17 日，他们乘坐的皇后号抵达上海新光码头。20 日，他们回到阔别二十个月之久的南京。22 日，南京文艺界召开欢迎大会，陈树人、褚民谊、张道藩、罗家伦，以及中央大学艺术专修科全体师生，文艺界代表谢寿康、许士祺，加上新闻界记者，共九百余人，参加了欢迎大会，宗白华致欢迎词。

欢迎大会上，有两个人的心情和别人不一样。这两个人，一个是孙多慈，她的目光始终放在徐悲鸿的身上。另一个是张道藩，从始至终，几乎是不眨眼地注视着蒋碧微。

这是徐悲鸿与蒋碧微婚变的另两位主角。

十三、天目山采红豆

1934年10月22日，金秋季节，刚刚从国外回来的徐悲鸿，为弥补二十个月来对学生授课的欠缺，亲自带队，率艺术专修科绘画组三年级十余名学生，从南京坐车至杭州，又转车到於潜县（临安），在素有"江南奇山"之称的天目山，进行了一个星期的写生生活。

虽然刚刚从庐山下来，累得很，对山也有一种厌倦，但得知去天目山写生的消息，孙多慈还是暗自高兴了许久。当然不是高兴天目山写生本身，而是高兴能有适当的机会，与分别多时的徐悲鸿，无拘无束地近距离接触。

记得幼年时，父亲让她读过一篇散文，好像是明代袁宏道的《天目游记》，什么内容不清楚了，但开头几句，她还能背得出来，"天目幽邃奇古不可言。由庄至颠，可二十余里。"当时对"目"不太理解，问父亲，也支支吾吾，回答不出。去天目山之前，孙多慈到图书馆查阅相关资料，才知道天目山有东、西之分，东之巅是大仙顶，海拔1478米，西之峰是仙人顶，海拔1506米。绝妙的是，两巅深处各藏一池，名同为"天池"，左右相对，状如巨目，仰望蓝天而不倦，天目山由此得名。于是更有兴趣，当即发出邮件，让父亲把这篇文章找来。不几天，父亲信函寄达，是用蝇头小楷一笔一笔抄录的，其中佳句，还用朱笔特意圈了出来。孙多慈对描述天目山"七绝"的文字特别喜欢，"天目盈山皆壑，飞流淙淙，若万匹缟，一绝也；石色苍润，石骨奥巧，石径曲折，石壁竦峭，二绝也；虽幽谷悬岩，庵宇皆精，三绝也；余耳不喜雷，而天目雷声甚小，听之若婴儿声，四绝也；晓起看云，在绝壑下，白净如绵，奔腾如浪，尽大地作琉璃海，诸山尖出云上若萍，五绝也；然云变态最不常，其观奇甚，非山居久者，不能悉其形状。山树大者几四十围，松形如盖，高不逾数尺，一株直万余钱，六绝也；头茶之香

徐悲鸿油画《天目风光》，作于1934年前后

者，远胜龙井，笋味类绍兴破塘，而清远过之，七绝也。"孙多慈把文章说与徐悲鸿听，他也十分赞赏，"山好水好文章好，看来是出画作之地。"又说，"你们同学过去，可千万别因贪玩而误了写生功课！"

23日，徐悲鸿率一行十余人，在天目山野猪岭下车，步行五华里，当晚住在禅源寺。也是巧，当天正好有施主在寺内做法事，香烟缭绕，梵音悠扬，十分热闹。施主从山下带来的两桌素宴，住持"借花献佛"，安排招待徐悲鸿师生一行。素鸡、素鸭、素鱼、素火腿、素大肠，凡荤菜所有，素菜均有其形，且视觉、口感无二异。

徐悲鸿每款都尝了一口，惊叹之余，也和住持半开玩笑："看来佛门是心虽净，影难逃啊！"

住持双手合十，"阿弥陀佛。"

学生们多没有吃过素宴，自然风卷残云，将盘盘碟碟吃了个底朝天。

饭后，住持邀徐悲鸿内室一坐，清茶上来，果然如袁宏道言，"头茶之香者，远胜龙井。"徐悲鸿赞不绝口，连声感叹住持过的才是极品生活。并戏言："以后老了，也在寺院附近建一小屋，与住持一起，春看桃红，秋赏明月，冬日雪下，也围炉而茗。"

住持笑笑，道："能与大师毗邻而居，自然求之不得，还望大师不要食言。"又道，"大师光临，小庙增色，不知大师肯否为小庙留下墨宝？"

徐悲鸿兴致正高，自然一口应承。忙吩咐孙多慈将笔墨备好。住持也喜好丹青，隔壁还有间画室，画案六尺有余，挤满半个房间。宣纸铺开，徐悲鸿笔提起来，偏头问住持："住持想要幅什么画？"

"大师之马，雄健有力。如能得到几匹，小庙将蓬荜生辉。"

茶不醉人人自醉。带着半分醉意，大师落笔，行云流水。寥寥数笔下来，或疾如风,或腾如云,或立如松,或嘶如雷,一幅栩栩如生的《八骏图》,跃然纸上。住持击掌称赞,连声说好。

写生队负责生活的同学杨建侯,机警灵活,见此机会,忙将写生队的住宿膳食费用递上来。

住持断然不收,"吃的是粗茶淡饭,住的是简屋陋棚,小庙虽穷,这点开支还是付得起的。"又和徐悲鸿打趣说,"若到了山穷水尽那一步,将大师的画卖了,也还能撑上半年一年的。"

徐悲鸿大笑,"都说和尚吃十方,我们这些穷学生,连和尚的饭都吃,岂不是吃十一方了?"

"只要大师愿意,小庙随时欢迎。"住持道。

这段佳话,后来演变成"徐悲鸿吃十一方"的趣谈,在国立中央大学,流传了好长一段时间。

25日,徐悲鸿他们离开禅源寺,经过十余里长途跋涉,到达狮子岩东的开山老殿。

既为"开山",又是"老殿",其年代,自然久远。史载开山老殿建于元至正年间,延祐七年(1320),仁宗御赐"狮子正宗禅寺"额,大学士赵孟頫为其撰写碑记。元末寺庙毁于兵燹,明初复建,可惜明末再遭战火。清初,山下另建庙宇,取名禅源寺,山上的香火也随之迁了过去。而狮子禅寺旧址,也因此改称为开山老殿。徐悲鸿带学生上山时,开山老殿仅剩山门以及前殿,另有几间破旧的寮房。尽管如此,寺庙名声在外,仍不断有社会名流来访。1928年,前总统徐世昌登天目山,在开山老殿留下"大树堂"三字。徐悲鸿他们离开不久,国学大师胡适上山,又为寺庙写下一副趣联:"有几分证据说几分话,做一天和尚撞一天钟。"

相比之下,开山老殿因规模小,寺宇旧,住宿条件十分艰苦。但徐悲鸿并不在意,坚持与写生队的男生,睡在临时搭的通铺上。

徐悲鸿好零食,特别喜爱南京的小花生,他常拿它和四川磁器口花生相比,说粒儿小,皮儿红,吃到嘴里,一口一个香脆。这次到天目山写生,蒋碧微特意为他准备了一罐,晚上熬夜深了,就会剥几颗到嘴里香香口。同学们发现了这个秘密，趁他不在，悄悄找出来，你几颗我几颗分吃得干干净净。等徐悲鸿晚上来找，已经只有空罐子了。徐悲鸿先不信，反复摇晃，依旧没有声响。知道是学生们偷吃的，也不恼，只是提高声音，怪山上的老鼠多，"可惜一条，就是不知道这老鼠，是长了四只脚，还是长了两只脚？"

同学们都不搭理，头缩在被子里，一个比一个笑得狠。

徐悲鸿大声把他们从被子里叫了出来，问："花生吃了，但道理可明白了？"

大家不解。

徐悲鸿说："吃花生最怕的，就是吃到霉花生，满口香气，仅此一粒，就败味十足。反过来，如果最后一粒也是最香一粒，那种余味，也留得最久。其实绘画也同样道理，最后一粒香花生，就是我们称之为'点睛'的一笔，这一笔处理好了，整幅作品也会因此而增辉。"

说到这里，同学们睡意全无，都嚷嚷要去看月色下的天目山夜景。这天是农历九月十八，月亮如盘，正是观赏的最佳时机。徐悲鸿连声为这主意叫好，就吩咐去喊女同学一道。不一会，女同学过来了，只差一个孙多慈。三番五次派人喊，但她赖在被窝里，任你把喉咙喊破，就是高低不起来。没办法，只好抛下她，大家鱼贯走出山门。

秋月皎皎，清光似水。沿一层一层石阶攀上山，仿佛步入蓝色的童话王国。天空是半透明的，繁星闪烁，如同一天快乐的眼睛。远处山峰蜿蜒起伏，在天际之尽勾出一片青色。脚下小径如银，轻踩上去，仿佛"吱呀"有声。周围的嶙峋怪石，黝黝沉黑，更衬出月光的清亮。徐悲鸿与年轻人一样，走至高兴处，童心大发，双手合在嘴上，"哦哦啊啊"，向远山拼命死喊。同学们看老师如此放得开，更是疯成一团，唱地方戏曲的，喊劳动号子的，歇斯底里狂叫的，乱七八糟的声音，在空旷的山林中，久久回荡。远处野兽也遥相呼应，发出声声天籁之鸣。心与境的交流，人与物的交流，天与地的交流，艺术大师徐悲鸿，以及未来的艺术家们，在天目山这个秋夜，深刻领略到了天人合一的感受。

大家便可惜孙多慈没有参与夜游活动，说如果她能上山，披着月光软软地唱一曲黄梅小调，那情那景，肯定另有一番风味。

徐悲鸿《孙多慈》，题"甲戌晚秋，与慈弟同游西天目山，即写君影"，印"大慈大悲"。作于1934年

孙多慈《西天目山大树王》，写于1934年秋，刊《孙多慈描集》

徐悲鸿很好奇："孙多慈还会地方戏？怎么没听她唱过？"

同学们就笑，"你是大画家，大教授，我们做学生的，怎么敢在你面前放肆？孙多慈和我们在一起，只要有聚会，黄梅小调是她的保留节目。最好听的就是《对花》，'郎对花，姐对花，一对对到田埂下……'"一些会唱的同学，忍不住，索性哼出声来。

徐悲鸿说："这个懒学生，明天好好惩罚她一下。我建议，回去就把她叫醒，就说有男同学被豹子咬伤了，吓唬吓唬她，看她什么反应！"

大家一致叫好。

次日早上起来，住在一起的女同学，就按徐悲鸿所教，向孙多慈说了昨夜豹子伤人的事件，说之中，自然添了油加了醋，尤其是具体细节，描述得有鼻子有眼，同真的一样。孙多慈信了，神色焦急，披起衣服就往男生住处赶，还一个劲地埋怨她们昨晚不和她说，拦都拦不住。

男同学见她一脸惊恐赶过来，都"嘻嘻"笑了起来。孙多慈当下明白了一半，眼睛一溜，没有受伤的同学，便知道自己上当受骗了。就尖着嗓门追问主谋是谁。男同学不说话，但暗地里都把手指向徐悲鸿。而徐悲鸿也不说话，一脸诡异的笑。孙多慈一看就气上心来，调头就走，两行委屈的泪，从眼中汩汩涌出。

徐悲鸿知道把孙多慈给得罪了，忙跟着出来解释，但无论怎么说，孙多慈就是不听，自顾自不停地抹眼泪。徐悲鸿不高兴了，说："这也怪你无组织无纪律，同学们都夜游天目山，你为何赖在床上不起来？"

孙多慈说："女孩子总有自己的事嘛，特殊情况，你就不能理解？"

徐悲鸿"哦"了一声，"那好，今天老师单独陪你去狮子岩写生，算是赔罪，行不行？"

孙多慈抬眼看向他，破涕为笑，"真的？说话可要算话！"但转过脸，看远处同学正在对自己指指点点，又心生犹豫，"还是别去吧，让同学们猜疑，不好。"

徐悲鸿道："有什么不好？我是国立中央大学的教授，要说自然就说，要做自然就做。没有什么不好的。"

狮子岩在开山老殿西侧，因状如雄狮而得名。从开山老殿往上看，狮首高昂，两侧有耳，上有两目，下有巨口，无论形神，都十分相似。

孙多慈几乎是被徐悲鸿拉上山的，越往上走，山径越窄，植被越密，各色鸟兽的鸣叫，也越来越悦耳动听。渐渐地，开山老殿被甩到了脚下，飞檐翘角掩在树影间，偶尔才能看见。山谷间绕过来的风带有寒意，但因为爬山用的气力多了，热，反倒觉得凉爽。再往上走，山也静了，风也止了，远远的，白云飘过来，似乎飘到他们手下了，但一转眼，便化作若有若无的雾气。

此时他们站的地方，是狮子岩巨口之处。这是个天然大洞穴，位于峭壁深处，向内凹进，阔五丈有余，深二十余丈，高约五丈。洞前青藤悬壁，洞后细泉垂帘，四周苍翠四掩，青苔累生。此地山幽谷静，人迹罕至，是仙人出没之地。

孙多慈说："来之前我查过资料，也问过开山老殿的住持，说这地方叫张公舍，'张公'是五斗米道宗师张道陵，他就是在这里出生的。"

民间相传，张道陵出生之前，母亲梦见一位身高丈余的神人，左持杜蘅，右持薇草，飘然而来，执意相赠。细看，神人额高面宽，目光如炬，一身白色绣衣。梦醒后，其母不交而孕。分娩那日，本是晴空万里的天际，突然出现一片金云，飘飘荡荡，最后轻笼在狮子岩狮子口之上，接下来，山洞前后莹莹薄雾，光焰灼灼，馥郁芬芳，氤氲其间。待散去，张道陵呱呱落地，其声如雷。

徐悲鸿来天目山多次，曾多次听说"张公舍"的故事，但由孙多慈的嘴里软软说出来，并夹杂了她个人的爱恨，动于情，动于心，味道大不相同。

由张公舍再往上爬，山径变得狭窄，时弯时曲，时缓时急，时平时陡。秋风中的山林，重重叠叠，色彩纷呈。银杏黄得纯净，檫树澄得厚重，枫叶红得激情，柏枝紫得苍劲，柳杉，则巨干巍巍，细叶森森。林木之中，山泉隐隐，忽儿近，忽儿远，但始终相伴他们前行。

走得有些累了，孙多慈在后面跟不上来，掏出一条小白手绢，使劲为自己扇着风。一抬眼，看见身后有一棵高大的红豆树，树上密密匝匝结满红豆。孙多慈惊喜地叫出声来："先生，你看，你看！这里居然也有红豆呢！"

徐悲鸿正在为孙多慈寻一根树枝做拐杖，听见叫喊，大不以为然。虽然红豆多见于江西、福建、广东、广西等地，但在天目山一带，也有出现。红豆属常绿乔木，枝叶繁茂，树冠开阔。晚清兴建公园成风，在南方城市，红豆常被移栽为庭阴树、行道树。成熟期的红豆，扁圆形，光泽鲜红，种脐处有道黑色条纹。

但孙多慈却痴痴地立在那儿，两腮泛红，是喜出望外的兴奋，也是情窦初开的激动，"红豆生南国，春来发几枝。愿君多采撷，此物最相思。"她的口中，不由自主背出了唐代大诗人王维的《相思》。

徐悲鸿突然明白孙多慈的惊喜之情了，他的心动了一下，如一道电流划过，涌出一层幸福。"仿佛兮若轻云之蔽月，飘飖兮若流风之回雪。远而望之，皎若太阳升朝霞。迫而察之，灼若芙蕖出渌波。秾纤得衷，修短合度。肩若削成，腰如约素。延颈秀项，皓质呈露。芳泽无加，铅华弗御。云髻峨峨，修眉联娟。丹唇外朗，皓齿内鲜。明眸善睐，靥辅承权。瑰姿艳逸，仪静体闲。柔情绰态，媚于语言。"看到立在红豆树下的孙多慈，不知为什么，徐悲鸿的脑海中，突然跳出曹植的这首《洛神赋》。恐怕还是少年时代读过的吧，一晃二三十年过去，居然还能一字不漏背出来。为什么？也许在心中，一直就把她敬作"洛神"，灵感所激，存在脑海深处的记忆也被勾了出来。

孙多慈踮起脚，伸手勾下树枝，从中选了两颗最红最亮最圆最满最成熟最结实的红豆，摘下来，轻轻放于手中，然后两拳紧握，合在胸前，闭上双眼，似是暗暗祈祷，暗暗祝福。之后，她走过来，怀着一颗真诚之心，把红豆捧到徐悲鸿面前。

读过王维《相思》的人，谁能不解红豆"此物最相思"的寓意？

红豆如火，红豆如诗。

红豆如这秋色空旷，红豆如这长天明净。

红豆是孙多慈清澄的双眼，红豆是孙多慈一颗纯洁之心。

徐悲鸿当然知道孙多慈此时的心意。通过红豆，孙多慈向敬重的老师，表白的，是她发自内心的真爱——

质坚如钻，不蛀不腐，始终如一而久久远远。

色艳如血，红而发亮，色泽晶莹而永不褪色。

那份庄重，那份神圣，那份毅然，都不能不让徐悲鸿深深感动。

徐悲鸿觉得眼角有些湿润。他知道，在孙多慈无言凝望之中，有太多的期待，太多的信任，太多的憧憬。他忍不住伸出两手，把孙多慈紧紧环抱在自己怀里。孙多慈把头伏到徐悲鸿的胸膛上，闭上眼睛，静静享受他宽厚而博大的爱意。

天地之间一片空白。

天地之间一片宁静。

之后，徐悲鸿低下头，将嘴唇轻轻贴向孙多慈。孙多慈虽然眼睛是闭着的，但似乎也有同样的需求。两人唇齿相交的那一刻，徐悲鸿感觉到了孙多慈发自内心的悸动。

关于孙多慈天目山采红豆相赠老师的故事，后来衍生出许多版本，其中传得最广的，就是徐悲鸿回南京后，特地到一家大银楼，订制了一对金戒指，将这两枚珍爱的红豆，分别镶嵌于其中。红豆之上，一镌"悲"字，一镌"慈"字。前者送与孙多慈，后者留给自己。之后四五年时间内，这枚特别的情侣戒指，一直戴在徐悲鸿手上。蒋碧微也有发现，指桑骂槐了多次，但徐悲鸿根本不予理会。直到1942年与廖静文相识相知相爱，徐悲鸿这才把它从手上取下来。

1934年，徐悲鸿年届不惑，他没有想到，这年秋天的天目山之行，让他意外收获到了孙多慈的爱情。爱情的动力，又激励他进入绘画创作上的迸发期。天目山写生短短一周，他就创作了十多幅新作。其中油画《天目秋色》是他的心爱之作。画面上，秋山红叶，层层叠叠，旷野寥天，气势磅礴，无论构思、技巧、色彩，都明显带着一种新生的活力。国画《西天目老殿》运用对比和遮掩手法，借古殿的低矮外墙，衬托出古杉的参天气势，是一幅绘画语言生动的精品。画面题款为"西天目山老殿古杉参天，不下万木。廿三年秋游之归忆写所流连。悲鸿。"钤"悲"白文印。

情商与智商相伴,激情由爱情相生,这也符合画家的创作规律。

孙多慈从天目山返校后,则以近乎于自恋的心态,画了一幅油画《孙多慈自画像》。她把自己的善良,自己的宽厚,自己的温和,自己的单纯,自己的执着,自己的一切一切,通过笔下的色彩,尽可能地表现出来了。因为开始定位就是画给徐悲鸿的,所以这之中,更多的还是一片柔情。徐悲鸿看了,惊讶不已,他没料到孙多慈的画风画技,能有如此之高的水平。这年年底,徐悲鸿的许多挚友,都收到了他自南京寄来的一幅照片,照片上拍的,就是孙多慈的这幅自画像。每张照片后面,徐悲鸿都有题记,其中送给舒新城的一帧写道:"慈性温良敦厚,而其画则雄健纵横,此乃近作之一,新城吾兄存之。"还生怕舒新城不相信,后面郑重又郑重地落下"悲鸿"二字。

也就在孙多慈将油画《孙多慈自画像》送给他的那天,在中央大学画室,徐悲鸿又为孙多慈画了幅《睡猫图》。同样的画面,同样的场景,同样的氛围,同样的神态,但与上一幅赠孙多慈的《睡猫图》,匆匆一晃,已有了四年之隔。"寂寞谁与语,昏昏又一年。慈弟存玩。甲戌年冬。"徐悲鸿在画后题款曰。这多少也是他的真实心态。当年的徐悲鸿,还属年富力强的青壮年行列,一转眼,步入不惑之年,形态和神态都有苍老之嫌了。相隔四年,孙多慈也从亭亭玉立的纯情少女,成长为落落大方的矜庄女性。关键是,他们之间的情感,也由此有了实质的突破。

同样是这一年,徐悲鸿与蒋碧微之间的危机,也因天目山之行,进入到剑拔弩张的紧张阶段。

那天在狮子岩,徐悲鸿与孙多慈在爱的巅峰中行走,忘情之极,天地全在身外。他们没有想到,就在那一瞬间,不远处,写生队一位叫杨柳的同学,也在攀狮子岩,他带有一部照相机,在调焦取景之中,镜头中突然出现了他们亲热相吻的情景,也是一种下意识,他按下了快门。之后几天,徐悲鸿与孙多慈关系白热化,两人卿卿我我,亲密无间,根本无所顾忌。这种举动,自然引起部分同学的嫉妒,而这种嫉妒,发展到最后,又变成了记恨。天目山归来,有关他们的风言风语,很快在中央大学传开,自然也传到蒋碧微的耳朵里。

"太湖泛舟，左刘杏春女士，中潘玉良女士，右孙多慈女士"。杨柳摄。刊1933年第38期《文华》

蒋碧微晚年在回忆中说："有时晚上参加应酬，他经常也是吃到一半，就借词要上夜课而退席，把困窘而尴尬的我留下。最令我难堪的是，他会在酒席上趁人不备，抓些糖果橘子在口袋里，后来我知道，这些也是带给孙韵君（多慈）的。碰到他这样做的时候，我只好装作视而不见。有时我也促狭起来，他把带给孙韵君的东西预备好以后，放在桌上。等他有事走出房间，我就悄悄地藏过，他回来一看东西不见，不好意思问我，也就讪讪地走了。"

因有四年前情变的教训，蒋碧微一直强压着怒火没有爆发。但无论徐悲鸿还是蒋碧微，都知道，另一场更大的夫妻之战，在他们本来就勉强维持的家庭里，将要打响了。

十四、第一本素描集

1930年5月,吴作人在徐悲鸿鼓励和资助下,抵达巴黎,并于9月下旬考取著名画家西蒙教授工作室。后徐悲鸿得知比利时皇家美术学院有一个庚款留学名额,便想方设法,将自己非常得意的学生和助手吴作人,推荐进位于布鲁塞尔的比利时王家美术学院白思天院长画室。这是吴作人绘画艺术生涯的一次重大转机,自此后,吴作人正式踏上艺术大师之路。

1935年夏,孙多慈自国立中央大学艺术专修科毕业,徐悲鸿也想借助庚款留学名额,将她送到国外继续深造。

徐悲鸿把自己的打算告知孙多慈时,手中正在作一幅《奔马图》。与以往不同,这幅长约五尺的横幅"奔马",画面上,孤单单只有一匹独行者,前后看不到其他同伴。虽然奔放不羁的疾驰气势依旧,但身孤影单的忧郁,仍在马的目光,马的神态中流露出来。"此去天涯焉将托,伤心竟爽亦徒然。"略做思索,徐悲鸿提笔在画面右上角,落下这样的诗句。

对于徐悲鸿的安排,孙多慈既没有表示高兴,也没有表示反对,在可去可不去之间。

徐悲鸿很意外,"难道你还有什么想法?"

孙多慈说自己有两层顾虑,"其一,刚刚大学毕业,也没有什么成果,绘画水平自然也不能与吴作人相比。如果真能出国深造,别人会说是先生在中间做的手脚,会给先生带来负面影响的。"

"其二呢?"

"其二已经在先生的画上,我还没有走,先生就'伤心竟爽亦徒然'了,如果真出去,那还不……说实在的,多慈也不愿意离开先生。"

20 世纪 50 年代，画家孙多慈在台湾东部山区写生

徐悲鸿笑笑，说："关于其一，我有安排，前些天在上海，专门和舒新城提了一下，想把你的素描和其他画作，挑选一二十幅好的，在中华书局出本集子。争取比国庚款也好，向比国学校推荐也罢，手里总有东西可说。"

孙多慈一脸惊讶，"不会吧？先生打算给我出本画集？"

"怎么，你还信不过你自己？"徐悲鸿笑着把她鼻子勾了一下。"我的眼光，自然不会有错。这些天我们好好准备一下。"又说，"画集的序，我写也可以，但难免有王婆卖瓜之嫌，还是请舒新城代笔吧，他的文笔和见解，都高人一筹。这件事，你去上海时，当面催他一下。"

孙多慈一脸疑惑，"不大可能吧，舒新城那样知名的大出版家，会给我这个小作者的画集写序？"

徐悲鸿笑笑，"依我和他的私交，他是不好拒绝的。这个你放心。"

停顿了会,他又说,"至于你说的那个'其二',我也曾犹豫,但想来想去,还是出去的好。你只要一走,我就可以了断这边的琐事,然后也跟着过去。如果顺利,也就三五个月的时间吧。"

孙多慈无言,她只能幸福地听从徐悲鸿的安排。

几天后,孙多慈带着徐悲鸿帮她精选出来的素描稿,以及徐悲鸿写绘舒新城的信函,从南京赶往上海。信函是当着孙多慈的面写的,虽寥寥两三行,但字里行间,无不流露着对孙多慈的关爱。

新城吾兄惠鉴:

前承允为慈刊集,感荷无量。知真赏不必自我,而公道犹在人间。庶几弟与慈之诚得大白于天下也。兹嘱其携稿奉教,乞予指示一切!彼毫无经验,惟祈足下代办妥善,不胜拜谢。此颂

日祉

弟悲鸿顿首

三月十五日

舒新城前些年在南京徐悲鸿画室,匆匆见过孙多慈一面,但印象不深,感觉就是一个非常本分的小城姑娘,长得很淳朴,有一种天然之美。后来看徐悲鸿相赠的《孙多慈自画像》照片,感觉就大不一样了,不说风情万种,最起码有"楚楚动人"的成分在里面。尤其一双眼睛,流光溢波,不言而能千语。此次相见,面前更是一位气质非凡的才女,其谈吐,其举止,落落大方,既有新潮女性的开放,又有大家闺秀的典雅。舒新城不由在心中暗暗称赞:"好你一个悲鸿,到底是绘画大师,乱石之中,只一眼,就能寻出真玉啊!"

孙多慈被看得不好意思,"舒老师,我……"

舒新城摆摆手,道:"悲鸿多次向我介绍你,说你的画,说你的人,也说你们之间的感情。今日见了,果然不同凡响,现在理解悲鸿为何如此了。"

谈及与徐悲鸿的感情,孙多慈眼睛有些湿湿的。"我和先生之间,原先就是

单纯的师生关系，先生爱才，认为我是画坛不可多得的才女，对我的希望大些，关照也就多些。不想引起师娘的无端猜疑，如果不是先生拦着，她甚至要闹到学校里来。本来我也没有这份心的，让她说久了，也就默认了，既然非逼着我们到一起来，为什么不？"

孙多慈说话轻声细语，但极有条理，舒新城不得不从心里佩服。再看徐悲鸿写给自己的信，他忍不住笑了，"'知真赏不必自我，而公道犹在人间。'你看他的口气，好像受了多大委屈一样，'庶几弟与慈之诚得大白于天下也。'本身就没有什么不白之事嘛！"

孙多慈异常感动，泪水涌在眼眶里，马上就滚下来。

舒新城笑道："别，别，我是最见不得小女生哭的，你一哭，我这里什么事都办不成了。"再翻看孙多慈带来的画稿，觉得确实如徐悲鸿所说，有其独到之处，作为美术专修科的女学生，能把基本功做得这么扎实，也实在是不容易。于是他对孙多慈说："关于画册的事，悲鸿已经有交代，中华书局方面，也做了相应的出版计划。你这本集子，确实不是充数之作。"

孙多慈见他有赞许之情，忙把徐悲鸿央他为画集作序的事提了出来。"舒老师如能鼎力推荐，这本小册子，肯定会受到画坛的重视。"

舒新城笑着说："和悲鸿交友多年，就从来没有让我有过省心之事。不过这序的事，还真不知如何入手。也许你老师写更合适些？"

孙多慈说："先生再三拜托，务请舒老师费心。"

"唔，再说吧。"舒新城依旧模棱两可。

孙多慈自然不好再逼。只好转过话头，低声问："不知道画集什么时候⋯⋯先生想安排我今年出国留学⋯⋯"

关于孙多慈去向之事，徐悲鸿与舒新城有多次商量，其中有些细节，还是舒新城给拿的主意。看孙多慈欲言又止，舒新城当然清楚她内心的想法，但他偏笑笑，故意激她说："你也不要太着急，出书的事，它都有个过程，从定稿到发稿，再到印刷厂印刷、装订，需要一个周期。一般情况下，半年时间就是快的了。"

"如果慢呢？"

舒新城笑笑，道："那就难说了，比如你老师徐悲鸿，画坛大家，但他的东西，在中华书局，一摆两三年的事情也是有的。"

孙多慈"哦"了一声，脸上露出明显的失望之色。

"你也别太急，好东西是慢慢磨出来的，你说是不是？"

孙多慈无法回答，点头不是，不点头也不是。

4月上旬，孙多慈从上海回来。见到徐悲鸿，孙多慈无精打采，眉宇之间，泛着一丝淡淡沮丧。徐悲鸿问明缘由，不由得放声笑了起来。"别着急，别着急。"他一边安慰孙多慈，一边铺开笔墨，当即又给舒新城写了一封信。

新城吾兄惠鉴：

  慈返，已为弟道及见兄情形。承兄为作序，深致感谢。慈所写各幅，已经弟选过。狮最难写，两幅乞皆刊入。孩子心理，欲早观厥成。彼闻足下言："徐先生的东西一摆两三年。"大为心悸，特请弟转恳足下早日付印，愈速愈好。想吾兄好人做到底，既拘慈情，亦看弟面，三日出书，五日发行，尊意如何，至于捉刀一节，弟意不必，盖文如兄，自然另有一种说法（一定是一篇情文并茂之好文章），比弟老生常谈之为愈，亦愿赶快写出为祷！此举乃大慈大悲之新城，池中有白花，其光芒应被全世界。样本等等，乞直寄中央大学孙多慈女士收为祷！敬候

  撰祺

弟悲鸿顿首
四月十一日

想了想又在信尾加了一句，"她述学一篇，要兄逼她写才行！"落笔之后，如同孩子般得意，向孙多慈卖弄道："这下你的心是不是该放下来了？看你那张脸，从进门到现在，一直阴着的呢，现在能不能多云转晴，再露点小阳光？"

孙多慈忍不住"扑哧"笑出声，走过来，伸手从背后把徐悲鸿紧紧抱住，把头轻轻靠在上面。

1935年3月到9月,徐悲鸿有一半心思,都放在孙多慈画册出版的琐事上,仅他与舒新城之间的通信,我们能看到和不能看到的,至少有五六封之多。王震编著,上海画报出版社2006年12月出版的《徐悲鸿年谱长编》,对这些信函有详细梳理——

  3月15日(二月十一日) 致舒新城一函,托舒先生为孙多慈出一画集。(略)
  4月2日(二月二十九日) 致舒新城一函,托舒先生为孙多慈出一画集,并附致孙一函(此时孙多慈仍在上海)。孙为悲鸿最得意之学生,且苦恋甚久。以格于闻威,不敢有所涉。此信虽言别事,但其痴情仍流露于字里行间。致舒之函竟将四月二日,误写为四月三十二日。
  4月11日(三月初九日)致舒新城一函,乃为孙多慈画集事……(略)
  4月12日(三月初十日)为孙多慈画集事,致舒新城一函。(据舒新城日记)

因为比利时庚款基金会讨论下年度赴比利时留学名额的董事会议,最迟在7月就要召开,因此到6月份,徐悲鸿为孙多慈出版画集的心情,也就格外急近。仅在这个月,他就先后发了三封信,其中第一封只落了月份,没有落具体日期——

新城吾兄惠鉴:
  慈集能速赶,最所切盼!因此事关系其求学前途,弟初意倘在此时画集印成,便分赠中比两方委员(本月开会决定下年度派赴比国学生名额),弟虽已分头接洽,但终不如示以实物坚其信念也。慈不日即返安庆,嘱弟代办一切,还恳足下饬人赶工,做成(两份),寄南京中山路247号文艺俱乐部华林先生收为感,愈速愈好!因弟月底迟至下月初亦将去此,画范非俟心定不能编,但在下月必能奉缴不误,因去此便有希望。敬颂

暑祺

弟悲鸿顿首
一九三五年六月

济群姊同此

画集、拙集亦祈印出三四两册。

又描集序文将重书，重版时见告，弟将寄上。

在舒新城的日记里，6月23日，他又加急过来一件信函，在信中，他的情绪有些悲观，其中激动处，有"其集请速赶出，成其大业，弟稽首求肯，望兄允之"。一个大画家，一个大教授，能把话说到这种地步，对孙多慈的爱恋之心之情，也就彰明昭著了。

两天后，又一封为孙多慈画集寄舒新城的信函，从南京国立中央大学发出。

新城吾兄：

当然我不能代兄写一个东西，不过勾引兄的文章而已，我那楔子，兄把他变成白话，补充尊见二十行便是妙文。拙作慈之小像，当年未曾加入弟之描集者，即作为慈集第二页，第一页慈自写（五色印者），然后第三第四其父母像。请速印（精印五十册）成，装订十册，交沧州路十四号谢寿康先生。请他分赠比国委员（不必等我编定，慈将此事交我代办，兄先为她订十册应用，定本等弟编寄次第），拜祷。此颂

暑祺

弟悲鸿顿首
六月二十五日

这上面"代兄写一个东西"的"东西"，指的仍是《孙多慈描集》的序。虽然舒新城没有回绝，但他也没有应承，徐悲鸿放心不下，自己动笔写了篇短文，对孙多慈的艺术追求，给予了极高的肯定，他的目的是"抛砖引玉"，最终还

是想舒新城执笔完成，并提出建议："我那楔子，兄把他变成白话，补充尊见二十行便是妙文。"

实际5月初，徐悲鸿见舒新城迟迟不给回话，而孙多慈画集出版在即，着急不过，便想到他的好友、中央大学美学教授宗白华。

孙多慈吓了一跳，"我这本薄薄的小集子，居然请美学大师写序，实在是愧不敢当！"

"你是他的小老乡，又是他介绍到我这儿来的。你的画集出版，他有责任也有义务为之写序。"徐悲鸿说。

宗白华果然一口答应。"本来就是个大才女，又是我们安庆的小老乡，还是徐大师的得意门生，自然要写。再说了，女画家在中国凤毛麟角，更需要我们大力鼓吹了！"又朝徐悲鸿挤挤眼，道，"何况你们还有那么一层怪怪的关系，如果真能成一段姻缘，你徐悲鸿还是我们安庆的小女婿哩！"

宗白华对孙多慈的评价，远远超出他们的预期——

西画素描与中画的白描及水墨法，摆脱了彩色的纷华灿烂，轻装简从，直接把握物的

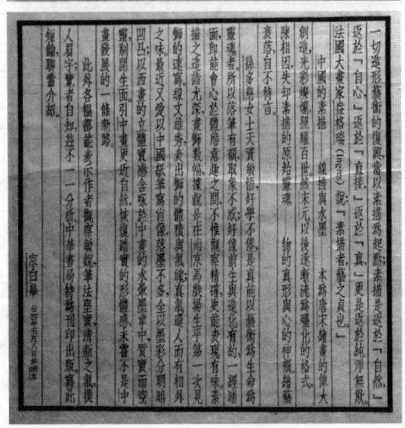

同是安庆籍的美学大师宗白华，为《孙多慈描集》所作之序

轮廓，物的动态，物的灵魂。画家的眼、手、心与造物面对面肉搏。物象在此启示它的真形，画家在此流露他的手法与个性。

抽象线文，不存于物，不存于心，却能以它的匀整、流动、回环、屈折，表达万物的体积、形态与生命；更能凭借它的节奏、速度、刚柔、明暗，有如弦上的音，舞中的态，写出心情的灵境而探入物体的诗魂。

所以中国画自始至终以线为主。张彦远《历代名画记》上说："无线者非画也。"这句话何其爽直而肯定！西洋画的素描则自弥赛朗克罗（Michelangelo）、文西（Lionardo da Vinci）、拉飞尔（Raffael）、伦伯兰德（Rembrandt）以来，不惟系油画的基础工作，画家与物象第一次会晤交接的产儿，且以其亲切地表示画家"艺术心灵的探险史"，与造物肉搏时的悲剧与光荣的胜利，使我们直接窥见艺人心物交融的灵感刹那，惊天动地的非常际会。其历史的价值与心理的趣味有时超过完成的油画（近代素描亦已成为独立的艺术）。

然而中、西线画之观照物象与表现物象的方式、技法，有着历史上传统的差别：西画线条是抚摩着肉体，显露着凹凸，体贴轮廓以把握坚固的实体感觉；中画则以飘洒流畅的线纹，笔酣墨饱，自由组织（仿佛音乐的制曲），暗示物象的骨格、气势与动向。顾恺之是中国线画的祖师（虽然他更渊源于古代铜器线文及汉画），唐代吴道子是中国线画的创造天才与集大成者，他的画法所谓"吴带当风"，可以想见其线文的动荡自由、超象而取势。其笔法不暇作形体实象的描摹，而以表现动力气韵为主。然而北齐时（公元五五〇—五七七年）曹国（属土耳其斯坦）画家曹仲达以西域作风画人物，号称"曹衣出水"，可以想见其衣纹垂直贴附肉体，显露凹凸，有如希腊出浴女像。此为中国线画之受外域影响者。后来宋、元花鸟画以纯净优美的曲线，写花鸟的体态轮廓，高贵圆满，表示最深意味的立体感。以线示体，于此已见高峰。

但唐代王维以后，水墨渲淡一派兴起；以墨气表达骨气，以墨彩暗示色彩。虽同样以抽象笔墨追寻造化，在西洋亦属于素描之一种，然重

宗白华介绍，孙多慈"画狮数幅，据说是在南京马戏场生平第一次见狮的速写。线纹雄秀，表出狮的体积与气魄，真气逼人而有相外之味。"

 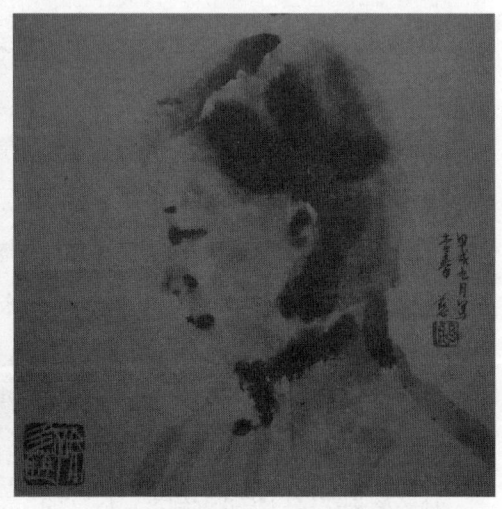

"以中国纸笔写肖像，落墨不多，全以墨彩分凹凸明暗；以西画的立体感含咏于中画之水晕墨章中，质实而空灵，别并生面。"宗白华语

墨轻笔之没骨画法，亦系间接接受印度传来晕染法之影响。故中国线描、水墨两大画系虽渊源不同，而其精神在以抽象的笔墨超象立形，依形造境，因境传神，达于心物交融、形神互映的境界，则为一致。西画里所谓素描，在中画正是本色。

素描的价值在直接取相，眼、手、心相应以与造物肉搏，而其精神则又在以富于暗示力的线文或墨彩表出具体的形神。故一切造形艺术的复兴，当以素描为起点；素描是返于"自然"，返于"自心"，返于"直接"，返于"真"，更是返于纯净无欺。法国大画家益格瑞（Ingres）说："素描者，艺之贞也。"

中国的素描——线描与水墨——本为唐宋绘画的伟大创造，光彩灿烂，照耀百世，然宋元以后逐渐流为僵化的格式。陈相因，失却素描的原始灵魂——物的真形与心的神韵。绘艺衰落，自不待言。

孙多慈女士天资敏悟，好学不倦，是真能以艺术为生命为灵魂者。所以落笔有韵，取象不惑；好像前生与造化有约，一经睹面，即能会心于体态意趣之间，不惟观察精确，更能表现有味。素描之造诣尤深。画狮数幅，据说是在南京马戏场生平第一次见狮的速写。线文雄秀，表出狮的体积与气魄；真气逼人而有相外之味。最近又爱以中国纸笔写肖像，落墨不多，全以墨彩分明暗凹凸；以西画的立体实感含咏于中画的水晕墨章中，质实而空灵，别开生面。引中画更近于自然，恢复踏实的形体感，未尝不是中画发展的一条新路。

此外各幅都能表示作者观察敏锐，笔法坚实，清新之气，扑人眉宇；览者自知，兹不一一分析。中华书局特为刊印出版。写此短论，聊当介绍。

宗白华
二十四年五月八日于南京

孙多慈是在宗白华处读到这篇序文的，看到"孙多慈女士天资敏悟，好学不倦，是真能以艺术为生命为灵魂者"，她有些感动，也有些不安。抬起眼，她非常感激地看着宗白华,想说什么,但没有说出口。

宗白华笑笑地问:"怎么,不满意?"

"不是,我想起小时候的事了。有一次经过安庆小南门教授家老宅子,父亲就向我介绍,说教授如何如何了得。当时就觉得教授是天上的星月,可望而不可即。没想到十多年后,教授会为我的画集作序。我,真的非常感谢。"

1935年中华书局出版的《孙多慈描集》,对于安徽安庆,意义更非同一般。安庆才女的素描集,清新之气,扑人眉宇;安庆美学大师的序,溢美之意,油然纸上。宗白华出生于安庆,孙多慈也出生于安庆。在国立中央大学,宗白华还是孙多慈选修《美学》课的教授。

十五、蒋碧微：我容不了她

如果说徐悲鸿之前与孙多慈的关系，师生之情多于恋人之情，那么在1935年的这个春天，肯定有了质的变化，恋人之情远远胜于师生之情。实际这时候的孙多慈，面临从国立中央大学艺术专修科毕业，他们之间的师生关系，也将就此画上终止符，那么剩下来的，就只能有恋人之情了。

但1935年春天的徐悲鸿，并没有尝到多少与孙多慈相恋相爱的幸福，相反，他的整个生活，随这种恋情的深入，被夫人蒋碧微无休无止纠缠，始终处在焦躁和烦恼之中。

蒋碧微只有一个理由：我的眼中容不了她，我的耳中容不了她，我的心中容不了她。

4月19日晚，傅厚岗6号危巢，家庭之间的口水大战再次爆发。徐悲鸿一气之下，又收拾简单行李，连夜从家中离开。夜色中，危巢豪华依旧，气派依旧，但内骨子里，已经到了岌岌可危的地步。徐悲鸿几乎带着诀别的神情望着它，眼中一片模糊。

次日上午十时，徐悲鸿来到上海中华书局。不容舒新城发话，他就将去年夏末回南京后，因与孙多慈相交，引出蒋碧微过激甚至变态的猜疑，夫妻间一次又一次撕破脸的争吵，每次争吵又给双方尤其给自己带来更大的痛苦，一一向舒新城倾诉出来。徐悲鸿并不是个说话很碎的人，但这次将近两个小时的长谈，基本都是他一个人在独自诉说。到末了，他长长吐一口气，"新城兄，你帮我拿个主意，这种日子，我该如何了断才是个头？"

舒新城只能以常理相劝，但他知道，这种"常理"，对于徐悲鸿，没有任何作用。末了，他从书架上抽出一本《邓肯女士自传》，劝徐悲鸿回去认真读读，

少女时代的蒋碧微

"你们俩都是艺术大家，有许多相通之处，读之后，或许能从中找到一丝安慰。"

爱莎多娜·邓肯是著名的舞蹈家，1927年9月14日，她在尼斯（Nice）因车祸而惨死。早几年，邓肯就有写自传的念头，但直到1927年夏才最后完成。自传完成了，生命也结束了。邓肯一生，始终无法权衡爱情和艺术的天平，时而倾向前者，时而倾向后者，她的命运也随之沉浮。"时代变迁了，一切思想都发生大的改革，因此我想有自由精神的女子，都不能承受以往婚姻制度和道德。如果思想发生变迁，而有思想的女子仍旧结婚，那么，便是她们没有勇气贯彻她们的主张。考察近十年来离婚的统计，便晓得我的话是不错的。有许多女子听到我所宣传的这种自由主义，每每消极地反问：'那么谁来养小孩子呢？'照我看来，假如婚姻制度是保障养育儿童不可少的东西，那么，这种婚姻的质量，未免太低下了。"在自传中，她对婚姻如是理解。爱莎多娜·邓肯的生命旅途是失望的，悲痛的，孤寂的，然而她的生命却是进取的，坚强的，快乐的。徐悲鸿目前的人生体验，多少与她有相似之处。

舒新城后来在日记里说："此种男女问题，在艺人间本是常事，盖艺人以感情为生活，若不浪漫，则其作品无生命，师生间真成情侣，亦不算什么，不过在中国说是麻烦。"他又认为，"徐与孙实在谈不到恋爱，不过因孙之才学超群而特别维护之，社会不谅，家庭不谅，日日相煎，结果恐非走入恋爱之道不可也。"

此时的舒新城，完全是局外人的旁观态度，事不关己，自然说得轻松。但没有保持多长时间，6月24日，南京发来一封信函，就扰乱了他的这种"轻松"。寄信地址是傅厚岗6号，寄信人自然是蒋碧微。信拿到手，舒新城就有一种不祥预感，拆开信，果然，在蒋碧微的眼中，他的身份变了，在徐孙之恋中，由旁观者转换为牵线人。"午前舒新城得徐夫人蒋碧微一函，破口大骂⋯⋯"当天他在日记中这样记述。

蒋碧微来信内容共四条，语气由浅入深，一步一个变化。其中第一条带有"命令"口吻，说孙多慈出画集，是中华书局和作者之间的公事，中间有什么具体事务，应该与孙多慈直接交涉，不应该把徐悲鸿牵涉进来；第二条有所加强，用的已经是"指责"语气，说徐悲鸿近来为孙多慈出画集之事，引起社会各种流言蜚语，

"名誉扫地""道德破产",家庭也处于崩溃边缘。而这一切,都是因为舒新城在中间"宣扬牵引"。言下之意,如果不是舒新城的中介作用,徐悲鸿也不会在道德泥淖中,越陷越深。并说舒新城的这种行为,"实属无聊已极。"第三条干脆采用"讥讽"的语调,说舒新城有家有室,却公开与刘济群同居,置传统道德于不顾,也缺乏或男人或丈夫应有的责任。徐悲鸿虽然有品格缺失之处,但他还不至于效仿你这种下三流的做法;最后,她在信中表现出一种"强悍"的色彩,说自己虽身为女性,但并没有女人应有的懦弱,也绝不会听从命运,任人遗弃。最后她强调,说自己和徐悲鸿的婚姻是有基础的,不会因为暂时的波波折折而分开。舒新城在中间的挑拨,不会起到任何作用。写到激动处,她甚至用了"枉费心机"这样的字眼。

面对这封充满火药味的来信,舒新城恨得咬牙切齿。他认为此时的蒋碧微,"真所谓疯狗",并以"悍拓"来加强他的这种感觉。他在他的日记里说:"我与孙多慈初不相识,因其为悲鸿得意门生,五年前在南京由其介绍始见一面,此后从无交涉,直至本年,悲鸿以孙之画集出版事相委,于四月间由其送稿来又见一面。此后因稿件关系,有所通讯,概为公函。某次孙因悲鸿在京受污甚苦,且自诉苦,悲鸿复请去函相慰,乃复一函,鼓励其努力于艺术。其他无有也。关于孙之画集交涉,均由悲鸿及孙两方请托,交悲鸿整理,寄去之件亦均公函。"气愤之余,舒新城更多的,还是为徐悲鸿的命运感到担心,蒋碧微"迁怒于我悍拓竟如此,难乎其悲鸿,更不知其前途如何也。"

蒋碧微说,我的心中容不下她。这个"她",自然是孙多慈。

但1935年6月以前,蒋碧微对孙多慈多少还是有些容忍的,至少没有当着面和她争长论短。不是自己不愿意,而是觉得如果那样做,实在是掉了自己的面子。不说自己比她年长十多岁,论学识,论长相,论经历,孙多慈哪样能与自己相比?但也正由于自己一容再容,致使徐悲鸿与孙多慈越走越近,近到已经危及自己家庭主妇位置的地步。此时蒋碧微反而想开了,徐悲鸿能放下"画家""教授"架子,与一个小女生卿卿我我,自己有什么理由不去和孙多慈当面锣对面鼓地理论一番?

孙多慈《烟雨归舟》｜设色｜纸本｜3185cm×62.5cm｜1955年夏写于台北寓庐

选择的时间，是5月下旬的一个星期天，上午十点多钟；选择的地点，是国立中央大学女生宿舍。有内线先行在那边探明了消息，孙多慈在宿舍，于是叫了一辆车，从傅厚岗直接开过来了。

立夏前后，"蝼蝈鸣，蚯蚓出，王瓜生。"太阳悬在天空，白晃晃的，有些刺眼。蒋碧微撑着一把长柄阳伞，戴着长至手臂的白手套，穿一身拖地白长裙，款款走进石婆婆巷中央大学女生宿舍的东楼。

孙多慈正在对近期创作的一幅油画稿进行修改，看见蒋碧微走进来，猛然一惊，她立起身，不知所措，连手中的画笔落在地上也不知道。

"孙多慈，知道我为什么来这里吗？"

"徐夫人，我……"

"外面流言蜚语传得那么厉害，你好定力，还在宿舍待得住？佩服，佩服！"

"徐夫人，请你相信，我和先生之间，真的没有什么……"

"好啊，我也希望你们之间清白得只有师生关系，可你有证据来证明你们的清白吗？"

"我……我……"

"既然你拿不出，那我就要问问你了，徐先生画过一幅《台城月夜》，里面女主角，知道是谁吗？"

"我。"

"徐悲鸿正为一位学生出画集奔波，短短一个月，上海就跑了四五次，知道这位学生是哪一个？"

"我。"

"班上学生那么多，但他只为一个学生在争取出国留学的名额，知道她是谁？"

"我。"

"外面传言，说徐悲鸿一改往日作风，半公开举行画展，为了卖画，甚至奔走于权贵富豪之门，而所得卖画款项，都作为这位学生出国留学的费用。又知道她是谁吗？"

"我……"

"徐悲鸿现在道德沦落，作风败坏，社会名誉扫地，而这一切，都是为了这个根本不值得'为'的学生，这个学生又是谁？"

"我……不，不是。我的意思，你不能用这样的字句来形容先生，他是受人尊敬的。"

"他以前是受人尊敬的，可自从你的出现，他的人生观就发生了变化，事业不顾了，家庭不顾了，公众形象也不顾了。我真不明白，孙多慈，你，到底想干什么？你是想毁了你们老师吗？"

孙多慈气得一口气直堵到心口，她什么话也说不出，只是呆呆立在那儿。

蒋碧微尖刻地冷笑了一下，指着孙多慈的脸说："你孙多慈年纪轻轻，出生在官宦人家，也在国家高等学府读书，怎么素质如此低劣，与秦淮青楼女子无二异？"

　　孙多慈从未受过如此屈辱，但面对盛气凌人的蒋碧微，她弱小如兔，根本无力回击，只有任泪水在眼中打着转转，又哗地涌出眼眶。

　　"现在你面前有两条路，可生也可死。生，主动放弃对徐悲鸿的纠缠，不与他再有任何来往，一了百了，我也不再追究你的责任。死，仍缠着徐悲鸿不放，那我也就不顾及什么了，"蒋碧微咬着牙齿说，"一定要在中央大学把你搞臭，在南京把你搞臭，在美术界把你搞臭。我蒋碧微说到就能做到，有这个能力，也有这个能耐。是生，是死，你自己选择吧！"

　　这时候，中大女生宿舍其他寝室的同学，闻声也都围了过来。她们挤在门外，不敢相信堂堂一位教授夫人，居然如此泼辣，如此悍戾。不少学生想为孙多慈抱不平，但慑于"徐夫人"的威严，敢怒而不敢言。

　　蒋碧微却借势浇油，她回身看了一眼，嗓门提得更尖。"既然同学们都过来了，正好也来听听。你们的父母，含辛茹苦，供养你们上大学，而且上的还是名牌大学，容易吗，不容易！作为子女，如何报答父母？很简单，集中精神，努力学习，以优异成绩，回报父母的养育之恩，回报社会对你们的关爱。可这位号称才子的孙多慈，在学校不思进取，贪图享受，甚至弯弯绕子去勾引老师。这种学生，也配是中央大学的'学生'吗？"

　　蒋碧微口若悬河还想继续发挥下去，但此时，一位剪着短发的女学生从门外挤进来，两眼如炬，径直走到她近前，逼视着她。她有些畏怯，戛然止住话头。

　　"尊敬的徐夫人，能屈驾回答我的几个问题吗？"

　　"你，你……"

　　"如果你是徐教授的夫人，你就应该在傅厚岗好好料理家务。教育学生，是你先生的事，作为家属，你没有资格到中大女生宿舍来问责一个学生。你这是越权，明白吗？"

　　"我今天来，不是……"

　　"好，如果你觉得她，孙多慈，干涉了你们的家庭生活，那你更要好好反思一下，那么优秀的丈夫，为什么要移情别恋，是不是你这做妻子的，有什么欠缺，有什么过错，已经不值得他再对你留恋了？"

"……"

"再退一步，如果说徐教授对孙多慈生有爱意，责任在徐教授而不在孙多慈，如何取舍，是他的个人行为，你这做夫人的都无力阻止，我们怎么能够强行干涉？而这些，与孙多慈没有任何相干。"

蒋碧微想了半天，才反问道："你，你是谁？"

"我是孙多慈的闺中密友，李家应。中央大学社会学系应届毕业生。"

蒋碧微"哦"了一声，"原来是孙多慈的同党啊，一丘之貉，你也好不到哪儿去。孙多慈的许多坏主意，恐怕就是你背后唆使的。"

"请徐夫人说话注意分寸，你那'唆使'有诽谤之嫌。如果说孙多慈的行为是我李家应唆使，那么徐教授的行动，为什么不能听徐夫人安排呢？当然，也可能安排了，只不过徐教授懒得理你，根本不听从你的安排罢了。"说到这儿，她非常礼貌地让开身子，"我劝徐夫人还是尽早回去，风波闹大了，出丑的不是我们这些学生，而是你高雅尊贵的徐夫人。到那时，我看你一张脸往哪儿放！"

"好，我知道你李家应了，我会记住你的！"蒋碧微知道遇到强硬对手，不敢恋战，只好顺台阶回撤，匆匆离开了孙多慈宿舍。

几乎在这前后，孙多慈的父亲孙传瑗，从安庆乘船来到南京。

孙传瑗突然赶往南京，起因也是一封来信，信的内容，涉及女儿孙多慈的名誉问题。发信者不是别人，仍是徐悲鸿的夫人蒋碧微。

关于女儿与徐悲鸿的恋情，孙传瑗早有耳闻，但女儿大了，又身在异地，想管，不好管，也无法管。但他没有料到那些传闻，在1935年的初夏，已经化作了阵势强大的热带风暴，而自己心爱的女儿，此时，正处在风暴眼中。

随着年龄增长，传统思想也随之增长的孙传瑗，也确实不能忍受女儿，在爱情问题上，做出如此尴尬的选择。

所以，南京他必须来。来的目的有二，如果徐悲鸿家庭破裂在先，女儿插足在后，即便徐悲鸿年龄大许多，他也尊重女儿的选择，最起码，道义上可以不受谴责。如果反之，他就要强力反对。他不允许自己纯洁如玉的女儿，人生轨迹上，有这种肮脏的记录。

就是带着这种复杂甚至沉重的心情,孙传瑗再次走上南京街头。

当晚,在鼓楼饭店,孙传瑗与孙多慈的同学蒋仁取得了联系,请他安排,尽快与徐悲鸿见上一面。

蒋仁也是江苏宜兴人,别名乐山,长孙多慈五岁。和孙多慈一样,他也是徐悲鸿最为欣赏的学生之一。对于老师与孙多慈的恋情,蒋仁虽不敢公开支持,但心里仍持赞同态度。国立中央大学毕业后,蒋仁先后留学于比利时、法国。中华人民共和国成立后,历任江苏师范学院、南京艺术学院美术系教授。主要作品有《女像》《天平秋色》等。

对于孙传瑗的到来,徐悲鸿很意外,但同时也在意料之中。蒋碧微能把他们的家庭纠纷四处宣扬,当事人的父母,自然不会放过。但孙传瑗到南京,主动约自己见面,则让他心中生出疑云,是反对?是认可?或者是指责?都像,也都不像。徐悲鸿性格急,不喜欢在肚子里敲闷鼓,接到邀请,放下手中工作,就想直接去鼓楼饭店与孙传瑗见面,但蒋仁和另外几位同学都认为不妥。一,双方的关系并没有挑明,如此冒冒失失闯过去,身份不好确定;二,冒冒失失去了,交谈中,又因某些细节谈崩,言语激烈,甚至发生争吵,场面难以收拾。想了半天,大家觉得最得体的办法,就是邀孙传瑗到鸡鸣寺附近的怡和茶楼来,室内茶香扑鼻,窗外青山叠翠,两人以茶会友,情调好,情绪自然也好。此外,蒋仁他们几个学生也可以坐在不远处,万一有什么变故,还可以及时过来圆场。

双方在怡和茶楼的会晤,远比他们预料的要融洽得多。孙传瑗对徐悲鸿非常尊重,谈及他的画作,他的论述,以及他的周游世界的美术活动,他不仅知道,而且非常熟悉。徐悲鸿很感动,面前的这位长者,虽然内心不支持女儿与自己交往,但暗地里还是非常关注女儿交往对象的一切行踪。父母之爱,真的大如天地啊。

分别之际,徐悲鸿随口提议:"晚上我来安排,让孙多慈也过来,大家在一起聚一聚?"

孙传瑗婉言谢绝:"那就不让先生破费了,先生也忙,时间也是不好耽误的。"

想了想，又说，"早闻傅厚岗贵公馆幽雅别致，一直想去造访一次，不知是否方便？"

徐悲鸿微微一惊，脑海里马上浮现出蒋碧微拒人于门外的神情，但又不好拒绝，略做思索，答："可以呀，就明天吧，明天在府上恭候孙先生。"

徐悲鸿没有料到的是，听说孙传瑗来访，蒋碧微表情木然，没有任何或欢迎或反对的表示。其实蒋碧微心知肚明，她知道孙传瑗南京之行，就是冲自己那封信过来的。但对于孙传瑗的举动，她同样云里雾里。按理接信之后，他应该多方面了解事实真相，寻求解决问题的途径，进而采取相应的有效的措施。但这位孙先生，退而求其次，到南京后，先与徐悲鸿见面，然后才提出到徐公馆来看看。他的这个"看"，究竟有什么用意？会不会……

结果是另一种局面。孙传瑗在傅厚岗 6 号，不仅和谐，不仅友好，甚至还有些亲善。这，出乎蒋碧微的意外，也出乎徐悲鸿的意外。

先开始，孙传瑗在徐悲鸿陪同下，在画室欣赏他的画作，看一幅，夸一幅，每幅都有感受，但每幅又有各自的侧重。他最赞赏的，是徐悲鸿的构图，他说缓

徐悲鸿素描《碧微镜中》，写于 1924 年。以此创作的油画《吹箫图》，为旅法时期成名作

与急,轻与重,厚与实,都与主题紧扣,把握自然得体。缓者如山涧流淌,急者如痴云乱飞,轻者如春风初度,重者如山洪暴发,厚者如斜阳古树,实者如山林层叠。生于安徽寿州的老先生,北方口音中又略带安庆方言,由他嘴里说出来,生动而亲切。后来在客厅,在起居室,在庭院,孙传瑗便有意放慢脚步,和蒋碧微慢慢拉着家常,他称赞徐悲鸿公馆精巧的布局设计,称赞女主人高雅的生活情调。蒋碧微很受用,两眼眯眯笑着,一脸阳光。虽然孙传瑗比徐悲鸿只大九岁,但末了他还是以一个长者的身份,感叹自己跟不上时代,跟不上潮流。"如果再年轻几岁,说不定也能学会像你们这样享受生活啊。"

徐悲鸿说高兴了,一定要孙传瑗赏光,就在傅厚岗6号,邀几个好友,在一起小聚一下。原以为他会反对,不想他满口应承。还说要把女儿带来,让她也好好体验一下他们家庭生活的温暖。

孙传瑗走之后,徐悲鸿很高兴,马上安排下人到饭馆里订菜,又破天荒地提议要玩上几圈麻将。蒋碧微后来和别人说:"那一天下午,他快乐高兴得像疯了似的,家里的人从来没有见过他这样。"

是因为与孙传瑗的沟通非常愉快,还是因为孙多慈要来傅厚岗6号赴宴?也许两者都有吧。

但傍晚,孙传瑗过来时,他的女儿并没有跟在他的身后。理由很简单,孙多慈下午与同学上新街口了,一直没有回来。孙传瑗解释时,蒋碧微偷偷扫了徐悲鸿一眼,发现他的脸上流露出一丝淡淡的失望。

大家落座,依旧高兴。请过来的陪客,主要为徐仲年。徐仲年是孙多慈中央大学法语教授,也是徐悲鸿夫妇法国留学的老友,他的外祖父,就是出资为徐悲鸿在傅厚岗买地建房的吴稚晖。由于有这层关系,双方走得非常密切。另一位华林,是徐仲年的至交,早年在上海,两人曾联手创办文艺茶话社。华林在国立暨南大学任过教,他的著作《艺术与生活》,在国内影响很大。后来抗战爆发,在重庆观音岩,华林又是中国文艺社主持人。蒋碧微的好友郑阿梅夫妇以及郑阿梅的老父亲,正好来访,也就留下了。蒋仁是小字辈了,但他是孙传瑗来访的牵线人,自然也在座相陪。

先开始还有些穷酸客套,但几轮酒下肚,文人的轻狂与风雅都同时出来了。身在南京,自然要说秦淮河,于是六朝古都旧事,就成为酒桌上最热的话题。孙传瑗古文功底深厚,半醉之中,话就格外的多。后来居然站起身,将秦观一首《木兰花慢·过秦淮旷望》,声情并茂地吟诵出来,"过秦淮旷望,迥潇洒、绝纤尘,爱清景风蛩。吟鞭醉帽,时度疏林,秋来政情味淡。更一重烟水一重云,千古行人旧恨,尽应分付今人。渔村。望断衡门。芦荻浦、雁先闻。对触目凄凉,红凋岸蓼,翠减汀萍,凭高正千嶂黯。便无情到此也销魂。江月知人念远,上楼来照黄昏。"席上立刻掌声一片。

徐仲年用筷子在桌上敲敲,向孙传瑗说:"南宋开禧三年,诗人张滋贬往你们安徽广德,夜宿秦淮,那种心情,那种感觉,与秦观又不一样。'天远山围,龙蟠淡霭,虎踞斜晖。几度功名,几番成败,浑似鸥飞。楼台一望凄迷。算到底、空争是非。今夜潮生,明朝风顺,且送船归。'头起得好,尾收得精,真的是大手笔啊!"

徐悲鸿说:"早想借王士禛《忆秦娥·忆秦淮》作一幅画,'秦淮水,红楼一带波如绮。波如绮,琉璃窗下,水晶帘底。梅花点额芙蓉髻,妆成照影春波里。春波里,一方明镜,朝朝孤倚。'闭上眼,这画面真的就浮在你面前。"

孙传瑗摆摆手,道:"我更喜欢他的《踏莎行·秦淮清明》,'烟雨清明,烟花上巳。楼台四百南朝寺。水边多少丽人行,秦淮帘幕长干市。蓦地愁来,干卿何事?梁陈故迹销魂死。禁烟时节落花朝,东风芳草含情思。'王士禛的诗,笔调清幽,风韵淡雅,忧中有伤,伤里有愁。"又故作不解状问大家,"不知他的这种文人心态,后来如何能把刑部尚书也做得滴水不漏?"

大家就笑了起来,就把杯子碰得"当当"响。

这天晚上,蒋碧微的表现,像是一个善解人意的主妇。她时而劝客人们放量纵饮,时而走到徐悲鸿身后,用温馨的目光注视着他,不让他多喝一点酒,甚至还从他手中把酒杯夺开,一仰脖子,灌到自己的口中。蒋碧微的这种变异,不仅让徐悲鸿感到吃惊,也让徐仲年、华林,包括蒋仁等明白事情原委的人感到意外:蒋碧微她这是怎么啦,这个平日里心眼最小的女人,此时为何如此大度,善待自己的情敌之父？

徐悲鸿眉头皱了起来，酒喝到口中，也是辣中带苦。

蒋碧微依旧谈笑如故。她知道，她今晚的表现，别人可能会用猜疑的眼光看待，但有一个人绝对不会，他是严肃的，他是认真的，他会特别在意自己的举止。而自己的这个表现，又将直接影响他即将做出的决定。这个人，就是孙传瑗先生。

孙传瑗确实把这一切都看到心中去了。此次来南京，约见徐悲鸿，造访徐公馆，说白了，就是要亲眼看一看，女儿涉足的这个家庭，夫妻间感

20世纪30年代，省立安徽大学事务长孙传瑗

情到底有没有裂痕？如果有裂痕，又发展到了哪一步？即使到了破裂边缘，是不是还有挽救的可能？但从他的实地观察看，两夫妇不说十分恩爱，但至少也没有到不是你死就是我亡的地步。尤其是蒋碧微的表现，作为女人，作为家庭主妇，可以用"温柔宽厚"来形容，可以用"善良和顺"来概括。既如此，女儿就有从中插一杠子的嫌疑了，即使完全是徐悲鸿的错，那么徐悲鸿的情感道德，也应该受到谴责。

孙传瑗把这种印象从傅厚岗6号带了回去，又把这种印象说与孙多慈听了，他知道孙多慈会反对，抢先一步，把话给明挑开来，"你是国立中央大学毕业的高才生，又是一代大家徐悲鸿的高徒，何必为这段感情败坏自己名声？从小到大，爸爸什么事都依着你，这次你就依爸爸一回，如何？"见孙多慈不说话，他上前搂住她的臂膀，道，"放弃这段感情吧，乖女儿，你还年轻，前面的路还很长，你会找到属于你的另一半的，你会幸福的。相信爸爸，风风雨雨走过半个世纪了，什么样的惨烈，什么样的风光，什么样的贫穷，什么样的富贵没有经历过？退一

步海阔天空,真的!"

孙多慈嘴动了动,但什么话也说不出来。

她实在太爱自己的父亲了,她没有理由拒绝父亲的一切。

关于孙传瑗的来访,蒋碧微后来在她的回忆录中说:"席间徐先生谈笑风生,只有他一个人最兴奋。一直闹到夜阑人静,盛宴已散,我送走了客人,回到楼上,心里有说不出的悲哀,满腹积郁,又增加了新的创伤,于是我走向楼外的阳台,坐在栏杆上暗自落泪。这时我听见徐先生正在楼上楼下到处找我,大概他也感到自己今天的神情表现一定会使我伤心。一会儿,他发现了我,很快地向我走来,他看见我在流泪,默然无语,轻轻地将我扶下栏杆,搀我走回房间。"不知道这记述是不是真实反映了她的内心,但从效果上看,这场晚宴的真正胜者,其实就是蒋碧微她自己。

严格地说,孙传瑗南京之行,是大中套小,小中有大的一个局。孙传瑗和徐悲鸿夫妇,既是参与者,又是布局者。孙传瑗是政界老手,经历过大场面,也处

孙多慈《农妇》,刊《新文化》1934年第1卷第12期。同期刊有屈义林作品《苦力》

理过小问题。再复杂再尖锐的矛盾，对于他，都只是小菜一碟，全能迎刃而解。正因为如此，他充满自信，认为自己是这个局中最明白的人；徐悲鸿充其量是个情绪化的艺术家，他能看到的，永远只是表象。他以为他能够以他的真诚感动未来的老丈人，却不知道恰恰相反，他的一举一动，都在政客孙传瑗为他设计好的大局中。相比之下，孙传瑗又实在文弱了些，他的那一套，在官场上可能应对自如，处理家庭纠纷问题，处理个人情感问题，根本没有效果。而蒋碧微正是利用他的这种自信，诱使他，一步一步落入自己的套中。三个人为的都是孙多慈，但孙多慈毫不知情，她只是这个大局中，任人宰割的一只小白兔。

"面貌似为吾前生身之冤仇。"徐悲鸿对孙传瑗的认识，也许就是从这里开始的吧。

十六、出国未果

蒋碧微意识到与徐悲鸿的婚姻有巨大危机,是得知徐悲鸿正在为孙多慈争取庚款出国留学机会之后。凭一个女人的敏感和直觉,她知道,当一个男人不惜一切代价为一个女人去奔波的时候,他的感情如同赌注,已经全部押在这个女人身上了。而现在,这个男人就是自己的丈夫徐悲鸿,而这个女人,却不是他的妻子蒋碧微。

徐悲鸿确实是这样想的,徐悲鸿也一直暗暗在这样做。

1935年初,春节之后,徐悲鸿去上海,在与舒新城交谈中,聊到了孙多慈,

1935年秋,徐悲鸿欧洲归来,欢迎仪式后,与学生合影。前排左起:胡士钧、屈义林、吕斯百、顾了然、孙多慈(女)、陈子佛、潘玉良(女)、徐悲鸿、金友文(女)、吴鸿翔(女),后排左起为施世珍、赵峻山、问德宁、杨赞楠、张倩英(女)、周希杰、吴敖生、黎月华(女)、杨柳、钱寿全(女)、夏同光

舒新城用手指沾水，在桌上写了个"出"字。徐悲鸿马上会意。回到南京后，他采取两条线互动互补的方法，一方面，调动所有关系，努力疏通中比庚款管理委员会高层，希望能争取一个庚款留学名额，放在国立中央大学，放在国立中央大学艺术专修科，放在国立中央大学艺术专修科应届毕业生孙多慈身上。另一方面，立即着手整理孙多慈的画稿，准备尽快出版《孙多慈描集》，以赶在比利时庚款基金会决定留学名额之前，送到中比双方委员的手中。"弟虽已接洽，不如示以实物坚其信念也。"后来与舒新城的通信中，他再三提到出版《孙多慈描集》的重要性。

徐悲鸿所说的"接洽"，主要是指他在法国留学老友谢寿康。1930年，谢寿康出任中国驻比利时公使馆代办。当年，徐悲鸿就是通过他，争取到中比庚款留学名额，让吴作人有机会进入比利时王家美术学院白思天院长画室深造。1933年1月，谢寿康任立法院立法委员，1934年任立法院条约委员会委员。因为有这些身份，谢寿康在外交界的关系，要比徐悲鸿活得多。所以徐悲鸿第一个求助的对象，就是当年天狗会的大哥谢寿康。

庚款的全称，是"庚子赔款"。事起于中国干支纪年"庚子"，也就是光绪二十六年（1900）。这年年初，清廷企图借助北方民间义和拳"灭洋"，结果遭到八国联军疯狂报复。8月14日，慈禧西逃，京津被陷，引出近代史上著名的"庚子事变"。次年9月7日，清廷与德、俄、英、法、日、美、意等国签订《辛丑条约》，规定中国政府赔款共四点五亿两白银，年息四厘，分三十九年还清，本息为九点八二二亿两白银。因赔款针对"庚子事变"而设，故称"庚子赔款"。光绪三十四年（1908）5月25日，美国国会通过相关议案，议定自1909年起，至1940年，将美庚款之半数一千零七十八万点五二八六万美元，以培养留美中国学生形式，"退还"中国。清政府立即拟定《派遣留学生规程》，安排了培养高级人才计划。1925年，英国国会也通过"中国赔款案"，并于1931年4月成立负责管理中英庚款的董事会。之后，法国、意大利、荷兰等国，也相继退还部分庚款，用以承办两国文化交流和培养留学生计划。

比利时庚款方面，1925年中比双方签订协定，比国退还的庚款，百分之四十即二百万美元,用于展筑陇海铁路,百分之三十五即一百七十五万美元,用于其他铁路购买比国材料,百分之二十五即一百二十五万美元,用作文化和慈善事业经费。这笔资金,仿效美、英等国做法,由双方共同组织成立比利时庚款基金会,负责落实具体协议,包括选派赴比利时留学的中国学生。获比利时庚款出国留学的,先后有生物学家、教育家、实验胚胎学家童第周,工程力学家钱令希,画家吴作人,等等。

谢寿康对徐悲鸿的计划不置可否。他知道,徐悲鸿为孙多慈争取庚款留学名额是假,把孙多慈送到国外留学,自己也一走了之,以彻底了断他与蒋碧微之间的恩恩怨怨,这才是真。在这个问题上,他不能简简单单同意,也不能简简单单拒绝。论情谊,徐悲鸿在自己的婚姻问题上,两肋插刀,确确实实是尽心尽力的小老弟,但蒋碧微对自己帮助同样不小。不仅仅如此,当年法国组建天狗会,蒋碧微是唯一女性,他这个当大哥的,没有理由不照顾。手心手背都是肉,他手中的这一碗水,要想不晃不撒不泼不漏摆平,真的是有困难。

徐悲鸿没有料到,他秘密行动的第一步,风声就传到蒋碧微的耳朵里去了。传话者自然不是谢寿康,而是他的夫人。

1933年底,已是立法院立法委员的谢寿康,重新组建起他的家庭,新夫人是前上海道袁树勋的孙女儿。婚礼是在上海举办的,吴稚晖和孙科为证婚人。婚后不久,夫妇俩回南京,住在中央大学附近的石婆婆巷。谢寿康身材不高,身体敦实,和徐悲鸿一样,多把时间放在工作上。而谢夫人在南京,认识的人不多,因而多有些寂寞。蒋碧微从欧洲回来后,走动得比较勤。谢夫人是谢寿康后娶,徐夫人也是徐悲鸿二婚,虽然性质有别,但多少还有相通之处,因此聊得很投机,并由此感情加深,成为无话不说的密友。

徐悲鸿为孙多慈来求谢寿康,是在书房密谈的,没有告诉谢夫人。但谢夫人进来端茶倒水,还是隐隐听到了一点影子。她并不知道事情的严重性,后来遇到蒋碧微,两人手拉手谈心,随口一说,就把这事给带出来了。

蒋碧微听到此事的那一刻,天旋地转,山崩地裂。她意识到,她与徐悲鸿共同维持的"危巢",真的到了立刻要坍塌的地步。

谷雨前后，南京始终是湿淋淋的天，雨裹挟着风，打在窗子上，一阵阵寒意。但蒋碧微浑身燥热，躺在床上，翻来覆去睡不着。看在自己身边鼾声正香的徐悲鸿，她的心越来越毛，有一刹那，甚至起过拿刀把他捅死的念头。

"你知道我的性格和脾气，任何事情只要预先和我讲明白，一定可以做得通。如果瞒住我，我可非反对不可！"她咬着牙对徐悲鸿说。

徐悲鸿不明就里，只能冷冷地看着她。

1935年5月，徐悲鸿与蒋碧微通过各自渠道，为孙多慈庚款留学名额之事，展开了一场结果完全相背的争夺大战。

蒋碧微第一个攻克的对象，就是谢寿康，在他面前，她动的是一个"情"字。

因为有共同在法国留学的经历，因为有"天狗会"这层关系，在谢寿康面前，她的话直截了当。"你是老大，你应该知道，悲鸿是个感情难以自持的男人。有个风情女子在他面前嬲一嬲，他就把握不住自己了，一旦分开，他便又能恢复自我。这些年来，我和悲鸿关系时好时坏，但感情基础还在，只要把他对孙多慈这个念头断了，我们这个家庭仍然是一个和美家庭。"

谢寿康看蒋碧微绞着一双弯弯细眉，知道她平静的话语下面，实际是一颗恶狠狠的心。但越是这样，他越不敢轻易应承。在他们夫妇之间，无论帮谁，伤到的另一位，也是自己最不愿伤害的知己。

看到谢寿康不言语，蒋碧微就泪水在眼圈里打转转了，"大哥你也真是心狠，当年天狗会成立，你口口声声说要负起保护大家的责任，还说小妹是天狗会的唯一女性，大家对我的关爱，还要多加上两分。可现在，小妹遇到了家庭破裂的大问题，你却不能明确表态支持，难道你真的希望当年的'压寨夫人'，从此将从天狗会除名吗？"

谢寿康依旧不好回答，徐悲鸿把自己当朋友，所以无所顾忌地前来求援，此番如果答应蒋碧微，岂不是把这个老朋友给出卖了？

蒋碧微继续轻言细语打动他，"若只是孙多慈出国留学这一码事，倒也真的没什么。问题是他徐悲鸿，只要孙多慈一离开国内，就会不顾一切追过去，而且将从此定居在国外。国立中央大学没有了教授也可以，中国画坛没有了画马的徐

孙多慈历史人物画《孔子》《孟子》，作于20世纪60年代

悲鸿也可以，但你们老朋友之间，没有了那个天真得可爱的徐悲鸿，难道就没有一点寂寞？"

见谢寿康依旧不动声色，蒋碧微索性让含在眼中的泪水涌出眼眶，她坐在他的对面，不再说一句话。

谢夫人看不过意，拧了个热手巾把递过来，然后站到谢寿康的身边，用胳膊肘拐了拐他。谢寿康抬眼看了夫人一眼，本想让她不要多事，但看她也锁着眉头，只好叹口气，对蒋碧微说："这事该怎么办，我心里有数了，可你回去千万别向悲鸿说起，万一他知道你从中作梗，只会坏事，不会好事。"

蒋碧微破涕为笑，"这个大哥放心，他那个烈脾气，要是知道了，肯定又会负气出走。"

从谢寿康家出来，蒋碧微的心轻松了三分之一。

蒋碧微的下一个目标，是他和徐悲鸿都十分敬重的长者吴稚晖。这一次，蒋

孙多慈《月夜》
| 水墨
| 纸本
| 69.5cm×30.5cm
| 1946 年写于杭州眉月楼

碧微使用的招法是"泪"。

吴稚晖对徐悲鸿的关爱,远远超过朋友的关系。为解决他们的住房问题,他慷慨解囊,出资三千块大洋,替他们买下傅厚岗宅地。1931年他们夫妇感情破裂,老先生又夜写长信,"尊夫人仪态万方,先生尚复何求?"对徐悲鸿进行了苦口婆心的规劝。徐悲鸿搬进傅厚岗6号新居,为感谢朋友的支持,作画以谢,大家都无所谓,只有吴稚晖十分认真,不仅拒绝受画,还把徐悲鸿劈头盖脸骂了一顿。徐悲鸿脾气烈,但在吴稚晖面前,居然温驯如羊。1927年,徐悲鸿从法国留学归来,专门为吴稚晖作过一幅油画。画面上,吴稚晖身着立领唐装,儒雅而具睿智。吴稚晖生于同治四年(1865),长徐悲鸿三十岁。实际他们之间,还带有一种淡淡的父子之情。自然,吴稚晖看蒋碧微,也就有长者看晚辈的慈祥了。

蒋碧微的眼泪,果然把老先生吓到了,"有什么事你慢慢说,干吗要哭字当先?"

蒋碧微绕了个弯子,不提孙多慈,先把社会上关于徐悲鸿半公开卖画的传闻说与吴老先生,最后她带有一种蔑视的口气埋怨道:"你看看,徐悲鸿他一个大画家,居然为了三两个臭钱,有失风度到这种地步!社会上都把他看扁了!"

吴稚晖锁起眉头,问:"是不是你把他的经济管得太严,他手头缺钱花?"

蒋碧微说:"才不是呢,他徐悲鸿有他自己的小算盘,说穿了,还是为了他的那个学生孙多慈!"

吴稚晖有些不理解,"不是已经做过了断吗,怎么又旧情复燃了?"

提到孙多慈,蒋碧微就来了气,说话声音也略略有些提高,"不是复燃,是升级,升级到连家都不要了的地步。你好知道,现在徐悲鸿也没有心思画画,四处托人疏通关系,一心一意要把她送到国外留学。不惜脸面,半公开卖画,甚至低三下四求走于权贵富豪,目的也是一个,就是筹款送孙多慈出国留学!"

老先生不高兴了,"这徐悲鸿,也太不自重了吧,个人作风也是大节,怎么能这样随意?这我倒要认真同他说一说。"

蒋碧微摇摇头,道:"已经到了这种地步,即便你说,也没有多大用处。他表面上可能听你的，但心里面却不把你的话当一回事。"

吴稚晖叹了口气，"那倒也是。"

"只有一个方法，"蒋碧微说，"请吴老出面，利用你的关系，阻止孙多慈出国留学，让他彻底死了这条心。"

吴稚晖有些犯难，这种事，不是家庭矛盾，高一点低一点无所谓，选派留学生出国，涉及国家教育政策大事，关系和影响都不一般，轻易不得。

蒋碧微的泪水又"簌簌"流下来了，"说老实话，蒋碧微没有了这样的丈夫，真的算不了什么。即使你能把他的身拢住，但他一颗心不在你这儿，拢住又有何用？我只是心疼两个孩子，可怜他们还太小，他们不能没有父亲啊！"

吴稚晖当然不希望这个家庭就此走向破裂，他思索了半天，说："我来想想办法吧，看能不能和相关部门打个招呼，请他们慎重考虑。"

蒋碧微非常感激地点点头，她心中暗暗高兴，吴稚晖这一票，算是基本稳稳拿住了。吴稚晖虽然不是比利时庚款基金会的成员，但他是国民党三朝元老，说话有影响力，只要他和相关人员放个风，就能起到事半功倍的效果。

当然，蒋碧微最大的撒手锏，还是张道藩。对于张道藩，她用的是一个"娇"字。张道藩也是天狗会成员，他是1921年就读于伦敦大学学院美术部的，后来先后在英国克乃佛穆学院、伦敦大学思乃德学院、巴黎最高美术学院深造。在法国时，就对端庄秀丽的蒋碧微有过暗恋。当年他的一封暗恋蒋碧微的情信，至今读来，仍有极强的感染力——

为什么她爱我而我不爱她，我却无法启齿向她直说："我不爱你。"

为什么我深爱一个女子，我却不敢拿出英雄气概，去向她说："我爱你。"

为什么我早有相爱的人，偏会被她将我的心分去了？

为什么我明明知道我若爱她，将使我和她同陷痛苦，而我总去想她？

为什么我一点儿都不知道她对我是否也有同等的感情，我就爱她？

为什么理智一向都能压制住我，如今离开了她，感情反而控制不住了?

为什么我明知她即使爱我,这种爱情也必然是痛苦万分,永无结果的,而我却始终不能忘怀她?

——你不必问她是谁?也无需想她是谁?如果你对我的问题有兴趣,请你加以思考,并且请你指教、解答和安慰;以你心里的猜度,假如我拿出英雄气概,去向她说:"我爱你。"她会怎么样?假如我直接去问她:"我爱你,你爱我不爱?"她又会如何回答我?

面对蒋碧微的请求,张道藩虽面有难色,但顶不住她那双充满信任、期待和爱意的眼睛,退让再三,最后还是答应全力相助。此时的张道藩,已远非当年的留学生。回国后,他先后任广东省政府秘书,贵州省党务指导员,国民党中央组织部秘书,南京市政府秘书长,青岛大学校长,浙江省政府委员兼教育厅长,中央组织部副部长,交通部常务次长中央执行委员,内政部常务次长,"国民大会"选举事务副总干事,教育部常务次长,中央社会部副部长,中央政治学校校务主任,教育长,中央宣传部长,海外部长,第一届立法委员。作为当权的宣传文化重臣,兼任中央文化事业计划委员会副主委的张道藩,自然有他的影响力。

南京下关码头。当年徐悲鸿来往南京与安庆之间,就是从这里上下客船

蒋碧微给张道藩下的是死任务,"徐悲鸿的这一着棋,你张道藩,只有攻,没有守,而且只许胜,不许败。我希望从你嘴里听到的,是班师得胜的好消息,而不是其他。"

蒋碧微的最后一个目标,是比利时庚款基金会主任褚民谊,此次她动的是"理"。向褚民谊寻求帮助,是张道藩给出的主意。褚民谊是谁?褚民谊是行政院秘书长,也是比利时庚款基金会主任。他的话一言九鼎,徐悲鸿能否如愿,孙多慈能否出国,严格地说,他这一票关键。

蒋碧微与褚民谊交往不是很深,当年她随徐悲鸿去法国留学时,褚民谊已经是法国里昂中法研究所副所长,双方有过礼节性接触。褚民谊是在法国斯特拉斯堡大学读的医学博士,毕业时的博士论文,是研究母兔的月经周期。那时留法学生谈到他,都不大理解,堂堂大男子汉,国内的高才生,不远万里来到法国,怎么做起这种婆婆妈妈的研究?但后来回国,褚民谊的发展让大家刮目相看。初时只是任广州国民政府教育委员会委员,广东大学医学院院长。后当选为国民党中央候补执行委员。北伐战争时,为国民革命军医务团主任。1928 年后,历任国民党中央执行委员、候补监察委员、全国卫生委员会主席、比利时庚款基金会主任。1932 年 1 月,任行政院秘书长。不过褚民谊后期政治生涯缺失光彩,先后任汪伪国民党中央党部秘书长、汪伪政府行政院副院长兼外交部长、驻日大使、广东省省长兼保安司令。1946 年 4 月,在苏州,褚民谊以叛国罪被判处死刑。

那几天,蒋碧微把自己独自关在书房里,斟言酌句,写了一封洋洋数千言的长信。在信中,把自己的处境,徐悲鸿的处境,以及大家的处境,通通说了一番。她的意思很明确:不想徐悲鸿因为生活作风问题,葬送自己远大前程。

虽然身为行政院秘书长,褚民谊对留法生活仍然十分依恋,对同是留法的徐悲鸿夫妇,更有一种特别的尊重。关于徐悲鸿的风言风语,褚民谊有所耳闻,也曾想找机会当面劝劝他,让他以大局以前途为重,不要陷于无谓的个人情感纠纷。不曾想,他们夫妇双方矛盾的焦点,绕过来绕过去,居然绕到自己的手上了。接到蒋碧微的长信,褚民谊很意外,也很惊讶。报过来名单中,确实有国立中央大学的孙多慈,是几个委员同时给吹的风,没想到都是徐悲鸿做的工作。于是褚民谊感到了问题的复杂性，也意识到自己的责任重大。回家来与夫人一商量，决定设一个小饭局，把他们夫妇请过来，既为他们夫妻关系吹些暖风，又趁机对徐悲鸿进行一些规劝。

接到邀请，徐悲鸿与蒋碧微都在心里敲开了鼓，想的是同一件事，却是完全相反的结果。

虽然是小型的家宴，但酒菜十分精致，还特意安排了几道法式点心。席间宾主谈得很愉快，双方都故意避开那些敏感问题。徐悲鸿夫妇大面子也做得有理有节，看不出他们有什么矛盾。徐悲鸿甚至还多次站起来，为蒋碧微夹菜舀汤，表现了一个大男人和一个大丈夫的体贴和关爱。徐悲鸿在做这一切的时候，蒋碧微两眼幸福地看着他，脸上泛着满足的红晕。

褚民谊的妻子在一边见了十分感动，忍不住捅捅褚民谊，"你看看人家夫妻，你要是有徐先生一半就好了。"

撤席后，褚民谊领徐悲鸿到书房看了他的收藏，有瓷器，有玉器，有字画，但多是一些泛泛之品，特别是字画，好的不多，只有一两幅能入徐悲鸿之眼。从书房出来，徐悲鸿就要告辞，蒋碧微也准备跟他一起回去，褚民谊就向她递了个眼色，说："内人还有些衣着方面的问题，想向徐夫人请教，不知能否多待一会？"

蒋碧微心领神会，立刻随褚民谊夫人走进了他们的起居室。

送徐悲鸿回来，褚民谊在客厅与蒋碧微面对而坐。褚民谊说："你给我的信，收到了，信中的要求，也正在考虑。"

蒋碧微立身致谢，道："我们家悲鸿，虽也在法国留学，但在你面前，算是晚辈了。你应该多提携他。悲鸿是个性情中人，感性大于理性，有时候，考虑问题不是很全面。"又说，"孙多慈是他的学生，也是个有才华的女画家，他们之间产生感情，在情在理，我虽然为悲鸿之妻，但能理解，甚至可以主动退出。但悲鸿忘了一点，他现在不仅仅是我的丈夫，而且还是公众人物，在中国美术界，也算是领军者。前年我们在欧洲各国巡回画展二十个月，影响极大，提到徐悲鸿，他们都是把他和中国美术联系在一起的。在这种情况下，我就不能熟视无睹了。"

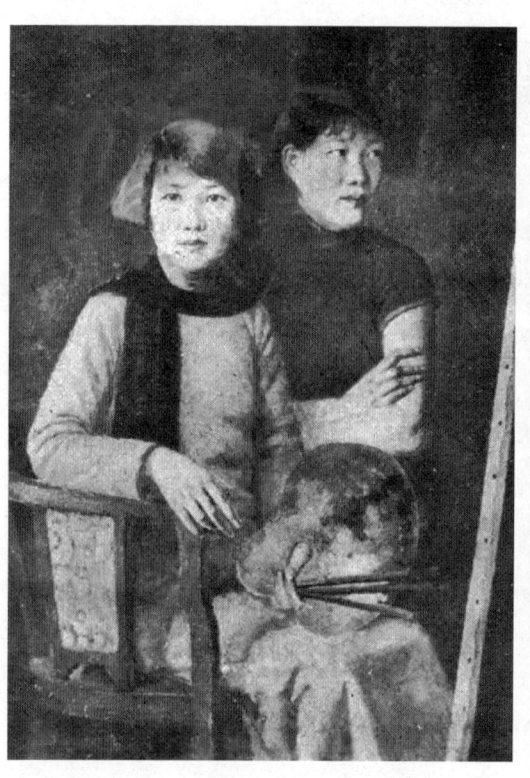

《画家与其友》，中国美术会第四届美展展出作品，刊《中国美术会季刊》1936 年第 1 卷第 2 期

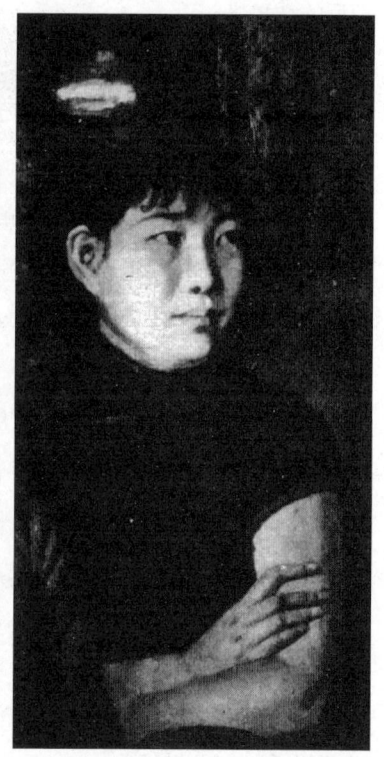

《作者与其友》（部分），刊《良友》1936 年第 116 期

我不为我这个家庭，我是为中国美术界拯救他。"

褚民谊"唔"了一声，"这些你都和徐悲鸿说过吗？"

"说过，可他根本听不进去。他是性情中人，冲动起来，完全凭感情用事，根本考虑不到许多。"说到这里，她压低声音，带有些哽咽之腔道，"给你写信，也是无奈，我不能因为一个孙多慈，破坏掉我们悲鸿的社会形象。"

褚民谊点了点头，"我知道了，你放心，我会严格按程序办理的。"又说，"这件事本来就没有什么希望。"

那天晚上，是蒋碧微最为愉快的一个夜晚，半个多月来压在心头的一股怨气，在这个夜晚，消退得干干净净。从褚民谊家往回赶，她的心情也如南京街头的夜景，灯红酒绿，流光溢彩。

1935年6月下旬，比利时庚款基金会召开董事会议，很自然，在各方推荐的出国留学名单中，"孙多慈"最终被勾掉了。孙多慈为之奔波半年的出国深造之梦，就此断送。

对于这个结果，徐悲鸿与蒋碧微两夫妇截然不同的态度，一个悲极，一个喜极。

徐悲鸿在给舒新城的信中，愤愤写道："弟月前竭全力为彼谋中比庚款，结果为内子暗中破坏，愤恨无极，而慈之命运益蹇，原足下主张公道，提拔此才。"

蒋碧微则毫不掩饰她的快意，晚年她回忆起这段往事，依旧津津乐道这极为成功的"横插一杠"，并带有三分满足七分炫耀地写道："于是以后孙韵君（多慈）也就未能成行。"

其实蒋碧微错了，对于她，对于她极力维持的这个家庭，孙多慈出国受阻，并非就是件好事。

十七、三个人的苦夏

夏至前十多天,孙多慈的母亲从安庆赶到了南京。

孙多慈对父母半个月内轮番来到南京,也意外,也不意外。安庆是安徽省城,信息传递迅速。自己和徐悲鸿之间的风言风语,顺江而下,也不过三两天的工夫。前次父亲孙传瑗来南京,对这件事已经定了调子,母亲这次过来,十分明显,就是以看押监督性质,落实父亲的决定。

"马上就要毕业,或多或少总有些事,你父亲和我都放心不下,过来看看能不能帮你。"母亲温和地笑着。

尽管说只住两三天就走,但她还是背着孙多慈,在石婆婆巷租了房,并用商量的口吻,劝孙多慈也搬了过来。

从内心深处,孙多慈此时真的非常需要家人的帮助,有时候,她恨不得一把抱住母亲,如同幼时,伏在她的肩膀上,痛痛快快地大哭一场。

对于孙多慈,蒋碧微怒闯中大女生宿舍,当众进行羞辱自己,这种伤害,可以说是致命的。那一刻,她的全部感觉,只有四个字,叫"无地自容"。刚满二十二周岁的姑娘,从小娇生惯养,受的是高等教育,还得到一代画家超出师生之情的关爱,自己的一生,可以说是一帆风顺。不承想,却由此引出一个家庭的破裂,一个主妇的愤怒,并导演了震动国立中央大学校园的绯闻。尽管闺中密友李家应、吴健雄等都过来劝她,徐悲鸿也三番五次向她赔小心,但这口怨气,始终难以从心中吐出。而在国立中央大学,她也因此成为另类公众人物,不仅是艺术专修科,甚至其他系的同学看到她,也在背后指指点点。这种压抑的不敢抬头见人的生活,有时候,真的觉得无法再过下去,甚至想一死了之。之所以最终没有走那个绝路,得亏于徐悲鸿的好言相劝,一来,不值得和那种尖刻女人一般

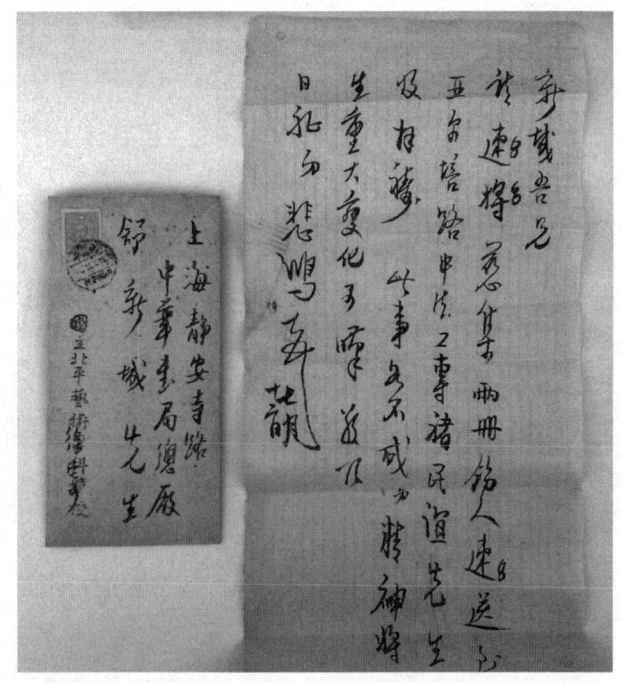

徐悲鸿致舒新城,请他饬人送《孙多慈描集》至褚民谊处,"此事如不成,弟精神将生重大变化。"

见识;二来,如果出国留学办成,就能从这种被动的环境中挣脱出来,与自己崇拜、敬爱、心仪的老师,远走高飞,过上属于自己的幸福生活。退一步海阔天空,她只能这样想。

但接下来发生的事件,比她预想的远要复杂,远要难以承受。

徐悲鸿对孙多慈超乎寻常的关爱,在国立中央大学艺术专修科,是公开的秘密,但徐悲鸿是教授,大家即使有"怒",也不敢公开表达出来。事实上学生也分两大派,拥徐派睁只眼闭只眼,任事态自由发展。倒徐派当面不说,暗里却有许多埋怨、批评和指责。蒋碧微大闹中大女生宿舍后,倒徐派的势力大增,一些公开场合,他们也敢于对徐悲鸿进行指责。话自然有些偏激,说国立中央大学的艺术专修科,徐教授的只有一个学生,其他同学都是来"陪公子读书"的。难听些的,甚至调侃艺术专修科有一个专门的课堂,这就是徐悲鸿的"爱情课堂"。

1918年由安庆考入武昌文华大学,1926年赴美留学,后任国立中央大学图

孙多慈，国立中央大学毕业照，1935年，22岁

书馆主任的桂质柏，也明显感觉徐悲鸿对孙多慈的偏爱。同是海归学子，他私下与徐悲鸿关系很好，也正因为这一点，国立中央大学图书馆对徐悲鸿开有更多方便之门。这种方便，后来也延续到孙多慈身上。她过来借书，有时候拿着徐悲鸿开出的清单，有时候也没有，就淡淡一笑，立在桂质柏的面前。或有或没有，或是代徐悲鸿借，或是借徐悲鸿名义借，桂质柏都不在意，并且做最大可能的满足。后来桂质柏与徐悲鸿开玩笑，说孙多慈的一张脸，就是徐悲鸿在国立中央大学的借书证。

徐悲鸿与倒徐派学生之间的矛盾，是一个漫长的激化过程。换位思考，这些学生们的抱怨，确实值得理解。报考国立中央大学艺术专修科，很大程度上，就是冲着徐悲鸿的名声过来的。既然如此，大家自然希望能够多接受一点他的指导。但事实上，1930年到1935年，虽然长达五年时间，但徐悲鸿外出访问、出国巡展占了很大一部分时间，在学校时间本来就不多，而这个时间，又让孙多慈占去了多半，尤其是课余时间，在徐悲鸿画室，大家想单独来求教一些问题，但总是看到孙多慈待在里面。徐悲鸿的空间是有限的，孙多慈占得多了，其他同学占得就少了，于是大家无形中就有"受教育的机会被侵占"的愤懑。这种愤懑一积五年，终于在蒋碧微大闹中大女生宿舍后不久，以罢课的形式，得到了彻底释放。

蒋碧微在她的回忆录《我与悲鸿》中，对学校发生的倒徐的"罢课"事件，有翔实的记述："有一天清早，谢建华先生气急败坏地跑到我们家里，神情非常的紧张，他劈头就跟徐先生说：'你今天最好不要去上课！''为什么？'徐先生也很慌乱地问。'我刚才听说，艺术系的同学写了满地的标语，他们攻击你——'

徐先生显得很懊丧，那天他果然没有去上课。"

傅宁军创作的长篇报告文学《吞吐大荒——徐悲鸿寻踪》中也有这样的记述：

> 我在重庆采访了一位九十八岁的老教授，他是孙多慈的同班同学。对徐悲鸿的敬重，老教授是由衷的，说起徐悲鸿对每个学生的关爱，可以举出许多生动事例。但他说到孙多慈，就是不承认孙多慈比其他学生画得好。只是说："徐先生看中孙多慈画，还不是因为喜欢她这个人？孙多慈画的画，也就是这样啦。"虽然过去这么些年，我似乎仍感觉到小男生的醋意。徐悲鸿对孙多慈的偏爱很公开，他说孙多慈聪慧绝伦，无人能比，惹得个别男生暗生不满。其实做徐悲鸿学生，早已习惯老师对尖子的夸赞，可孙多慈受表扬却让人妒忌。班上难得有个美女同学，本该是男生梦中情人，却不给同龄异性一点机会，自然叫人酸溜溜的。有人跑去找徐师母蒋碧微告状，说徐先生和孙多慈太近乎，别人像在陪公子读书。

徐悲鸿的懊丧可想而知，而这种懊丧，很快复制到孙多慈的身上，她甚至有一种自卑，有一种负罪感。那两天，她根本不敢出宿舍门，生怕一露脸，就会有人指着她的鼻子恶狠狠把她指责一顿。

更为可怕的事，是争取庚款留学名额的彻底失败。如果没有这个指望，也无所谓。可是不仅有了，而且还做过努力，甚至已经取得七分把握，突然传来落败的结果，那种滋味，真的难以承受。

这一点上，徐悲鸿比她更为伤心。"怎么会是这样呢！怎么会是这样呢！"他搓着自己的双手，在画室里来回踱着步子，嘴里喋喋不休。

在这种情况下，孙多慈不得不调换角色，反过来安慰徐悲鸿。她上前抱住他，手轻轻抚摸着他的背部，声调似母亲唱催眠曲，轻言相劝："没什么大不了，今年不行，明年再争取嘛。这个结果，我们以前也有心理准备的呀！好在多慈还年轻，去社会闯荡闯荡也好。先生不要气坏了，你气坏了身子，多慈内心更不安了。"

虽然如此，回到石婆婆巷，和母亲面对在一起时，她的眼泪还是止不住流了出来。母亲反复问，但她始终不回答。自己心中的苦，何必也让母亲分尝呢？

也就是在这天晚上，孙多慈决定先随母亲回安庆，暂时离开这个是非漩涡，给自己一个宁静之地，也让老师有一段平静的生活。

对于孙多慈的选择，徐悲鸿与其说是尊重，不如说是无奈。眼前的局势，他无力改变。选择离开，以退为进，以守为攻，或许是另一种蓄势，能谋求到更大爆发。

立夏之日，"鹿角解，蜩始鸣，半夏生。"此时南京街头，虽然暮色沉沉，但吹在脸上的风，依然辣辣的灼人。夜幕中的时尚女子，已经及时换上短袖的夏衫。

徐悲鸿送孙多慈到下关大轮码头。开往安庆的船，因清晨的大雾，要晚点一两个小时。孙多慈劝徐悲鸿先走，可徐悲鸿不肯，非要亲自把她们母女送上船。男人的执着，有时像个笨小孩，孙多慈看他那认真劲，忍不住笑出声来。

两人沿着江岸往前走，人稀之处，孙多慈紧紧抱住徐悲鸿的胳膊。两人立住了，四目相对，深情而动情。"多情自古伤离别，更那堪，冷落清秋节。""从此无心爱良夜，任他明月下西楼。""醉不成欢惨将别，别时茫茫江浸月。"孙多慈的脑海里，浮现出许许多多古人有关"离别"的诗句，但这些，与此时自己的心境，似乎都无法相比。到后来，孙多慈实在是忍不住，双手勾起徐悲鸿的脖子，把嘴唇使劲贴了过去。

远处，孙多慈母亲依稀看到了这一幕，她轻轻摇摇头，在心中，暗暗叹息自己女儿的苦命。

孙多慈的离开，对于徐悲鸿，打击不小。他在给舒新城的信中，就十分痛苦地伤感，"多慈别去，悲不自胜，天昏地暗，无处可诉。"在一起时，也就觉得是两个人的相恋，并没有更多的感觉。离开了，孤独了，茫茫四野中看不到方向了，才知道另一半对自己是多么重要，也才知道自己生命的真爱所在。"弟在极痛苦时期，兄幸哀怜我。"话说到这个份上，就已经是一种无奈了。

月余之后的8月6日，星期二，农历七夕的第二天，南京的盛夏，酷暑难耐，但徐悲鸿在他的危巢之中，没有一丝热意，反过来有一种透心的恶寒。徐悲鸿在灯下，在致舒新城的信中，把他的这种感受，抒发得淋漓尽致。

新城吾兄：

  画范之稿托人携沪，想察收。序文《新七法》，请饬人抄一份寄弟。慈集日内当出版，应为之刊广告，尤其在安庆，并希望在《新中华》上转载白华之文及其《述学》之文。弟在月前竭全力为彼谋中比庚款，结果为内子暗中破坏，愤恨无极，而慈之命运益蹇，愿足下主张公道，提拔此才。此时彼困守安庆（省立女中教书），心戚戚也。敬上

                弟悲鸿顿首
                八月六日

  著名画家，性情中人，铮铮汉子，笔下居然流出"心戚戚"这样的字眼，不是悲伤至极，不是绝望至极，如何写得出来？

  徐悲鸿的女儿徐静斐，半个世纪后回忆，当时"张道藩就找了中大一些思想比较靠近国民党的学生，四处造谣，说我父亲跟一个女学生好，怎么怎么怎么。我母亲本来脾气就很坏，喜欢骂人，一听这个话，就跟我父亲大吵大闹，吵得一团糟。有时候一吵一整夜。我父亲根本就无法睡觉，早上起来，昏头昏脑。那个时候，事实上，他已经有高血压了。头昏得很厉害，没法去上课，他就把头放在水龙头下，用冷水冲。冲得好像清醒一点了，这样才勉强去中大上课。所以在那时候，已经逼得我父亲走投无路了。"

  1935年的那个夏天，好多时候，徐悲鸿一直把自己关在画室里深思：蒋碧微，孙多慈，两个不同年龄不同性格不同文化背景的女人，为什么对自己的影响，有水火两重天之别？前者让自己难受，让自己愤怒，让自己烦躁，甚至多看一眼也觉得多余。而后者，如一泓清水，清清亮亮，透透彻彻，掬一捧到脸上，能激出自己更多的创作灵感。

  就想起前不久遇到一件奇事。

鸡鸣寺附近，人行道上，一个看相的高人。

先开始并没有在意，眼光扫到他的招牌，觉得好奇，多看了一眼。与其他相者不同，人家突出的是"相"，而他打的是"看"。虽一字之差，但确有很大的区别。"看"带有宿命色彩，是天才之眼，"相"带有更多理性成分，是分析为主。徐悲鸿笑笑，想走过去，但一枚银圆斜滚过来，在他脚步前翻了几翻，停下了。徐悲鸿低头看着这枚银圆，很为难，不知道是不是该把它拾起来。

相者说话了："若是袁大头朝下，你走你的路，不要管我们的事。若是袁大头朝上，就说明有缘，不妨过来听一听，也许对你有益。"

徐悲鸿低头看了一眼，袁大头果然朝上。他拾起银圆，走过来。

"你现在处在复杂的心情之中，左也是水，右也是水。水虽柔情，但大了，漫过肩，漫过头，同样也能置人于死地！"

徐悲鸿心一震，不由自主落座。

"你的命中犯水，前也有水，后也有水。但现在围在你身边的，都不是属于你的水。"

"我不懂你的意思。"

"你是文化人，你当然知道。"

"为什么现在的'水'都不属于我？"

"听真话？"

"听真话。"

相者拨动手指算了算，道："前世姻缘，隔代孽债。你身边的两个女人，前生是对夫妻。前者是妇，后者是夫。后来丈夫遗弃妻子，所以今生妻子必然要不惜代价进行报复。"

活灵活现，你不能不信。于是小声求教："有什么解救的方法没有？"

"没有。也不需要。"

"为什么？"

"因为这两道水，都不是你生命中最后的水。"

徐悲鸿点点头，掏出相资，道声"谢谢"，便准备起身离开。

相者脸上浮出笑意,"好,相资不薄啊。既如此,再送你一句吧。南京马上会有血光之灾,全城将被夷为平地。如果能走,你就走吧。"

徐悲鸿一愣,"走,上哪儿去?"

"不知道,也许是西南方向吧,有山有水,好地方啊!"

徐悲鸿退后三步,再次仔细地打量着这位看相的高人。两眼青光,什么也看不见。他的一只手,在上下摸那张纸币,脸上的笑,淡然而从容。徐悲鸿又从皮夹里掏出一张大额纸币,递过去,然后鞠一躬,离开了。

西南方向,有山有水,指的应该是广西桂林吧。

也许是应该出去避一避,远离家庭的烦恼,远离蒋碧微喋喋不休的烦恼,远离中央大学风言风语的烦恼,远离南京各界异常眼光的烦恼。

他想到了法国留学时的好友,广西省政府秘书长苏希洵。回到家,他给苏希洵去了一封信,"余夙慕桂林山水,盖二十年前弱冠地,即友易君钦吾,桂林人也,聆其叙述,久为神往。又历来所友善之桂人,悉诚挚勇迈。"在信中,他向苏希洵提出游览桂林的想法,并答应将其部分画作,交给广西方面收藏。

10月中旬,苏希洵回函,对他的想法,表示热忱的欢迎。

这个夏天,同样日子不好过的,还有蒋碧微。从表面上看,她是取得了胜利,但在取得胜利的同时,她也彻底失去了徐悲鸿。

孙多慈离开南京,蒋碧微原以为徐悲鸿会一颗心重归自己,但恰恰相反,徐悲鸿知道是蒋碧微在其中做的手脚,对她的愤慨更加深了几分。蒋碧微自然不肯相让,两人因此恶言恶语不断。到最后,徐悲鸿干脆采取不理不睬的态度,整天把自己关在画室里,拼命作画,以借此发泄内心的怨恨。看似住在同一个屋檐之下,但两颗心却相隔十万八千里,而这种冷漠,这种对抗,这种绝情,是他们夫妻间从来没有发生过的。

看似悍戾的蒋碧微,只有独自坐在梳妆台前,才完全是一个弱小的女子,她的眼中,泪水自始至终不干。想一想自己一生,真是委屈不尽,从1916年4月十七岁在上海家中与徐悲鸿相识,到这一年的夏天,两人风风雨雨共同走过了二十年,但到头来,夫妻反而成了冤家,成了对头,成为老死不相往来的仇人。

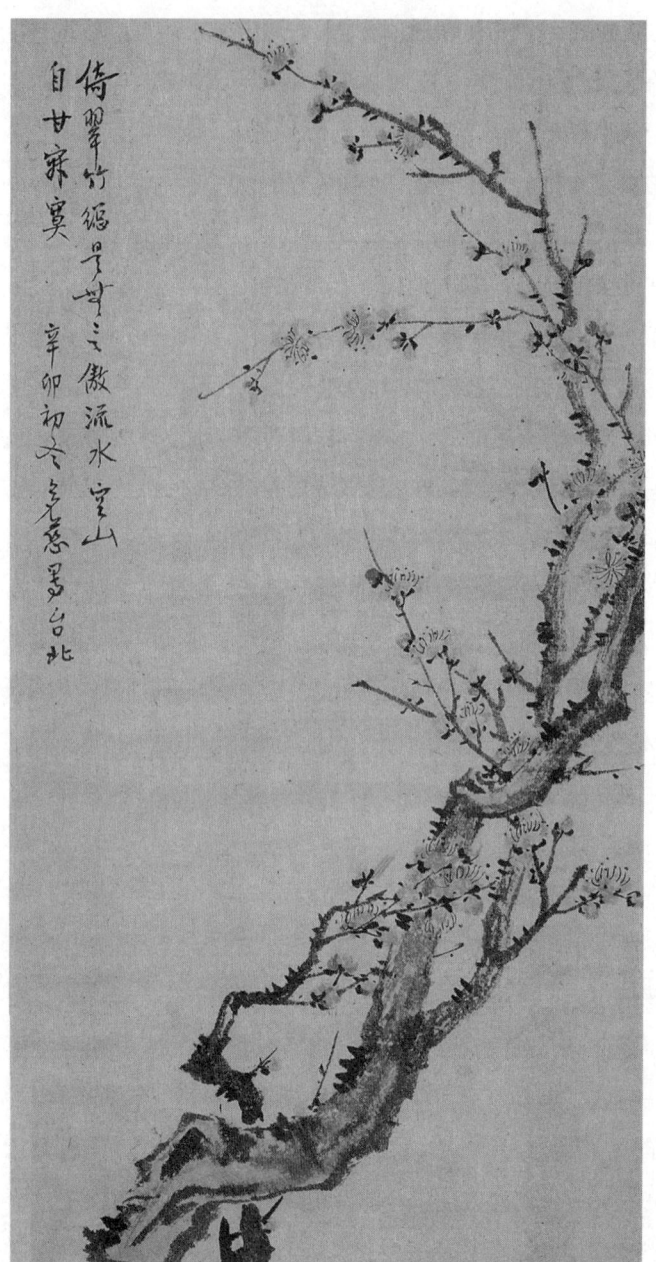

孙多慈《冷梅》，53.5cm×27.5cm，1951年初冬作于台北。"倚翠竹总是无言，傲流水空山，自甘寂寞。"这种心境，恐怕就是从1935年夏开始的

二十年的夫妻情分，难道说走完就走完了吗？

突然想到了江苏宜兴老家，想到了她少女时代生活过的那个小城。也许回去住一阵子，让自己冷静冷静，也让徐悲鸿冷静冷静，他们的关系，还有恢复的可能。

几乎与此同时，徐悲鸿也想到离开，他的脑子更冲动，行动也更迅速。等蒋碧微想和他最后摊牌时，他以无法忍受蒋碧微的冷嘲热讽为由，悄悄收拾了几件简单衣物，已经住到了另一位留法好友沈宜甲家里。

没有对手的蒋碧微，更加愤怒，也更加孤独。

面对空荡荡的危巢，她又暗暗恨起徐悲鸿。当年那样一个风流倜傥的英俊才子，怎么到中年了，越活越回去，反过来还像一个任性少年了呢？她想到了前不久听到的"相思鸟"事件。

"在天目山回南京的路上，徐先生买了一对鸟，说这是相思鸟，他很喜爱，可是不知怎么在路上死了，他把鸟尸仍带回南京。徐先生一回家听说我去了宜兴，立刻兴冲冲地打电话到学校，叫孙韵君到家里来，孙韵君便约了几位同学一起来到。事后据吕斯百先生告诉我，那一天下午徐先生疯疯癫癫的，哪里像是一位年过四十的人？他简直天真活泼得仿佛是个十六岁的孩子，他在后园里掘了一个土坑，把一对僵死的相思鸟郑重其事地葬下去，说这是相思冢。其他同学冷眼旁观，窃窃地在私语：'徐先生返老还童了！'"后来她在《我与悲鸿》中这样写道，"傍晚时分，我带着孩子坐黄包车回家，车抵傅厚岗门口，正好碰到孙韵君和其他几位同学出来，其他的同学都跟我打招呼，叫声徐师母，唯独孙韵君转脸过去，没有理我。"

这样的局面，如何能忍受？

白露前后，夏风渐渐从南京上空退去。而此时，徐悲鸿夫妇，一个东下江苏宜兴，一个南下广西桂林。傅厚岗6号危巢，人去楼空，一片惨淡。

十八、人生转折的 1935

这年夏初，大概是芒种时节，安庆城枞阳门外的振风塔下，一家鞭炮小作坊，生产过程中粗心大意，结果火药爆炸，引出东门外的东岳庙街一场漫天大火。短短一条街百余户民房店铺，顷刻间被烧成一片火海。夕阳西下，很快就没入长江尽头的水面。暮色四起，天渐渐暗下来，而东门外的这场大火，火势腾空而起，把半边天都映红了。

火情初起的时候，孙多慈架着画板在东城外写生，对象是新建不久的东城墙豁口——大栅子。大栅子造型相对独特，其结构为外凸式敌台，左右各一。整个建筑包括三个层面：底座呈四方之形，青砖扁砌，洋灰砌筑。三面为回廊，一面为梯道。四角主承重柱为岭南骑楼建筑风格，内置罗马柱式承重柱，配西洋圈拱；敌台上方，传统亭阁式敌楼，三面都有防御功能的射击洞，每面左右各一个，朝东之面配有炮洞。敌楼内部为两层，楼下是兵舍与补给房，楼上是防御楼；敌楼之上，为十字形眺望楼，结构类似孟莎式屋顶。其特点，出水迅速，可避免雨天屋檐流水遮挡警戒视线。大栅子敌台主体，是传统中式亭阁，或下座，或中亭，或上阁，都将西式建筑艺术与近代警戒、眺望、防御、巡视等战略功能，完美而富有强烈个性地融为一体。1931 年"九一八"事变后，全国各地抗日情绪高涨，同时战争意识也前所未有加大。大栅子的防御性敌楼设计，就是出于这种考虑。

但孙多慈对大栅子有创作的冲动，不简简单单因为造型独特，更多是它的修建成因。1929 年秋，安庆开通至高河客车，汽车总站设在东城外建设路南端。建设路往北，与菱湖路相连，再与安合路相通。而城内，配合安合路修建，西自东辕门省署大门，新建新市街马路，向东破城而出，与建设路交接。严格意义上说，大栅子就是安庆老城向外突破的一个有无限想象的豁口。这让孙多慈联想到她面临的人生，缩与进，一步之隔，结果大不相同。该如何抉择？

东岳庙方向传来隆隆轰炸声响时，正专注写生的孙多慈吓了一跳，陪她一同前来的李家应虽胆大些，也不禁失声叫了出来。回转头，只见红光冲天而起，瞬间红遍了天空。两人相互望了一眼，匆匆收拾画架，由敌楼爬到城墙之上。熊熊大火只有一街之隔。这时候，火警已经传遍全城。各商团自行组织的民间救火会，以及警察局的救火队，纷纷涌往东城。民间救火会的救火设备，主要是双花篮式水龙，跟在后面的救火队员，有的拎着水桶，有的背着挠钩。警察局救火队推的水龙，安庆方言称之为"水机子"，是以硬木制成蓄水柜，上有带动活塞的压杠，连接救火水管，又叫唧枪，端部为金属喷头，中间是长长的帆布输水管。水机子架在火区附近，四名会员压杠，一名会员手执唧枪灭火，其他会员手忙脚乱为水机子供水。大多救火队员穿的都是黄油布特制的"号坎"，戴的清一色鸡冠形铜盔，火警铜号吹得"呜呜"响。虽东岳庙街前临长江，西街口有东岳庙塘，但火势太大，根本无法扑救，只能眼巴巴看着这条以出售香烛为主的繁华老街，在大火中化为灰烬。

看到无力回天，附近居民呼天号地，声音传过来，一片凄凉。孙多慈心肠软，鼻头一酸，泪水就从眼中流出来了。

身边的李家应拍拍她的肩膀，"天灾人祸，谁也没有办法。"又说，"其实人生也是如此多变。但既然灾难发生了，我觉得，逃避不是办法，应该积极地勇敢地去面对。"

孙多慈转脸望了李家应一眼，此时，她特别理解李家应话中的含义。

回安庆不久，父亲的一位朋友李庆嵩，安徽省立安庆初级中学校长，听说孙多慈从国立中央大学毕业，专门赶到她家，邀请她去学校担任艺术教员。

孙传瑗自然想女儿过去，但孙多慈以一个"不"字生硬地拒绝了。她的理由，是自己还想静养一个阶段，其实内心里，多少还存有幻想，指望命运出现奇迹，至少在南京，在徐悲鸿身边找份工作，这样可以和她相爱的人，距离更近一些。孙传瑗虽然嘴上不说什么，但对女儿多少有些不满。

李家应就是这前后来到安庆的。毕业之后，李家应从浙江给孙多慈来了封信，

孙多慈《"原住民"头像》
| 油彩
| 画布
| 48cm×36cm
| 作于 1952 年

说父亲虽然在省政府给她谋了份差事,但她却实在无法进入角色。一来生活不习惯,二来也离不开孙多慈这位闺中密友。其实李家应还是不放心孙多慈的心境转换。孙多慈接信后,随口和父亲说了声,父亲居然鞍前马后奔波,终于在省建设厅给她谋了份工作。父亲的用意也十分明显,一是想李家应来给女儿做个伴,二也是想让李家应做做女儿工作,让她尽快从消沉中走出来。

1935 年,对于孙多慈,是个多事之秋,也是她人生命运转折的关键一年。

"其实命运也好,事业也好,爱情也好,都有它的波段性。有起,自然有伏。反过来,有伏,肯定也会有起。"李家应苦口婆心相劝,"明白我的意思吗?我是想你也应该尽快从阴影中走出来。"

面对大栅子,面对东岳庙街熊熊大火,孙多慈觉得自己确实悟出了许多,她的心，豁然有一种开朗。

晚上回家，孙多慈告诉父亲，她愿意去安徽省立安庆初级中学担任艺术教员。

孙传瑗很意外，也很高兴，"当年我也在这所学校任过教，不过当时学校的名字，叫安徽省立第一师范学校，培养的都是师范生，和现在的性质不一样。但不管怎么说，你这也算是女从父业。再加上你母亲，我们这个家庭，称得上是教育世家了。"

孙多慈没说什么，但她知道，从这一天开始，她的身份就要由学生改变为教员了。角色的转换，也是人生的转换，更是心情的转换。而她现在最需要的，就是这种转换。

安徽省立安庆初级中学的前身，是创办于1912年3月的全皖中学，校址初在谯楼内，首任校长为葛襄，先期招甲乙丙丁四班共六十人，设有外国语、地理、数学、博物等新课程，后又开物理、化学、法制、经济等。中间因军阀混战一度停办。1915年改为安徽省立第一中学，学生规模扩大到二百余人，校址也东迁到高等学堂旧址。后经多次演变，于1924年定名为安徽省立第一初级中学。1928年春，安徽省教育厅调整全省中等学校结构，省立第一初级中学与省立第一师范师范学校、省立第一高级中学三校合并，成立安徽省立第一中学。新成立的安徽省立第一中学，高中部分普通、师范两科，各六个班。初中部九个班，另附设有实验小学。1931年，学校初、高中部分离，各自创建省立安庆初级中学和省立安庆高级中学。

下定决心之后，孙多慈拉着李家应到学校去看了一下。从谯楼门洞往里走的时候，不知为什么，孙多慈突然想到了郁达夫在《迷羊》中的一段描写："西门内的长街，往东一直可通到城市的中心最热闹的三牌楼大街，但我因为天已经晚了，不愿再上大街的酒馆去吃晚饭，打算在北门附近横街上的小酒馆里吃点点心，就出城回到寓舍里去，正在心中打算，想向西门内大街的岔路里走往北去，她们三个，不知怎么的，已经先打定主意，往北的弯了过去。这时候我因为已经跟她们走了半天了，胆量已比从前大了一点，并且好奇心也在开始活动，有'率性跟她们一阵，看她们到底走上什么地方去'的心思。走过了司下坡，进了青天白日的旧时的道台衙门,往后门穿出,由杨家塘拐往东去,在一条横街的旅馆门口,她们三人同时举起头来对了立在门口的一位五十来岁的姥姥笑着说……"她抬头向上看由青砖砌出来的圆顶,暗暗笑了起来,"十多年前作家郁达夫在安庆,从这个门洞,来来回回不知走了多少回,不然他也写不出这样的细节。"

李家应笑道:"现在好了,轮到孙教员天天夹着书本从这个门洞里来来回回走了。"

谯楼后身,原先是安徽省立图书馆,孙多慈读中学时,经常到这里来借书。安徽省立图书馆是1921年迁址到谯楼内的,经过十余年扩建,现在环境幽雅,房屋宽敞,是省城读书的绝好去处。图书馆分为两个区域,其中前半部共三进,前进正中为图书馆大门,左右为办公室。中进设有儿童阅览室和中学生阅览室,后进左为普通阅览室,右为杂志阅览室。后半部中间建有藏书楼,西边三进为历史博物馆,图书馆主楼一层是阅报室,二层设有研究室和全省教育档案室。1931年夏季开始,李家应工作的安徽省建设厅,又在谯楼内兴建安庆公园,之后断断续续,改建围墙,铺碎石道,配置花木,并建了两座可以登高远望的风景亭。此外,还专门建了一座喷水池。由于地处闹市,院内亭台楼阁掩映,茂木繁花相间,因此一到周日,总能吸引不少本地居民和外地游人。

想到今后会在这样一个清静幽雅的环境里工作,孙多慈愁苦之心,多少也得到一些慰藉。

差不多在这前后,安庆女中的校长程象濬也登门拜访,询问是否也有回母校任国画教员的意愿。既然已经定下心在安庆做教员,多一份工作与少一份工作并没有太大区别,孙多慈想也没想,马上点头答应了。

1935年仲夏,孙传瑗报界几个老朋友,知道《孙多慈描集》在上海中华书局出版,联手在安庆几家报纸,做了个集中报道,宗白华《论素描——孙多慈素描集序》,孙多慈的"述学",都全文在报上刊发了出来。一时间,女画家孙多慈在安庆,家喻户晓。

孙传瑗很高兴,特地让夫人去四牌楼,在海洞春炒了几个菜,将这几位老朋友叫到家,小小庆贺了一番。朋友之中,有两位是安庆女中的教员,一个是孙多

《孙多慈描集》，1935年9月由上海中华书局出版，1936年12月再版。卷首题"敬致吾亲爱之父母"

慈的高中历史老师李则纲，一个是她的图画老师胡衡一。

因为样书还没有最后出来，大家对孙多慈画作认识度还不够，孙传瑗就让女儿把原作搬出来让大家欣赏。孙多慈并不情愿，但李家应"咚咚"快步到她的房间，把她完成或没有完成的油画、国画、素描作品，统统都搬了出来。

大家都被镇住了。

李则纲说："在报上读宗白华的介绍文章，说令爱的素描，线文雄秀，真气逼人，观察敏锐，笔法坚实，先还不以为然，认为多多少少带有一些乡情色彩。现在认真翻看，觉得他的评价准确深刻，可谓是入木三分。"

胡衡一眼光出火，说话也在情在理，他夸奖孙多慈的国画："笔法雄俊，气概不凡。"而她的那些油画作品，"尤其有一种奇人情志的天才。你必须承认，站到令爱的画前，能教你始而精神怡悦，一见即发快感，继而教你沉思，教你遐想。"

老学究李则纲不紧不慢地咪了口酒，道："对于绘画，我是外行，但我觉得，令爱的作品，静态的抒写，具肃穆壮丽之长；动态的描绘，擅深纯温雅之美。于布局敷色之外，尤具有一种夺人情志的天才。可喜可贺更可期啊，十年，五年，甚至更短，画坛又一位潘玉良式的大才女啊！"

孙传瑗本来酒就喝得高，又听到如此舒服的奉承话，自然格外快活，非拉着大家一杯杯要喝个底朝天。一满杯下肚，醉意就更加浓，说话不是特别利索，话题也把控不住。"说高兴，也不高兴。为什么？我女儿知道。"说罢，把眼转过来，非让孙多慈给大家解释他不高兴的原因。

孙多慈只好笑笑道："本来，我那本画册约爸爸写了个序，后来出版时，因为有宗白华的序，我爸的这篇序就没用了。"又说，"我爸肚量大，换一般人，早气得火冒三丈了，他没有。"

孙传瑗"呵呵"自嘲道："也不能这样说。我那篇序，写得虽然也蛮好，但与宗白华这篇比，略略有些跑题，还是用他的那篇好。"

孙传瑗应孙多慈之约，为她的画集作序，是这年三月的事。那时候，宗白华的序还没有敲定，徐悲鸿则是以画代序，画作是《徐悲鸿先生画作者像》。请父亲作序，也讲好是候补之作，可能用，也可能不用。用不用倒无所谓，但如何写，却难倒了以诗文见长但对绘画尤其是西洋绘画基本一无所知的孙传瑗。动了大半个月心思，最后想，既然《孙多慈描集》开篇之作是《父亲》，那么不妨写点被做模特的感受吧。于是，就有了这篇《慈儿为吾画像记》：

> 逊清光绪三十三年，余在门人朱达尊家。有客间关万里，自云南来者，曰郭如秋，字茂青，与予素不相稔。猝然相遇，郭君忽惊呼曰：君其孙玉峰之弟耶？胡声音笑貌相似之甚！予笑而应之，曰：然。归而取吾兄之摄影，与吾之摄影，反复熟视之，若夫颡也、颧也、颊也、颐也、

眉也、目也、鼻也、准也、口也、耳也、辅车也，乃无一相似者。予为之惝恍自失。曰：殆神似耳！

去年夏至沪上，乃步往马浪路之新民邨，颖吾兄寓庐之门。屋主人一老妪，出面辟门肃客，忽惊呼曰：君其楼上孙先生耶？胡声音笑貌之似之甚！而有一须无一须耶？予笑而应之，曰：君误矣！予为楼上孙先生之弟。老妪咳咳，笑曰："乃有此相似之兄弟，君其孪生耶？"予乃报之以一笑。吾与吾兄相见，彼此熟视而指点之，曰：颡也、颧也、颊也、颐也、眉也、目也、鼻也、准也、口也、耳也、辅车也，仍无一相似者。予兄弟又惝恍自失。曰：殆神似耳！

今年夏，慈儿暑假归来，为吾写像。凝神透视，轮廓甫就，尚未调色，忽投笔矍然以惊，曰："吾写吾父耳，胡为而似吾伯？"家人环视而指点之，曰："颡也、颧也、颊也、颐也、眉也、目也、鼻也、准也、口也、耳也、辅车也，无一不似五先生者，非七先生也。"予笑而语慈儿曰："汝已得吾真神于意象之先矣！姑纵汝笔为之，不以目视，不以耳听，不以心思智巧，拘拘求吾于形迹之间，而后可以得吾全神矣！"油墨设施既竟，慈儿忽自惊起，投笔距跃而叹曰："伟哉艺术，乃至此乎！吾不假目视，不假耳听，不假心思智巧，不拘于形迹之间，乃毫发无讹，吾不知写吾父耶？抑非写吾父耶？吾父之真精神、意志，与其人格，一一涌现纸上矣！伟哉艺术！乃至此乎！"吾又从而熟视而指点之，若夫颡也、颧也、颊也、颐也、眉也、目也、鼻也、准也、口也、耳也、辅车也，殆无一似吾者，然纤芥之微，又无一不逼肖吾。艺术之神乎！善画者，取其真神，遗其委蜕。不善画者，取其委蜕，遗其真神。言其似者，乃其委蜕，其不似者，乃其真神乎！吾幼失怙。吾父之音容，不复省记。闻之吾母，吾仲兄似父，且又似吾舅氏田勤敏公。吾之似吾仲兄，血统则然也。家人日与我相习处，求吾与委蜕之间，遂不识真吾之所在。彼陌路之人，郭茂青先生，新民邨应门之老妪，不斤斤求吾于委蜕之间，故一见即能识我真吾之所在。伟哉艺术！慈儿之画，已得吾全神于意象之先矣！庄周、惠施之观鱼濠上也，曰"子非鱼，安知鱼之乐？"曰"子非吾，安知吾不知鱼之乐？"庄周之梦为蝶也，不知蝶之为周，周之为蝶。世俗之言知者，斤斤与是非之间，非真知也。其不知者，乃真知也。世俗之言似者，拘拘于形迹之间；然真似也，其不似者，乃真似也。似不似之间，乃真吾也。僚之于丸，羿之于射，秋之于奕，匠石之运斤，庖丁之解牛，痀瘘丈人之承蜩，九方歅之相马，不假目视，不假耳听，不假心思智巧，不斤斤求之于形迹，其技乃臻于神。伟哉艺术，慈儿之画，已得吾全神于意象之先矣！因莞尔而为之记。

慈儿今徇其师友之情，将汇其平日素描为一集，由中华书局承印行世。驰书索予一言，因录此记以代序。民国二十四年三月下旬，孙传瑗养癯甫叙于安庆之意园。

序末落款提到的"意园"，是孙多慈他们家1935年刚搬过来的新居——位于汪家塘东的方家大屋。

迁居动议仍起于孙多慈。母亲汤毅英去南京，孙传瑗去招商局码头送她。虽是老春初夏，但夜风中在江边候船，多少还有些凉意。由此想到南京处在舆论漩涡中的女儿，夫妻俩的情绪都有些低落。后来汤毅英低声问："这三五年，我们家厄运不断，是不是住宅风水有些问题？"孙传瑗当时没有回答，但心中暗暗认同。送走夫人，他立刻托朋友四下在城区另寻住处。等孙多慈与母亲从南京回来，他已经与新房主签了租住合同。

在安庆，汪家塘方家大屋是有名的老宅子，其旧主方晴庵，光绪帝在位时，曾做过湖南布政使。方家大屋前后只有三进，但占地面积八百平方米左右，大大小小的房间也有五十余间。其中前进明五暗七为厅堂、书房和大会客室。二进同等规模，过去为主人起居之所。东西两对面是明三暗三的厢房，早年是管家、仆役等居住的地方。后进还有两间精致的平房，主人闲来无事，就在此处养生。

与一般老宅子不同，方家大屋的"大"，大在前后院子和花园上。方家大屋大门向南，宅前大院四周砌以围墙，东西各留一门供人进出。院中竖有旗杆，左

1935年11月，徐悲鸿与王少陵在香港

右嵌有系马石，门前立有抱鼓石。方家大屋的头门，雄伟高大，双壁门绿漆洒金，共八扇。门内为宽阔过道。过道后又是端方大院。再往后，是正厅堂，由侧门而出，又有两面砌有花坛的院落。但这不算是花园，真正的花园，在正厅堂之东，由圆门而入，里面亭榭、假山、水池、花草树木一应俱全。春来风暖，满园绿色。方晴庵民国初年故去后，家境渐成破败之势，最后只能依赖出租房产维持生计。

孙传瑗对新住处很满意，搬进来第一晚，借着微微醉意，戏称新宅名"意园"。孙多慈不解其中"意"为何意，问，孙传瑗不正面回答，只是看着夫人，笑道："这个'意'，只有我和你妈心知肚明。"之后，再不多说一个字。

孙多慈对新居环境也还满意。方家大屋西头的巷子，叫府西巷，起先不知道"府"为何意，父亲就告诉她，这个"府"，就是安庆府的"府"。安庆府原先在谯楼之后，后来安徽布政使司从南京迁到安庆，就把安庆府给撵到这个地方来了。孙多慈住进方家大屋时，安庆府已经不存在了，原先的衙门大院，先是开六邑工艺厂，后来改为省立第一甲等工业学校，以后学校换名，又叫省立安庆高级工业学校。这个名字太长，市民们嫌它拗口，就简称它为"高工"。高工的大门对着宣家花园，宣家花园两头的街巷，都与井相关，东是福泉街，西是双井街。府西巷之西也有一片水，叫汪家塘。整个夏天，孙多慈就生活在这一片水中，心境也淡淡如水一般明净。

之后不久的一天，一家人在一起吃晚饭，孙传瑗似是无心，似是有意，说安徽大学的生物教授，带了几个学生，近两天准备到黄山采集生物标本。如果孙多慈想在开学之前去黄山写生，他也可以陪着一起过去。

孙多慈一眼也看穿了父亲的心思，他这是想方设法让自己走出消沉的封闭空间。本来想说没有心思，但抬眼看父亲时，陡然发现他的两鬓，近两个月似又生出了不少白发。而这些白发，多又是为自己操心而生的。于是心一软，点头同意了。

孙传瑗没有想到女儿能爽快答应，一高兴，又为自己斟了一杯酒，美美地抿了一大口。

孙传瑗对黄山有特别的感情，1934年秋天，他随黄山建设委员会主任常务委员许世英一道，前前后后在山上转了半个月。身为皖人，出生于江南至德县的许世英，皖省情结始终存在。这种情结，1932年起，又完完全全系于安徽之南的黄山风景。"肤剥尽而骨仅存，空青所凝，遥望成黛；又肌理细腻，苍润鲜华。"这是许世英笔下的黄山。"数百里内，山阳则雄博伟丽，奇不可伏，山阴则玲珑萧散，秀绳人区。嵯岈怪石，虚空蟠结，松簪山骨，泉吐岩头，时异景殊，步移形换。"这还是许世英笔下的黄山。在他及张治中等皖籍名流共同努力下，黄山建设委员会于1934年4月正式成立。当年8月，许世英作《黄山揽胜集》，又由良友图书印刷公司出版。"黄山为东南之胜境，吾皖之洞天也。黄山雄伟奇秀，实兼五岳之长。"许世英对黄山偏爱之情，由此可见。

在孙传瑗笔下，黄山又是另外一种感受。在《甲戌秋同许静仁、张我华、程演生、刘式庵、徐平轩登天都峰观云海》，他这样描述："天都峰顶立，沧海认浮幢。迥出万山表,潜归一线江。三山龙一丛,五岳不能双。幻灭观云海,潮音壑底撞。步入天门坎,奇峰面面逢。猿争霜后果,僧饭午时钟。泔碧云王殿,庄严古佛容。迷途则更远,迎客有青松。"

孙传瑗对这首诗很满意,吃完晚饭,又找出诗稿在灯下重抄了一遍。之后带着微微醉意,非让孙多慈面对而坐,听他抑扬顿挫高声吟诵。孙多慈就笑,说他的口音不南不北,半是寿县乡音,半是安庆官话,都听不出是哪里人了。孙传瑗不理她,把诗稿塞过来,硬逼着她做一个评价。

孙多慈想了想,说:"诗倒是不错,就是题目太长了。你写的是黄山,标题列出来的,却是一长串人名。"

孙传瑗就有些得意,"这些人,都是同行者,知道他们身份,你就不会嫌名字多了。"

孙多慈再看名单,有知道的,也有不知道的。比如早前任过安徽省省长的许世英(静仁),比如安徽建设厅厅长刘贻燕(式庵),比如前省立安徽大学校长程演生。于是,孙传瑗就侧身在一边介绍,张我华,凤阳人。日本明治大学法科毕业,曾任国民政府代理内政部部长;徐平轩,石埭人。安徽灾区筹赈会常务委员,安徽省民食调节委员会常务委员兼调剂组主任。"你看,是不是在安徽都有一定影响的人物?"

孙多慈便笑了,那笑自然有一些怪异。父亲也笑了起来,笑之中,略带一点孩童般的天真。

几天后,他们从安庆坐船到芜湖,再由芜湖转车到了屯溪。芜湖到屯溪的公路,最早修于1926年,但只通往宣城,后来才延长到屯溪。虽然车能通行,但路况极差,中间还要在河沥溪住一晚。由汤口上山后,他们先住在狮子林禅院,后落脚掷钵庵。每天一早起来,孙多慈就背着写生本出去,或画近山,或写远峰,常常天黑才回来。曙光亭,清凉台,十八罗汉朝南海,仙人下棋,丞相观棋,猴子观海等景观,都是她重点写生的对象。不几天,完成的写生画稿,就有厚厚的一摞子。

孙传瑗伴在她左右,心疼得不行,老是劝她放慢些节奏,孙多慈不以为然,

孙多慈在台北罗斯福路家中作画，背景为孙多慈作品

"既然来做功课，那就必须老老实实在'做'字上下功夫，只有把'功'做扎实了，'课'才会出点成绩来。"

看到女儿心情有所改变，孙传瑗也很开心，写了《醉后》《绝句》《再宿云谷寺赠宝山方丈》等多首诗作。后来这几首诗，都收入在《今雅堂诗存》中。其中有一首特别是写给女儿的，题目是《师林精舍观慈学画，松石为题短歌》，诗中写道：

黄山松奇石亦奇，松兮石兮相因依。
有石尽蹲狮虎黑，有松尽作虬龙枝。

> 千石万石光陆离，千松万松影参差。
> 始信一株尤奇绝，柯炼青铜根孕铁。
> 千年不虑雪霜侵，万仞自寄孤高格。
> 画工落笔惊风雨，松化苍龙石化虎。
> 僧繇点睛破壁飞，独臂将军射没羽。

孙多慈有些感动。"画工落笔惊风雨，松化苍龙石化虎。"她没想到，父亲会对她的绘画有如此之高的评价。但同时她又知道，父亲的这首诗，看似写"观慈学画"，实际意远在诗句之外。"千年不虑雪霜侵，万仞自寄孤高格。"这其实就是对她未来人生的一种期盼。"始信一株尤奇绝，柯炼青铜根孕铁。"也许，她真能做到这一点？

黄山写生回来不久，9月1日，星期二，孙多慈走进了省立安庆初级中学的课堂，当同学们起立齐声喊"老师好"的时候，孙多慈便意识到，她不再是当年安庆街头的那个文静女中学生了。

孙多慈的小表妹陆汉民也在这所学校读书，后来她回忆自己的表姐，说她"姿色过人，服饰新颖"。这种印象应该是准确的，不管怎样，孙多慈毕竟在南京生活五年，又是艺术专修科的高才生，在服饰审美以及个人气质方面，不说是时尚女性，至少可以用"出众"来形容吧。

同月，由上海中华书局出版的《孙多慈描集》，在上海澳门路469号中华书局玻璃版部下机。相比于其他画集，《孙多慈描集》开本相对较大，高有四十一厘米，宽为二十六厘米。虽薄薄只有数十页，但定价为国币四元。严格说，这是一本曲高和寡的艺术书籍。也正因为如此，《孙多慈描集》初版只印了五百册，发往安庆的，占到了一小半。

初见处女之作，孙多慈兴奋不已，她把打开的样书贴在面颊之上，眼睛微闭，尽情享受着成功的喜悦。闻着淡淡的墨香，看自己的画作当作印刷品呈现，那一刻，她最想念的人，就是徐悲鸿。

孙多慈《松》｜木炭画｜刊1937年第5卷《新中华》

十九、乙亥孟冬画展

这年秋天，中国美术会在南京举行第三届（秋季）展览会，关于展览的消息，还在国立中央大学时，徐悲鸿就通知了孙多慈，并希望她抓紧时间，创作一两幅新作参展。但那之后，一连串疾风骤雨般的风波，搅得孙多慈六神不安，一点心思也没有。此次《孙多慈描集》出版，安庆新闻界的赞誉，李则纲的夸奖，胡衡一的期盼，又鼓起了孙多慈的信心。晚上躺在床上，她和李家应谈心，说想拿一两幅作品参加此届展览。

李家应全力支持，"你早该振作起来，以作品说话，为你自己，也为徐教授证明你的一切！"

但孙多慈还是有自己的犹豫，时间这么紧，拿什么作品参加？如果作品力度不够，也会遭到徐悲鸿的批评。想了半天，她和李家应商量说："我有个构思，但不知行不行。前不久去吕八街满庭芳木器店，到后场看到他们木工做活，光着膀子，一身肌肉，就想以他们为原型，创作一幅工人劳作的油画，名字也想好了，叫《木工》。"

李家应极力赞同，"反映底层劳动人民的生活，这也是徐教授一贯倡导的。我看不错。"

孙多慈笑了笑，道："还有一个人物肖像画的构思，对象倒物色好了，就是不知道她本人同意不同意。"说这话时，她把眼睛直盯着李家应。

李家应道："你这死鬼，不会把脑子动到我的头上来吧？"

孙多慈笑着说："不愧是国立中央大学的高才生，一点不错，就是要作一幅《李家应女士》。"

"别开玩笑了，我这个又老又丑的女人，还能入得你的画？"

1935年10月,中国美术会第三届美术展览参展人员合影

"你答应也得答应,不答应也得答应,你这幅肖像,我是画定了!"

从此孙多慈就没日没夜忙开,除了上课时间,几乎都关在自己房间里。李家应的日子更难过,下班一回来,就坐在她对面做她的模特。按她的需要装模作样摆姿势不说,稍稍有动,还会招来她劈头盖脸的一阵埋怨。

10月10日,中国美术会第三届(秋季)展览会在南京华侨招待所举行,孙多慈没有过去,李家应代她送画并参加了开幕式。她的两幅作品《木工》和《李家应女士》,放在相对显著的位置,走进大厅,抬眼就能看到。

徐悲鸿也参加了开幕式,此次展览,他有三幅国画作品参加,分别是《凄凉》《瞻望弗及》和《怅然》。看见了李家应,他远远地从人群中挤了过来。"你回去和多慈说,看到她的作品,我很高兴。我就是要向大家证明,孙多慈她是凭实力说话的,作为教授,我徐悲鸿的眼光没有错。"

李家应说:"孙多慈拿作品参加展览,也就是为了给徐教授争气。"

徐悲鸿非常感动,他点点头,"只要她能振作起来,只要她手中的笔不停下,我这颗心就放下了。我最担心的,就是怕眼前的风波,把她的锐气给毁了,从而也毁了她的前程。"

李家应笑道:"那还不至于,有你在她的心中,无论如何她都会挺下去的!"

徐悲鸿满意地点点头,又说,"你回去转告孙多慈,我这个月准备去广西,多则两个月,少则二十天就回来。这两天先去上海,再坐船南下。"说到这里,他朝自己胸口指指,道,"告诉孙多慈,我这心里,永远都装着她。"

在后来的记者招待会上,徐悲鸿对中国美术会第三届(秋季)展览会做了极高的评价,其中特别提到:"孙多慈女士之《木工》,明暗适合,结构和谐,轻重相称。写工人生活,民间生活,已为今日责望美术家一致之口号,奈无人肯尝试。孙多慈以一女子而为之,勇气诚可佩。其《李家应女士》幅,轻描淡写,着笔不多,自然雅洁。"他的这些表述,后来以《中国美术会第三次展览》为题,发表在《中央日报》上。

徐悲鸿讲这话时,立在人群中的李家应听得出来,带有很深厚的个人感情色彩。

之后不久,徐悲鸿在《一九三五年中国艺术之回顾》中又总结说:"至若新艺孕育,前途已启其端者,作品所见,如张安治之《露天书场》、陈晓南之《铁厂》、孙多慈之《木工》,皆以贫民生活为题材,画得相当成功!"

徐悲鸿对孙多慈的这种褒奖,实际不仅仅只针对孙多慈个人,而是对这一批女画家勇敢的探索给予充分的肯定。20世纪30年代中期,诸如潘玉良、方君璧、蔡威廉、关紫兰、丘堤、孙多慈等受新文化思想影响的新女性,大多卷入西学热潮,并从西方的新艺术中,确立了自己的价值取向。应该说,在油画引入中国的初期阶段,她们做出的贡献,一点也不亚于同时代的男性艺术家。

徐悲鸿比别人看得更高,看得更远。

李家应从南京带回来的徐悲鸿对孙多慈画作的高度赞赏,并没有引起孙多慈的兴奋,相反,徐悲鸿准备去广西的消息,却让她感到焦躁不安。那两天,李家应在她左右,无论说什么,她都听不到耳里去。

"不行,我得请假去上海和先生见一面。"最后她对李家应说。当天,她就给上海舒新城发了一封信,向他打听徐悲鸿在上海的住址。在信末尾,她要求舒新城将回信寄至李家应工作的单位——安徽省建设厅。

李家应只一眼就明白了，也不说什么，就笑。

孙多慈与徐悲鸿的交往，孙传瑗是坚决反对的，回到安庆后，说客中又多了一个重量级人物，就是她表妹陆汉民的父亲陆和鸣。陆和鸣是母亲汤毅英的表弟，孙多慈喊他表舅。当时他在安徽邮务管理局下面的邮政支局当局长。陆和鸣住在小南门，是一座西式风格的宅院，外有围墙，庭院里栽有花木。有时候孙多慈随小表妹陆汉民一起过来吃饭，陆和鸣张口闭口就对她进行规劝。孙多慈虽然默默点着头，但看得出来她心里很厌烦，后来她都不敢去表舅家了。既然在邮政部门工作，孙多慈来来往往的信件，自然能被他发现，出于担心，所以孙多慈把一些关键性的信件，都托李家应代收。

信发出去两天，孙多慈又后悔了，她嫌信件在路上走得太慢，远水解不了近渴。于是，又拉着李家应到电报局发了加急电报。"悲鸿如在沪，请其速来电，我当来沪相见。"

孙多慈的信函和电报，是同一天寄达上海舒新城处的。孙多慈笔迹绢秀，但爱心火热，想见徐悲鸿的那种急迫，字里行间透露出来。舒新城一边读信，一边感叹："孙以电来约，如无别故，则其爱悲鸿也可知。如彼不让步，而向悲鸿进攻，则其演成悲剧，恐不能免也。"

可惜前一天，10月24日，秋分这天，徐悲鸿带着二十余幅画作，已经乘轮船离开了上海。

徐悲鸿是三天前到上海的，当天晚上，舒新城在中央菜馆设宴，既为徐悲鸿接风，又为徐悲鸿饯行。徐悲鸿是和他的德国朋友李田丹一起过来的，盛成和邵洵美也过来相陪。席间，谈到他的生活现状，徐悲鸿眉头紧皱，长长地叹了口气，"我们的那个危巢，瓦破墙陷，真的是岌岌可危了。这一阶段，我是住在沈宜甲那儿，蒋碧微也带着孩子，回宜兴老家去了。"

盛成一再表示不理解，道："民间有句俗话，叫'夫妻吵架隔夜仇'，争争吵吵，大家劝劝，也就好了。可你们俩，怎么都视对方如仇敌？"

舒新城笑笑，道："在我看来，孙多慈本来并没有这份心思的，完全是悲鸿的单相思。现在各方相逼,不是真的也真的了。我也和孙多慈通过几封信,她现在对她的先生,已经由敬重到崇拜到相爱了。悲鸿家庭的悲剧,迟发生早发生,肯定是要发生的。你我这些第三者,是没有办法为他们解决的。听之任之,随他去吧。"又劝徐悲鸿说,"你这一去,大有壮士一去不复返的气势,我认为没有这个必要。广西方面,风云多变,政治局势并不稳定,你的那些画作,如果都带过去,凶多吉少啊!"

徐悲鸿想想也对,便决定将两大箱书画作品,暂存中华书局,托舒新城代为保管。

10月25日,也就是孙多慈往上海拍电报的那一天,她的第一本画册《孙多慈描集》,由印刷厂运抵中华书局。

拿到带着油墨香的画册,舒新城从前至后,以他出名的挑剔眼光,又从头至尾认真审读了一遍。掩上画册,他长长地舒了口气。中华书局出版要求向来很高,尤其是画册之类,即便是有影响的画家,也不是想出就出的。孙多慈只是中央大学美术专修科的毕业生,如果不是徐悲鸿,想在中华书局出版画册,绝对不可能。也正因为如此,虽然答应徐悲鸿为孙多慈出画册,但舒新城内心始终不安,他害怕画册出版后,因为质量达不到要求,会受到社会各方的批评与谴责,舒新城是出版大家,他要对自己的声誉负责。现在看来,这种担心实在是多余的,徐悲鸿的眼光是犀利的,至少在孙多慈画册出版问题上,他依然看得很"准"。当天晚上,舒新城在日记中说:"《孙多慈描集》今日出版,读其《述学》之文,颇有气吞河岳之概,论文与画均属奇才,悲鸿爱之也,实爱其才,初无何种暧昧之事,如其夫人逼之太甚,而孙恃才任性不顾一切,而于悲鸿无所避,或竟自己进攻,则其夫人必失败。"

"吾终觉此世惟多残酷、险诈、猜忌、虚伪,则吾所指为真善美之资,实无尽藏。一如造物之形之色,千变万化,罔有纪极也。吾尽力以搜求之,撷取之,熔冶之。纳入吾微末之艺,其无憾乎?其无憾乎?"这是孙多慈在《述学》中的原话。

受这次展览的鼓舞,孙多慈动起个念头,她想在《孙多慈描集》出版的同时,在安庆举办一个小规模的个人西洋画展。目的也非常简单,一是展示南京苦学五年的绘画成果，二是借此封住那些有关自己的花边新闻。想法说出来，父亲孙传瑗万般赞成，校长李庆嵩也答应全力帮忙，至于闺蜜李家应，更是是最有力的支持者。

远在广西的徐悲鸿，知道孙多慈要在安庆举办个人西洋画展，为公为私，都兴奋不已。为公，安庆虽是安徽省城，但在美术创作方面，仍处于封闭保守的状态，尤其是西洋画创作，需要一个历史性突破；为私，情人也罢，学生也罢，孙多慈能以事业为重，没有陷入更深的情感漩涡，说明她是一个值得爱恋的女子，更需要道义上的支持。

从1930年秋正式学习绘画，到1935年秋从事绘画教育，前后五年多时间，孙多慈创作了不少作品，有油画，有素描，也有不少是中国画，另有一些庐山、黄山的风景速写，大概有两三百幅吧。画展自然不能全部展出，这中间就有一个取舍问题。写信过去咨询徐悲鸿，他认为《劳动者》《农作》《木工》《李家应女士》等，是参加过高级别展览的，分量很重，自然是画展的重头戏。油画对于安庆，对于安徽，习作者寥寥，也只能算是新生之物，必须占有很大分量。展览的名字，也要突出"西洋"的色彩，"你是学西画的，成绩又特别优异，自然要重点展示。至于中国画，只能算是小品，我不建议你拿出来。"孙多慈自然言听计从。

展览场地本来准备放在吴越街西南的省立第一民众教育馆，馆长也非常欢迎，说是尽全馆之力支持。但反复去看了几次，还是放弃了。一个原因是场地太小，即便科技、美术工艺、军事等三个展览室全部提供，也只能勉强展出四五十件作品，再多就不行了。另外一个原因，虽然是教育馆，但主要对象是民众，里面设置太杂，有阅览室、弈棋室、音乐室、绘画室，还有电影放映室和滑冰场。孙多慈多少还是有些清高的，认为把自己的画展放在这样一个地方，总有那么一点点不适合。

最后决定展览就放在省立安庆初级中学，李庆嵩校长特地召开教务会议，调整出三间教室作为展览场地。时间也敲定在11月12日星期二这天。虽然筹展时间有点紧，但若再往后拖，就要跨年了。

真正动起手来，困难还是不少。其中最费神的，就是画框的制作。1935年末的安庆城，虽然尊为安徽省城，但仍然相对封闭保守。在此之前，安庆也举办

孙多慈《闲庭》
| 设色
| 纸本
| 作于 1972 年初春

孙多慈《自画像》
| 油彩
| 夹板
| 56.8cm×45.5cm
| 签名"慈 Suntoze"
| 作于 1954 年

过几次美术展览，但规模都很小，性质也不是个人画展。而西洋画展览在安庆，更是开天辟地第一次。西洋画与国画不同，国画讲究的是裱，西洋画讲究的是框。裱在安庆司空见惯，明清至今，已经是一个成熟行业。而西洋画的框，在安庆，前所未闻。这只是一个方面，关键还是成本。大学读书时，上海、南京参观过不少画展，那些精致的画框，或是木雕，或是铜镂，价格都不菲，多则三四十元，差一点的，没有六七元钱也做不了。孙多慈刚刚拿薪水，自然支付不起这笔费用。怎么办，只好请学校木工帮忙，自己动手制作。后李则纲作《参观孙多慈君画展》，对孙多慈自制的画框，赞叹不已，特别多说了几句：

  孙君装置油画的画框，殊别致，殊精雅，而代价又极低廉……所费不过数角，而精美夺人。这也是孙君慧心表现的一种。其画框，系以各种的树皮制成。因树皮的色彩，形形色色，树皮的斑纹，各式各样，装制起来，丝毫不需雕斫涂绘，淳朴美茂，古色斑烂，天然的美趣，和孙君的油画，互相辉映，举室盎然。既便宜，且美观。闻孙君制此框时，他的父亲养癯先生曾笑向孙君说："这个画框，将来要成孙多慈式的画框。"的确，以我们的猜想，将来的艺术界，定要流行一种孙多慈式的画框了。

11月12日，"孙多慈个人西洋画展"开幕。学校为此特别放了半天假。开幕式很简单，但很隆重，出席人员也远远超出了原先的估计，大概有好几百人。由三间教室临时改成的展厅，来客与观众挤得满满的。除学校的学生外，参加的人员，一是政府官员，二是教育界人士，三是社会名流，四是报社记者。

安徽教育厅厅长杨廉专门过来了，安徽大学教务长胡子穆以及与当天没有安排课程的大学教授，也赶过来捧场。父亲孙传瑗也特别看重女儿的展览，西装革履，十分庄重。西服自然是特意为女儿画展定做的，穿在身上，明显有"新"的感觉。

"在安庆这个地方，有这样一个艺术的展览，固然是一个破天荒：其给予安庆社会一种新的刺激和兴奋，当然更不能以言语来计算。"后任安徽省博物馆馆长的李则纲，专门撰写《参观孙多慈君画展》，对展览做出了极高评价。

李则纲是和他的老岳父以及两个孩子一道过来看展览的。因为对孙多慈有特别的偏爱，因此《参观孙多慈君画展》中的记述，也格外详细："孙君所展览的作品，除去书法不计外，共有一百一十件，分作三个教室陈列着。据说这是孙君几年来作品的一部分。在第一展览室，首先送入我们眼帘，是一幅自写，这幅自写，孙君曾印在中华书局新出版的《孙多慈描集》前面，这画集承孙君先已赠我一册。"李则纲的两个孩子，大的七岁，小的五岁，虽然有孩童的野气，但在孙多慈画作面前，也突然一下安静下来了，"他们的小而黑的眼光，看了好久，似乎有什么话要说似的。"写至此，李则纲笔锋幽默一转，"大概是想赞美几句话吧。其他像《牧女》《黄花》《西天目山大王树》《采桑》《天目松》《水果》《春去》《临神飞》等画，都凝视了好久。"

孙多慈创作的油画作品，主要集中在第一、第二两个展览室。如李家应所言，如果第一展览室是序言和开场，那么第二展览室才是高潮部分。给李则纲印象非常深的作品，有《天鹅》《静物》《天目庙前茶棚》《刈草》《五台山之黄昏》《红树白桥》《春去》《天目云海》等，参加中国美术会第三届（秋季）展览会的《李家应女士》，也陈列在这个展览室中。李则纲坦言，"其实在安庆这个地方，除了极少数人以外"，包括他自己，也包括前来参观的官员与民众，"有谁能真懂得艺术呢？然而他们的心境，他们的情绪，在他们表现出各种不同的情态和动作上，似乎都在那里动荡、跳跃，似乎一一都被孙君的作品所支配，所移动。"由此，他"不觉感叹艺术的力量伟大，以及孙君技艺造诣之高。"

在《参观孙多慈君画展》中，李则纲对孙多慈的油画作品做有一个小结：

> 关于我们此次所见的油画作品，从题材方面说，如表现人群的活动，有《牧女》《刈草》《采桑》《矿工》《小店》《画室的一角》《夜课》等；如描写自然风景而兼示人类的生活情感的，有《春去》《惆怅》《天目庙前茶棚》《五台山之黄昏》《天目归来》《玄武湖一角》等；如纯粹描绘自然景色的，有《天目云海》《红树白桥》《山雨欲来》《庐山

孙多慈《骏马图》｜设色｜纸本｜20世纪50年代作于台北｜构图与笔力多少带有老师徐悲鸿的影子

天桥》《野渡无人》《鼋头渚》《晨曦》等；如富有历史性古迹与故事之描绘的，有《南京鼓楼》《安庆碉堡》《台城路》《后湖柳》《明陵》《天鹅》等；静物的描写，如《黄花》《水果》《菊蟹》《静物》等；人体的写真，如《父亲》《李家应女士》，及其他好几幅的人体。我们从这些形形色色的范畴里，足以窥知孙君的观察敏锐，取材丰富。

第三展览室以素描作品为主，其中位置靠前的，为中华书局《孙多慈描集》中的二十余幅素描，新增作品有《邻家小孙》《熟睡》《小表妹汤毛》《沈璧臣女士》等。按徐悲鸿的意思，中国画以及书法作品，作为附展列于其后。在李则纲眼中，孙多慈的中国画《牛》《虎》《狮》《鹅群》《虎啸》《鸡》等，"虽为孙君最近试作，某君曾惊其书法雄俊，气概不凡，颇有徐悲鸿先生的作风。"对于孙多慈的书法，李则纲溢美之词更佳："书法系集石鼓和散氏盘。孙君本未以书法名，但笔健而丽，毫无俗韵，观者亦啧啧称赏。大概孙君以妙龄而具这样的绝技，所以更给人们一种深挚崇敬和赞美。"受父亲孙传瑗影响，孙多慈幼时练习书法，或石鼓文，或散氏盘铭文，都是最爱。石鼓文的端庄凝重、古朴雄浑，散氏盘铭文的斑驳陆离、浑然天成，不仅影响到她的审美观念，也渐渐演变为她生活、求学、处世的原则。而徐悲鸿，对此也特别赞赏。

对于具体画作，李则纲在《参观孙多慈君画展》中，也有细致而独到的点评：

> 譬如到了《天目云海》之前，在那不满一尺的地方，云海苍茫，变幻无际，无限大的宇宙，都从这里显示出来。到了《牧女》之前，看那茫茫的山野，数不尽的群羊，一个孤单的少女伫立在小山之巅。她的那种意志、情态，从作者的手腕中传出，似乎有说不尽的蕴藏。到了《春去》的前面，一个女人屈身俯首，坐在流水落花之前，水的流沫，花的飞红，以及女人垂头凝想，在这里我们当然知道作者启示了我们什么。其他如《天目归来》的自写，把从旅途归来风尘，从胜地归来的情绪，一一活现出来。再和前几年的《自写》一比，《天目归来》的自写，与前几年挥毫作画的自写，显然是两个样子。作者在这里既说明人的生活和精神，都是被环境所决定，更说明人生一页的过程。总之在孙君的画里，处处显示了我们一个宇宙，一个人生。

让孙多慈意外的是，以大栅子为素材创作的油画，无论是用笔还是用色，都是她内心情绪的一个抒发，对城市，也对她整个人生。在李则纲的《参观孙多慈君画展》中，却得到了不同一般的共鸣。"孙君的《安庆碉堡》，那种古老忧郁的情调，不啻把历史的创痕，社会背景，和盘托出。这里我们才了解一个艺术家的笔力伟大，认识社会的深刻。"当然，李则纲感叹得更多的，是安庆这座七百年古城的挣扎与突破："在不久之前，我们曾见过一次厉行的拆城，就是落后的安庆，城雉也拆去大半，现在未拆的不拆，已拆的也渐渐修补，未修补的用木栅和铁丝网堵塞起来。出城不到几步，即见三三两两的碉堡，分据小丘小垤。颇狰狞，亦颇威武，十分显示中古式碉堡的丰神。可惜缺少几个铁骑儿的衬托。我们每次看见，辄发一种遐想，设使一次洪水，把这些碉堡，冲压下去，千百年后，根据出土的遗物，研究历史的人们，他们认我们这个时代，究竟是第几世纪呢？"

李则纲的这段感叹，后来孙多慈特地转给徐悲鸿，问他有何感想。徐悲鸿笑笑，道："对于画家，作品完成后，它就不再是个人的东西了。而欣赏者，能从你的绘画中读出他的感悟，无论这个感悟相同或不相同你的初衷，都是画家的成功，作品的成功。而最可怕的，就是你的绘画得不到任何认同。从这个角度，你的展览是成功的。"

一个月之后，1935年12月16日，安庆举行首次集体婚礼，数十位身着白色婚纱的新娘，挽着一身西装的新郎，在婚礼进行曲中，迈着神圣、庄严而幸福的步伐，走入省府大院利用会议礼堂布置的婚礼礼堂。

孙多慈与李家应远远地立在一边，听着婚礼进行曲，孙多慈突然有一种莫名激动，就觉得眼睛有些湿。

李家应用胳膊拐了拐她，"你怎么啦？是不是又在想你那一位？"

孙多慈不知如何回答，即便是想了，又能怎样？现在他远在南宁，难道能飞到他的怀抱里去吗？

1935年年末的徐悲鸿，同样也心神不定，百般焦躁。一日不见，如隔三秋，只要一闭眼，孙多慈的影子就浮现在面前。也就是在这种心情中，他专门为孙多慈画了一幅《燕燕于飞图》。画面上，孙多慈为一位身着古装柔情仕女，长袖轻舒，哀云满面，似乎在表达对徐悲鸿的无尽相思。背景中的远山近水，也有淡淡一分愁意。右上方的题款，为"乙亥秋，写燕燕于飞图，以遣悲怀"。徐悲鸿对孙多慈的万千情感，在寥寥数笔之中，在默默无语之间。

半个月后，孙多慈得到画作，只一展开，她便读懂了徐悲鸿的心思。两行泪顷刻从眼中涌出来。她感觉，自己就是一只被暴风雨折断羽翼的燕子。在南京，徐悲鸿感到了孤单，在安庆，她同样感到孤单。后来她回赠徐悲鸿一首小诗，表达了自己的情感——

　　风厉防侵体，云行乱入眸。
　　不知天地外，更有几人愁。

二十、暗中资助

在孙多慈的印象中，1936年的春节，来得特别早，元月23日晚上，安庆街头，几声爆竹一放，又开始一年一度的除夕了。小时候还喜欢守夜，睁着一双大眼睛要等天亮，自然是守不住的，还不等十二点的钟响，就由父母抱着脱衣上床了。现在年龄大了，守夜的心思淡了，但反过来睡不着。农历乙亥猪年发生的事情，过电影一样，在脑海里一幕一幕清清楚楚浮现。接下来的初一、初二，当地风俗，大家都不串门，只是亲戚间相互拜拜年。孙多慈老家在寿州，安庆亲戚不多，所以来访的客人并不多。方家大屋，始终清清淡淡的。初三街上开始热闹，舞龙灯的，踩高跷的，走旱船的，都涌到城里来了。孙多慈也上街转了转，但因李家应回家，自己一个人没多大意思，也就在四牌楼、国货街走了一圈，便很快回来了。之后初七、初八，年味散了，丙子鼠年的春节，就这样平平淡淡地过去了。

徐悲鸿这个年也过得极为平淡。那几天，他专门赶到北平，为前北洋政府教育总长傅增湘画一幅肖像画。傅增湘《藏园日记》记："十二月二十九日。下午悲鸿来，谈至五点乃去。此人新周历法、德、意、俄诸国，开画展颇声动一时，顷来欲为余写小像，故定新正初二、三、四下午来。""除夕。二点后，徐悲鸿来，为写炭笔小像，薄暮乃成，神采恒似目，作诗一首赠之。""正月初二日。午后徐悲鸿来画像，薄暮乃去。""初三日。下午悲鸿来对写近暮乃罢。初三。夜宴徐君于园中，约梦麟、适之等同饮，二时乃散。""初四日。悲鸿来画像，暮乃去。""初五日。徐君来画像，一时许，脱稿。"1919年徐悲鸿出国留学，傅增湘大权在握，对他的帮助很大。徐悲鸿无以回报，十七年后，只能为他作一幅肖像表示谢意。

2月上旬，还在正月十五之内，孙多慈收到一封没有落款的信，看邮戳，

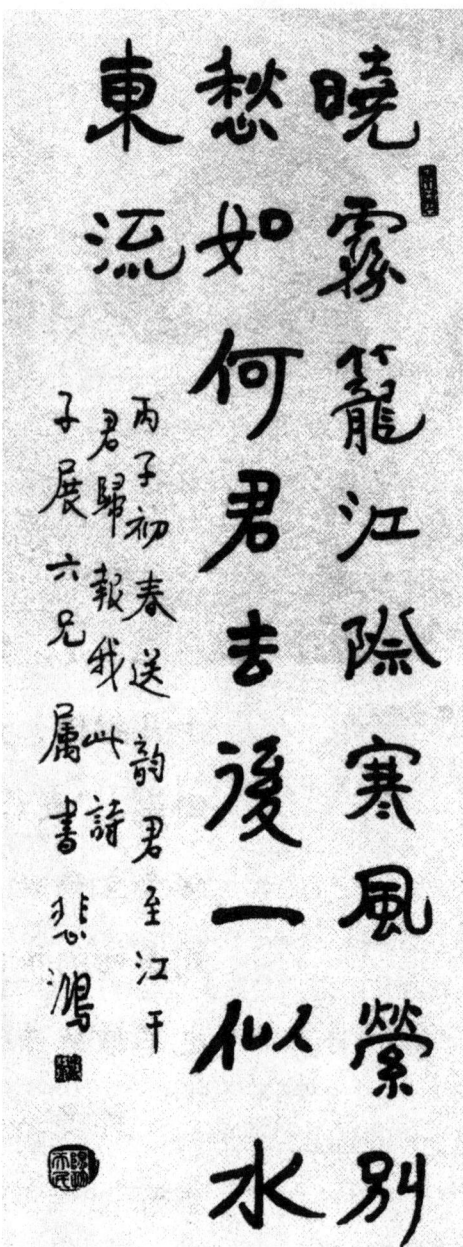

徐悲鸿录孙多慈诗赠王少陵:"晓雾笼江际,寒风萦别愁。如何君去后,一似水东流。"

是南京寄过来的,抬头写的是孙多慈,但落款却没有一个字。孙多慈最恨这样的信件,又要多事,又不敢署名,典型鸡肠狗肚的小人。拆的时候就有些恼火,打开信,里面的内容更让她火冒三丈。说的也不是什么难听的话,无非是孙多慈离开南京后,徐悲鸿、蒋碧微感情日益愈合。春节之后,徐悲鸿从北京回来,危巢里的气氛,甜甜蜜蜜,和和美美。但越是平和的叙述,越勾起孙多慈的怒火,按此种说法,反过来孙多慈倒成了不道德的第三者,成了破坏徐悲鸿家庭不和的元凶。

晚上,孙多慈独自坐在灯下,越不想看那封信就又越要看,而越看心里就越有气。铺开信纸,她本想把徐悲鸿痛痛快快地骂上一顿,但落下笔,却无论如何写不出那种激烈的文字。考虑再三,只简简单单把匿名信的事说了,并表示不再想裹到这场纠纷中去,待这学期过了,她将独自出去奋斗,做出一些名堂来，让那些说三道四的人看看。信是含着泪写完的，信纸自然也被泪水打湿了一半。

2月中旬，徐悲鸿在南京接到孙多慈来函。只睃了一眼，气就不打一处来。在他看来，会写这种无聊的不敢落款的匿名信的人，只有一个，那就是蒋碧微。去年孙老先生来南京，也就是她在中间捣的鬼。他当即怒气冲冲从中央大学赶回家，把孙多慈的来信朝桌上一扔，指着蒋碧微吼道："你看你无聊不无聊，连这种写匿名信的下三滥之事，也想得出做得出！"

蒋碧微拿信看了，两眼也圆睁了起来，"你是什么意思，不分青红皂白，劈头就骂，还讲道理不讲？"

徐悲鸿冷冷笑道："和你这种人还有什么道理好讲？已经把人家逼回安庆了，还要往人家伤口撒把盐，有点人性没有？"

"你别把我想得那么没有理性，我还不至于……"

"你把孙多慈的信认真看看，那才叫年轻有为，那才叫胸怀大志。年纪轻轻，就决心独自去闯世界了。"徐悲鸿边说边摇头，"我就不懂了，同样是女性，为什么会有这样大差别？"

蒋碧微一阵委屈，泪水含在眼眶里，马上就要滚出来，"你的意思，这封信是我写的？"

徐悲鸿反问："不是你还有谁？"

"那我也要问一句，我在宜兴住得好好的，又是谁一封信把我给召回来了？"

一句话把徐悲鸿给堵住了，他想想，找不出反驳的理由。

也确实，年后不久，不是初七就是初八，蒋碧微带着孩子，去江苏宜兴看姐姐，住了还没有两天，一封匿名信追到了宜兴，上面只有四句话："你到宜兴，她便来京，其余情形，更毋用论。"蒋碧微看后虽莫名其妙，但认为无风不起浪，肯定是徐悲鸿乘她不在的时候，又把孙多慈召到南京来了。本想匆匆赶回去，但又不服气，便让徐悲鸿的弟弟往南京挂了个长途电话，谎称自己突生疾病，非常危急，请徐悲鸿火速赶过来。徐悲鸿也吓得不轻，第二天就乘车赶过来了，但蒋碧微没有病，而徐悲鸿那边，也同样没有"你到宜兴，她便来京"的事实。

面对匿名信，两个人都非常恼火。但分析了半天，都不知道究竟是谁在其中捣鬼。

尽管如此，徐悲鸿仍不原谅蒋碧微。

春节之后，从北平回来，在友人劝说下，徐悲鸿又搬回了危巢。虽然面和心不和，但大面子上还算过得去。收到孙多慈的信，徐悲鸿的心，又转过来挂到孙多慈这一头上了。这天晚上，他匆匆收了衣服，借口要准备展览会，又离开了危巢。暂居之处，是当年同船去法国留学的老友沈宜甲的公馆。

沈宜甲对蒋碧微的印象不坏，按蒋碧微的理解，"沈先生对我的外表，观感很不错，认为像我这样的女人出国，可以为中国人争面子，因为普通中国女人都生得娇小玲珑，只有我身材较高，肤色也比较白皙。"但在他们之间的感情问题上，沈宜甲还是偏向徐悲鸿。

农历二月初，孙多慈还是忍不住，独自一人悄悄来到南京。

那之前，盛成到沈宜甲处看徐悲鸿，见他情绪低落，简直换了一个人，不忍心，便回去和妻子郑坚商量："悲鸿现在的压力太大，我看他的一些作品，也显得十分忧郁，你能不能找个什么借口，让他出去散散心思？"

郑坚想了想，建议邀上几个朋友，一起去安徽滁州醉翁亭看一看。她提了两个人选，都是南京的才女作家，一个是丁玲，一个是方令孺。丁玲原名蒋冰之，1927年因《莎菲女士的日记》引起文坛关注，后参加中国左翼作家联盟，并出任左联机关刊物《北斗》主编及左联党团书记。方令孺和孙多慈一样，也是安庆人。她的父亲桐城方守敦，是近代知名诗人、教育家、书法家。方令孺也是作家舒芜的姑母，因排行第九，家里人都称她九姑。1923年，方令孺远赴美国，先后在华盛顿大学和威斯康星大学攻读西方文学。六年后回国，在青岛大学国文系任教。1930年，方令孺开始创作新诗，与另一位女诗人林徽因，是"新月派"两大才女，也是两大美女。丁玲当时被软禁在南京，外出不便，只与方令孺走动密切。

徐悲鸿欣然同意。

从南京出来，天也高了，地也宽了，徐悲鸿的情绪明显好了，在车上，他居然背出了方令孺的一首小诗：

  爱，只把我当一块石头，
不要再献给我，
百合花的温柔，
香火的热，
长河一道的泪流。

  盛成便笑他，说他是有感而发，借方令孺的诗句，表达对孙多慈的感情。徐悲鸿并不否认，又向大家讲起孙多慈的近期的情况。
  方令孺与宗白华有一层亲戚关系，两家走得很密，在宗白华处，曾多次听过关于孙多慈的事，对她印象很深。但今日由徐悲鸿口中说出来，夹杂了感情色彩，感觉又不一样了。方令孺便笑笑，向徐悲鸿说："我还作过一首《她像》，给你的那一位，恐怕特别合适。"

  她像是夏夜的流萤，
光明随着季候消尽。

  是海上的渔火，
在波涛里闪烁。

  她像一缕轻云，
随着秋风浮沉。

  更像深林里的枭鸟，
只爱对着幽暗默祷。

  我从哀梦里醒来，
我哭风吹动长槐。

徐悲鸿半日无语，后来他深深吐了口气，道："诗人的描写，是多次接触、多次感受、多次为之激动的具象，这种美，是我们画家无法表现的。虽如此，我一定尽力，只要找到感觉，肯定会把你的这种意境画出来。"

一行人在滁州待了两天，非常愉快，徐悲鸿好像换了个人。第三天，他们回到南京。盛成和夫人使了个眼色，也不管徐悲鸿同意不同意，便把他直接送到傅厚岗6号危巢了。

蒋碧微开门看见徐悲鸿，本是一张堆笑的脸，马上沉了下来。

郑坚以玩笑口吻打着圆场："我们替你把悲鸿送回来了，你看看，不差半根毫发吧。"

蒋碧微嘴角一动，露出一丝嘲讽的微笑，大声回了一句："原来有人陪着悲鸿游山玩水啊，没关系，我蒋碧微也有人陪着玩的！"

徐悲鸿快步走了进去，丢下一行人面面相觑。

当时大家不明白蒋碧微"也有人"是什么意思，但觉得她的话中有话。多少年后，他们才明白，蒋碧微是有所指的，这个人，就是张道藩。

实际上徐悲鸿只在家住了一夜，晚上也没有和蒋碧微同床。第二天一早，他又重新回到沈宜甲公馆。

也就在这时候，孙多慈来到了南京。

那些天，南京城始终细雨蒙蒙，说大也不大，说小也不小，密密麻麻的，紧紧扑在人脸上。徐悲鸿与孙多慈同撑着一把伞，在玄武湖，在雨花台，留下许多相依相偎的身影。半年不见，两人说不完的话，尤其是孙多慈，一夏一秋加上一冬的思念和抱怨，在这几天，絮絮叨叨全说出来了。

她说自从见到先生第一眼起，就有种特别的预感，仿佛冥冥之中有一根红线，把自己这一生，与先生紧紧连在一起了。"如果说人生有命有运有缘，我和先生的相识，就应该是命，是运，是缘。回头想想，如果家中不遭变故，报考中国文学系就不会受阻。如果报考中国文学系不受阻，也就不会转到美术专修科旁听。不到美术专修科旁听，也就不会与先生相识。而不与先生相识，也就不会与先生产生许许多多纠葛。"

她又说，跟先生五年，论绘画，有突飞猛进的长进，论生活，有丰富多彩的阅历，论感情，有刻骨铭心的体验，但相比于五年来遭受的不白和冤屈，这些长进，这些阅历，这些体验，又实在算不得什么了。"好多事情怕先生听了心烦，没敢和先生说。有个阶段，班上好多同学有意疏远我，背后不三不四议论不说，有些过激者，甚至恶狠狠把我的画布割得稀烂。那些天，过的简直不是人的日子啊！"

她还说，虽然现在回到安庆，虽然环境有所改变，但家庭的压力，也同样如一座大山。父亲越来越固执，不是不允许他们交往，而是坚决不同意自己的女儿做人家的填房。他说这是个原则性立场，绝不会有半点退缩。自己虽然不同意父亲的观点，但站在父母角度，孙家兄妹四个，老大早夭，老二是个半残废，老小半途而殁，怎能不把孙家唯一希望系在自己身上？而自己，性格温厚，心肠又软，尤其不愿意伤及父亲，所以有什么委屈，都悄悄压在肚子里。

后来她长叹了一口气，"我对先生本来没有什么特别心思，但先生对我额外关爱，我只能报之以李。结果惹怒了师娘，即便我离开了南京，百般防范，但这种骚扰仍一点不减弱。早知道是这样一个苦果，就是金山银海，我也不会往里走啊。但现在……茫茫无期，什么时候是个尽头！"

徐悲鸿无力回答，他只能以一种怜爱的目光，深情地望着她。

临别的那天晚上，徐悲鸿送她到下关码头，他们相依坐在候船室的长椅上。

孙多慈说最近一遍又一遍读了徐悲鸿让她看的《邓肯女士自传》，"她的观点，我非常赞同，那些没有质量的婚姻，要了它又有何益？想开了，独身一生，也没有大不了的事，或许独身还能在事业上能谋取大的发展。"

徐悲鸿伤情了，他的眼有些湿湿的。"你让我想到方令孺的诗句了，'她像是夏夜的流萤，光明随着季候消尽。'你不能这样，你的光亮如果在我眼前消尽，我还有什么期盼？"

孙多慈仍坚持自己的打算，"暑假之后，打算与李家应结伴，或是北上，或是南下，总之要出去闯一闯，脱离先生，也脱离家庭，看能不能闯出一番天地来。"

徐悲鸿不说话，他把她的一双小手，紧紧地握在手中。

"如果两人有缘,我相信十年之后,纵在天南地北,也会有机会重续旧情。"孙多慈抬着一双眼睛,非常纯真地望着他。"真的,先生给我十年时间,好不好?十年,我们各自奋斗,相互也不通信,争取多做一点成绩来。十年,我相信,那时你也会有个好了断,我也会有个好结果。"

徐悲鸿点点头,"天高任鸟飞,海阔凭鱼跃。出去闯闯也好。你放心,无论你走到哪里,记住,在你身后,永远有一座可以依靠的大山,那,就是我,徐悲鸿。"

一个星期后,徐悲鸿收到孙多慈寄自安庆的信函。

晓雾笼江际,寒风萦别愁。
如何君去后,一似水东流。

带有淡淡粉香的信笺上,只有孙多慈这首离别相思的诗句。

徐悲鸿对这首诗喜爱不已,后来他把这首诗录抄多遍,分送给他的好友。其中送给陈子展的那幅,专门落有题款说明:"丙子初春送韵君至江干,君归,报我此诗。"

"孙多慈是一块完美无瑕的璞玉,对她的感情,不是爱,是怜爱,是疼爱,是珍爱啊!"后来他借着酒意,对舒新城坦言。

这年的3月7日,《中央日报》刊载出一条消息,标题是《徐悲鸿卖画》。内容如下——

中央大学徐悲鸿教授,因有重要工作,约须离京数年。对于平日求画者,未能一一奉答,渠其歉然。兹闻拟以近作百幅,用售券抽签法,定画之主人,当场书款。每券法币二十元,抽画一幅。购者亦限于教育界同人、新闻记者及各机关职员,每人最多的购三幅为限,所得之资,用以救济贫苦有志的青年艺术家。时期三月二十日下午五时,在中央大学图书馆购券入场,抽签取画,谢绝参观,售券处中大艺术科。

非常明显,徐悲鸿想要救济的"贫苦有志的青年艺术家",就是他的女弟子孙多慈。

4月中旬初,徐悲鸿再次来到上海。

舒新城十分惊讶,"在《中央日报》上看你卖画的消息,怎么回事?"

徐悲鸿不回答,只是将孙多慈从安庆寄给他的两封信递给舒新城,"新城兄,对于这样的有志青年,我这做老师的,不能无动于衷啊!"又说,"上次多慈来南京,我们谈得很深,她的做法我也赞同,为避免各方的无谓纠纷,我们暂时分开一阶段,十年时间吧,各自奋斗,相互之间也不通信,争取做更多成绩。十年后再结合,蒋碧微他们就会无话可说了吧。"

舒新城笑了起来,"我的悲鸿老兄,你今年已经四十有一,再过十年,已经五十而知天命,那时候又能怎样?再说了,你现在已经功成名就,还能上到哪儿去?你说的那些话,都是孙多慈的一面之词吧。"

徐悲鸿不好意思地笑笑,"你也知道的,多慈为与我交往,受了多少委屈,直到现在,蒋碧微他们对她还不放过。回到安庆,虽远离了矛盾的漩涡,但家庭对她压力也不小啊。她的精神受到压抑,有此大志,我自然要支持她。"

上海中华书局有限公司总店自建五层楼新式洋房,位于福州路、河南路转角

孙多慈油画写生，画面上的那一抹绿，是她永远的追求

"于是你想出卖画资助的主意？"

徐悲鸿点点头，"此次卖画收入，加上我过去的一些储蓄，大概有五千元吧，我想作为她的奋斗基金。"

舒新城有些疑虑，"按我对孙多慈的了解，她也是个烈女子，这么大一笔款子直接给她，她是不会接受的。"

徐悲鸿说："所以这次我专程赶过来，就是想请新城兄帮忙。"

舒新城仍然不理解。

徐悲鸿说："我的意思，由中华书局出面，代我收购孙多慈的作品。这种间接方式，既鼓励她发奋作画，又达到了资助她的目的。"

舒新城考虑了一会，道："你的用意良苦，做法也很精细。但要用中华书局的名义，恐怕大了些，有些不妥。"又出主意说，"不如这样，以中华书局总经理陆费伯鸿私人的名义代购。这样就不露痕迹了。不过，稳妥起见，你要给我们出一份委托书，如果将来发生什么纠纷，委托书可做法律依据。"

徐悲鸿连声称好，"这类事，还是新城兄有主意，就按你的意思办。"说着，从皮夹里掏出准备好的1000元支票，请舒新城转到会计部，代他立个收户，将钱存到里面，作为启动资金。

中午，舒新城、刘济群夫妇在新雅酒楼设便宴招待徐悲鸿，上海新华艺术专科学校教务长汪亚尘，也特地赶过来作陪。席间，他们又将《委托书》和《购画契约》的细节进行了推敲，并当场形成字据。

委托信

新城吾兄惠鉴：

请将弟存款内拨二千五百元，陆续购买孙多慈女士画，详细办法，另纸开奉。务恳吾兄设法照办为感。敬颂

撰祺

弟悲鸿立正

1936年4月12日

购画契约

本人因鼓励少年艺术家及促进文化运动起见，特向先生定购画件，其契约如左：

一、画之内容（指作法之完整）以作者在中央大学之自写及静物为标准，倘不及此标准，本人将相商作者易得他幅。

二、画之所有权归本人，但出版权仍由作者保留。

三、绘画暂分为两类：

（甲）有结构者；

（乙）人像、风景、静物；

四、本人所定之酬报：

（甲）二百元一幅。

（乙）一百元一幅。

五、所谓油画，纯指油绘绘于布面上而言。

六、大小不甚拘，但以尺寸最长一面为一公尺八十为度，最短一面不宜少于四十公分。

七、与先生暂定画十幅。十幅交齐再行续订,但十幅价格在第二期之十幅中仍照本约所订数目。

八、作者将每幅作品完成后,自送至上海沃门路戈登路中华书局总厂舒新城先生收或托各中华书局分局代寄亦可,本人收得认为满意后,即立即付款。

九、本人所需要者为构图。最好以民间生活状态,或历史之关于民族精神者为题,但作家自写风景静物,亦所欢迎,兹假定为数画之题,请酌量先后写之。

《浣衣人》《夜课》《木工》《小学生》作者全身像。(以上均以图计)(甲类)。

《老妇》《黄山》《静物》(不要常格)、作者半身自写(用刀画,其他人像亦可,但不能多过三幅,亦希望用刀画厚色),以上乙类。

十、在约定之后,每月至少须交本人乙类一幅,一年中须有甲乙两类之画件十幅。

附件

本人并拟购作者之素描二十幅,每幅定二十元,作法内容之完整以作者"描集"为标准,以水墨写于中国纸上尤为欢迎,最好每月能交本人两件,寄款办法一如第八项。

1936 年 4 月 12 日

徐悲鸿委托舒新城先生办理

徐悲鸿性子急,当日下午就逼着舒新城,把《购画契约》寄给了孙多慈,以征求她的意见。一个星期后,信息反馈回来,孙多慈对《购画契约》没有异议,只提了一点小小的修改,增加了"作者于必要时,可借出开展览会"这一条款。虽然只是一个小细节,但反映了孙多慈的精细和她独立思考的能力。舒新城不由

孙多慈与她的国画作品《自由之歌》，1953 年摄于美国纽约

暗暗称赞。

　　5月10日，徐悲鸿由南京发来电报，说是当夜乘客轮抵达安庆。电报是拍给省建设厅李家应的，转到孙多慈时，她大吃了一惊，不知道徐悲鸿为什么突然会冒出这个念头。因为船半夜三点多到，如果去接，必然引起家里人怀疑，于是孙多慈托辞李家应生病，在医院，需要有人照顾，就从家中溜了出来。

　　前两天刚刚立夏，虽天气转热，但下半夜江边的风还是凉凉的。徐悲鸿坐的是江顺号，船一靠上安庆码头，他就迫不及待地冲下了船。看着他匆匆从泵船上往岸上赶，头发被夜风吹得很乱，孙多慈不由得心生怜意，对这位大男孩，更是一个"爱"字了得！

　　当晚便把徐悲鸿安排在江岸的一家小旅馆里，孙多慈和李家应也在隔壁开了一间房。李家应早早睡去了，剩下孙多慈与徐悲鸿，两人就坐在客房里说话。天蒙蒙亮时，徐悲鸿感觉肚子有些饿。两人又手拉着手，到码头附近的饺面摊上，下了两碗水饺。

　　孙多慈对中华书局总经理陆费伯鸿与自己签的《购画契约》十分不解，一再追问是不是因为徐悲鸿在中间牵的线。徐悲鸿支支吾吾不做正面回答，只是说《孙多慈描集》出版后，各方反映不错，陆费伯鸿大概也是看她作品有收藏潜力，才想到要和她签约的吧。又说，《孙多慈描集》已经售得差不多了，中华书局打算适当时候还要再版。

　　尽管有所怀疑，孙多慈对于能够与中华书局老总签约，还是十分高兴，又听说画册再版，兴奋之情，更难以言表。此时，天已经大亮，一轮火红朝阳，正从江面喷薄而出，霞光打在孙多慈的脸上，为她的青春，她的靓丽，她的清纯，又增添了许多魅力。

　　徐悲鸿看得心都醉了。

　　因为害怕让孙多慈的家人发现，徐悲鸿不敢露面，几乎一整天都待在旅馆里，孙多慈也就在他身边陪着他。李家应下班后匆匆赶来，在迎江楼要了一个雅间，三人把门关得紧紧的，吃了一餐丰盛的素宴。当晚，徐悲鸿又匆匆乘船顺江而下，前后算起来，此次他来安庆，待的时间，还不足二十四个小时。

二十一、教英语的小白脸

从安庆回南京刚两天，5月16日，李田丹到沈宜甲处，找到了徐悲鸿。他说他想请徐悲鸿和蒋碧微夫妇俩共进西餐。

李田丹是德国人，前两年徐悲鸿夫妇在欧洲各国巡回画展，双方相识，并由此结为无话不说的好友。后来李田丹也来南京定居。闻知徐悲鸿夫妇感情变异，李田丹有些不理解。"中国传统观念追求婚姻的完美，你们俩怎么说散就散了呢？"因为曾目睹过他们夫妇的恩爱之情，李田丹坚信他们之间还有感情基础，于是自告奋勇当起中间人，想为他们的婚姻，做最后的努力。

烛火轻曳，琴声低诉。徐悲鸿和蒋碧微对面而坐，他们的中间，是一束紫红色的玫瑰花。

开局很好，夫妇俩温文尔雅，说话轻言细语。尤其是蒋碧微，目中深含爱意，依旧是温情的徐夫人。

"听说又要去广西？"蒋碧微关心地问。

"是啊，桂林山水甲天下，真的想在那里长住啊。"徐悲鸿平静地答。

"去散散心思也好，这一年多来，烦心事太多，出去看看，可能会好些。"又低下眉，道，"剩下我独自在危巢，也好，反思反思二十年的婚姻生活，或许能把前因后果想个明白。"话语间，那种刁钻口气又浮现出来。

徐悲鸿只能以沉默来应对。

"难道我就这么使你讨厌？"蒋碧微有些生气了，"是的，我老了，不如你学生年轻，不如你学生漂亮，不如你学生……"

"你已经把她逼到绝路上去了，还说这些，你不觉得脸红吗？"

"我当然要说，你是有家室的人，你应该有家庭的责任心。可你……"

李田丹赶紧操着他半生不熟的汉语出来打圆场,"这次请你们过来,主要为你们的关系进行调解的,可你看你们,还没有说到两句,气又上来了。看在我的面子上,大家都静下心,不说对方缺点,多说对方优点,如何?"

一阵沉默后,蒋碧微大度地说:"悲鸿,我和你已经做了二十年夫妻了,我也晓得,人生得一知己是很不容易,假如你觉得孙多慈是你的知音,你和孙多慈结合肯定是幸福的,那,我就退出,你随她去吧。"

徐悲鸿笑笑,"谢谢你的大度。可惜晚了,如果去年你不阻挠她出国深造……"

"怎么晚了?我选择退出,你正好把她接来,依旧可以持续你们纯情的师生之恋嘛!"

徐悲鸿道:"你以为孙多慈和你一样狭隘?她现在正准备努力十年,争取创作出一批优秀作品来。你蒋碧微要是有她这样的进取心,也不至于……算了,不

"西子素妆,寒意漫漫。"孙多慈中国画《湖上》,写于1971年冬日

说了。我有数，你心里也有数。"

蒋碧微尽量压制自己的情绪，道："我知道你现在恨我，你还打心眼里看不起我，没关系。我也是同样的心情。既然如此，分开来也好，我们各自多想想。"

"你放心，我会履行我做丈夫的职责，做我该做的一切。你心中有合意的，就大胆选择，我也不会反对的。"徐悲鸿话中有话，指的就是张道藩。

蒋碧微一口回绝了，"这不可能。我们已经有了两个孩子，我是不会再嫁人的。假如你和你的学生混不下去了，不要紧，危巢的大门，时刻都是开着的，无论你什么时候回来，我和孩子都欢迎你。"

话说此，已经没有再继续下去的必要了。本来李田丹是想安排一餐和好宴，不想却成为他们的分手宴。之后在席上，夫妇俩如同陌路之人，即使有话，也各自不着边际。李田丹不好再说什么，他知道，这对曾经的好朋友夫妻，以后将天各一方，单独与自己交往了。

因为去与徐悲鸿见面，蒋碧微把两个孩子托付给吕斯百，让他带着孩子去看电影。回来的路上，两个孩子正好与徐悲鸿碰到了。在蒋碧微《我与悲鸿》中，她这样写道："吕斯百带着孩子看完了电影，坐黄包车回傅厚岗，走到中央路，距离我家不远的地方，忽然看见徐先生肩背佝偻，凄凉落寞地在街头踽踽独行，他突然觉得徐先生已经呈现龙钟的老态，仿佛他的双肩上正承担着重大的负荷。孩子们见到了他，高声地嚷喊爸爸，于是徐先生像从深思中惊醒，茫然地驻足眺望，他看到了孩子，心不在焉地打了个招呼，又继续向前走去，渐渐没入黑暗之中。"蒋碧微以她独有的女性的细腻文字，为徐悲鸿与自己的分手，渲染出了一个冷色的让人伤感的氛围。

事实远非如此。

5月19日，徐悲鸿从南京赶往上海，在中华书局编译所，他将去安庆与孙多慈见面和李田丹调解他们夫妇感情的事，细细地说给舒新城听了。"现在倒好，蒋碧微已经同意和我分手，而孙多慈，却要我再等她十年。漫漫十年，我徐悲鸿又要重新过光棍的生活了！"

舒新城笑笑地看着他说："从头到尾回想一遍，你这段感情，爱，爱得层恋叠嶂，恨，恨得峰回路转。中间既有贵人相救，又有小人捣鬼。真的是一波三折，悬念丛生。如果闲下心来，可以写篇好小说，还是一部抢手的好小说。"

徐悲鸿大笑道："那就约新城兄来写如何？不过声明一点，我们提供的素材，稿费你可不能独吞哦！"

这一年的暑假，孙多慈再次去黄山写生。而此次在黄山，孙多慈最大的收获，就是结识了同是省立第一女子中学毕业的校友苏雪林。

苏雪林长孙多慈十五岁，1915年随父亲到安庆读书时，省立第一女子中学还是省立初级女子师范。1921年她去法国留学，先学西方文学，后学绘画艺术。1930年她应杨亮功之邀，重回安庆，在安徽大学教授中国文学史。那时候，孙多慈在省立第一女子中学，刚刚高中毕业，之后不久，便离开安庆，去国立中央大学美术专修科旁听。苏雪林是中国文坛为数不多的百岁女作家之一，她的作品，包括短篇小说《天马集》《雪林自选集》《秀峰夜话》，散文集《三大圣地的巡礼》《欧游览胜》《眼泪的海》《人生三部曲》《闲话战争》《风雨鸡鸣》，专著《论中国旧小说》《二三十年代的作家与作品》，旧诗词《灯前诗草》，以及杂文《犹大之吻》等，有将近五十部。

在《记画家孙多慈》中，作家苏雪林这样写道——

民国二十五年夏，我和几个老同学避暑黄山，听说孙多慈女士正由其尊翁陪伴着在黄山写生——那时她正肄业国立中央大学艺术系，将毕业了——游历黄山的同乡颇多，见了面总要提起她，好像整座黄山都响彻了"孙多慈"三个字。我奇怪这个青年画家何以竟这样的声名藉藉，也许她真有点什么，很想识荆一下。一日和那几个朋友到了狮子林——她的寄寓外，开始同她见了面。她第一次给我的印象很不错：一个青年女学生，二十左右的年纪。白皙细嫩的脸庞，漆黑的双瞳，童式的短发，穿一身工装衣裤，秀美温文，笑时尤甜蜜可爱，我同她似有夙缘，一见便很欢喜，觉得自己若有这样个妹妹，那应该是多么的好！房间里满列着她黄山写生的成绩，都是油画，桌上堆着的只是几张未成的国画山水。

我也曾去法国学过画，但只学到炭画半身人像为止，油画半笔也没画过，所以对于油画不敢批评。多慈那时的国画是她老师徐悲鸿一路，我对悲鸿颇有成见，以为不值得学；并且觉得西画国画截然两道，兼擅二者殆不可能，多慈既是学西画的，专精这一门得了，又何必贪多务博来学什么国画，因之对于她所作的国画也未甚措意。我当时只觉得这青年画家气魄不小，黄山的雄奇幽丽，甲于中国，也是宇内罕见的美景，多少画家诗人到此都要搁笔，而她居然敢把这一座名山的秀色，一一摄于尺幅之内。我避暑黄山月余，所居系在一个陷于深谷之中的庙宇，名字现已不忆，好像是什么掷钵庵吧，地幽势静自是幽静，可惜没法看到云海。到黄山而不看云海，那是多么的煞风景！多慈有一张大油画是写狮子林所见云海之景的，一层层的银涛雪浪，翻腾于三十六峰之间，气势浩瀚之极，景色也变幻之极。后来我写了一篇历史小说，其中曾谈到黄山的云海，多慈这幅画多少曾给我以灵感。

苏雪林与孙多慈的交往，由此开始，延续了四十多年，直至最后孙多慈1975年病逝。

黄山以奇称天下，这种"奇"，又以巍峨为本色。奇中见雄，奇中显峻，奇中有幽，奇中怀秀，奇中藏险。尤其是漫漫云海浮现出来时，浩浩荡荡，烟波缥缈，聚散奔突，瞬息万变。就在这人间仙境中，一位年轻时尚的女子，盘坐在岩石之上，云拂秀发，风传银语，自然苏雪林也为之醉倒啊。

从黄山回安庆，几场雨落下来，便是早秋天气了。

本来打算暑期后就与李家应出去闯世界的，不料形势突然发生了变化。先是李家应家里来信，说有要事，要她赶快回浙江。之后父亲孙传瑗身体又不舒服，开始是不停地咳嗽，到后来，痰中便有红红的血丝。到同仁医院找戴世煌院长看了一下，说问题不是很大，可能是肺结核，也可能不是。先吃药打针，进行一些补养，有半年时间，应该能全部恢复。

这一来，孙多慈只能放弃外出计划，仍旧在安庆初中和安庆女中继续教授她的美术课。

关于孙多慈在安庆的教师生活,当时才十三岁的韦启美,记忆特别深刻,"1936年,我在安庆中学读书,班上来了美术教师,就是刚从南京来的孙多慈。我们不叫小姐,叫先生。有一次,她拿张油画给我们看,我坐在下面给她画素描,等我画完了她走过来看,说你画的手太小了。人的手的大小,其实跟脸差不了多少,开始画,容易脸大手小。"

韦启美是孙多慈在安徽省立安庆初级中学带出的最有成就的学生,1942年,韦启美考入南京中央大学艺术系,师从徐悲鸿、黄显之、吕斯百等人学习油画。1947年毕业后,任教于北平艺专及中央美院。曾任中央美院油画系教研室主任、油画系研究生班主任。中华人民共和国成立后,韦启美的作品多次参加全国性美术展览,曾获第六、第七届全国美展银奖。

读初中的韦启美,还没有发育,人干瘦干瘦,在班上,不惹人注意,是个典型的小不点。虽然有点顽皮,但也聪明。尤其在绘画方面,有一定可塑性。细心的孙多慈注意到了,对他倾注了更多的关心。

1937年"七七"事变以后,安庆也掀起抗战高潮,报纸宣传都是这方面的内容。韦启美也热血沸腾,利用周日时间,画了好几幅抗日漫画,其中一幅的画面,是一个日本士兵,正拿斧头砍一位身强力壮的中国人,结果斧头的口砍崩了,但中国人仍没有屈服。

孙多慈看了这幅漫画,连声说好,"漫画这种形式,它的特点,就是利用简洁而凝练的绘画语言,向世间丑恶现象、阶级间的不平等、外侮的侵略,等等,表达大众的愤怒及不满情绪。你在这方面有独立思考,可以考虑长远发展。"又说,"鲁迅先生写过《漫谈'漫画'》的文章,说'漫画的第一件紧要事是诚实,要确切的显示事件或人物的姿态,也就是精神。'他认为漫画要使人一目了然,所以最普通的方法是'夸张',但又不是胡闹。"她建议韦启美多找一些漫画杂志看看,像《上海漫画》《时代漫画》《群众漫画》《漫画生活》《漫画界》等,也可以向他们投稿。

之后孙多慈把韦启美的这幅漫画作品,送到《安庆晚报》,在报纸的副刊上

孙多慈《人体》两幅，写于 1934 年前后，刊《孙多慈描集》

发表了出来。

"我那时候的画非常幼稚，但孙先生肯定我，鼓励我，给了我在绘画道路上走下去的最大决心。孙先生是我的第一个恩师。"晚年韦启美，对孙多慈仍存一分感激之心。

类似韦启美这样聪慧的学生，也给孙多慈枯燥的教学生活，带来了快乐和幸福。

1936 年秋季的孙多慈逐步适应了教师生活，每日的路线多呈三点一线。安庆初中在城西北，安庆女中在城西南，汪家塘方家大屋正好居于这一条线的中间。去安庆初中，走孝肃路，走梓潼阁，走龙门口，大概十来分钟。去安庆女中，走福泉街，走同仁医院街，走锡麟街，十分钟不到一点。或往西，或往北，孙多慈夹着课本匆匆往学校赶，她的两眼始终平视，很少往两边看。她不知道，也不想知道，在她的身后，有许多异性的目光，正火辣辣地盯着她。

陆汉民是孙多慈的小表妹，在她的记忆中，孙多慈身材高挑，大概一米

六五,一般男人和她站在一起,都显得矮小和萎缩。她的皮肤白里透红,用"凝玉"二字形容,一点也不过分。特别是她笑起来的时候,露出一口糯米牙,满脸清纯的阳光。那时候她喜欢穿一身阴丹士林蓝旗袍,脚下是一双上海式皮鞋。不仅端庄秀美,仪态优雅,最突出的,是她一身独特而高傲的艺术气质。陆汉民小孙多慈八岁,当时正在省立安庆初中读初二,因此时常跟在表姐后面,大家都笑她是孙多慈身后的小尾巴。

因为是孙多慈的小尾巴,孙多慈的许多事情,就瞒不过她的眼睛,其中包括那些暗恋孙多慈的追求者。这之中,陆汉民印象最深的,是教他们英语的周老师。

周老师毕业于国立武昌高等师范外语系,家在桐城周家潭。因为近视,戴着一副眼镜,同事们都戏称他为"二筒"。"二筒"是麻将专用术语,而周老师最恨以麻将消磨时光的人,所以对"二筒"这个外号特别反感,偶尔有人当面喊了,他会非常认真地和对方计较。周老师的英语发音,带有浓重的家乡口音,个别音符咬字特别重,听起来不像是英语,倒更像是他们周家潭方言。周家潭属东乡,东乡人尚武,周老师多少也会一些,有时老师在一起聚会,如果孙多慈在场,他便会以毛巾为兵器,打上一路怪怪的毛巾拳。那时候,毛巾在他手中,如刀如剑,如棍如枪,上下飞舞,变换自如。包括孙多慈在内,都不由自主把巴掌拍得"啪啪"响。周老师就更得意,手中的毛巾,来去如风,在半空中发出坚硬的响声。

但外表看去,周老师个高,瘦,脸生得白净,走路说话,带有一个"轻"字,带有一个"慢"字,是典型的文弱书生。与孙多慈站到一起,也真的有天造地设的感觉。安庆初中年轻又未婚的老师不多,同事们在一起开玩笑,很自然就把他们列为一对。孙多慈性格敦厚,类似玩笑,总是不置可否,一笑置之。而周老师却认了真,利用陆汉民为平台,对孙多慈展开了强大而连续的攻势。先开始是小恩小惠,或是家乡带来的一些土特产,或是刚刚上市的一些新鲜瓜果。孙多慈一概不拒绝,常常陆汉民一半,自己一半,边吃边开心地笑着。后来知道孙多慈喜欢读书,便转弯抹角找一些新出版的文艺书籍过来,里面还夹有一些小纸条,自然不敢直接写爱慕孙多慈的话,顶多是读书体会读书感受之类,但其用心,明眼人都看得出来。孙多慈也不拒绝,拿回家,看完,又交陆汉民还回去。再后来,就托陆汉民转送一些戏票电影票什么的，如果是三张的，有陆汉民，或者拉上李家应，孙多慈也会去看一两场，但如果是两张，只限他们二人的单独约会，孙多慈总以各种理由拒绝。那理由从来都恰到好处，你不信也得信，而且还能从孙多慈角度为她着想，她不是不想来，而是真的来不了，并继续对她抱有幻想。

母亲汤毅英隐隐听到了些风声，也劝孙多慈尝试着相处相处，但孙多慈一听这话，就把头摇得像拨浪鼓。

陆汉民说当年她在学校很顽皮，她的数学老师是合肥人，一口合肥"老母鸡"话，特别在课堂上，讲"A角等于B角"时，声调拖得老长，每每至此，课堂上就笑成一片。后来同学们就给他取了"A角等于B角"的外号。有一天，陆汉民借口上厕所，先出了教室，然后恶作剧，将教室前后两个门都锁上了扣。下课铃响，一班的同学出不来，老师也夹在中间。小报告打到了教务处，就要给陆汉民处分。陆汉民急了，就请表姐去向学校说情。

孙多慈根本不同情，"你既然做了，就要负起这个责任。一人做事一人当，这是中国老话。"

姑母汤毅英在一边，悄悄向陆汉民使了个眼色，让她去学校找周老师想想办法。陆汉民只好按姑母所说，一副可怜巴巴的神情，走进了周老师宿舍。

周老师当时就笑了起来，"你表姐说得对，既然有种做，为什么没有种承担？"又说，"我给帮忙，你也要给我帮忙，我们这是平等交换。"说着，从箱子里拿出一件包装很漂亮的物件，要陆汉民转交给表姐。

陆汉民不知道这是什么礼物，但她知道一定非常珍贵，而且带有某种特定的暗示。放学之后，她把这件礼物直接带到了表姐家。陆汉民记忆中的方家老屋，非常宽敞，进大门的头一个院子，有两棵抬头看不到顶的大松树。表姐家住房呈"凹"字形，正厅是姑父和姑母夫妻住。两边为东西厢房，西厢房住着表哥孙多拯，东厢房是表姐孙多慈的住房。东西厢房也分左右三间，其中东厢房中为正厅，右为卧室，左为画室。卧室里有一张雕花苏州大床，表姐和她的同学李家应就睡在床上，陆汉民有时也赖着不走，非挤在她们的中间。孙多慈与李家应关系特别好，成天有说不完的话。有时一觉醒来，两人还在一起低低碎语。

孙多慈打开礼物，只看了一眼，就明白了周老师的意思。这是一款制作非常精致的女性腕表，大名鼎鼎的"劳力士"牌子。表面上方的"劳力士"的标志，是一只伸开五指的手掌，这也是"劳力士"品牌"手工精雕细刻"特点的象征。孙多慈当时就把脸放了下来，露出了不屑的神情。

陆汉民凑头一看，惊得把舌头伸得多长。父亲说过，腕表之中，"劳力士"牌子最好，价格也最高，像这样一款女表，至少也要一两百元吧。周老师送表姐如此贵重的礼物，其用心，自然不言而明。

孙多慈《黄山风景》，油画，刊《中国美术会季刊》1937年第1卷第4期

回过身，孙多慈恨恨地白了陆汉民一眼，"你这个死丫头，什么东西你都敢带。我是坚决不会收的。你怎么拿来的，就怎么送回去！"她此次是动了真气，脸上浮起淡淡一层红晕。

陆汉民撅起了小嘴，对孙多慈说："周老师人长得斯文，又有学问，你为什么看不上他？"

"去，"孙多慈在她脸上轻轻拍打一下，"你一个小孩子，懂什么！"

陆汉民反驳说："我当然懂了，你看不上他，你心中另有所爱！"

孙多慈不高兴了，话也变得严厉，"陆汉民，你还是个中学生，多这些事干什么？"

　　陆汉民不敢说话了，老老实实地待在一边。她的年龄虽小，但从父母同姑父母他们的交谈中，知道孙多慈的心中，仍放不下她的老师，大画家徐悲鸿。再抬头看表姐，她的两眼已经望向窗外，眼光中，流动着许多灰色的忧郁。很显然，自己的话语牵动了表姐的伤心之事。

　　陆汉民的眼光出火。那一刻，孙多慈对徐悲鸿的思念，如同这秋天的雾气，漫漫无边，罩住了山，罩住了水，也罩住了九里十三步的老城。

　　自从5月与徐悲鸿在安庆匆匆别离，一晃三个多月，她与徐悲鸿之间，基本上就没有联系，有关徐悲鸿的行踪，也只是通过报纸才有所了解。本来可以借书信表达自己的思念之情，因有相互不通信的承诺，也无法直接寄达。

　　晚上，孙多慈孤坐在卧室灯下，就暗暗恨自己为什么一时冲动，许下"互不通信"诺言。也就在此时，脑海里突然冒出火花：只承诺互不通信，没有承诺互不寄物，如果有一物代千言，为什么不能给远在广西的徐悲鸿寄过去？虽然也知道这是自己给自己找台阶的理由，但思君心切，也顾不得许多了。正好前不久去皖江公园，又采摘了几颗红豆，便翻出来，从中挑出又红又圆的一颗，夹至信封之中。

　　"愿君多采撷，此物最相思……"
　　远在广西的徐悲鸿，你应该能理解多慈的心吧？
　　这个时候，在南宁，徐悲鸿正处在他个人情绪最消沉的低谷。
　　这一年8月，国立中央大学发生了轰动一时的驱徐事件。
　　8月14日，李宗仁在南宁举办宴会，徐悲鸿应邀出席，当时十九路军军长蔡廷锴和总指挥蒋光鼐等也都参加了宴会。席间，大家对南京政府不抵抗主义表示强烈不满，纷纷要立即开展抗战运动。徐悲鸿是性情中人，自然也慷慨激昂，表示了自己的主张。这之前，他在南宁《民国日报》上发表《白副总司令艳电书后》，指责一贯宣扬礼义之道的蒋介石，"无礼，无义，无廉，无耻。"是"媚日军阀，狼子野心"。

　　两天之后，在南京，国立中央大学的反对派，打着学生的名义，组织了一个"驱

孙多慈中国画《荷花》，1953年写于美国纽约

"徐运动"团体，他们在中央大学校园内张贴标语口号，并四处散发《请看艺术界败类徐悲鸿之反动行为》的传单，其内容，主要就是批评徐悲鸿诋毁政府的行为，并要求校方"第一步革除他的中大教职"。而此时，上海《民报》发表消息，说"南京《中央日报》文艺周刊将由徐悲鸿主持编辑工作。"无形之中，又给驱徐事件造成事实上的扩大。徐悲鸿气愤之余，当即给国立中央大学校长罗家伦发去电报，称自己"弟流年不利，百无一当，思入深山，以艺术自娱，将隐阳朔，谢绝世事"，要求辞去教授一职，但罗家伦没有回复。

9月初，徐悲鸿随广西省政府迁至桂林，一个人住在广西省图书馆中，每天也就画画画，写写字，十分孤单。19日，农历八月初四，星期六，徐悲鸿收到孙多慈从安庆发来的信函，内中空无半字，只有一颗相思之物——红豆。

孙多慈漫无边际的相思愁绪，随着这颗红豆，从安徽安庆，传到广西桂林，同样也笼罩在徐悲鸿的四周。

徐悲鸿眼睛湿湿的，孙多慈的甜美笑容，又清晰地在他脑中浮现出来。

在桌面铺开宣纸，徐悲鸿提起笔，一口气写下三首《题红豆诗》。"九月十九日，得孙多慈远寄红豆，而无一字，即题。"

孙多慈《玫瑰》｜油彩｜画布｜45cm×32cm｜签名"慈　Suntoze"｜作于1954年

灿若朝霞血染红，关山间隔此心同。
千言万语从何说，付与灵犀一点通。

耿耿星河月在天，光芒北斗自高悬。
几回凝望相思地，风送凄凉到客边。

急雨狂风避不禁，放舟弃棹匿亭阴。
剥莲认识心中苦，独自沉沉味苦心。

  一个星期后，徐悲鸿给上海舒新城写信，又专门录抄《题红豆诗》其中两首送与他，诗前小志，徐悲鸿写道："九月十九日得慈远寄红豆而无一字。"诗末又感叹说，"新城吾兄知我。"

  也就是在这一个阶段，徐悲鸿创作了以孙多慈为原型的另一幅油画作品《女画家孙多慈》。油画素材是前些年就准备好了的，因为中间的波波折折，始终没有动笔。此次在广西，收到孙多慈远寄而来的红豆，相思之情被勾了出来，创作欲望也被重新勾了出来。这幅油画高一百三十二厘米，宽一百零七厘米，其取景，仍是国立中央大学徐悲鸿画室，背景有两座用于教学的雕塑和两个石膏头像。孙多慈半坐在摇椅之上，身着白色旗袍，脚穿白色的凉鞋，腿上套着一双白色的长袜，只有颈间的一方丝巾是浅蓝色的，一头短发黑得油亮。她的神态随意舒展，她的眼光淳朴自然，几乎找不到情侣之间那种特有的矫情。而这，恐怕也正是能打动徐悲鸿内心的地方吧。

  布面油画《女画家孙多慈》，现由中国美术馆收藏。

  这一年 12 月，《孙多慈描集》由中华书局再版。如果说 1935 年的初版，多少带有私印的性质，那么 1936 年 12 月的再版，毫无疑问，就是为美术界，为社会而广泛认可了。

被誉为"皖省第一名胜之区"的大观亭，位于安庆城西，现不存

二十二、1937，徐悲鸿安庆行

1937年4月10日，教育部全国第二次美术展览在南京国府路美术陈列馆展出。徐悲鸿、汪亚尘、许士骐、林风眠、吴湖帆、张大千等，均为筹备委员和审查委员。但此时，徐悲鸿并不在南京，他正由桂林赶往阳朔，在那里进行为期两周的写生。徐悲鸿送展的作品，有两幅，一是巨幅油画《眺望》，另一幅是《村歌》。《眺望》原名《广西三领袖》《广西三杰》，是徐悲鸿在广西创作的重要作品，因带有强烈的政治倾向，画作展出后，受到南京政府方面的抨击。

教育部全国第二次美术展览规模宏大，入展作品多达两千余件，包括古代绘画、现代绘画、美术工艺（铜器、陶瓷、玉器、漆器、编织等）、建筑图案及模型、雕塑、摄影、刻印，等等，分陈六个大陈列室。此外，徐中舒、邓以蛰、余绍宋还分别做了题为《铜器艺术》《书画》《中国画之气韵问题》的美术讲演。相关话剧、音乐演奏会等，也在展览期间进行了公演。此届画展，西画作品共有二百一十五件入选，占整个展览的十分之一。

孙多慈此次入选的作品，是在安庆创作的油画《石子工》。这幅作品与1935年参加中国美术会第二届（秋季）展览会的《木工》，基本是一个创作路子，依旧把目光投向最底层的民众。

4月17日《中央日报》发表的综述文章说："美术可调剂人民枯燥之精神，提高人民好尚之标准，提高民众之审美，更希望通过艺术来去除暴戾不平之气，而造成和谐与优美。希望通过本国固有美术，博得他民族之认识与尊重者。对日后美术创造提出希望：提倡创造精神（努力、和谐、优美）；提倡适合时代性之作品；注意边疆作品（由文化力量造成统一基础）；推广美术之普及训练。"孙多慈的《石子工》，仍以民间劳工为原型，以艺术家的眼光，关心民众疾苦，为民众生存呼吁，应该是"适合时代性之作品"吧。半个月后，徐悲鸿在香港接受《工商日报》记者采访时说："艺术是与生活的表现有关联的，研究艺术，不能离开生活不管。"又说，"当然艺术最重要的是原质是美，可是不能单独讲求美而忽略了真和善，这恐怕是中国艺术界犯的通病吧。"孙多慈的《石子工》，从创作思想到写实手法，严格地说，都受了徐悲鸿的影响，甚至有他的影子在其中。

实际上，孙多慈的这幅《石子工》，虽然被收入《第二次全国美展画选》，但在当时引起了很大争议。孙多慈后来在台湾的学生，知名画家谢里法曾经这样回忆：

我一直讶异，孙老师为什么画《赶牛车》，且又使用那么大的一张画布，到底是什么动机，什么心态？记得她告诉过我，她曾以一幅《敲石头的女工》入选全国美展，招来左右两方面人士的攻击；左派说她没有真实的体验，画的只是劳动人民空洞的外形；而右派批评她思想左倾，受左派党团的利用。她认为这不过是一幅写实的作品，那时学校正在修马路，随便画了几张速写，觉得造型很不错，徐悲鸿也鼓励她将这题材以巨幅油画深入去描绘，她感慨说："想批评人，不管左右两边都可找出理由。其实别以为自己左，有人比你更左；也别以为自己右，有人比你更右。不论站在什么位置上，都有人会来骂你。"

孙多慈所说的"学校正在修马路"，指的是安庆公园的建设。安庆初中位于谯楼之后，同在谯楼之后，还有省立安徽图书馆。20世纪30年代初，省立图书馆馆长陈东原向安徽省政府递交报告，称图书馆读者日益增多，读者需要更幽静的读书环境，建议以旧藩署现有园林与古迹为基础，将其改建为服务于民众的公园。此建议得到安徽省政府委员会会议上通过认可，并议决由安徽省建设厅督同怀宁县筹办。但整个改建工程，修筑围墙，铺碎石道，配置花木，建东西风景亭，以及时尚喷水池等，始终断断续续，直到1936年才正式竣工。公园占地五十亩，名为"安庆公园"。孙多慈每天在施工现场进出，自然感受多多。

这年6月下旬，学校快要放暑假的时候，孙多慈突然收到徐悲鸿从汉口发来的电报，说他已经买好船票，第二天到安庆，让孙多慈去码头接他一下。

孙多慈很意外、兴奋但也有些犹豫。这一次徐悲鸿来安庆，要不要告诉父母？告诉，父母肯定不乐意。不告诉，还像上次一样把他软禁在客栈里，万一让外人知道，岂不更是一团解释不清的糊涂账？与李家应私下讨论了好久，觉得还是和父母把牌摊开来好。

孙传瑗听到消息，果然不大快活，反映到脸上，就沉沉的很不好看。他倒不是不欢迎徐悲鸿，而是抱怨他来安庆搅乱了女儿稍稍平静一点的生活。当时表舅陆和鸣也在场，见此情形，就劝孙传瑗说："徐悲鸿是南京中央大学艺术专修科教授，又是孙多慈的导师，社会名望和社会影响都非常大。在广西，李宗仁都对他礼让三分呢，你孙传瑗可不能把人家拒之门外！"

汤毅英也觉得丈夫做法不妥，便笑笑地安慰女儿："多慈，你放心，这个家我还做一半主，你爸爸不接待徐先生，我接待！"

徐悲鸿是上午九点多钟下的船，孙多慈带着小表妹陆汉民在招商局码头接到他，要了部黄包车，直接把他拉到了汪家塘方家大屋。尽管上次在南京与孙传瑗有过交往，酒席桌上，双方喝得也非常愉快，但今天，带有这样特殊的身份与对方见面，徐悲鸿多少还是有些不自然。好在孙传瑗非常注意分寸，只把他当作

孙多慈《李白》
| 水墨
| 纸本
| 38.5cm×28.5cm
| 印"孙氏""多慈"

女儿的导师,并不把他当作其他,言谈举止恭恭敬敬,这倒让徐悲鸿自在得多,也少了许多不明不白的尴尬。也正因为这一点,逢邻居问,孙多慈立即响响亮亮地回答:"我们教授来安庆看我了。"

去年5月徐悲鸿来安庆,只是一个过客,或者说像缩头乌龟,只是在客栈里待了一天。安庆城究竟如何,他一无所知。此次身份公开,就想四处走走,看看在孙多慈口中听过多次的名胜古迹。

先去的是城西大观亭。孙多慈说,大观亭有看头,早些年郁达夫来安庆,写过不少文字。胡适来安庆也作了两首诗。就朗诵给他听:"民国烈士墓,正对忠宣祠。此亦一'大观',不须论是非。""东有迎江寺,西有大观亭。吾曹不努力,负此江山灵。"徐悲鸿很感兴趣。他觉得"吾曹不努力，负此江山灵"这一句，对于孙多慈，对于自己，都有启示意义。

从汪家塘出来，走梓潼阁、龙门口去往大观亭。这一带经营文具老店特别多，大多都是光绪年间开的老字号。这些文具店，多是前店后坊，前店是销售的铺面，后坊是传统的雕版印刷车间。徐悲鸿对一溜老店都有兴趣，几乎是挨家挨户地走进去。其中"金生和"的老板王昆亭，和孙多慈极熟，平时孙多慈要什么绘画材料，都是在他店里买。看见孙多慈他们过来，王老板早早就迎在门口，并一眼就认出了徐悲鸿。递烟，泡茶，非常客气。"金生和"出售的信封信笺，上面印有振风塔、大观亭、天柱阁等安庆地方名胜古迹，非常精美，孙多慈给徐悲鸿写信，用的就是这些。徐悲鸿一眼就看到了，爱不释手，也不问价，每个品种都拿了一些。

老板王昆亭得意起来，"不是夸口，这种信封信笺，是我们金生和的招牌。在安庆，绝对找不到第二家。印制信封信笺的雕版，我集有一两百块，北京的'荣宝斋'和南京的'翰墨林'，都到我这里来索要过样板。"

徐悲鸿很高兴，"好，好，以后有人问我去过安庆没有，我就告诉他们，我用的信封信笺，就是在安庆金生和买的。"又说，"这上面的大观亭，孙小姐马上就带我过去看看。"

从司下坡下来，出八卦门，走西门外大街，往西不远，就是"皖省第一名胜之区"大观亭。大观亭是长江中下游沿线最出色的人文景观，"三楹拓地，十笏循檐，一周回廊尽匝"，尤其是底层南厅伸出来的半边楼阁，重重叠叠，更衬映出大观亭的巍然。大观亭东侧的镜舫，为圆顶建筑，小巧玲珑，一股秀气。大观亭西的望华楼，为现代建筑，虽与大观亭风格有差别，但也相映成趣。

孙多慈陪徐悲鸿攀到最高处。"小的时候，父亲常带我们过来。"她对徐悲鸿说，"面对大观亭，他总赞不绝口。他说沈复的《浮生六记》，里面就有'面临南湖，背倚潜山，亭在山脊，眺远颇畅。亭有深廊，北窗洞开'的记述。"

大观亭建于明嘉靖四年（1525）。在这之前，这里是余阙墓。元至正十八年（1358）正月初七，天完红巾军陈友谅、赵普胜等汇集诸部环攻安庆城池，镇守安庆的淮西宣慰副使余阙率军，守战多日，弹尽粮绝，自己更身受重创十余处。面对天完红巾军重重包围，回望城内火光四起，后营不存，余阙知大势已尽，慨然挥剑自刎，沉尸于城西清水塘。"将军不负国恩，吾岂可负将军！"千余名余阙手下，见状也纷纷投水随将士而去。余阙夫人蒋氏以及侧室耶律氏、耶卜氏，子德臣、德生，女安安，甥福童等7人，得知将军死讯，也阖门投井身亡。陈友谅攻占安庆后，深感其义，厚葬余阙于正观门外。明洪武十六年（1383），明太祖朱元璋谕知"表其墓"，遂在其葬地建墓立碑。明嘉靖四年（1525），安庆知府陆钶动议修建大观亭，自此，大观亭景区由单一凭吊英雄性质，转为安庆西城外的一处观江胜景。之后大观亭屡遭战火破坏，又多次复建。现在徐悲鸿他们看到的，是同治七年（1868），安徽布政使吴坤修及巡抚彭玉麟倡建的建筑。

"倚槛苍茫千古事，过江多少六朝山。"道光年间江苏吴县陶澐撰写的这副楹联，让徐悲鸿心中也生出世事苍茫的感慨。他伸手将孙多慈揽在怀中，向她说："转眼从中大毕业两年了，你目前的状况，我还是着急。不是说回安庆不好，但局限性还是有。我的意思，无论如何，你还是要去比利时留学，争取不到公费名额，就自费出去。要是李家应同意，你们俩一起去。"

孙多慈嘴动了动，想说什么，没有说出来。

"我知道你的意思，经济方面你不用操心，我已经有所安排，先为你们每人准备一千元，作为前期费用。出国之后，你们可以一边打工一边学习。"

孙多慈十分感激，"我真是个没用的人，什么时候都不能离开先生的帮助。"

徐悲鸿搂住她的臂膀，"我早就说过了，我是你永远的靠山，你的事就是我的事，你的事我怎能不考虑？"

从大观亭回来，徐悲鸿让孙多慈绕道大黑子巷电报局，发了那份给谢寿康，却让蒋碧微知道了的电报。

当晚，孙传瑗在海洞春酒楼订了个小雅间，他借口临时有事不参加，安排孙多慈和李家应，热情款待她们的教授徐悲鸿。

海洞春酒楼位于三牌楼，这里是安庆城最繁华的商业区，海洞春也是安庆最上档次的大酒店。店老板是广东人，除酒店外，他还兼营浴室业，并经理英美烟草公司业务。海洞春菜肴以广东风味为主，广东菜偏淡偏生重海味，其中海味强调"生猛",也就是一个"鲜"字,这在公路不便的安庆老城,是麻头发皮子的难事。老板当然有绝招,他借厨师手下技艺,专门在口味上下功夫。海洞春在安庆前后营业二十多年,有一道始终不倒的招牌菜——"文昌鸡"。"文昌鸡"原料是产于海南文昌重约3斤的文昌鸡,传统"白斩"做法,特点是鲜美嫩滑,海洞春能以本地鸡做出文昌鸡的原汁原味,可见功夫了得。

开了一瓶红酒,徐悲鸿倒得多一些,满满一大杯,李家应本来就能喝,也与徐悲鸿打了个平手。只有孙多慈略差些,也不勉强,小杯子倒了大半杯。酒过三巡,大家的脸都有些红,桌上的气氛明显活跃,

徐悲鸿画赠孙多慈《寿桃》,题"慈弟清玩"。后为作家董桥收藏

话题也放得开。徐悲鸿就缠死缠活要向孙多慈学习安庆方言。他说安庆话软软的,碎碎的,有特别的水的韵味。孙多慈是北方寿州人,安庆话向来说得不地道,这几年在南京,又基本把它忘光了,但被徐悲鸿逼得没法,只好凑合着说上两句。

先说身体各部位,胳肢窝叫"穴夹窝",胳膊叫"手膀子",肘叫"手拐子",手腕叫"手颈子",手指甲叫"手指篷儿",胸前叫"胸门口",膝盖叫"咳膝坡儿",脚丫叫"脚米丫儿",脊梁叫"背心骨",拳头叫"锤子",眼泪叫"眼粒",眼睑叫"眼睛泡儿",眼珠叫"眼睛子儿"。

徐悲鸿连声说有趣,还要继续往下听。

再说日常用语,夏天雷阵雨叫"打暴头",雨下大了,叫"河天倒",下雨叫"落雨",淋雨叫"沕雨",口水叫"口蚕",齐耳短发叫"二道毛子",中年妇女

盘于脑后的扁形发髻,叫"巴巴鬏儿",头发叫"头毛",皮肤上的泥垢叫"垢肌",地方叫"落里",尽头叫"头埂",上面叫"高头",角落叫"拐角下",安庆有两条街,就叫"大拐角头"和"小拐角头"。

徐悲鸿觉得"拐角下"最恰当,既然有"拐",必然有"角",这是个形象用语。他还特别要求孙多慈,明天无论如何也要带自己去大拐角头和小拐角头转一转。

继续说,说的是时间用语,中午叫"中时儿",下午叫"下昼儿",傍晚叫"下昼晚儿",又叫"擦黑儿""断黑儿",白天叫"日里",天亮叫"天光",大前天叫"现前个",前天叫"前朝",等一会儿叫"暂下子",后天叫"外后朝"。

孙多慈解释说:"安庆人把'下'读成'哈',去声,因此'傍晚'在安庆,就被称作'哈昼晚儿'。一般人是听不懂的。"

徐悲鸿说:"方言是地方文化的重要组成部分,地方文化同样是绘画技巧的一部分,你要创作现实主义作品,你要表现当地的劳苦大众,你不了解地方文化是完全不可以的。"

孙多慈就笑,"你看,你看,你那教授身份又掩不住了吧?"

回到汪家塘,徐悲鸿仍然处在半醉状态,一进门就非要孙多慈笔墨侍候,说要作两张画,一张送给孙多慈,一张送给李家应。就在灯下画了两幅国画小品。而这两张小品,半个世纪后,居然流到了台湾作家董桥的手中。后来董桥在散文《孙多慈采红豆送老师》中说:"我那两幅徐悲鸿的画小得可爱,画给孙多慈的是寿桃,题了'慈弟清玩';画给李家应的是水鸭,上款'应弟存玩',都是民国二十六年(1937)春日之作。"徐悲鸿的题款很有讲究,同样是"玩",题给孙多慈的是"清",题给李家应的是"存",别样的感情,在这两个字中充分体现出来了。董桥对这两幅小品非常喜爱,说:"一对尺寸相同的稀世珍宝,走遍天下恐怕再也找不到情致这样细腻的徐悲鸿了。"

关于徐悲鸿此次安庆之行,蒋碧微在《我与悲鸿》一书也有描述:"到了一九三七年的春天,谢寿康太太打电话通知我,她说刚接到徐先生的一个电报,说他明天到南京。我听了非常诧异:怎么他倦鸟思还?我问谢太太电报是从哪里打来的?谢太太答说是怀宁,她还问我怀宁是在哪里?我告诉她,怀宁就是安庆。

安庆是孙家所住的地方，于是我了然于心。"

蒋碧微说徐悲鸿在怀宁发电报是"一九三七年的春天"，可能记述不精确，因为这一年的春天，徐悲鸿虽然离开过广西，但只到过香港、广州，并没有回到南京。事实是，6月中旬，徐悲鸿在长沙举行个人画展，之后由长沙抵至武汉，再从武汉乘大轮到达安庆。也就是说，徐悲鸿此次来安庆，确切时间是1937年6月下旬初。季节上看，应该是暖风初吹的仲夏了。

徐悲鸿回南京，蒋碧微也去码头接他了，当然是谢寿康夫妇动员她过去的。但他们夫妇之间的裂痕，已经无法愈合了。蒋碧微在《我与悲鸿》中说："那一天到码头去迎接的人很多，我带着伯阳、丽丽一双小儿女。孩子们和父亲离别很久了，他们的脸上显出非常兴奋快乐的神情。"又说，"在徐先生到南京的前夕，我已经做了一些准备工作，因为在徐先生不曾向我示其意向之前，我只好将他当作一位客人接待。我让出自己的寝室，睡到外面的房间，他所带来的东西，我叫佣人统统搁在画室里，他的衣服，洗熨完毕仍旧放回他的衣箱。"

离家半年多回来，按理有"久别如新婚"的亲热，但蒋碧微冷漠依然，夫妇间仍旧分居，这种滋味，确实过于"冷"了些。感受不到家庭的温暖，徐悲鸿在危巢的那半个月，日子自然不会好过，也正出于这个原因，7月10日，徐悲鸿再次离开南京，坐火车抵达上海。

来也匆匆，去也匆匆，1937年初夏徐悲鸿的上海之行，其状况，和他目前的家庭处境一样，飘摇而无着落。

7月11日下午三点多钟，徐悲鸿赶到中华书局编译所，专门交代舒新城，说将安排孙多慈和她的同学李家应去比利时留学，前期费用由他资助，每人一千元，请舒新城在他存在中华书局的资金里支付。

7月13日晚七时，徐悲鸿与篆刻家简琴斋等朋友，坐车来到水上饭店，舒新城在这里设了个便宴，招待半年多没有来上海的徐悲鸿。喝喝酒，聊聊天，宴会结束，已经晚上九点多钟了。从饭店出来，外面下起了密密雨点。徐悲鸿撑起一把伞，又匆匆赶到十六铺码头，晚上他要坐船去安庆。临分手时，徐悲鸿又转回头，悄悄吩咐舒新城，让他帮忙代购一百二十四英镑，"孙多慈和李家应为出

安庆皖江公园。在这里,徐悲鸿与孙多慈度过了最温馨最浪漫也最具有诗意的一夜

国的事,最近要到上海来,到时你把这些英镑交给她们。"

此次来安庆,是徐悲鸿转道汉口去广西的一个小中转,前后只待了四十八个小时。本来可以直接取道汉口的,但前次在安庆,受到孙多慈父母相对热情的招待,让徐悲鸿有些兴奋,对孙多慈的渴念,也因此到"一日不见,如隔三秋"的地步。孙多慈正好暑期放假,也乐意徐悲鸿过来。

是夜半到的船,从码头坐黄包车到汪家塘方家大屋,差不多天快亮了。结果还没合眼,孙多慈就笑笑地把徐悲鸿叫了起来,说要请他吃安庆特色的风味早餐。以为是什么精致面点,结果是便宜到不能再便宜的大饼包油条。虽便宜,却好吃,大饼外脆内软，对折，包上金黄色的油条，一咬一口香气。就这样，两人并肩从枞阳门出城，去城东迎江寺爬振风塔。

振风塔初名万佛塔，八角七级，重楼式砖石结构，海拔高度八十二点七六米，在全国一百零八座砖石结构的古塔建筑中，名列第二。除七层外，其他各层八方均为玉石栏杆。环振风塔而建的迎江寺，包括天王殿、大雄宝殿、毗卢殿、藏经楼、广嗣殿、大士阁等多处建筑。传说慈禧年幼时曾随父亲惠徵在安庆候补（徽宁池广太道），与迎江寺有一段佛缘，后偶尔记起，一时高兴，还专门为寺院题写了一款"妙明圆镜"的匾额。

迎江寺山门门左右，搁放有一对大铁锚，每只两三千斤重，徐悲鸿不明其故，蹲下身研究了半天，仍不解，便抬头问孙多慈："这两只铁锚难道有什么讲究？"

孙多慈笑笑，说："安庆有句古话，叫'南京不打五更鼓，安庆不做彭知府'。为什么？因为从地形上看，安庆城如船，振风塔则为船上桅杆。船是顺水走的，所以都说安庆城留不住风水，留不住人气。彭与'盆'同音，做官也不长久的。后来有人出主意，铸了一对铁锚，安庆城就被锁定在这儿了。"

徐悲鸿点点头，道："民间传说，妙而有趣，也自然有它的道理。"

寺里寺外转一圈，又一层一层转上振风塔，在上面看了半天风景。

越到高处，天越远，地越阔，凭栏远眺，云帆落日，水天一色。孙多慈说："振风塔是安庆大景，文人墨客至此，自然要生出许多感慨。小时候爸爸专门给我抄过一个本子，上面的诗句，都出自安庆名流之手。记得刘大櫆的是：'浮屠千尺大江限，目尽东南百粤开。三峡倒流春水去，乱帆低挂夕阳来。'张英也有四句：'遥落皖口东南出，半落长江日夜流。云外平分天柱影，望中收尽海门秋。'到底是大手笔，同样是遣词造句，他们就能写出豁然开朗的大气来。"

徐悲鸿说："立得高，望得远，但学问不同，境界不同，这个'远'自然也有区别。行文如此，作画也是如此啊。"

孙多慈就笑了起来，"你现在已经不是我的教授了，怎么说话还像在课堂一样？"

徐悲鸿伸手在她鼻子上刮一下，也忍不住朗声而笑。

孙多慈的小表妹陆汉民晚年回忆："这年夏天，姑父母交给我一个'任务'，让我监视表姐与她的恋人，有什么情况得向他们汇报，他俩到哪儿，我便跟在后面。我总算能天天见到这位才华横溢的大画家了。徐悲鸿中等偏高身材，清瘦而儒雅，具有大艺术家的气度。他那时已四十二岁了，眉宇间压着忧郁，脸上几乎见不到笑容。他在安庆时穿着长袍，棕色皮鞋，很朴素。而我表姐给我看的徐的照片则多是西装革履，扎着领带，俊朗而有气派。说心里话，我同情表姐，也不会打小报告，我认为她不惧世俗压力追求自由恋爱的精神是很了不起的，我觉得徐悲鸿若是能与蒋碧微分手而与我表姐结合，定然是天造地设的一对。徐悲鸿对我很和气，问我是否也爱绘画，又问我读过哪些欧美古典小说和中国文学名著。我一一作答，但总也摆脱不了心中的拘束，因为他的名气实在是太大了。我曾亲见我表姐与徐悲鸿在安庆森林公园游玩时相偎低语，并不避忌我这个小表妹。表姐似乎郁郁寡欢，她不止一次哭泣过，她面临着父母与情人之间的两难选择。"

陆汉民说的"森林公园"，建于光绪年间，在安庆，在安徽，无论园区规模，还是建园时间，都是当之无愧的"安徽第一园"。森林公园原名皖江公园，1931年6月，安徽全省推行开展植树活动，因皖江公园"大树撑天，浓荫隐蔽"，安徽省政府将其列为安徽城市绿化样板点，并易名为森林公园。

徐悲鸿离开安庆，坐的是凌晨两点多钟的船，上不上，下不下，于是孙多慈和家里人商量，晚饭后去城东森林公园转一转，不回来了，直接从那边上船。

从汪家塘方家大屋出来，向南走上孝肃路，然后折向东，出城，至底，就是森林公园。

森林公园的这一夜，是孙多慈与徐悲鸿爱情生活中，最温馨最浪漫也最具有诗意的一夜。

弦月如钩，繁星如织。

孙多慈挽着徐悲鸿的手臂，小鸟依人，走在洒满月光的林荫道上。只有这个时候，他们才是一对没有任何压力的知心爱人。

他们似乎说了很多，但似乎什么也没有说。小径通幽，几分宁谧，几分寂静。这天地，这园林，仿佛只属于他们两人。

第二届全国美术展览会作品：孙多慈《石子匠》，刊《美术生活》1937年第38期

孙多慈对徐悲鸿的爱是委婉的，温顺的，因为中间波波折折太多，还夹有一丝淡淡的忧伤。这种感情，在她的诗作中，曾经多次出现——

极目孤帆远，无言上小楼。
寒江沉落日，黄叶不知秋。

森林公园内的林荫小道，在他们的脚下，漫漫没有尽头。

但爱长夜短，最终还是要分手离别。

而此时的离别，也许是人生之途的离别，也许是爱情之旅的离别，也许是……徐悲鸿和孙多慈都意识到了，他们相拥在一起，久久不愿分开。

临走时，徐悲鸿拍拍小表妹陆汉民的肩膀，对她说："你要记住，你的表姐永远是最美丽的！"而此时，立在一侧的孙多慈满眼泪水，月光映照下，晶晶发亮。

从森林公园出来，孙多慈又把徐悲鸿送到码头。看徐悲鸿边回头边挥手走上趸船，孙多慈眼睛湿成一片。她就这样站在码头，久久不肯离去，直到徐悲鸿乘坐的轮船，在夜色中最终消失。

一片残阳柳万丝，秋风江上挂帆时。
伤心家国无穷恨，红树青山总不知。

孙多慈后来寄赠徐悲鸿的这首小诗，字里行间，在流露她对徐悲鸿的深爱的同时，也已经清醒地认识到，正在发生的国家之难，对他们的爱情，将产生重大的不可逆转的影响。

这一日，是1937年7月17日凌晨时分。

徐悲鸿说这话时，对孙多慈出国留学前景十分乐观。他并不知道，此时他个人的命运，包括他与孙多慈之间的情感历程，也随国家的命运，开始变得错综复杂。

1937年7月7日，在北京，在卢沟桥，发生了震惊世界的"卢沟桥事变"。这天夜间，日军借口一个兵士失踪，要进入北平西南的宛平县城搜查。中国守军拒绝了这一无理的要求。日军开枪开炮猛轰卢沟桥，向城内的中国守军进攻。中国守军第二十九军吉星文团奋起还击，拉开了全民族抗日的序幕。之后日本开始全面侵华，抗日战争由此爆发。

徐悲鸿委托舒新城代购的一百二十四英镑，以及准备资助孙多慈与李家应的两千元，实际在徐悲鸿特别嘱托的那天，就已经无法派上用场。

二十三、逃亡的日子

1937年9月，局势突变，国立中央大学不得不内迁至重庆。9月底，徐悲鸿独自来到桂林，此时他的心情，既烦闷，又焦躁，还有几分孤独。对孙多慈的思念，也随之发展到新的高峰。10月初，他与徐飞白去郊外野生，无意中提到了孙多慈，实在控制不了，索性坐在地上，把自己的思念之情，痛痛快快地诉说了出来。徐飞白很感动，回去专门为此事写了首诗——

对我长谈涧上亭，多君消息滞怀宁（安庆）。
风烟不为吹愁去，嚼石成仙簌簌青。

徐悲鸿读到此诗，也很激动，当即作了一首五言古体长诗，淋漓尽致地表达了他对孙多慈的怀念。他还把这首诗抄录成横批，送给了徐飞白。可惜这幅书法作品后来毁于战火，具体内容，已经无从得知。

也就在这期间，香港画家李铁夫、余本、王少陵结伴来桂林游览，其中王少陵与徐悲鸿私交极深，徐悲鸿也向他叙说了对孙多慈的思念。临走时，徐悲鸿抄录一首小诗相赠，诗的内容，是他《题红豆诗》之三，"剥莲认识中心苦，独处沉沉味苦心。"这也是当时他内心真实的写照。

徐飞白回忆，那一阶段，徐悲鸿常书写赠题友人的，还有另外一首七绝——

亦效鸳鸯宿上林，亦同锡麟失其群。
人生甘苦每相反，颇觉年来左手驯。

1936年7月，徐悲鸿（中）与徐飞白（右）、刘汝醴（左）在南宁合影

诗中虽然没有具体所指，但这种背景下，可以明显看出，这是他对孙多慈的苦苦思念。

正是带着这种心绪，徐悲鸿创作了国画《风雨鸡鸣》。画面很简单，一只雄鸡挺立风雨之中，引颈高鸣，期望此一鸣能云开雾散，霞光透天。画的题款，徐悲鸿用的是《诗经风雨》中两句，"风雨如晦，鸡鸣不已，既见君子，云胡不喜。"如果鸣叫的雄鸡是他自己，那么发自他内心的声音，就是他对远在安徽安庆的孙多慈深情的呼唤了。

但徐悲鸿不知道，此时的孙多慈，正和家人忙于跑反，根本顾不到与他相恋相爱了。

安庆城的紧张气氛，是从1937年夏末开始的。

8月13日，淞沪会战拉开大幕。这是中国抗战史上最为壮观最为惨烈的大战，当时日方出动二十八万大军，动用军舰三十余艘，飞机五百余架，坦克三百余辆。而中方，则调集了七十余个师，近四十艘舰艇和二百五十架飞机。中国军队坚守上海达三个月之久，虽然最终战败，但至少扰乱了日军速战速决的步骤。

淞沪会战极大鼓舞了安徽百姓的抗战决心，也就是在这个阶段，安庆城相继成立了"安庆市文化团体救国委员会""安徽省各界抗敌后援会""安庆市暑期青年学生抗敌后援会"等组织。

"头可断，血可流，抗战决心不可移！"

"安定金融是商人的责任！"

"每个中国人都要尽力捉汉奸！"

安庆的街头，用白石灰刷满了这样的标语。

局势突变是从11月26日开始的，这一天是周五，农历十月二十四，头一天刚过完感恩节。大概下午两点多钟，安庆街头突然拉起了空袭警报。警报声一声声盘旋在安庆城上空，长久而凄厉。虽然以前安庆城区也有过多次防空演习，但这一次大家都听出警报声的不对了。路人顿时纷纷做鸟兽状，在大街上乱成一团。果然，不几分钟，几架带有太阳标志的日军飞机沿着长江从东边飞过来，在安庆城上空绕了几圈，丢下几颗屁股后面冒烟的炸弹才离开。炸弹落到城外，不少半大的孩子出城去看了，说有丈余大的坑。实际这也是日本军队向安徽政府的示威。

在此期间，孙多慈父亲孙传瑗工作的安徽大学，由教务处长谢循初以及部分教授动议，要将学校搬迁到汉口，但遭到许多师生的反对，校方也觉得时间过早，战争胜负尚未有明显趋势，匆匆迁校，容易扰乱人心，所以就搁置下来了。

12月初，安庆街头穿黄色衣裳的军人多了起来。孙传瑗过去了解了一下，说是杨森率第二十七集团军已经调驻安庆，这个集团军下面，辖有二十军、四十四军等，实力非常强大。他们的总司令部，就设在孝肃路的段家大屋，与汪家塘只有几步路。战争时代，与军人为邻，大家心里多少有一些踏实。

但仅仅两天后，12月13日，日军屠城南京，有三十万军民遭到惨绝人寰的大屠杀。孙多慈就读的国立中央大学，也成为日本军队驻扎地。

大量的难民涌进安庆，而安庆城的恐慌气氛也一日日加剧。父亲孙传瑗坐不住了，于是和孙多慈商量，全家要外出跑反。也没有什么地方可去，只有随大流，先坐船西上到武汉，至于以后，父亲没有说，他把眼光投向孙多慈。孙多慈知道父亲的意思，这个时候，远在重庆的徐悲鸿，是可以拉他们一把的。

他们是12月中旬离开安庆的，除带有少量衣物外，基本什么也没有拿。徐悲鸿这几年为孙多慈画的许多画，本来是想随身带走的，父亲坚决反对，"又不是不回来，又不是什么值钱的东西，即使被偷被盗了，以后机会有的是，找他多画几张就是了。"留下一个佣人，整个一个家就托付她代管。

与他们相约同行的，是孙多慈的另一位好姐妹叶庭筠。叶庭筠是母亲汤毅英在寿县安徽省立第三女子师范学校任职时的学生，比孙多慈大几岁。来报考女子师范时，由于年龄偏大，不符合报名条件，被校方拒绝了。叶庭筠很伤心，就在学校大门外面哭泣，孙多慈当时只有十一二岁，正好看见，就拉她到母亲这儿来求助。叶庭筠一说悲惨家世，又让母亲疼爱不已，就破格录取了。叶庭筠很感激，就把孙多慈当自己最好的小姊妹，什么话都和她说。叶庭筠与李家应也谈得来，于是三人就成了情投意合的小三人团。母亲用了一个词，叫"义结金兰"，三人索性以"韵"为轴，相互姊妹相称。叶庭筠老大，叫韵竹；李家应老二，叫韵丹；

孙多慈最小，叫韵兰。后来去国立中央大学读书，与徐悲鸿有那么一点情感上的纠葛，加上徐悲鸿又喜欢用"大慈大悲"闲章，所以"韵兰"这个名字，基本上就没用了。只有蒋碧微喜欢这个略有俗气的"韵兰"，后来她写《我与悲鸿》，凡涉及孙多慈，出现的名字都是"韵君"。

1937年的叶庭筠，丈夫刚刚去世，一个人拖着四个孩子，与他们相约同行，有一个特别的原因。叶庭筠结婚早，丈夫吴鸿才先任灵璧县邮政局局长，后转任桐城县邮政局局长。1934年，吴鸿才调任安徽省邮政管理局巡视员。叶庭筠随着丈夫来安庆，特意在昭忠祠租房，与孙多慈做了邻居。1936年秋，吴鸿才皖南巡视中，不幸惨遭战祸。吴鸿才老乡与挚友，安徽省保安处任职的于团长，心疼他们孤儿寡母，便腾出位于小南门的一处私院，给他们母子无偿使用。后叶庭筠又将其中两间，租给了两位毕业于中央军官学校的青年军人。其中一位叫郑广游，一位叫林咏泉。

那一阶段，孙多慈与李家应经常结伴过来，同是年轻人，同是大学生，因此处得非常好。相比于从军，郑广游与林咏泉更热爱诗歌。"最后这杯酒／划分了情爱和仇雠／当倾尽的时候／退脱了缠绵的手／于是／曳着一道烟波你去了／带着壮士的铁的心／和一双冒火的眼睛／向天涯／寻觅凶手的头颅／祭父兄的白骨。"郑广游这首最喜欢在孙多慈面前朗诵的《送别》，后发表于1938年4月29日的《抗战日报》。

也正因为如此，谈到外出逃亡时，两位青年军人都建议随他们的军事机关一起走，沿途多少有一个照顾。父亲孙传瑗也觉得这是外出逃难的上上策。

离开安庆的场景多少有些尴尬。两家十多人挤的是招商局的一班加班客轮，午夜时刻离开码头。吴新华后来有一段回忆文字，客观地叙述了当时的景象：

难民们一窝蜂似的冲上了栈桥，一时间，人喊鬼哭，秩序大乱。幸亏林（咏泉）叔叔、郑（广游）叔叔事先有了准备，他俩一人抱着我的妹妹在前面开路，一人背着我的弟弟殿后。其他人，包括我母亲、大姐、我、孙（传瑗）老先生、孙老太太（汤毅英）、孙多慈和她的哥哥（孙多拯），一人拉着前一人的衣服。林、郑交代：无论如何也不要松手。最后，我们总算全部安全地登上了船，只是大衣的带子和衣服的后襟都撕裂了。上船后才听说，在拥挤的过程中，有人被挤落江中，而在那种情况下，是根本无法营救的。

天亮时，轮船已经行驶在茫茫的江面上。孙多慈走上甲板，左右江岸，如青黑色长线，绵延无尽。江水浊黄，浪花击在船头，发出一声声单调的声响。渐渐地，远方出现了一个黑影，越来越清晰，就有旅客惊呼起来："小孤山，小孤山！"

临近安徽、江西两省交界的江面，一座长江孤岛渐渐进入孙多慈的视野，它雄奇，它秀俊，它险峭，它孤傲，如芙蓉凌波，飘飘然有一种仙气。1934年夏天随父亲去庐山，客轮也曾在小孤山前绕过，当时父亲在身边，向她介绍过山上的先月楼、天妃殿、关圣殿、弥陀阁等建筑。抬头看，雄踞峰之巅的梳妆亭，山石重叠，嶙峋陡峭，峭拔秀丽。此时的小孤山，四面环水，孤立不依，确实有"海门第一关"的神韵。当年苏东坡从山前过，曾在《李思训画长江绝岛图》中留下"舟中贾客莫漫狂，小姑前年嫁彭郎"的诗句。诗中的"彭郎"自然也有所指，是长江南岸的彭郎山，不过两山之间，有浩浩长江相隔，相望而不能相亲，只能是永远的遗憾。想到此，孙多慈的眼睛又有些湿湿的，战火纷飞，国破家散，她与徐悲鸿之间的这层关系，还能有个好的结局吗？

船到武汉，就近找了家小旅馆住下。但满大街都是逃难的人，想安定下来，也并非易事，而且旅馆里的难民，个个如无头苍蝇，每天回来，都有新的更让人不安的战争消息。孙传瑗心不安，孙多慈心也不安，想了想，还是继续西上。郑广旆与林咏泉他们服务的军事机关，下一目的地是长沙，便建议与他们同行。孙多慈觉得也不错，那边有她的几个同学，而孙传瑗在长沙也有老朋友。安庆出来跑反的，也多去了长沙，云芳照相馆的老板郑云芳，甚至把他的照相馆也搬过去了。

于是，和叶庭筠他们一家，先是走公路一路颠簸颠簸到岳阳，又改水路行船，经洞庭湖走湘江，最后抵达长沙。前前后后，折腾有大半个月。孙传瑗苦中作乐，沿途写下不少诗篇。晚年结集《今雅堂诗存》，这个阶段创作的《夜泊潇湘》《洞庭棹歌二首同王健吾、鲁麟玉作》《望君山》《泊城陵矶》《汨罗江上》《湘江喜晴》《靖港阻风》等，都收于集中。

　　长沙的地名很有意思，"南门到北门，七里容三分"，老街不长，街名不短，各有各的深意。其中"半湘街""一人巷""二里半""三公里""四牌楼""五里牌""六堆子""七里庙""八角亭""韭菜园""十间头""百善台""千佛林""万祠巷"等，从半到万，无一遗漏，如同玩一串数字游戏。"桂花井""荷花池""白果园""芙蓉巷""紫荆街""樟树园"等，街名连在一起，又是一片花木掩映，瓜果飘香的农家风景。孙多慈一家到长沙，就住在桂花井，门牌号码是"13"。这是个很安静的小院子，想要上街，还要七绕八绕，穿过多条小巷。

　　年轻的时候，孙传瑗在湖北工作过一阵子，当时是准备来长沙这边转转的，但一直没有机会。对于孙多慈，长沙也完全是一个陌生城市。因此安顿下来后的头几天，父女俩结伴四处走访风景，白沙洲、岳麓山、白鹤泉、爱晚亭什么的，一个写诗，一个作画，战乱之中，难得有一片清闲之心。但很快就生出一种压迫感，一日复一日，越来越严重。虽然手里还有几个闲钱，但如此下去，不知道哪天是个头，坐吃山空总不是办法。于是父女俩就分头出去跑工作，因为年底，因为战乱，几天跑下来，一无所获。孙传瑗相识的老朋友，多有变故，不是老死，就是搬迁，有些新交的，抗战爆发后，又有了新的去处。能找到的几位，也都不在岗位，说话办事，分量明显不足了。孙多慈出去会同学，情况也大致相似，长沙工作机会本来就不多，又是战乱，自然难上加难了。

　　临近1938年元旦的前几天，长沙一直阴雨不断。早上推门出去，漫天飞雨，无边无尽。那雨带着寒意，落到脸上，又顺颊而下，如同一串一串泪珠。此情此景，不知怎么就让孙多慈有想哭的冲动。那一刻，她最期盼的，就是徐悲鸿敦厚又柔软的肩膀。

　　此时国立中央大学已经迁到了重庆，徐悲鸿也于头一年的11月，由桂林转道贵阳去了重庆。虽人在重庆，但对孙多慈思念依旧。期间曾绘有画作《怅望》，画面是一只猫注视一只蝴蝶，"剩有数行泪，临风为汝挥。"其题诗看似写猫，实则借题发挥，表达了他的怅然之情。

此景此情，只能以书信表达。回到屋里，孙多慈打开灯，坐到桌前，将自己这一两个月的奔波与苦楚，竹筒倒豆子般，全部宣泄于纸上。信写好后，孙多慈不知道该不该发，因为在信中，她提出了让徐悲鸿来长沙相会，并让他想办法，帮她一家子去桂林，信的末尾，她还以"战火弥漫，前途茫茫，很想有个肩膀能够依靠"为由，暗示想与徐悲鸿进行结合。

也有一种说法，当时孙多慈一繁一简，写的是两封信，其中简的那封，徐飞白在《云山万重——徐悲鸿、蒋碧微、孙多慈旅程的一段往事》中有记录：

悲鸿吾师：

  向您问好！

  上海沦陷后，日寇蜂拥而来，大炮轰，飞机炸，人民伤亡枕藉！日寇所到之处，杀人放火，竟至以杀人比富为乐，其残暴罪行，真是骇人听闻！

  家父母已随我到大后方逃难，路上的辛苦，百姓的流离，我将在另一封信中向您详谈。逃难的目的地不是重庆，就是桂林。

  不管路上如何困难，我下定决心要到桂林来看望您！

  我在精神上事业上永远属于您！请耐心等着吧！

  敬请

    旅安！

      您的学生多慈于途中

      一九三七年岁尾

徐飞白作《云山万重——徐悲鸿、蒋碧微、孙多慈旅程的一段往事》，虚构成分相对较大，因此这封信的真实性，多少要打些折扣。而类似文笔，似也无法出自孙多慈之手。

孙多慈埋头写信时，父亲孙传瑗也起来了，凭直觉，他知道这封信肯定是写给徐悲鸿。从内心讲，这一个阶段，他也期待徐悲鸿能为他们做一些什么，但由于前期对他的态度过于抵触，现在想开口也不知道怎么开。但人到弯腰时，不得不低头。在这种大背景下，能够帮助他们一家的，最得力者，莫过于徐悲鸿了。于是他装作关心的态度，拐弯抹角，向孙多慈提出了自己的看法。

孙多慈说："我明白，刚刚给他写了一封信，想请他来长沙，看能不能帮我们去桂林，在那边找个工作。"

孙传瑗"唔"了一声，"现在这种情况，也只能依靠他了。"

信是当天发出去的，按理半个月肯定能到重庆，即便算上元旦，二十天也足够了。但让孙多慈感到奇怪的是，春节过了，正月十五过了，甚至二月二庙会也过了，仍没有看到徐悲鸿的只言片语。先开始孙多慈还有心期盼，父亲也不时过来询问一下，但时间长了，孙多慈的心也凉了，父亲的脸挂挂的也不好看。漂泊在外，人心浮躁，这种感情也可以体谅，但最后，父亲居然说出"文人就是靠不住，当你真要找他们时，他就以各种借口搪塞了"这样难听的话，又说，"不行也没有关系，你也应该回一个信才是。"孙多慈真的不知如何回答是好。

1938 年的长沙，是人才汇聚之地，也是人才发挥之地。郑广漩与林咏泉很快与同样爱好诗歌的任侠、孙望、徐仲年聚焦到一起，并于这年 8 月组织成立中国诗艺社，同时编辑出版有《中国诗艺》杂志，出版了"中国诗艺社丛书"。

国立中央大学的学生，在长沙人数不少，大家在一起，形成了一个小团体，有事无事，就聚到一块儿来。孙多慈相对熟悉的陆其清，又名澄之，也是徐悲鸿的学生，不过他是 1928 年考入国立中央大学的，孙多慈在艺术专修科旁听那一年，他们有过交往。1938 年春节前后，他也逃往长沙避难。那一阶段，孙多慈没有什么事，朋友有时约去给画张像，她也不拒绝。如果对方付点润格，她也不客气地收下。

那天，一位姓易的小姐请孙多慈过来画像，顺便也邀请了几位中央大学的同学。陆其清过去得晚一些，看孙多慈在为易小姐画像，就在她身后站了一会，没有说话。孙多慈有些不好意思，指着画像对陆其清说："确实不怎么好，不知为什么，现在拿起画笔，一点心思也没有。"

陆其清安慰她:"特别时期,大家都一样的,能把画笔拿起来,已经够不错的了。"

中午在一起吃饭,大家说说笑笑,只有孙多慈的话非常少。那天安排的是"十大碗",非常丰盛。长沙人吃饭,碗特别深,十大碗菜装进去,实实在在。但孙多慈一点胃口也没有。

陆其清知道她和徐悲鸿的恋情,便把她拉到一边,悄悄问:"和徐先生有没有联系?"

孙多慈叹了口气,"给他发过一封信,但已经一个多月了,半点消息也没有。"

陆其清说:"现在战乱,邮路不便,你那封信没有收到也是可能的。也别太往心里去。"

孙多慈说:"也只能这样。我还有什么办法。"

想一想这两年的命运,出国未成,恋爱受挫,战乱后生活又无着落,真的心灰意冷啊!

清明前后,孙多慈的老同学李家应来到长沙。

李家应是日军空袭安庆的第二天离开的,绕了多少路,最后才回到浙江,去的地方还不是杭州,而是浙江丽水。那也是个小县城,天天都有日机过来骚扰,父亲李立民在浙江省政府任秘书长,不放心女儿待在这里,正好好友郁达夫要去武汉,就托他顺路把李家应带过来了。李家应到武汉,目的自然是找孙多慈,结果孙多慈到了长沙,于是她又追了过来。几个月没见面,两个人挤在一张窄窄的床上,有说不完的话。

"父亲这些天情绪不好,他老把怨气发在我的身上,先生不来信,肯定有他的理由,父亲不理解,硬说人家对我们没心。他嘴上不说,我心里清楚,言下之意,就是怪徐悲鸿只是玩弄我的感情而已。"

李家应就笑,"我们家父亲也不是一样。三句话不对,就吹胡子瞪眼,好像什么事都只有他说的才对。是不是男人也有更年期?而他们正处在更年期综合征中?"

说到徐悲鸿,孙多慈也有些不理解,"我的信也发出去三个多月了,到底是什么情况，也该给我一个字啊。不会是出了什么……"

李家应说："你瞎想些什么。好着呢。我说了你可别不高兴，听说年前他和夫人又和好了，两人又住到一起。他们在重庆的家，叫'光第'。"

"不会吧？他和蒋碧微已经分居好长时间了。上次我去南京，他就住在沈宜甲那里。"

"人总是会变的。此一时，彼一时，现在的事，谁说得清呢？"见孙多慈脸色不好看，李家应又安慰说，"不过也不一定是真的，我也是在武汉听人家说的，也许曾经住过一个阶段，现在又分开了呢？你放心，他的心中是放不下你的，别人不知道，我还不清楚？"

虽然孙多慈对这事并不在意，但从李家应嘴中听到这消息，心里多少还有些不平衡，这大概就是醋意吧。

李家应又以老大姐的口气劝孙多慈说，"不过你也别太死心眼，天下好男人多的是，并不只有徐悲鸿一个。"又压低声音，俯在她耳边说，"有件事，本来不想告诉你的，忍不住，还是说了吧。我替你做了回主，给你牵了根月老的红线，现在正等对方答复呢！"

"你可别瞎说，我不会同意的！"

"别把话说死吧。也只是接触接触看看，不同意，两手一伸，'拜拜'就是。现在社会动荡，你总不能在一棵树上吊死吧。"

"对方是谁，我心里该有个数吧。"

"现在不说，如果对方同意了，我再告诉你。反正也是个社会名流。"

"不行，如果我与他交往了，我对不起先生。"

"先生呢？现在你最需要先生的时候，先生在哪？你呀，就是一个死心眼！"

提到徐悲鸿，孙多慈的心，真的又暗淡下来了。

确实如李家应所说，1937年年底，在重庆，徐悲鸿又与蒋碧微走到了一起。

蒋碧微1937年10月下旬到达重庆后，在渝简马路的一幢西式住宅楼上，租借了两间房，暂时有了落身之处。这地方，就是当地人说的"光第"。在蒋碧微《我与悲鸿》中,徐悲鸿是 11 月 23 日搬来的,"除了行李以外,手上还拎着几只螃蟹。"但之后不久,因为蒋碧微外甥找工作的事,两人又发生了争吵。"人心已变,不能再住下去了。"徐悲鸿当时向郭有守说。郭有守此时也来到了重庆,他与蒋碧微同住在"光第"。郭有守就拦住徐悲鸿苦口婆心地相劝,但徐悲鸿不听,拎着行李坚决地离去了。蒋碧微说自己当时"无言地望望墙上的日历,算算,他这一次回来,前后一共只住了五十天"。按蒋碧微的记忆,他们这次分手,应该是 1938 年 1 月 11 日,而也就在这前后,徐悲鸿收到孙多慈从长沙发的信函,其中最让徐悲鸿心动的,就是孙多慈许诺:到了桂林后,她将考虑和徐悲鸿结合到一起。既然有此光明的前景,再在"光第"看蒋碧微成天冷冷的脸色,过那种不是分居也是分居的生活,还有多大意思?这恐怕是徐悲鸿离开"光第"最重要的原因。

但徐悲鸿到长沙,是这年的 4 月下旬,与孙多慈的来信,已经相隔三个月之久。

徐悲鸿此次东下,目的地是武汉,他是应军委政治部第三厅第六处处长田寿昌之邀,特地从重庆赶过来的。南京沦陷之后,日军攻势更猛,而中国民众的抗日情绪,也日复一日高涨。蒋介石意识民众力量的伟大,于是在武汉成立军委政治部第三厅,准备将有名望的文化人组织起来,投入到抗战第一线,以呼唤更多的民众参加。第三厅厅长郭沫若,曾任北伐军政治部副主任,也是名噪一时的著名诗人。第三厅第六处,主管艺术宣传,处长是著名剧作家和诗人田寿昌,也就是田汉。其中一科负责戏剧、音乐,二科负责电影制放,三科负责绘画木刻。徐悲鸿受田汉邀请,出任第三厅第六处第三科科长。

但徐悲鸿兴致勃勃赶到武汉时,因具体环节上出了偏差,没有和专门前来迎接的工作人员碰上面。本应到武昌县花林军委政治部第三厅的,他却一个人找到军委政治部本部,误入了陈诚办公的办公小楼。陈诚自然不清楚第三厅具体的事,对徐悲鸿又怠慢了一些,这让徐悲鸿感觉到了耻辱:自己是怀着一腔热忱赶过来的,却在此遭到官僚作风的冷遇,"实在是令人深恶痛绝!"等厅长郭沫若接到电话匆匆赶来抱歉时,坐了几小时冷板凳的徐悲鸿,去意已决,根本听不进任何解释。"我不准备做官了,我要到广西去。美术科要挂我的名字也可以,我的名字就是被利用,也不会用烂。"说完,不顾郭沫若的挽留,连顿饭也不吃,匆匆告辞。

其实徐悲鸿当时还怀揣另外一个心思,这就是赶往长沙,与分别很久的孙多慈会面。

中华书局舒新城后来在日记中有这样的记载:"孙多慈因安庆失守,曾全家至长沙,电彼由渝赴湘相见,并由彼将其举家移桂林,慈且允嫁彼。"

孙多慈看到徐悲鸿第一眼,两只眼睛就布满泪水。这之中,是欣喜,是惊讶,是恼怒,还是委屈,不得而知,总之,一个小女人的弱小和无助,在那一刻,统统表现出来了。

孙多慈《双人画像》,油彩,画布。原画高四尺许,宽三尺许,藏印度中国美术馆

徐悲鸿无言,只是上前抱住她,久久不放。

到桂花巷13号,徐悲鸿见到了孙传瑗。战争纷乱,世事动荡,人也特别容易显老。此时的孙传瑗,头发白的多,黑的少,说话举止也明显有一种老态。大家坐下来一商量,觉得留在长沙不是事,当即决定先去桂林,以徐悲鸿的影响,看能否在那边给他们父女落实一份工作。

半个月后,他们抵至桂林。当晚,徐悲鸿借朋友家的客厅,摆了一桌宴席,算是为孙多慈他们一家接风洗尘。酒桌上,孙传瑗和孙多慈都喝高了,两人吟诗作对,闹了大半夜。

据徐飞白《云山万重——徐悲鸿、蒋碧微、孙多慈旅程的一段往事》介绍，徐悲鸿为迎接孙多慈他们过来，也做了精心准备，"托人在环湖（榕湖）东头租了一处有院落的平房，两室一厅，还有下房和厨房。接着他又带着人去打扫卫生，并在厅室内配备桌椅、床榻、西橱柜和其他用具，有的是租用的，有的是添购的。还有被盖、床单、垫褥、枕方等。也都尽量制办够用，使陈设朴素大方。"这让孙多慈以及她的父母，十分满意。

接下来的半个多月，是徐悲鸿和孙多慈相处时间最久，也相处最密切的一段时间。虽然徐悲鸿另住他处，但只要有机会，他就会过来拉孙多慈出去。他对孙多慈说，在自己眼中，桂林更重要的，还是一座文化古城。他说桂林的繁华，起于漓江与湘江相连的灵渠，这项壮举，是在秦始皇手中开凿成功的。当时的桂林郡，因此成为南通海域，北达中原的重镇。宋之后，它一直是广西政治、经济、文化的中心，号称"西南会府"。因为桂林山奇水秀，历代文人心向往之，漫长的岁月里，他们在此留下大量诗文，仅石刻和壁书，就有两千余件，古迹遗址更不计其数。

但孙多慈以女性以画家以年轻人的眼光，更关注的，还是桂林的自然景色，像七星岩、芦笛岩、象山等，在她看来，简直是天山第一美景，"桂林山水甲天下"，不到实地走一走，是无论如何也感觉不到的。与自己心爱的人泛舟于漓江上，两相依偎，看两岸青山眼前滑过，不是诗也是诗，不是画也是画啊！

徐悲鸿就可惜孙多慈来晚了半个月，错过了当地最重要的壮族节日三月三。"不然的话，你可以看到许多有地域特色的节庆活动，随便哪一处，都是可以入画的。"又说三月三特别讲究的是吃，吃之中最有特色的，有两样食物，一是五色饭，一是五色蛋。五色饭的主料是糯米，但用红兰草、黄饭花、枫叶、紫蕃藤等植物的汁液分别浸泡蒸煮，就有了不同的色彩，和在一起，鲜艳而奇妙。五色蛋是指鸡蛋、鸭蛋和鹅蛋等，也分别染成五种颜色。"五色"并不是口味，而是一种吉祥色彩，寄托的是壮族人民的一种期盼，如来年风调雨顺、五谷丰登，等等。

那些天，他们手挽手行走在山水之间，谈生活，谈艺术，谈爱情，有时候两人也背着写生本出去，面对清秀景色，一画就是半天，虽然两人不说话，但一举一动，都在对方眼里。那个阶段，徐悲鸿心里非常踏实，他知道，虽然两人没有议及具体的结婚事宜，但面前这个沉稳而矜持的女子，已经和自己的一生联系在一起了。

那时候，叶庭筠的长子吴新华十岁左右，但他对孙多慈那一阶段的衣着印象深刻，多年后他写文章回忆，"孙姑姑穿一条黑色长裤，白衬衣，领口是一个黑蝴蝶结，微风徐徐拂动她的柔发和胸前的飘带，衬托着她端庄、娴静的神态，真是美丽。"

叶庭筠是随孙多慈一家一起到桂林的，徐悲鸿与孙多慈外出，有时也拉上她一道。吴新华的回忆中，还特别有这样一段生动的描述：

> 在桂林，孙多慈与徐悲鸿多次见面，他们在一起度过许多快乐的日子，他们一同观览了桂林和阳朔的山水，一起作画。母亲是见证人。我家现在还存有徐悲鸿的一幅《鹩哥》图。徐在上面题词："丁丑大暑，为慈作画。"落款是"阳朔天民"。画上的两只鹩哥，神态极为生动，像是它们互相在倾诉绵绵不尽的情话。这正是他俩在桂林这一短暂而快乐相处的写照。

桂林工作也不好找，徐悲鸿凭老面子，最后才为孙多慈谋得一份临时工作。这之中，他答应广西教育厅都学满谦子他们，协助他们举办广西省中等学校艺术教员暑期讲习班，附带条件就是让孙多慈出任风景静物讲师。徐悲鸿放的是一根长线，如果合作得好，那么秋后就把她推荐到几个学校任职。至于孙传瑗，也拜托过许多朋友，但不是太上，就是太下，确实没有合适位置。于是答应他缓一缓，寻找合适机会再做安排。

孙传瑗嘴上没说什么，但心里多少有些不高兴，渐渐地，对徐悲鸿的热情减退了，看孙多慈与他出去，也不三不四有许多怨言。徐悲鸿知道他心中的不快，但战乱期间，有些事他也确实无能为力。"我也只能尽力而为之，不可能给他打包票啊！"私底下，他对孙多慈抱怨。

孙多慈也感觉到了父亲的异常，但也觉得父亲的气恼，情有可原。她想起李家应开玩笑说的那句话，父亲是不是也处在更年期综合征中啊。动荡岁月，人生无常，更容易诱发男性更年期综合征。

最终孙传瑗还是将怨气当着徐悲鸿的面发出来了，当然，作为一个旧文人，旧官员，他的这种怨，发得非常技巧。"国难当头，正是需要你徐悲鸿为国家出力的时候，你可不能缩在大后方缠绵于儿女情长啊！"话说得冠冕堂皇，徐悲鸿找不到相对之语。

5月初，徐悲鸿只好独自离开桂林，回到了重庆。

蒋碧微在《我与悲鸿》中这样记载："据我们那位老朋友说，后来他认识了孙韵君的父亲，彼此很谈得来，孙老先生一再向那位朋友说：'徐先生和我女儿是师生，要想打破这层关系，我是绝不许可的。'他不仅态度大变，而且对待徐先生很不客气，常常疾言厉色地逼徐先生回重庆去，徐先生迫不得已，才在一九三八年五月返回重庆，再到中大上课。"

也就是这个时候。舒新城在上海，将徐悲鸿为孙多慈他们所购旅行支票给退了。国破家亡，山河动荡，孙多慈她们，还能圆什么出国梦？

二十四、与许绍棣

　　李家应要为孙多慈介绍的那个神秘男人，就是许绍棣。

　　许绍棣是什么人，在文学家郁达夫的眼中，是夺取他爱妻王映霞的情敌。1940年3月，郁达夫在香港《大风》杂志发表《毁家诗纪》，再次公布了他认定的许绍棣与王映霞的"绯闻"，结论是——

　　　　许君究竟是我的朋友，
　　　　他奸淫了我的妻子，
　　　　自然比敌寇来奸淫要强得多。

为孙多慈与许绍棣牵红线的王映霞

　　之所以说"再次"，因为在这之前，1938年7月5日，郁达夫在武汉《大公报》刊登启事，"王映霞女士鉴：乱世男女离合，本属寻常，汝与某君关系，及搬去之细软衣饰、现银、款项、契据等，都不成问题，惟汝母及小孩等想念甚殷，乞告一地址。"启事中的"某君"，指的也是许绍棣。

　　同样是文学家，鲁迅对许绍棣也嗤之以鼻，甚至恶其为"党棍级官僚"。1930年2月13日，鲁迅作为第一发起人，在上海成立"中国自由运动大同盟"。许绍棣时任国民党浙江省党部指导委员兼宣传部长，得到消息，立刻密报国民党中央，后经核准，以"堕落文人"为名，四处通缉鲁迅。鲁迅为避免牵连别人，于 1930 年 3 月 19 日，只身避居在日本友人开办的内山书店的假三层楼上，至 4 月 19 日回家，共三十一天。后鲁迅遂取笔名 "隋洛文""洛文"，以影射许绍棣通缉他时用的罪名。

在《关于许绍棣叶溯中黄萍荪》中，鲁迅有这样的文字——

当我加入自由大同盟时，浙江台州人许绍棣，温州人叶溯中，首先献媚，呈请南京政府下令通缉。二人果渐腾达，许官至浙江教育厅长，叶为官办之正中书局大员。

有黄萍荪者，又伏许叶喉使，办一小报，约每月必诋我两次，则得薪金三十。黄竟以此起家，为教育厅小官，遂编《越风》，函约"名人"撰稿，谈忠烈遗闻，名流轶事，自忘其本来面目矣。"会稽乃报仇雪耻之乡。"然一遇叭儿，亦复途穷道尽！

但许绍棣主持浙江省教育厅工作的十余年里，口碑一直不错。他主张 "教育之基础，奠自小学，而小学之良莠，端在教师，故师范专业训练，实最重要"的办学理念，把扩充师范教育作为中心工作。他制定了第一、第二两期师范教育的实施方案，划定了全省师范教育区，并添设省立师范学校。此外，他还督促各县普设县立师范或简易师范学校，指派师范生到各县服务，并提高其待遇。一时间，浙江兴办师范及简师之风盛行，全省各类师范多达五十四所，由此也奠定了浙江的教育基础。1939 年，抗战期间，他还主持筹办英士大学，并兼任校务委员会主任。

从浙江临海张家渡走出来的许绍棣，到上海复旦大学商科读书时，仍是身无分文的贫困学生。幼年时，他父母双亡，是他的伯母有一餐无一餐把他拉扯大的。因为贫困，必须独立，所以在复旦大学，他一边读书，一边勤工俭学做起家教。家教中有户富裕人家，姓方，看他好学，看他勤奋，看他为人处世谦虚谨慎，十分喜爱，便把女儿许配给了他。这，就是许绍棣的夫人方志培。婚后夫妇感情非常和谐，但可惜，抗战前夕，1936 年，夫人方志培不幸患上肺病，留下三个女儿，先他而去了。之后不久，女儿俪俪也随母亲而去。

国难，家难，1938年，许绍棣处在人生痛苦的十字路口。

李家应的父亲李立民，当时虽然在浙江省政府做秘书工作，但与许绍棣也只是同事之交，走得并不是很近，而李家应与许绍棣，根本就不相识。那么李家应怎么为许绍棣与孙多慈牵起红线呢？话又必须绕到郁达夫头上来。

1938年春，郁达夫也受到军委政治部第三厅厅长郭沫若的邀请，主持第七处工作。第七处是蒋介石临时动议增加的，工作是对敌宣传。后因郁达夫行程耽误，本应由他担任的第七处处长，改由范寿康担任，郁达夫只在其中做了个设计委员。

郁达夫带家小前往武汉，是从浙江丽水启程的。在这之前，因为战事吃紧，浙江和福建两省的政府机关，纷纷向外开始疏散。1937年底，王映霞带着母亲和三个孩子，由杭州逃到富阳，后又转到丽水，暂时随浙江省政府机关，住在遂昌火柴厂的北郭桥公司旅馆里。这个时候，许绍棣带着他的三个孩子，也避居此处，王映霞住楼下，他们住楼上。许绍棣温文尔雅，对王映霞十分尊重，当然这尊重里也夹杂有一份好感。王映霞对许绍棣印象不错，看他一人带着两个孩子，多少还有些同情。一来二往，走动密切，双方就有了一种特别的亲近。孩子们在一起走得也非常近。此时，身任福建省政府参议兼公报室主任的郁达夫，接到武汉方面发来的邀请，特地从福州绕道丽水，接家小一道过去。回来后，看许绍棣和王映霞关系处得不错，由此发生联想，咬定他们有非正常关系，这就是曾一度闹得沸沸扬扬的"丽水同居"事件。

好在只在丽水待两天，3月10日左右，车票买好，一家人准备先到金华，然后坐火车去南昌，再走九江转船到武汉。

李立民也是郁达夫的老友，临行前过来了，一是送别，二是他的大女儿李家应要去武汉，正好顺路，可以与郁达夫结伴同行。

王映霞因此与李家应相识。

王映霞对李家应印象不错，后来她在《王映霞自传》中说："她和我是初次见面，从外表看来她约有廿八九岁。"又说，"我们从金华坐火车到南昌，一路上和李家应谈谈说说，并不感到寂寞，李家应也就和我渐渐熟悉了起来。"

20世纪30年代,刘杏春(左)、孙多慈(中)与后任战时儿童保育会浙江分会第一保育院院长的李家应(右)

李家应介绍自己说："这之前，我一直在安徽省建设厅工作，安徽省会在安庆，伯母可能不知道，在南京上游，与九江不远。"

王映霞"哦"了一声，说："安庆那座城市我还真去过，大概是1929年秋天吧，一晃眼，也有十来年了。"于是就把当年郁达夫如何去安徽大学任教，又如何被安徽省政府列入黑名单，不得不匆匆离开，以及自己如何独自一人闯到安庆，把郁达夫的行李和半年的薪水给讨要回来的经过。

李家应非常惊讶，"看不出伯母这么单薄身子，居然还有这么大的能耐呢！"

王映霞也非常好奇，说："你是中央大学毕业的高才生，父亲又在浙江省政府任职，怎么会去安徽去工作呢？"

李家应就向王映霞谈到了自己童年和少年时代，谈到了她的好朋友孙多慈，谈到孙多慈在安徽大学任职的父亲孙传瑗，当然，也谈到了孙多慈与徐悲鸿不为人理解，也不为家人所宽容的师生之恋。末了，她说："现在孙多慈和徐悲鸿，上不上，下不下，估计很难有什么结果。我是劝孙多慈算了，与其和徐悲鸿不温不火，不如另择一根高枝。"又问，"伯母，你和伯伯都是文化名流，在社交界影响很广，有没有合适的人选，替我的这位老同学介绍一个？"

王映霞很乐意做这件事，便问孙多慈有什么特别的要求没有。

李家应说："孙多慈是中大毕业生，绘画上很有成就，要找的对象，各方面自然都要高于她才好。"又说，"孙多慈有些恋父情结，给她介绍的人，年龄可能要略大些，至少要大个五六岁以上。"

王映霞就笑了起来，"哪有这样的事情，不说'女大三，抱金砖'，年龄相仿总是可以的。"

李家应说："追她的年轻人能排长队，她也处过一两个，但都看不上。她嫌人家不稳重。"

"那她为什么不和徐悲鸿速战速决，把婚一结就完了？"

"两个方面：徐悲鸿和他的夫人蒋碧微的事断不了，老拖拖拉拉的，此其一。孙多慈的父亲相对传统，坚决反对孙多慈与徐悲鸿交往，此其二。"

王映霞眼前立刻浮出了许绍棣的影子，在她看来，这倒是个既有才华又有责任心的男人，真能和孙多慈结合，倒也是一桩美满姻缘。从另一角度，也去掉了丈夫郁达夫的一块心病。于是就向李家应说："我和达夫认识的人倒不少，但这个年龄，单身的还真不多。有一个许绍棣，年龄大了些，大概是属猪的，今年有小四十岁了。"

李家应说："你是说浙江省教育厅厅长许绍棣？"

王映霞说："他的条件还不错，两年前他妻子病故了，现在还没有再婚。但他有两个女儿。不知道孙多慈能否适应。"

李家应说："孙多慈喜欢小孩，有两个女儿不妨事。家里自然会请保姆、佣人的，又不要她操具体的心。我看可以。伯母，你能不能给我写信去，征求一下对方的意见？"

王映霞笑道："你看你这个急性子，人家孙多慈还没有发话呢，你替她做得了主？"

李家应非常有信心，"伯母，你不知道我和她的关系，抱着头好，她什么事基本上都听我的。"又说，"我带有孙多慈的相片，到武汉后找一张给你，你也寄给许绍棣看看。他肯定会同意的。"

于是商定到了武汉，等住的地方落实下来，就给许绍棣那边发信。

郁达夫坐在火车另一头，看见王映霞和李家应谈得投机，很好奇，就走过来问："你们谈得这样的津津有味，谈些什么啊？"

"我们打算把李家应同学孙多慈，介绍给许绍棣做女友。"

郁达夫不解，"他们的年龄相称吗？"

王映霞说："这你就不懂了，孙多慈喜欢年龄大的。原来她是和徐悲鸿谈的。"

郁达夫"唔"了一声，摇摇头，"这不大好吧，听说徐悲鸿为这个女学生和夫人闹得不可开交，你们这样做，不又拆了徐悲鸿的姻缘？"

王映霞和李家应相互望望，也觉得郁达夫的话有道理，但还是决定在孙多慈和许绍棣之间试一试。

到武汉第三天，刚刚安顿下来，李家应就到王映霞住处来找她，把孙多慈的相片也带来了，王映霞觉得确实不错，答应这两天就把信写好发出去。

孙多慈国画《春城无处不飞花》，1971 年 10 月作于台北。但孙多慈心中的花，在 1938 年秋，就已经凋谢了

这之后，李家应去了长沙，悄悄把牵红线的事告诉了孙多慈。由于还没有收到许绍棣的回信，李家应也不敢轻易把对方的姓名告诉孙多慈。

徐悲鸿来长沙时，李家应还没有回武汉，也陪着孙多慈，与徐悲鸿在街上转了两天。叶庭筠虽然拖儿带女，也抽时间陪了半天。在吴新华的印象中，"孙姑姑穿了一件未见穿过的灰色法兰绒大衣；母亲也穿上从上海买来的从未穿过的狐皮领大衣。她们这种特别隆重的样子，给我留下深刻印象，后来知道她们去会见徐悲鸿先生。"

徐悲鸿来长沙多次，对长沙大街小巷比较熟悉，尤其对长沙的小吃，有特别的研究。那两天，他带着两个年轻女子，几乎吃遍了长沙有特色的名点，如花菇无黄蛋，如奶汤鱼翅，如东安鸡块，等等。长沙稍稍有点小名气的米粉店、汤面店，都转过去吃了吃。

后来就转到李合盛餐馆来了，徐悲鸿介绍说："到这个餐馆，有三道菜是非点不可，一是发丝牛百叶，一是红烧牛蹄筋，一是烩牛脑髓，三道菜合称为'牛中三杰'。这里面有个小故事，说前不久田汉来长沙，和湘乡名士邓攸园到此共饮，喝得快活了，就吟诗作对，邓攸园出的是上联，'穆斯林合资开牛肉餐馆'，田汉略一思索，便对出'李老板盛情款湘上酒徒'，上下联中，正好嵌入了'李合盛'三个字。"

长沙人喜辣，其程度，远远超过四川，当地有顺口溜说："成都人不怕辣，重庆人辣不怕，长沙人怕不辣。"发丝牛百叶端上桌，红彤彤一片，孙多慈想吃，又怕吃，犹豫不决，筷子拿在手中，不敢往盘里伸。徐悲鸿夹起一筷子，也不管孙多慈同意不同意，直接送到她嘴边了。"这道菜用料是牛肚内壁皱褶部位，细切如发，入口既酸又辣还带一点脆，真的不错，你尝尝看。"孙多慈不得已把口张了，轻轻咬了一口。

徐悲鸿的筷子一直伸在孙多慈嘴边，而孙多慈细嚼慢咽，没有把筷子夹的发丝牛百叶吃完的意思。李家应和叶庭筠一边看他们秀恩爱，就忍不住掩嘴笑了起来。徐悲鸿和孙多慈都意识到了，两人闹了个大红脸。徐悲鸿收回筷子，自我圆场道："你看，这就是湖南长筷的妙用，你想对谁表示什么，筷子一递就过去了。"

这是叶庭筠第一次见徐悲鸿，她对他的印象极好，尤其是徐悲鸿对孙多慈的那些细微举动，让她这样经历过婚姻的女人，都感到非常心暖。"你和他，真的十分相配。"席间，她忍不住把她的这种感受，悄悄对孙多慈说了。

饭后，李家应推脱有事先行离开，叶庭筠也想先走的，但孙多慈不让，道："大姐不是老说仰慕先生作品，特别想求一幅墨宝吗？今天这个机会多好。"见徐悲鸿略有些迟疑，又说，"大姐和我关系非同一般，她的女儿吴桐华，认我做干妈，还随我姓改了一个名字，叫孙美芳呢！"

徐悲鸿很快反应过来，道："大姐要画，是看得起我，一定要给的。正好带有几幅作品，你喜欢的话，挑一幅。"

叶庭筠自然不好再拒绝，于是就陪着孙多慈把徐悲鸿送到客栈。徐悲鸿送叶庭筠的画，是一幅已经有题字的《立马》，原题为："秋风万里频回首，认识当年旧战场。悲鸿写于桂林，廿六年八月与倭寇鏖战之际。"因为改赠叶庭筠，又铺开笔墨在上面补题了两行字："庭筠女士文豪惠存。廿七年四月七日台儿庄大捷歼敌两万人，志之于此，永为纪念。"

接下来的时间，虽然三人依旧谈笑风生，但徐悲鸿的心，莫名有一种怪异的不安。李家应在孙多慈左右，因为都是未婚女子，徐悲鸿很习惯。现在突然换上妈妈级别的叶庭筠，或多或少有一些不自在。许多话，对未婚女子说是一种感觉，说与已婚女子，就缺少了浪漫的诗意。而最让徐悲鸿惶惶不安，似是一种不祥预感，仿佛在李家应离开的同时，也把孙多慈从自己身边拉走了。

后来徐悲鸿承认，当时他的预感是准确的，只是他无论如何也想不到，此时，李家应真的在悄悄设计一个大阴谋，她要把徐悲鸿心爱的女子，推到另一位男人的怀中。

这个男人，就是许绍棣。

关于许绍棣，尽管有许多非议，但在孙多慈看来，第一感觉就非常好。

王映霞在她的自传里说："我的信寄出之后，等了多日，没有回音。李家应要我再去信。隔了一些日子，回信来了。"在信中，许绍棣态度模棱两可，不肯定，也不反对，说是可以接触，先做做朋友再说。他的这种态度，多少还是出于对王映霞的尊重，或者说，出于对王映霞的爱慕。因为在信中，他这样写道："为你的哥哥善自珍摄，我们后会有期，精神所及，金石为开，妹妹不必伤心，亦不可灰心。"王映霞自然知道他话有所指，但还是热情地把他和孙多慈撮合到一起。这时孙多慈已经到了桂林，于是王映霞就把孙多慈的新地址寄了过去，又夹了两张她在长沙拍的新照，她让许绍棣表现出大男人的主动，直接去信与孙多慈联系。

5月中旬的第一个周一，孙多慈同时接到了两封信。一封是李家应武汉寄来的，另一封来自浙江丽水，寄信人就是许绍棣。李家应的信啰里啰嗦三大页纸，说她如何与王映霞从丽水同行到武汉，如何在火车上谈到孙多慈，如何密谋为孙多慈与许绍棣牵线，以及许绍棣又如何回信对此事表示认可，等等。李家应最后说："你和徐悲鸿自然也可以再继续下去，但他那边有个蒋碧微，你这边有个你父亲，你们无法越过这两道坎。许绍棣人不错，我也问过爸爸，他的评价是四个字，'方正清廉。'现在有这样评价的男人太少了！你不妨接触看一看，脱一只脚下水，如果水太凉，缩回来，再把袜子和鞋穿上就是了。与两个男人交往，也更有对比性。"

孙多慈更感兴趣的,是"王映霞"这个名字。她知道王映霞是郁达夫夫人,而郁达夫,则是自己崇拜的作家。能让他们插手自己的婚事,在报上刊出来,也算是文艺界的大新闻了。关于许绍棣,孙多慈也有耳闻,知道他在浙江教育界,是举足轻重的官员,报上经常可以看到他的名字。想不到李家应介绍的神秘对象,居然就是他。

拆阅许绍棣来信时,孙多慈感觉怪怪的。在她想象中,许绍棣是个猴急猴急的小个子男人。素不相识,不用第三者介绍,就直接把信寄过来,这也太唐突了吧。但读完来信,孙多慈的想法有了很大改变。许绍棣到底还是个文人,不仅喜欢吟诵诗词,而且还写得一手好字。他的来信很实在,也很坦然:爱妻病故,两个女儿是心头之肉,如果孙多慈肯与自己结合,还希望孙多慈能像自己前妻一样善待她们。又说谈不成也没有关系,自己在政府工作多年,也和一些穷酸文人打交道,但与画家交往不多,与女画家交往更是凤毛麟角。相互做个朋友,聊聊艺术,聊聊人生,也算是人生的一大享受。信的末尾,还关切地说,你们一家在广西桂林,人生地不熟,终不是个事。如果愿意,可以到浙江丽水来,他可以照顾他们,还可以帮助他们父女安排相应的工作。

孙多慈读许绍棣来信,多少带有负罪之感,觉得自己这样做,有些伤害她与徐悲鸿之间的感情。本是想看完也就算了,根本不打算回信。但许绍棣的那种细心的真诚的关爱,又使她改变了主意。即便不谈,与他交个朋友也是可以的,现在战乱,多个朋友多条路,何况许绍棣在浙江又是政界重量级的人物呢!

孙多慈的回信也很艺术,没有说可,也没有说否,但明确表明愿意作为朋友相处。在信中,她坦言特别欣赏许绍棣的文学修养,也说自己曾经有过文学梦,现在也还有这方面的愿望,所以希望以后能得到批评指教。当然,在信中,她也简略介绍了自己家庭的大致状况,以及目前一家人在桂林的处境,字里行间,多少流露出一些身在异乡的漂泊感。

很快,许绍棣回了信,说现在正在筹办省立战时大学,省政府已经有这个议向,如果快,大概年内可以筹备完成,明天春天便可以招生。又说令父孙传瑗在

孙多慈《男童》｜炭精笔｜纸｜30cm×23cm｜作于 1939～1941 年间

安徽，也是社会名流，虽然没有直接交往，但多有耳闻，他又有多年服务安徽教育的经验，如果他同意，可以聘他来省立战时大学任教。至于孙多慈，他则希望她能尽快过来为浙江教育作贡献。具体工作也有意向，一个是浙江省立临时联合初中，一个是浙江省立临时联合高中。

孙多慈接到许绍棣的回信，有些犯难，主要是两方面考虑，一是徐悲鸿那里不好交代，如果他知道许绍棣邀请他们去浙江，又是这样一层关系的邀请，肯定火冒三丈。从感情上说，也真的对不起他。另一方面，父亲反对她与徐悲鸿交往，最重要的一条原因，就是年龄悬殊太大。这边徐悲鸿还藕断丝连，那边又与一个大龄且拖着两个女儿的男人交往，他心理上能够接受吗？她同样也给自己找了两条理由，现在特别时期，徐悲鸿又远在重庆，为生计着想，一家人去浙江谋职，又没有和许绍棣有什么实质性交往，他应该可以理解吧。对于父亲，这话可能就好说些了，因为他最近的烦恼，主要就是为工作之事，现在有这么一个解决方案，他肯定会欣然接受。至于其他之事，走一步看一步，到时再说吧。

果然不出所料，孙传瑗听到许绍棣的允诺，非常兴奋。从安庆出来，半年多闲置在家，对于他，心理上压力比经济上压力更大一些。"我印象中，许绍棣是浙江教育厅厅长，他怎么和你联系上的？"兴奋之余，他还是有些警觉。

孙多慈轻描淡写地说："他和李家应的父亲都在浙江省政府工作，大概是从他那里得知我们的情况的吧。"又说，"你在安徽大学工作多年，名声在外，人家自然求贤若渴。"

孙传瑗略略沉吟，道："既然如此，你恐怕要一个人先赶过去，不然会误了9月份开学。这样倒也挺好，先去那边看看环境到底怎么样，如果好，不管我的工作有没有着落，我和你妈、你哥都会过去陪你。"于是不再说话，让孙多慈赶紧回信，要对方给一个明确的肯定答复，并说这边已经开始准备，只要收到来信，立刻从桂林启程赶赴浙东。

孙多慈给许绍棣写信的同时，也给徐悲鸿写了封情意绵绵的长信，在信中，她诉说了对徐悲鸿的无尽思念，但最后，也把王映霞为自己和许绍棣牵线的事告诉给了他。她的内心里，还是希望徐悲鸿能快刀斩乱麻，能把自己与他之间的感情纠葛,做一个完美的了结。

从那时起,孙传瑗的神情变了,又是孙多慈少女时代所尊敬所喜爱的父亲。他每天都往外跑,桂林山水基本都让他转了个遍。《今雅堂诗存》中,就有《栖霞洞》《雨中望孤秀峰韶秀可夺小孤》《踏月漓江上》《漓江买棹记》《癸水亭》《訾家洲》等多首。

浙江方面很快有了回复,对孙多慈工作之事做了具体安排,随信还附来两张聘书,一张是浙江联合初中校长章湘伯签发的,一张是浙江联合高中校长张即通签发的,都是聘请孙多慈担任他们学校的图画教员。

面对淡淡带有一点墨香的聘书,父女俩态度各异:孙传瑗极度兴奋,眼睛里透着光亮,连夸许绍棣是一个踏踏实实的办事之人;而孙多慈,与父亲的兴奋心情恰恰相反,接到聘书,孙多慈不仅高兴不起来,反而有一种怅然若失的感觉。推门出来,夏之风掠过桂林上空,天蓝得清澈,云白得透明,而她,内心却一片混沌。一方是徐悲鸿,一方是许绍棣,在情感的大漩涡中,留也不是,走也不是,她已经找不到方向了。

二十五、爱情动乱

徐悲鸿《观音像》，题"戊寅二月十九日造大士像敬为孙夫人供养"，钤"大慈大悲"印

几乎在许绍棣复函到达桂林的同时，7月下旬，徐悲鸿也从重庆匆匆赶到桂林。

对于徐悲鸿的到来，孙传瑗既有一种意外，又有一种排斥。决定转道浙江丽水定居之后，他的心情一直很愉快。从逃难角度，浙江丽水不一定是好地方，但对他们这个家庭，却是能看见未来的最佳去处。一来可以解决父女俩的工作问题，减轻家庭经济开支的压力，二来也可以将女儿与徐悲鸿隔开，阻止他们师生恋的继续。在这之前，他曾与徐悲鸿的好友沈宜甲多次谈心，明确表示："徐先生和我女儿是师生，要想打破这层关系，我是绝不许可的。"徐悲鸿突然到来，不仅扰乱了他的计划，而且有可能改变他的计划。而这种局面，是他最不愿意看到的。

"徐先生来得正好，我们马上要走了，去浙江丽水。桂林虽然不错，但工作问题一时难解决，只好去那边看看。"他沉着脸冷冷地向徐悲鸿说。"感谢徐先生对我们一家的关怀，但在桂林无所事事，也不是个办法。"话说得虽然客客气气，但明显话中有话。

徐悲鸿不知就里，把眼睛望向孙多慈，想从

她这里得到答案。

孙多慈只好把许绍棣邀请他们去浙江工作的情况告诉了他,"因为那边9月初开学,我可能先行一步,爸爸妈妈他们随后赶过来。"

徐悲鸿想了一想,说:"早先答应帮忙孙先生、孙小姐在桂林这边的工作,虽然一时没有眉目,但我也还在努力,此次过来,应该有个交代。要不,你们再多等一两个月?"

孙传瑷冷冷一笑,道:"我看还是算了吧,徐先生工作忙,不能老是打扰你。再说了,浙江方面盛情邀请,不去也拂了人家一片好意。"

徐悲鸿道:"如果这样,孙先生一个人过去也是可以的。孙夫人和孙小姐就留在桂林。我手头有一些教学上的事,正好要孙小姐帮忙。再说,和浙江那边相比,桂林还是安全一些。"

孙传瑷不高兴了,回话说得也有些陡:"那不行,正因为是战乱时期,不安全因素多,所以我们一家人,活要活在一起,死也要死在一块。"

徐悲鸿无言以对。转过脸,正好与立在门旁的孙夫人温柔眼光相遇,于是就笑笑,对孙多慈说:"先不说这些吧。我这次来,特地带了一幅'观音大士像'给孙夫人,要不取出来看看?"

孙多慈有些吃惊:"你,画'观音大士像'?"

徐悲鸿道:"年初收到你从长沙发来的信件,说你妈妈现在一心念佛了,就想作一幅'观音大士像'送她。那天正好是农历二月十九,观音菩萨诞生日。我想,这恐怕也是孙夫人冥冥之中所托。于是当时就取纸画了。上次来桂林,走得匆忙,给忘了。这次特意留心,带过来了。"

孙多慈还是不肯相信,但看徐悲鸿说得如此真诚,又无法怀疑。

立在一边的汤毅英,更是惊讶得合不拢嘴:一个全国知名的大画家,会给自己这样普普通通的居士,绘一幅观音菩萨的像?但随着徐悲鸿将画作缓缓打开,她的这种惊讶,就转换为发自内心的激动与喜悦。当画作全部展开,手持柳枝、赤足立于莲座之上的"观音大士像"完全呈现出来时,客厅里所有人,包括父亲孙传瑷,都感到有一种异样的光亮照拂过来,温暖、温馨之中还夹杂有淡淡的一丝香气。

从徐悲鸿手中接过画作，汤毅英以双手捧持，虔诚地搁放在香案之上，又毕恭毕敬点上了一炷香。之后回转身，双手合十，朝徐悲鸿深深弯下了身子。

夫人如此举动，让孙传瑗多少有些无语。与徐悲鸿之间对峙的尴尬，在这一刻，也算是有一些缓和。

徐悲鸿的这幅《观音大士像》，被后人认为是徐悲鸿盛年极为稀见的绘画作品，甚至在他"伟大的艺术生涯中都占有极为特殊的意义"。严格地说，这其实也只是一幅随手而来的白描作品，说"构图简洁"，说"线条流畅"，说画面上的观音"面容端庄"，说"庄严肃穆之外更有亲近祥和之态"，也可以，但也不尽然。倒是题跋"戊寅二月十九日造大士像，敬为孙夫人供养，悲鸿"，以及钤盖于画上的印章"大慈大悲"另有深意，"为真实全面解读徐悲鸿坎坷的艺术人生，提供了难得的实物"。同样的《观音大士像》，题"己卯二月十九日，敬设香花，写大士像一幅，为中国抗战之阵亡将士祈福"，荣宝斋2005年春季拍卖会，以198万元高价成交。此当然是后话。

趁父亲与徐悲鸿之间稍稍缓和的机会，孙多慈借口请徐悲鸿吃饭，把他从自己家里拉了出来。

"你接到我的去信了？"稍稍离家远一点，孙多慈就把徐悲鸿的手臂抱住了，头也靠了上来。

"接到了，到底是怎么回事？"徐悲鸿十分焦急地问。

"你是为我的信匆匆赶过来的？"

"也是，也不是。"徐悲鸿答，"这边有一个中等学校艺术教师讲习班，全省有八十多所中学都派美术老师过来了，时间是一个月。我也给你安排了课程。"

孙多慈"哦"了一声，内心非常失望。对于徐悲鸿的到来，孙多慈和孙传瑗的表情是不一样的，孙传瑗是意外，孙多慈是惊喜。孙多慈的惊喜，"喜"的成分大于"惊"，知道徐悲鸿要来，知道徐悲鸿会来，更知道徐悲鸿肯定是马不停蹄匆匆赶来，所以"惊"只是一种表情，而"喜"的意义不一般了，喜的是徐悲鸿对自己的深情厚意，喜的是徐悲鸿在乎自己与其他异性的交往，喜的还有他与徐悲鸿之间，有可能就此有一个完美的结局。但徐悲鸿的解释，让她心凉了一半，见到徐悲鸿的那种"喜"，也由此急剧减退。

"你和那个许绍棣，到底是怎么回事？"徐悲鸿紧追不舍。

"也只是交往一下，并没有什么联系。"孙多慈说，"他是看我们在这边工作无落，才发出邀请的。"

徐悲鸿也不好说什么，只是带有用心地提醒孙多慈："许绍棣这个人我在上海见过，表面看，有些文人风度，说话办事都十分沉稳。不过，前些年他曾行文呈请南京政府通缉鲁迅而为世人所耻。和这种人交往，你应该注意些。"

孙多慈反驳道："人是复杂的，包括你我，都有两面性。你不能因为人家过去的错误，就对他整个人生进行否定，凡事都不能以偏概全。"

徐悲鸿转脸看着她，心中突然生出一种带有醋意的失落：眼前这位依旧是温良宽厚的孙多慈，对自己，似乎多了一分自主，少了一分依赖，而这个转变点，他知道，就出在那个叫"许绍棣"的男人身上。

晚霞落去，暮色四合，夜就这样无声无息笼罩下来了。天开始丢一些小雨点，不大，但落在赤裸的臂膀上，微微有一些凉意。此时桂林大街上，行人渐渐散去，路灯虽然亮起来了，但因电力不足，时明时暗，弱如鬼火。

走进路边一家小饭店，两人相对而坐，谁也没有心思吃东西，商量半天，一人只要了碗米粉。从进去到出来，前后不到十分钟，而这之间，两人只是默默进食，居然一句题外的话也没有说。

将孙多慈送回家，徐悲鸿独自走在大街上，猛然感到一阵压抑心房的孤独。那一刻，似乎天地之间都静寂无声，只有自己的脚步"咚咚"踩在青石板路上的声响。他知道，在自己情感路程上，正在发生重大的变故，他和孙多慈之间，本来是一条绿色的无阻挡的通道，现在横插了一个许绍棣进来，并极有可能半路将孙多慈截走，从而失去他们最终结合的机会。

徐悲鸿，你不能再优柔寡断了！他对自己说。

7月29日，徐悲鸿经过慎重考虑，在桂林给时任四川省教育厅厅长的郭有守发了一封信——

子杰吾兄大鉴：

　　弟不才，累友人以极度无聊之事，良深惶愧。弟家庭之变，早至无可挽救，且分离日久，彼此痛痒不复相关。今幸碧微振起奋斗，力谋自立，又蒙诸至友如兄等扶持，有所工作，亦足以慰藉其痛苦之心灵。弟精神日疲，不能自存，而责任加重，命运偃蹇，日暮途穷，辄思得人为助。昔两全之计，竟不可得，故拟解决不可挽救之局，以应未来逆运。兹拟处置家庭办法，恳兄转告碧微，情缘如此，天实为之，碧微必欲恨我，我亦只得听之，虽弟初心，岂敢如此？抑如去冬之隐忍，犹且无济，宁非天乎？惜适当国难严重之际，允称无聊之极者也。

　　（一）不论碧微有无收入，弟以每月三分之一与之，两孩归碧微抚养，用费由弟负担，但以俭约为原则。

　　（二）兄得此函后，弟即与碧微正式脱离，弟之隐痛，乃在未受法之束缚，但为余生计，不能不解决，亦想不到更善办法，诸好友向来盛意，只是铭诸肺腑，倘加责备，弟又何辞？临书悲梗，不尽缕缕。敬颂

　　暑祺

　　此书请不必告夫人

悲鸿拜启

七月廿九日

接下来，7月31日，七月初五，星期日，徐悲鸿在广西桂林的报纸上，以醒目标题，刊出与蒋碧微脱离同居关系的声明——

徐悲鸿启事

　　鄙人与蒋碧微女士久已脱离同居关系，彼在社会上一切事业概由其个人负责，特此声明。

徐悲鸿不同于郁达夫，虽然也是冲动型的艺术家，但他内心深处，"柔"的色彩更多一些，可以说，在决定刊登这份启事之前，他的内心经过痛苦挣扎。当年少女蒋碧微不顾一切跟他从家庭私奔出来，两人在国外共同漂泊多年，虽然性格方面有诸多不合，但毕竟生有一男一女两个幼儿。顾虑的东西太多。"去冬之隐忍"是他行为上让步，"精神日疲，不能自存"是他心灵上的痛苦，当然，更重要的，是从1930年冬始，积累有八年之久对孙多慈的爱。

　　徐悲鸿以为，与蒋碧微脱离关系的启事刊登出来，是他的身体上的解脱，也是他精神上的解脱。自此以后，云开日出，迎接他的，会是天高气爽的艳阳天。

　　但，他错了。

　　徐悲鸿当时正忙于广西中等学校艺术教师讲习班教学，抽不出时间，好友沈宜甲便自告奋勇，去孙多慈家充当说客。

　　沈宜甲也是安徽人，老家在安徽舒城，早年毕业于北京工业专门学校机械科。1919年他到法国留学，和徐悲鸿夫妇坐的是同一条船，由此他们相识，并成为莫逆之交。1932年徐悲鸿携中国近代名家绘画出国巡展，沈宜甲在比利时首都布鲁塞尔，听说他们过来，也特意赶到了巴黎。实际在巴黎巡展的具体事务，包括后来去意大利米兰进行巡展，都是沈宜甲一手操办的。也正是这次交往，他与徐悲鸿之间的感情又深了一步。沈宜甲是科学家，学术颇多成就，"氧气底吹炼钢""高炉射煤粉及其他成分精炼钢"等，曾在比利时万国发明家博览会上获奖。

　　这之前，因为同住桂林，因为有徐悲鸿这层关系，更因为是安徽老乡，他与孙传瑗走得很近，虽然孙传瑗极力反对徐悲鸿与女儿的师生恋，但沈宜甲以为，孙老先生传统观念，容忍不了徐悲鸿仍是有妇之夫这道关。现在徐悲鸿在报上刊登了脱离同居关系的启事，最后一道关卡被疏通了，沈宜甲相信，可以轻轻松松说服他。

　　孙传瑗对沈宜甲仍然很客气，吩咐孙多慈倒水泡茶，两人在桌前坐了下来。

　　深宜甲说："昨天徐悲鸿在报上刊登了一则启事，声明和他夫人脱离同居关系了。"他把报纸拿出来，指着那条启事，问，"不知孙先生看到没有？"

　　孙传瑗说："报纸昨天多慈就给我看了，我也知道徐先生的刊登启事的用意。

今天沈先生来，我知道，也是代表徐先生过来的。但你要问我的意见，我还坚持原来的态度，三个字，不同意。"

　　立在一边的孙多慈就有些急，"爸，你也为徐先生想想，他这样做，真的是……"

　　孙传瑗说："这事我和女儿有些分歧，我正在做她的工作。你来了正好，你代表徐先生，在这里听我把我的意见说清楚。"

　　"我不同意徐先生与我女儿结合，理由有五：一，徐先生的这则启事，是他个人单方面的声明，严格地说，并不具备法律意义。也就是说，他仍是有妇之夫。"

　　沈宜甲解释说："这两天我帮他问了几个法律专家，他这样做，是符合法律程序的。"

　　孙传瑗摇了摇头，"他在桂林刊登这则启事，明摆是给我孙传瑗一个人看了。婚姻是人生大事，如此儿戏，实在让人放心不下。这就是我要说的第二条理由。他今天可以这样随意地对待蒋碧微，我担心，今后他也完全可能以同样的方法对待我的女儿。我曾经和你谈过心，'平生爱女胜爱男。'这个女儿，在我心目中，是公主，是小姐，从小就娇生惯养，我可不愿看到她今后会沦为弃妇。此其三。"

　　"爸，你怎么能这样说话呢！"孙多慈在一边听不下去了，红着脸想打断他的话。

　　孙传瑗向她摆摆手，"你还太年轻，你什么都不懂。蒋碧微我在南京见过，又温和，又善良，对儿女，对丈夫，关怀无微不至，是个典型的贤妻良母。徐先生连这样的好女人都要抛弃，那他以后再遇到更年轻更好看的女子，不同样也要把你抛弃？"转过脸，他又向沈宜甲说，"我要讲的第四点，可能是传统观念，让自己的女儿嫁给一个大十七岁，和我们夫妇年龄相差无几的人，感情上确实无法接受。最后也是最关键的一点，现在国难当头，大家都在为抗战做努力，而徐先生他，置国家大事而不顾，为了我的女儿，专门从重庆跑到桂林。我觉得他的个人品质，也有值得商榷的地方。"

　　孙多慈脸气得红一阵白一阵，撅着一张嘴，"爸爸，这是我个人的事，你还尊重不尊重我的意见？"

"你怎么选择,那是你的事,但我必须把我的态度说明了。"

母亲汤毅英也帮丈夫说话,"多慈,听你爸爸的话,虽然这是你自己的事,但爸爸见识总比你广一些,他也是为你个人的幸福,你应该尊重他的意见。"

立在一边的孙多拯向来无话,这时突然插嘴说:"爸爸说的是为你好!"停顿了会,又冒冒失失吼了一句,"为什么要嫁给那么一个老男人?"

包括沈宜甲在内,一屋里的人都转过头看着他。

孙传瑗摇摇头,叹了口气。转过脸,他对孙多慈说:"我表达的,只是我个人看法,至于怎么做,那是你自己的事了。"说毕,朝沈宜甲拱拱手,摇着方步出门了。

大家面面相觑,不知说什么才好。特别是孙多慈,又气又急,话也说不出来,只有两行热泪,从眼中滚滚而出。孙传瑗这种固执蛮横的态度,更出乎沈宜甲的意外。此时他极为难堪,走也不是,不走也不是。

汤毅英也觉得不妥,出面打圆场道:"这两天父女有些小矛盾,浙江教育厅那边来电,给多慈安排了个教学的职位,要她尽快赶过去。多慈是不太愿意走,她的心中放不下徐先生,但老头子非催促着要她赶快过去。我夹在中间,也不知道帮谁好。"

沈宜甲对孙多慈说:"能不能有个折中方案,把那边的工作推一推,暂时先留在桂林?"

汤毅英叹了口气,"多慈是孝顺的女儿,她就是放不下她的父亲,一般的孩子,在这种事情上,早就负气出走了,她不,她宁愿自己受气,也不愿伤害她的父亲。"

"爸爸不同意的,我也不同意!"孙多拯又怒气冲冲地吼了一句。

从孙多慈家出来,沈宜甲一觉得窝心,二觉得恼怒。以他沈宜甲这样的身份,以他沈宜甲这样的诚意,又是为徐悲鸿这样的艺术大家说媒,孙传瑗不同意也没有关系,但态度不应该如此冷漠,特别是最后,更不能采取那种无理的方式。

也就是这短短的半个小时,孙传瑗的固执,孙多慈的软弱,在沈宜甲心中,留下了一生都难以磨灭的深刻印象。后来他在写给朋友的信中说——

……悲鸿固已在桂林登报与蒋女士脱离同居关系（事先曾请教几个法律专家，皆云无违法之处），但与某女士结婚，乃外间揣测之辞，事实恰恰相反。此报登后，不数日，某女士即独自离开桂林，大约永不再回矣！悲鸿现埋头乡间，拼命作画，局外人焉知其中痛苦，即使某女士千肯万肯，无奈其家人混蛋无聊，较张某夫妇尤卑污下流，处任何人之地位，皆不愿认此门亲。而将来即使结婚后，因女儿关系，又不能断绝往来，真是悲剧！至某女士本人，则的的确确是个十成的安琪儿，幽娴贞静，旧道德，新思想，兼而有之，受尽家中折磨，外间激刺，泰然处之。来桂林后，凡任何男女友人与之相处愈久，愈觉其为人可佩，身世可悲，即无与悲鸿之一段痛史，单就其家人情形，已非人之所能堪。伊自云决定终身做受难者，确有此境，父、兄、母……皆恃伊一人生活，所有之薪金全部交与家人，仍时受责骂，世间竟有如此父兄？彭太太对伊极认识，极端佩服，深表同情，外间不知内容者，以为此定系一浪漫女子，实则系一极苦痛之女子耳。我常把她与我以前的妻子比，觉两人都是第一流无用好人，所不同者，孙脑筋清楚，张则神经病较剧耳……

沈宜甲心中对孙传瑗一家的怨恨，在这封信中，无遮无拦，尽情宣泄出来了。而对孙多慈的称赞，"十成的安琪儿，幽娴贞静，旧道德，新思想，兼而有之。"字里行间，也表现得淋漓尽致。

听到孙传瑗拒绝女儿与自己结合的消息，徐悲鸿人如霜打，一下子也蔫了。满心的希望，瞬间工夫，化成一团不复存在的泡影。而这个希望，是他在生命拐弯处的最后一棵树，而今，树倒了，他无所依靠，于是，天塌了，地陷了，山崩了。

天色已晚，但他仍不要命地往孙多慈家赶，到巷子门口，远远能看见孙多慈他们家窗户里透出来的灯光，也隐隐听见窗户内他们一家人轻松的说笑声，他的脚步放慢了，那一刻，他突然觉得自己完全是一个陌生人，那个家庭，坚硬如铁，哪怕他是一团火，也拒绝他的融入。闭上眼，他仿佛看到电影里出现的镜头，孙多慈被他们家人死命往回拽，而她泪满双眼，无助的一双手，绝望地伸向自己。

孙多慈油画《风景树林小屋》，这种宁静的生活，永远不属于她和徐悲鸿了

孙多慈油画《泰国公主》，绘于1961年。公主手持花朵默默祈祷的，也是如花一般的爱情？

他也伸着双手，想把自己心爱的人拉到怀中。但他们之间，是一道无法越过的鸿沟，他没有能力走过去，也没有办法走过去。他就恨起他们双方的名字来了，用什么字不好，为什么偏偏在自己名字中加一个"悲"字，到头来，悲情故事，悲剧命运，轮到在自己身上演绎。孙多慈也是一样，要那么"慈爱""慈祥""慈善"有什么用，现在只要你态度稍稍硬一点，就可以义无反顾地从你那家庭里冲出来啊！

他伸手在门环上扣了扣。

仿佛有心灵感应，孙多慈悄无声拉开门。"嘘"，她用食指压在嘴唇上，示意他不说话，然后悄悄随他走了出来。

两人都不说话，长长的一条小巷，就这样无声无语走到了尽头。

"我为你该做的都做了，为什么最后给我的，是这样一个结果？"

孙多慈抬着一双泪眼，默默地望着他。

"是不是因为没有亲自登门求婚，伤害了你父亲的自尊心？"

孙多慈摇摇头，她拼命地咬着嘴唇，生怕自己失声哭出来。

"那为什么，为什么，为什么？！"

孙多慈泪花闪闪地说："我真的不知道怎么才好，先生，你能再给我一段时间吗？我肯定会尽我最大的能力，给你一个满意的答复。我保证。我用我的心保证，我用我的命保证，我用我的一切保证！"

徐悲鸿什么也没有办法说，他紧紧把孙多慈抱在怀里。而孙多慈，火热的嘴唇如小兔，突然拱了上来，贴在徐悲鸿的嘴上，让他什么话也说不出来。

他们以为他们还有明天，但明天是个未知数。至少在当时，他们不知道，这个夜晚，对于他们，将是他们生命中的最后一夜。

从此天各一方。

  也许真是一种宿命。孙多慈贤惠通达，外表柔顺，内心丰盈，这是徐悲鸿非常欣赏的个性，兼有才女与淑女的风度。但她生性认命，优柔寡断，又使她没有抗拒世俗压力的勇气。大胆追求自己的爱情，是孙多慈这个家教甚严的女子不敢想的。当徐悲鸿为了她，不惜做出登启事的举动，几乎是背水一战，却得不到她的响应，逼得徐悲鸿无计可施。徐悲鸿是个极其负责的人，唯其负责，他就只能放手让孙多慈离去。

2006年，作家傅宁军在长篇报告文学《吞吐大荒——徐悲鸿寻踪》中，这样评价徐悲鸿与孙多慈师生恋的最后一幕。

孙多慈离开桂林之后，徐悲鸿的心被巨大的孤独包围着。之后他应谭达斋的邀请，到河池以西，黔贵交界一个叫"八步"的矿区小村住下，每日以作画打发自己绝望的空虚。也就是在这里，他向老友郭有守讲述了内心的痛苦——

子杰吾兄左右：

奉长函极讥讽嘲骂之致，老友因关切而壮怀激烈，夫岂可怪？惟"天下多美女，安得一一妻之"数语，可谓不知弟者。但弟此时，亦不暇辩，承兄愿为最后之努力，至为纫感。弟明知无益，不敢烦劳，盖碧微从前虽对弟切齿痛恨，究亦尚具恩爱。自去年八月后，便只有恨无爱，弟当年容有二心，但未尝未爱，且从未甘心如来书所指之俗气。嗣后日夜思维，觉得虽说不是冤家不聚头，毕竟不能完全以恨结合，若谓相处可似朋友，而世上实无气味全不相投之朋友，至于兄弟姊妹，我又不必如是怕她！弟因国难之故，回心转意，尽量卑鄙，以冀复修旧好，侍候月余，不特毫无影响，且变本加厉，借题发挥，以是知人心已变，不能挽回，况寄人篱下，全无辞色，胡能腼颜久留（其实完全用我的钱）。故最后之努力，弟已亲身试验，完全无效。所以兄不必多此一举，弟良心不泯，她虽对我如此，我总不忍抛弃，按甘愿相任其生活所需，亦因弟之收入较之为多，否则一受辱被逐之我，宁来供养逐我之人？尤不可以为弟之态度，为缓和法庭见面，此固非弟所愿，惟人家以为非如此不行，我也设法，在事前须得请教过高明些的律师。总而言之，"光第"生活，弟绝不再试。弟愿多保持些碧微好的感想，至于没世。若兄以弟所陈为不尽善，敬恳兄集弟亲友二人，若白华兄、斯百弟，商议一更好办法，不必令任何一方吃亏，交弟执行，无不乐从。未来如何，此时不得而知，结果恐亦难别雅俗，不问其为天狗为土猪，总是那么回事。弟因心力交瘁，孙女士已离开广西，来八步小住，此地为矿区，不烧煤，故甚清洁，工人生活，亦可入画，但其工逸而不劳，与世隔绝，每日杀死几多虾仁，瘫无所知，亦倒罢了。获候

俪福

弟悲鸿拜启
九月二日

1938年夏秋之交徐悲鸿写给老友郭有守的这两封信，分别写在宽四十三点

八厘米，高二十五点六厘米的宣纸上。作为研究徐悲鸿的重要文献资料，作为珍贵收藏之物，六十六年后，在北京华辰拍卖公司2004年春季拍卖会上，首次向世人亮相。拍前估价六至八万元，但经过数次竞拍，最后以二十三点一万元落槌。这也创下近代名人信札拍卖的价格新高。

郭有守接到徐悲鸿7月29日第一封信后，立即回了一封信，表示愿意为徐悲鸿在他和蒋碧微之间周旋，同时作为他们夫妇双方共同的朋友，他也还心存幻想，看能不能在其中做最后的努力。

郭有守的信是这样写的——

悲鸿兄：

接到七月二十九日的来信，读了以后，实在有受宠若惊之感！我既不是法官，也不是受任徐府家庭法律顾问的执业律师，要像你信上所说："兄得此函后，弟即与碧微正式脱婚！"试问，我哪来的这种权力？又哪有这种责任和义务？这不但使我深感骇异，还必须向你否认！因为此项名义，我是受之有愧，却之亦不算不恭。我在你的来信中可得而推测的，计有数点，请为你一一陈述：

（一）你说"家庭之变早至无可挽救……"是不是真的到了如此严重的地步，真的不可挽救了呢？我看你还要三思！假如在某种情况与条件之下，才能夫妇言归于好，我虽然驽钝，仍愿与诸友好向嫂夫人进言，希望尽最大之努力，以达到你的愿望。但是必须请你将某种情况和条件，明白告知，才好进行。恐怕嫂夫人并未认为夫妇绝对不能复和，而且希望恢复旧日情感，也未可知，你之所谓不可挽救，仅是片面的说法而已。

（二）你的信中有"……辄思得人为助"，不知是否有意再结婚？结婚之对象是否即为孙女士？请你也明白告知。你与孙女士的感情，究竟进展到何种程度？这是老朋友们所深切关怀的，你能告诉我吗？以我之意，结婚一层，似可从缓，因为原配之脱离手续，如未办得十分妥当，为此引起纠纷，实在是不值得！这种自投罗网，即使为了爱情，也应该郑重考虑。像你这样高明的人，总不能说我的话不对吧！

（三）你又说"不论碧微有无收入，我以每月所得三分之一与之"。此处所谓"每月所得"，应该是指你的全部一切收入而言，想来不是单指某一处之薪俸而计。因为时局不定，薪金收入可能减少，或者竟至完全没有。嫂夫人生活攸关，到了这种情况，她又怎么办呢？所以只有祝你永远收入不断，但这究竟不可靠。像你这样的当代艺术大师，作画所得，应当较月薪为多，因此盼你能对这一点加以明白解释，否则将来不知每月的三分之一究有多少？以我等朋友之意，总希望不至于有这一天。

（四）两个小孩归嫂夫人抚养，用费由你负担，这很妥当。但也应由你规定一个数目，交给嫂夫人分配，倘若毫无规定，在执行上似颇有困难。两个侄儿资质甚佳，如能善加培养，前途必然无量，你是他们父亲，当然会关怀他们，无须乎我这么过于顾虑。总而言之，在我等朋友的立场，都盼望你们和好如初，清除一切意见。所以在得到你的信后，还未敢告诉嫂夫人。因此请你将心中所要提出之和好条件，明以相告，使素蒙不弃之老友如我者，可以做最后一次调解之努力。

倘使万一双方都不愿言和，那就要订立一项解决方法，则一般所通行者有两种：甲、分居，由夫方供给赡养费一次若干，以后每月各若干，但男女均不得婚嫁，即使各有相好，赡养费亦不得变更。乙、协议离婚，赡养费及每月供给若干，与分居相同，但男婚女嫁，可以各听自便。以上两种办法，均须双方同意，条件说妥之后，然后请出法定数目之证人，写立合法之契约，然后才可生效。绝没有片面致友人一信，就算是离了婚的。如果以上两种办法，双方不能择定一种，势必闹到法庭相见，徒然给别人看笑话，那才是最下乘的离婚手法。

阁下的事使我不能不有所感者，以我们出洋吃面包十几年，平素号称天狗，还不能脱世俗之见，非要离婚另娶，这又何苦！天下到处都有美女，又怎能个个娶来为妻？你实在太傻了！以一个大艺术家竟这样看不开，恐怕将来会受累无穷，实在为你可惜，还望悬崖勒马，早日返渝，并希望你答复。

祝暑安。

           弟有守再拜

           八月十二日

  严格地说，郭有守这封信所讲的一切，都是有道理的。同样，孙多慈父亲孙传瑗的担忧，也有其合理之处。徐悲鸿感情用事，喜欢冲动，不免在生活中留下遗憾，而这种遗憾，在他与孙多慈的共同经历的爱情苦旅中，留下的更多，更苍白。

  回想1930年秋与孙多慈初次相见，那个十七岁的小女孩，如阳光，一下子就走入了他的心间。八年过去，他虽然也努力过，也关怀过，也资助过，但实际上并没有给孙多慈的处境带来更大的改变。从这一点上，他也确实对不起那个痴痴等待了他八年的弱小女子。

  在八步，在那个远远只能听见狗吠的小村子里，徐悲鸿对孙多慈的怀念，如同冬夜的风，无边无际，无休无止。他睡不着，起身坐到桌前，铺开纸，提笔写下对孙多慈的苦思——

    夜来芳讯与愁残，直守黄昏到夜阑。
    绝色俄疑成一梦，应当海市蜃楼看。

二十六、不想分手的分手

1938年末或是1939年初，孙传瑗带着妻儿，与叶庭筠一家离开桂林。在桂林生活前后大半年，多少还有一些舍不得。孙传瑗《今雅堂诗存》中，收录有这一日作的诗歌，诗题很长，"十二月十一日离桂林往浙东，以慈儿方在浙执教，将往依依，谋骨肉之完聚焉。途中所见所闻，极人世之惨痛，因纪之以诗，于以见吾之得工独厚。"诗里提到的"十二月十一日"如果是农历，那么就是1939年1月7日。此时，离己卯兔年的春节，也就十来天的时间了。

由桂林至浙东，横穿半个中国，又是在战乱，交通极不方便，孙传瑗沿途所作诗歌，记录了这一路艰难的同时，也记录了他们东行的线路图。其顺序为：《全州（广西）》《入炎关（古严关，广西兴安县）抵黄沙河（广西藤县）》《冷水滩（湖南永州市）》《湘桂道上》《衡阳（湖南）驿关雁》《湘潭（湖南）》《醴陵（湖南）》《萍乡（江西）见早梅》《上饶（江西）春感》《玉山（江西）客舍》《金（华）衢（州）道中》，最终抵达浙江丽水，于是有《登万象山烟雨楼瞻礼秦淮海遗像》《三严寺观瀑》等，之后又有写于碧湖镇的《碧湖集》。

战乱之中的丽水，因为有不少浙江省政府机关迁来，反而比战前更加热闹。这是浙西南与福建交界的一座小山城，相距周边城市温州、金华，都在一百公里左右，而与省会杭州，则隔得更远。小城之"小"，用当地的一句俗话，一泡尿就能从街头尿到街尾。相比与桂林，少了点时尚，少了点繁华，四周的山也高了些。抬眼四看，给人以压抑感。浙西北方言又特别难懂，和当地人交流，说上半天，可能最后一个字也听不明白。

就是在这样一座小城里，在遂昌火柴厂的北郭桥公司旅馆，先期而来的孙多慈，与许绍棣见了面，但她对他的印象极一般。如果打分，属于中上偏下的那

孙多慈油画《自画像》。在她的脸上，隐约露出内心世界许多痛苦

一个层次。从表面看去，许绍棣似乎有一些精干，但这个"精"字中包含了两点，一是个头偏矮，二是体型偏瘦，因而外表就给人一种单薄之感。如果把他和徐悲鸿相比，一个是风流倜傥，一个清癯有神，完全是两种不同类型的男性。但在孙多慈看来，还是徐悲鸿感觉更好一些。

1939年春季的丽水，是无休止潮雾天气。每天起来，阴云低垂，远处的山峰也一片暗淡的墨色。面对这样的天气，面对这样的山水，孙多慈对徐悲鸿的思念，更椎心泣血，甘心首疾，甚至心神恍惚，难以自持。那些日子，她的生活，她的情感，只能用一个字来形容，"熬。"身在浙江丽水，山水相隔，战火相隔，她只能依靠书信来寄托她的这种情感。徐悲鸿称之为"一封从未有过之动人情书"，就是这个阶段从丽水发出的。"不问吾在天涯海角，必欲相从。"言从心出，作为女人，这才是对徐悲鸿的一片真心流露。"我后悔当日因父母反对，而没有勇气与你结婚，但我相信今生今世总会再看到我的悲鸿。"话语之间，有对自己的百般怨恨，百般指责。值得注意的是，一向称徐悲鸿为"先生"的孙多慈，在这时，心扉打开，深情地呼出了"悲鸿"的名字。一封又一封袒露心迹的信函，都是写在淡淡带有粉香的信笺上的，信笺下方，印有他们当年在安庆登过的振风塔图案。这些信函，一次又一次随邮车颠簸着走出丽水县城，而孙多慈的一颗心，也随着这些信，一次次颠簸着飘向了异国。

不知道徐悲鸿收到这些情意绵绵的来信是什么感觉,可能是感动,但感动之后肯定是无奈,无奈之后又是怨恨,怨恨之后还生出许多恼火。当断不断,不断又想断,说不好听些,就像是老年人的前列腺,水龙头关不紧,老是滴滴答答,让人爱也不是,恨也不是。关键是,徐悲鸿认为孙多慈桂林的不辞而别,并不完全是她父亲强逼所为,她自己也占有很大因素。必定是年满二十六周岁,能独立生活的高等知识女性,怎么能够一味地听从父亲的摆布呢?想至此,又对他"亲爱之慈",生出数不尽的可悲处,可恨处,可厌处。

徐悲鸿是1938年10月,携十六箱艺术品,顺漓江而下,取道梧州,数度辗转,于11月中旬到的香港。在香港只待了五十余天,1939年元月4日,他又乘荷兰Van Heu-Se号轮船抵达新加坡。"我因要尽到我个人对国家之义务,所以想去南洋卖画,捐与国家。行未到半路(香港),便遭封锁,幸能安全出国。但因未领得护照,又多耽搁了两个月,非常心焦,亦无别法可行。兹已定于今夜乘荷兰船Van Heu-Se赴新加坡,在路上有四日。"在给他的两个孩子的信中,他这样叙述道。本来安排是2月中旬返回重庆的,但因战事纷乱,计划一变再变,接下来的一年时间,徐悲鸿基本都是在新加坡度过的。

1939年,两个有情之人,徐悲鸿与孙多慈,一个在新加坡,一个在浙江丽水,虽身隔万里,但鱼雁传书,心仍随信件来来往往。可惜的是,条件所限,当时的信息传递速度,与他们之间的感情变化,无法同期而行,因此他们之间,既生出许多期待,许多相思,同时也生出许多该有或不该有的误会。而这些误会,在很大程度上,又加深了他们之间的裂痕。

2007年,在佳士得香港有限公司春季艺术品拍卖会上,有一件拍品格外引人注目,这就是水墨纸本手卷"徐悲鸿致孙多慈手扎"。虽然信札尺幅只有31×105厘米,上面也不过两千余言,但最后的落槌价,居然拍到了八十九点一万元。徐悲鸿写给孙多慈而孙多慈并没有收到的信函,之所以能引起藏家广泛关注,是因为信中流露的,是艺术大师徐悲鸿对孙多慈的万千情感。信的内容全文如下(不清之字,以"□"替代)——

吾得弟最后一书，乃知为吾不能来温州之果，并恐为吾抵港不相告之果，慈倘责我至港无消息，当知我不能冒此险也。试问我苟贸然电汝而汝不来，吾岂能再□颜于世（汝不能以吾不到温州为口实，因汝第一自计之步骤为来新加坡，且汝亦明知我离港之前情况）。吾又胡能遽自委弃，且以尔时古井之我，理应自省。若子展先生之不能以我至港相告者，因我至港既久方得汝之书，又知君子之交如是，则恐贻害于我。子展遇我至厚，故尤不敢有此尝试，也为我既后然南行，竭吾心力与友好之协助，尽艺人之天职，譬如为山功已及半，汝于尔时忽发出闪烨之强光，欲吾星展毕返国去温州，使吾侪向为寻情直往之人。吾当不顾一切如赴汤火，特以吾之愚，宁不知有变之，绝不我待。而星展必旷日持久〔今虽结束人之认□已交，但廿六张二百星币（合国币六百七十元）之画当有十三四幅待写，我如何能走？〕当时既不能抛弃此为个人画展，而欲为违背良心深可预知之数，写一空头支票以付爱人，吾不能也。至吾之为汝，有当何待言？若汝之为吾，有（汝书中语）颇似存款于银行者，焉能遂以为银行之主乎。吾自愧以其毫无价值之爱，被汝认为生命中之原素，上帝当知吾从未有所蕲，唯恐汝生命尚需多量之其他原素，比之向汪洋无际之大海中投一石，并湍激之泡沫都不见也。但其为石者，又自幸其得沉大海耳。

尊人固可入黔依友避难，唯其爱女在浙，当然来浙，而来书言将去安庆去乎，以向有地位之人而携眷返，没为人逼，其将奈何，不从而成仁。慈又将奈何？吾思至此，汗如雨下。吾当日倘真至温州与汝成婚，南行此责任讵不全由余负！今也而糊涂□之慈，与其谋为之！于是，慈纵欲今当不然矣。万里相从纵欲如其毕生唯一之情，书所昭示之。愿与悲鸿死在一起，恐与悲鸿同死，计划之先便真不了也。古人云："穷则通"。今身处如是困境，而聪明全塞，智慧顿亡！使慈而真与悲鸿同一线，徒见其意念总相左耳。抑人当苦斗酣战之际，方需战侣，一旦时和世泰，则甲兵可熔作金人，纵是英雄已无用武之地，而悲鸿亦将息机退隐于山涯水角，因吾之义务已几尽矣。吾亲爱之慈，汝之真性情，已泪没无余。一切由强制之伪性情所发出之，理智乃如毫无神气之刊板文章，汝治美术，当深知此类形式格调，吾昔曾解放苏州老圃屈之梅花，既历两年，未尝不长。但其枝干纹理久曲，乃终不可伸直，夫毁自然，以就型□，或为宋儒精神，而为艺术所大恶也。最后一书虽令吾灰心，但吾早具超越于灰心之上之情感。吾纵自悲远，不若吾之目击屈抑不能再伸高标绝俗之梅花为尤戚戚也。

帝乎汝知吾于慈，初虽萌有自利之心，而终自克止，辄再三谋其自致。完成之道，欲听其自然变化。使慈早得去国者，不过略得我臂助而已。数年工力处此情势，无敢断定已在英有所树立。在吾二人辟系上，更增奇丽。兹沉沦数年，身逢巨劫，致吾二人必致于此。慈在非有不堪许多鬼脸之经验乎，再就悲鸿谓悲鸿者能相负乎，吾不忍不信（尽管太夫人告王女士说你是哄我的），慈之爱吾尤深，体谅慈之环境在无一人同意下而必出于此之弥可珍！吾亲爱之慈，吾且忠信断定汝生平为第一次向一异性之人现其桎梏既深之真。如汝最后前一书者。但汝肯平心一度相衡，当审不建我之加于汝者千分之一也，即吾现存死灰之余烬，较汝自以为热烈者亦高出不知凡几！已矣！已矣！惜汝得见此书已太晚（我测为今年九月），且恐汝之终不得见此书也。

吾书之屡恳展兄转者，辄心冀汝万一能早赴港，吾书不致流落不谓汝耐心坐待以重价买到机巧空灵之误会，又不肯自省，嗟夫！吾理想中可爱之慈，其灵魂已失真情，一掷而罄，遂了此一重公案。汝不必徒然回忆，假定悲鸿为无情可矣。若然者，吾自担承一切罪恶于他日忏悔时益有辞也，而葆此孙念劭于玉洁冰清，完整无稍损也。吾茕茕居于炎荒，但以工作销我生命，幸间得佳作以自排遣，亦妄冀温州可通为最后之诀别，今则空谷足音已成泡影，□犹孔炽蝼蚁何求，且幸未若汝梦中之病，否则此梦中人乌乎觅之。顾吾亦以劳而尝病，病吾必强起，愿力既宏，施倦之肢体、官能部分恢复，亦速所谓预支精神，用视吸鸦片吗啡为略善也。

幻想重叠都无着落，惊造化之巧妙，为云为雨，灭其痕迹不若，吾人之灵魂尚刊有伤口也。昔 Murret 叠咏诸月之夜，以□咀其爱人想汝智慧，日长已乏才力，吾生平不怨天尤人，难自承为吾之爱人者，亦未尝余负仅无灵魂而已。大理石制之 Athena 方有灵魂伤哉。其为幻想也。吾今收回其既失之一半，将洗剖其蒙蔽迫复旧观。吾之躯□，当不值重视，Athena（再见）！

吾永不责备慈，吾惟回想云母石制之 Athena！Athena！

悲鸿
五月二日释迦诞
星州酷暑

Athena，智慧与技艺的女神，也许这就是对孙多慈永远的印象？

从最后的落款看，这封手札应该写于 1939 年 5 月 26 日，农历四月初八，只有这一天才是"释迦诞"。思前想后，徐悲鸿情绪激动，所以一时笔误，少写了"十六"两个字。如果推迟一年，信札写于 1940 年，"释迦诞"则是 5 月 14 日，而那时，他正在印度大吉岭，最后不可能落"星州酷暑"四个字。

但在这封信札中，我们明显感觉徐悲鸿对这段马拉松式的恋情，已经心生倦意。"吾茕茕居于炎荒，但以工作销我生命。"也许这就是徐悲鸿极力冲淡爱情痛苦的一种方式。

徐悲鸿与孙多慈之间的这种期待，这种相思，这种误会，通过徐悲鸿致老友舒新城的几封信件，我们还能够深刻感受——

1939 年 5 月 8 日致舒新城：弟与慈之关系，在港与兄晤面时，实间不容发，及彼知我来新，乃来一从未有过之动人情书，言我命她怎样便怎样，弟答言：倘人因我而有之行动，我完全任之肩上，不谗责于我以之第二人。但我绝不令人如何行动。其中，慈又获得我冷冰冰下前所发书,她即来一同样温度之函,我气得发昏,即寄一书函至港,托子展兄留文,我即表示此生不必再见。此函才发出两日,讵知她又来一书,视所谓情书者尤悱恻,言俟送其父母于安全地后,便不问吾在天涯海角,必欲相从。情节周折如此,而弟敢断言彼必不能出(彼尚在温州、丽水),但过早之消息已满布东南,比之预防针亦未尝不佳。慈父亲之面貌,似为吾前生身之冤仇。见即话不投机,彼母亦落落无丝毫缘感。倘慈不毅然取得办法(此则不可责备,只有任彼如何),弟亦终不能与之有更进一步之关系,比较弟之岳父母之情愫相去诚间霄壤!弟至今仍依依于岳父母之深意,老天此段文章巧妙不可思议,弟虽在演出此剧,实惊叹剧本之佳弄死人的东西,世变如此,一切听其自然,若慈真排万难来到弟处,当然弟无条件从其所愿,与共生死,弟顾未有一字叫她来,惨极了,只当作被炸坏四肢脏腑一样难过。

1939年6月30日致舒新城:慈自四月十四日来一极缠绵一书(她说不论我在天涯地角她必来觅我)后,两个半月毫无消息。此时温州沦陷真使人心忧,她那二老糊涂混蛋该死!大概不会得好结果,弟尚幸留其作品不少,便用慰藉此后半生矣!

因为相隔两地,因为信息传递不对称,两人之间的误会,自然不可避免。"彼知我来新,乃来一从未有过之动人情书。""慈又获得我冷冰冰下前所发书,她即来一同样温度之函,我气得发昏。"时隔近七十年,我们依然能感受当年两人之间"爱极是恨"和"恨极是爱"的复杂感情。

但最后,"两个半月毫无消息"的徐悲鸿还是忍不住了,他将孙多慈"不论在天涯地角必来相从"的来信再三细读,越看越有火,越看越来气,末了,他连眉头都不皱一下,用极端的与他平日风格不相似的语言,在信上批道:"我不相信她是假的,但也不信她是真心,总之我已作书绝之。"

8月9日,仍怨气大于爱意的徐悲鸿,又将孙多慈的这封来信,转寄给了他的朋友吕斯百。吕斯百是中央大学艺术专修科第一期学生，1928年底，徐悲鸿为他争取到了公派留学名额，赴法国里昂美术专科学校留学。1934年他与徐悲鸿一起回国，后一直在中央大学艺术系任教。徐悲鸿为什么要将这封信寄给吕斯百，后人有多种猜测，但吕斯百有意无意地将信拿给蒋碧微读时，他认为徐悲鸿的用意是十分明显的。

但蒋碧微并不领情，"我这个人大概是有些特别，在我看来，像徐先生这种行为，是最不可原谅且最不道德的。徐先生如果不再爱孙韵君，他尽管把她的信退还或烧毁，绝不可将这种信寄给任何人去看。他不要以为我看到他侮辱了我的情敌，便会觉得高兴。他应该知道：我不是这样的人，相反的，我将更看轻他！"在《我与悲鸿》一书中，她这样说。

不管是什么样的原因，有一点可以肯定，此时的徐悲鸿，对孙多慈，只有怨恨，没有思念，也就是说，他似乎已经从痛苦的失恋状态中走了出来，重新恢复了自我。

1939年10月，徐悲鸿准备去印度，16日，他在给舒新城的信中说——

> 弟最后复慈一书，实是妙文，嘱波寄兄保存，或能达览。一切皆成幻梦，不再想起此一钱不值之事矣。弟到印度后，必多流离寂寞之感，请常常写些信见赐。

虽然"一切皆成幻梦，不再想起此一钱不值之事矣"，但身在异国他乡，尽管创作，社交，不断地出席各类政治活动，生活很充实，但徐悲鸿的内心，依旧十分空虚。这种空虚，来自对国家危难的忧虑，来自对心爱之人的相思。特别是后者，对于徐悲鸿这样一个感情用事的艺术大家，犹如天边之云，忽儿散，忽儿聚，晴也不能长久，阴也不能长久。恨恨爱爱，爱爱恨恨，都不能从始至终。他的这种感情变化，在后来又忍不住写给孙多慈的一封长信中，表现得淋漓尽致。几十年过去，我们今天读它，依旧能为他的情绪所打动——

我日内即起程赴桂，你那悲惨之书居然在我以前递到，我之原意在顺水推舟，不想使你如此难过（为时甚暂），我再没想此种情绪如无减损，实是十二分痛苦，你虽令我完全绝望，但令你痛苦却我非目的。我不能来一种俗套说求你原谅一类混话。我今平心静气分析你的态度以及我处于被动地位之行动。

　　你寓桂林那清晨，我五时即到王小姐处，因知汝家人往送，我即返院旋得汝留最后之一书，虽无何种动人词句，但我视为极珍贵之文件，因已经汝家人视我对汝纯乎是单相思，我即坚恳王小姐，以汝留函示汝母，王小姐，我尊堂语云："□她呢是哄她的吓！"书便收下。证以汝安庆宅中墙壁……我也懒得多心！虽是汝现在不否认，但……请你不必重视此语，我毫无意思挑拨母女感情，我从去年八月起，我便不敢再有妄想，我曾一再以书寄港试探，终于不得要领（你再不必提起寄桂林重庆书）我漂流西江及在香港两月，完全绝望，你当会能迫想及之。

　　迫我既抵星洲之第三月，乃得汝八九年来从未有过之奇书，我真受宠若惊，神魂颠倒，反觉你是改常态是处女作，不甚自然，我深自惭愧未能来温州，因为（1）我虽尽我为人之义务，（2）汝尊人已抵浙，便决定汝永无与我结合之可能。而此事实是汝预定，我恍两月又得汝四月十六（日）一书，不但继续前书恳挚之情，更示我决来相见之预告。且坚我信念，益以夜九时半（此间八时半祷）祝之爵上天鉴临我心静……我如何不信，我尔时真视汝如我之爱。我虔诚持守此信念直及八十余日（将七月中）竟无下文，并无丝毫消息。我思此人夜夜为我祈祷，应不难与我一月一书，我虽用二十个字人家一个字（其名贵殆过殉葬照陵之兰），因为我信他"不论在天涯地角必来相从"（尚有共同奋斗十年之计划），确出我希望以外，我不得不在此期内告汝一切何处何处接济步骤，既毫无消息，我心不但恐慌，而且惭愧（想到你热挚之语句，我益发而……），新城告我久无消息，子展亦然同，深忧。吾二人共同友人也俱无消息，加以接连不断佐证，在汝书中亦有蛛丝马迹，于是方有求汝电告之举，承汝复文有□□增加之字，固是善意，但前案推翻则已彰彰明甚。

亲爱之慈，甘言蜜语而无事实，随其后即等于00支票，我明明知汝于（与）家应等好友简札极密，我虽八九年来得汝二十来封信，但在四月十四（日）书后我望增奢证之，以各处关系我乃豁然明朗，知汝绝无一分可能践汝求我相信之预告。且时局丞变更无可能。

兹附告汝一逸事，吾友华林昔与崔荷华女士恋爱十年，其情谊视吾人深得多，林因政治关系去法国，崔待之。厥后其母羡郑汝成之子豪富，坚逼之嫁，闻其母跪求之，不得不允。崔与林最后一书，书后以血写一恕字，我曾亲见，不能□崔初心决，负林也。她造成一金蝉脱壳之境地，使演为事实，而令华林无可奈何，我便是狼心狗肺，亦不忍说你是怀着虚伪心情，不过汝之爱情乃未被没去，剩下百分之几之稀少天真偶然如电一闪，转瞬即逝，比之乡遇之怨气，气出即消，颇有大自无碍之微旨，原是狠□，不同于一切没出息之春印众生，但其境遇于崔荷华，已绝小加上一重国难之艰危。我当然不会爱虚荣，此亦不算虚荣，但是你究竟是怯弱，我不能等人家写个红恕字给我，我既坚信汝之深情，故知三月无书乃是一种表示，到七月有一书全不是那回事，况且还有一个人情所不能强之理由，你不早不晚不先不后，在此时脱离你的父母，你如早来固为我之幸运，倘你采用如此笨法，叫我如何接受。于是归根结底，你闪电式之爱情，无论有如何热烈真挚，只可比之镜花水月，而汝安排妥当之实境乃坚固如不可动摇之昆仑山。我于是乎完全绝望。信可寻常之物，信且不可得，其他可不必说了。且汝之矛盾亦太多，你估量我之能力在汝所要求时则非常之大，在自动时便觉其非常之小。

至于作品，你真是个糊涂蛋，你未能用你一点真正能贡献于国家，你仅仅比得五十块钱一月的寻常人。当不知羞愧，你带布与颜色到碧湖是作画么，你的成绩安在？

说到红豆，他是有他烨烨之光，无论你戴与不戴，况且你虽说接受

面对与孙多慈分手的结果，徐悲鸿也很无奈

了我，却从未见你戴过，你以为他不值什么，丢掉好了。

自欧洲（战）起世界情形大变，交通大是艰难，幸你不再说相从的话，简直是不可能了，我亦犯不上解释这些，横竖隐居碧湖是一种乐境。

我再便带报告我的希望，泰戈尔先生既如此重视我，我应写他十次八次，明年三月又太热了，我便到大吉岭去写十幅八幅喜马拉雅山，雅典以外之理想界，我当年以为更□美的。

请你原谅我，我不会温婉，我不能向你伪装，你不爱就算了。

此信阅后请寄（舒）新城保存，俾告此案结束。

我只有一件替你伤心的事，你的天真到底剩得很少，加上一种近视，无论如何，我祷天加佑于汝，使汝幸福。

可怜你身处瓮中，亦不知天高地厚。目下由新赴温州来回川资至少需国币三千元，你还说为我守秘密，又要我白跑一趟。我宁愿将三千金捐与寒者为棉衣，以纪念此痛史，且汝亦至懵懵。我虽不是那鸭屎臭要人之类，但以海陆数千里你能为我守着秘密？我不怪你，是见你那时神志不清，并我去年赶长沙接你都忘记了，我虽□强，恐怕肯重演那类剧本之人，天下也绝少的。

最后我并且告诉你，自我认定你决心食言，不再有可能会见以后（我们两人本无可能结合，只有一个仅一时机，你放过了。可见汝之意志），你那七月卅书寄到后，我便不拆寄予展兄保存，哪知他来书大加责备，拆阅后仍寄还我，仍不看。你九月九日（八月无一字）书三星期到达，我仍不拆开，寄予子展，不知如何神差鬼使，几次总未投得邮，我心上有些不忍，终于先将七月三十日书启视了。我虽是呜咽难禁，便又将九九书启视，所以徇汝意作此最后一封长函，我再尽我最后之忠告，你仍旧巩固家应之友谊，你送我的没有用过，仍旧璧还，毋失二老之欢。人家诚意并不在我之下，且关系汝全家安危，必要时可以接受的，打碎之碗补也无益，我们回到去年今日情绪，原不是我的东西，不见了不能说是损失也。

"我们两人本无可能结合，只有一个仅一时机，你放过了。"此时孙多慈在丽水碧湖镇浙江省立联合高级中学任教，我们不知道她当时拆开信，读到这里时，内心是一种什么样的复杂感情。是躲在校园内高大的樟树下暗暗泣哭？是独自在碧湖镇街头茫无目的的行走？或是孤单地坐在瓯江之滨，遥看南天的云色？

1940年2月7日，在浙江丽水，孙多慈与家人在一起度过了一个非常惨淡的春节。本来就没有什么菜，而年满二十七周岁的孙多慈，也没有什么胃口，外面有爆竹冷冷地响了一下，这个年算是又过去了。正月初十，中午，在丽水一家稍有些规模的餐馆，许绍棣做东，设宴招待了孙多慈他们一家。席间，许绍棣把杯子举向孙多慈，本想说什么，但没说出口，只是一仰脖子，将杯中酒干掉了。孙多慈知道他的意思，但仍无法做出决断，她杯中的那些酒，一直到宴席结束，也没有动过一滴。

这一天，在印度，徐悲鸿经泰戈尔介绍，会见了印度民族主义运动和国大党领袖甘地，并为他作黑垩笔画《甘地像》，甘地非常高兴，在画上签下了自己的名字。

春节过后，浙江战事紧急，局势异常险恶。徐悲鸿在国外得知消息，非常着急。而这一阶段，孙多慈仿佛失踪了一样，突然音信全无。徐悲鸿的恨意因此又开始转为爱意，对孙多慈的思念，又一日一日加深。4月2日，他在给舒新城的信中，虽然表示"只好不想她算了"，但他对她的焦虑，仍流露在字里行间——

> 浙东紧急，当然慈甚可恶，但因缘既绝，从此萧郎是路人，只好不想到她算了。以弟推之她此时已出嫁，且流落，年来于艺亦不努力，弟益无所恋恋，弟七月以前皆在大吉岭，地址如下（略）。
>
> 一月以来将积蕴二十年之《愚公移山》草成，可当得起一伟大之图。日内即去喜马拉雅山，拟以两月之力，写成一丈二大幅中国画，再（归）写成一幅两丈长之（横）大油画，如能如弟理想完成，敝愿过半矣。尊处当为弟此作印一专册也。

孙多慈《双人画像》 | 油彩 | 画布 | 51.6cm×68.1cm | 作于1940年

　　徐悲鸿不知道，春节之后，远在丽水碧湖镇的孙多慈，对徐悲鸿的思念之情，如茫茫无边的阴雨，又黑又暗，又冷又湿，始终困扰着她。那些日子，只要一闭上眼，徐悲鸿温厚的笑声就在耳边响起，他的身影也伴随着她，浮荡在碧湖镇的每一角落。她的心绪处在从没有过的低落之谷。久而久之，这种低落心绪又不折不扣在她的身上体现出来。4月中旬的一个早晨，她终于病倒在床上，无论怎样努力，就是支不起身子。

李家应此时也在碧湖镇，担任战时儿童保育会浙江分会第一保育院院长，闻知消息，十分着急，匆匆赶了过来。走进房间，只睃了一眼，她就明白，孙多慈的心病，大于她的身病。走到孙多慈床前，李家应握住孙多慈的手，问："你是不是想他了？"

孙多慈摇摇头，但想想，又把头点了点。

李家应叹了一口气，"有情人不能成眷属，是我害了你。你恨我吗？"

孙多慈点点头，但想想，又把头摇了摇。

"为什么不给他写信，把你的心思告诉他？"

孙多慈不说话，泪水从眼中流出来了。

"你把地址给我，我来给他写。也许这一切还能改变。"

尽管孙多慈不愿意，但李家应还是背着她把信写了，也不知道徐悲鸿现在到底在哪儿，于是就把信寄到香港中华书局，请陈子展代转。

5月中旬，李家应的来信由陈子展转到徐悲鸿的手中，但徐悲鸿正在喜马拉雅山写生，那儿交通闭塞，即使是插了翅膀，也无法飞越千山万水与他心爱的慈相见。6月4日，在大吉岭，他在给舒新城的信中，谈到了这种无奈——

慈既无消息，上月忽由子展兄转来家应数行，谓慈病愿一见，问我能去浙否，真不知天高地厚，彼以为我自身即生翅翼也，且其地亦不能翻译成名，电复且不可能，悲运如此，喜马拉雅山之天下第一高峰——爱勿莱斯忒Everest信为宇宙奇观。此乃有天赐肯与见面。因雨季近，云雾不肯开，必雨师先夜为洗尘乃可。在旭日中相见，令人惊倒也。

这是一次真正的阴错阳差，如果不是战争，如果不是交通工具落后，如果不是信息的闭塞，这段师生之恋，这段慈悲大爱，就不会被后人称之为"美丽的悬念"。但事实就是这样泣天哭地，就这样荡气回肠，就这样遗憾千年。

相比之下，傅宁军《吞吐大荒——徐悲鸿寻踪》对这一段情感的描述，更加客观和理性——

　　无数人湖水般流过，婚姻只是一个极小的概率。徐悲鸿与孙多慈似乎在这个概率之外，他们曾经相遇，又擦肩而过。决定其走向的，有孙多慈的个性，也有徐悲鸿的个性。徐悲鸿总是为他人着想，对学生如此，对恋人也同样。当孙多慈无法做出抉择时，他不愿意勉强，没有舍我其谁的霸气。就像当年在上海遇到法国同学，人家没闹什么风波，就又结婚了，而徐悲鸿满城风雨，仍然徘徊不定，因为他本质是个善良的人。
　　繁重的工作似乎无法抵挡感情的侵袭。徐悲鸿后来曾经说过，他唯一感到对不起的人，就是孙多慈。他确实对孙多慈说过，如果有一天，你需要我了，我会马上赶到你的身边。造化弄人。当他们朝夕相处时，孙多慈犹豫，挣扎，观望，徘徊。也许她不敢想象能按自己的意愿行事，而不管别人怎么说。她忍痛离开了徐悲鸿，又在思念中病倒了，终于不顾姑娘家的矜持，托她好友写信求救，谁知她思念的人却相隔千山万水。
　　喜马拉雅山，靠天最近，离人最远！

从这之后，孙多慈的消息断了，那个老实，那个持重，那个自爱，那个聪明的孙多慈，在徐悲鸿的生活中，无声无息地消失了。
徐悲鸿是这个秋天彻底感到绝望的。9月2日，在圣地尼克坦，他给舒新城的信中写道——

　　慈之问题，只好从此了结（彼实在困难，我了解之至）。早识浮生若梦而自难醒，彼则失眠，故能常醒。弟有感而为诗：

　　虎穴往往无虎子，坐看春尽落花时。
　　半生几次梦中梦，魂定神清力自知。

彼与兄及展兄处俱无消息，故亦莫从知其状况。但彼已不作画乃是事实，此则缘尽之明征矣，也好。

在这种情况下，徐悲鸿还关心孙多慈"不作画乃是事实"，那份惜才之心，仍然不能放下啊。一个星期后，徐悲鸿对孙多慈的思念加深，绝望也加深，他把身边所有孙多慈的画作全部翻了出来，一边看，一边回想他们在一起的那些幸福或不幸福的时光。当天他作诗两首，题为《为孙多慈画而作》。之后，他在给舒新城的信中，再一次表达了他的这种情感——

今日检点慈之作品，存弟处有七幅（又得一幅共八），极精。其外，尚有水墨自写及素描各一。另两国画则不甚佳，共得九幅。不知兄处有之否，弟拟为之再出画集一册，油画皆用三色版精印。为了结这段因缘纪念，求兄写序文（须作散文诗体）（不甚着痕迹），弟则以两小诗代序。录奉一览：

云锦辉煌早织成，文章机杼出天外。
星河流转乾坤乱，大惧昆冈玉石焚。

回首当年事可衰，鸡鸣灵谷总成灰。
平生心血平生梦，惟待昆阳旗鼓来。

不知港厂能制版否？倘兄同意，弟即挟此数画至港也。天生如此之才，而蕲其成，感伤无已。

这一天，是1940年9月9日，农历八月初八，白露第二日。再过半个月，又是一年一度的中秋节了。但孙多慈与徐悲鸿这一对情人，从此不再有团圆之日。

二十七、丽水婚事

孙多慈对许绍棣最赏识的地方，就是他的沉稳与耐心。无论什么样的变故，无论什么样的局势，无论什么样的心情，到他那儿，总是点点头，笑笑，就仿佛什么事都没有了。

事后想一想，也对，这世上，有什么过不去的坎，又有什么看不开的事？

1940年秋冬，与徐悲鸿交往彻底了断之后，再看徐悲鸿对自己的埋怨，"至于作品，你真是个糊涂蛋，你未能用你一点真正能贡献于国家，你仅仅比得五十块钱一月的寻常人。当不知羞愧，你带布与颜色到碧湖是作画么，你的成绩安在？"以及"说到红豆，他是有他烨烨之光，无论你戴与不戴，况且你虽说接受了我，却从未见你戴过，你以为他不值什么，丢掉好了"，就觉得这言辞也实在太过激了些。

而许绍棣，在自己身边，永远是轻言慢语地说话，永远用一种商量的口气，永远是温和而谦恭的表情。这种状况，从1938年夏天开始，整整两年过去了，没有任何改变。

这之中，孙多慈对许绍棣没有任何许诺。

不仅仅如此，孙多慈与徐悲鸿的书信往来，也没有对他有任何隐瞒。

一个男人，能把功夫做到这种地步，无法不让人感动。孙多慈想，这大概就是一个优秀男人的儒雅之气、谦和之气吧。

更令孙多慈感动的，是许绍棣对他们一家无微不至的关怀。那时候，孙传瑗工作的浙江大学龙泉分校，在芳野曾家大屋，而孙多慈则在碧湖镇浙江省立联合高级中学，丽水县城只有孙多慈母亲他们。许绍棣身为浙江省教育厅厅长，工作繁杂，但只要听到空袭的警报响起，总是会在第一时间赶过来，安排他们躲到丽水中学的防空洞里去。一次两次可能还觉得无所谓,时间长了,次数多了,你不能不觉得他完全是出于真心的相助。

这个阶段,许绍棣的两个女儿,许绛烟、许黛烟,与孙多慈家走动也非常密切,她们亲亲热热地喊孙多慈的父母为外公、外婆,已经形成事实上的一家子。

更重要的是,许绍棣与父亲孙传瑗走得更近,几乎成为无话不谈的密友。

孙传瑗到浙江后不久,许绍棣便为他安排了工作,仍在教育界,还是教书的老本行。11月,英士大学开始筹备,次年春正式办公,分设工、农、医三院于松阳、丽水,下设农艺、农业经济、畜牧兽医、土木工程、机电工程、应用化学、医学、药学等八个学系和农学、合作两专修科。许绍棣出任首任校长。因为没有相关科系,孙传瑗又不愿做行政,所以直到这年6月,浙江大学在龙泉开办分校,孙传瑗才转到这边来。

孙多慈(中)与李家应(左)、李家诚(右)姐妹瓯江戏水,摄于1940年前后

浙大龙泉分校所在地芳野,在龙泉南郊,是丘陵山村,原名叫"坊下"。因为分校主任郑晓沧,海宁乡音极重,海宁方言"坊下"与"芳野"同音,就这么叫下来了,并一直沿用至今。学校选址的曾家大屋,为地方绅士曾水清1921年修建,建筑坐南朝北,共两进七开间,一进为两层,二进为三层,天井两侧有厢房,还有后花园,占地面积约三亩,曾家大屋的门楼为欧洲风格,内厅土木结构,典型的中西合璧。

孙传瑗和另外几位中文系教授王敬五、王季思、徐声越、任心叔等,住在用竹竿皮临时搭建的简易集体宿舍里,虽然条件极差,但一帮子老教授,吟诗作词,相互酬唱,依然有自己的乐趣。孙传瑗对许绍棣说,苦一点累一点穷一点都算不了什么,能干自己想干的事,那才是最愉快的。许绍棣也是真心话,也是奉承,说能有孙老先生这样国学大师服务浙江大学,也是浙江教育界的荣幸啊。

晚年孙传瑗个性不好,有一阶段,和校务处为了点小事闹了矛盾,不高兴,翻了脸,马上赶到校长办公室,提出辞呈,口口声声要去四川江津,说流亡那边的安庆国立九中,曾几次邀请他去那边任教。分校主任郑晓沧没办法,报告了许绍棣。许绍棣匆匆赶了过来,也不劝说,只是笑眯眯听他发牢骚。等他气消了,再没有什么可说了,许绍棣才慢慢提出他的看法,"我们是坚决不同意孙教授离开的,但孙教授决意要走,我们也拦不住。"又转头与郑晓沧商量,"为表示校方的诚意,是不是给孙教授支付三个月的薪水,另外再特批八十元大洋,作为孙先生赴川的补助金?"

浙江省教育厅厅长的安排,分校主任郑晓沧自然不敢怠慢,马上就要安排工作人员去落实。这一来,孙传瑗反倒不好意思了,找了个借口,说有许厅长这样大义的人主持浙江教育界,就是有再大的委屈,也要忍受着干下去啊。

孙多慈知道后,就笑,她明白,许绍棣这是以柔克刚,硬把老爷子的毛给抹顺了。又想起徐悲鸿,面对自己的父亲,总有一种抵触,"面貌似为吾前生身之冤仇。"听听这话,像是要娶他女儿的人吗?

真正起变化的,是春节之后的大均之行。

大均是当地一处有名的畲乡古村,在景宁县城西南,也就是二三十里路。"大均"取意孔子之言，"大道之行也，天下为公，有国有家者，不患寡而患不均"。大均三面环水，背靠回龙山，聚落呈正方形。其中明代建筑观音阁，建于突兀危崖之上，危崖又为溪水所包围。水中有山，山上有景，自然风情种种。观音阁又称大士阁，阁高十余米，上下两层，土木结构，内置木梯，可通阁顶。其西北外墙立面，与崖壁几成垂直。东、西、北三方开有方窗。阁外青山，阁下澄潭，朝夕晴晦，气象万千。

  孙传瑷一家在许绍棣陪同下，是乘舟抵至大均的，下船后，就兴致勃勃登上了观音阁。推窗远望，层峦叠嶂，春水蜿蜒，浮伞渡口，船只往来，倒映水面，一潭细皱。孙传瑷忍不住，当下就作五律诗一首。诗曰："选胜登高阁，同偕倚夕阳。晚风散热恼，晴翠湿衣裳。帆影沉潭静，滩声入夜长。山翁鸡黍惠，忘却是他乡。"

  从观音阁下来，许绍棣又安排他们一家游览了浮伞祠、浮伞洞、灵水殿、飞虹洞、飞虹亭、李氏宗祠等诸景点，大家都啧啧称奇，孙多慈就直抱怨，说许绍棣也不早说，要不自己也带个写生本来，美美地过一下绘画瘾了。

  当晚就住在大均，孙传瑷喝了点当地村民自家酿的米酒，话特别多。许绍棣便说过去有"古樟迎客""澄潭印月""龙岗叠翠""成美廊桥"等十景，明天还要陪孙老先生找找。孙传瑷兴致高了，又作五律诗一首，将沿途所见所闻都融于其中。诗曰："首夏意不惬，兼旬苦霪霖。严子厌尘嚣，相约入深山。言访浮伞渡，蹑屐苔湖亭。雨余噀空翠，夏木立森森。幽鸟自来去，白云无古今。滴水几时尽，溪流调鸣琴。如闻风吹发，嗟尔太古音。触目成佳赏，可遇不可寻。爱此藤蔓古，踞石一长吟。藤花知我意，纷纷落我襟。"

  大家拍手称好，老先生越发高兴，再作一首《月下笛》："倒影空潭，衔山落日一峰危。箬篮舆睡里，记前度旧行路。滩声野色依稀似，却添了无边红树。谢李翁高谊，连番惠我田家鸡黍。羁旅身何处？怅满眼干戈神州焦土。音书间阻，惊鸿去来频数。乱山深处逢重九，又兼得风风雨雨。认一点碧烟螺，浮伞仙人古渡。"

  第二日一家人离开，村民安排好纸笔，要许绍棣厅长为村子留下墨宝。许绍

孙多慈《柴时道》，1940年7月作于天台山华顶寺

棣把孙传瑗推上前，说他的国学功底好，又有一手好书法。孙传瑗推辞了一会，还是把笔提了起来，略做思考，写了"引人入胜"四个大字。

孙多慈立在一边，就觉得许绍棣的这小殷勤实在是妙不可言。父亲的诗确实不错，父亲的字也还说得过去，但张罗着非要父亲为大均题字，恐怕也太勉强了些吧。但父亲很高兴，孙多慈看他题字时，捉笔的手都有些抖。

大均之行，孙传瑗以及全家老小很开心。父亲对许绍棣的印象，可想而知。

从大均回来后不久，有一天，大概是星期天，孙传瑗和女儿孙多慈都回到了丽水，两人坐在一起聊天，七弯八拐，就把话题绕到许绍棣身上来了。在这之前，明明知道双方之间有这一层意思，外界也对他们的关系直言不讳，但孙多慈不开口提结婚的事，许绍棣也不往这上面提。从1938年夏开始，两年多时间过去，两人交往如君子，分也平平淡淡，融也平平淡淡。

现在，是父亲孙传瑗急了。"转眼也快三十岁的人吧？古人云，'三十而立'，你一个女孩子，三十岁还单身一人，也实在……"

孙多慈惨淡一笑，"这日子，兵荒马乱的，能安安稳稳过日子就不错了，哪还有什么心思成家立业。"

"话也不能这么说，男大当婚，女大当嫁，这是人生繁衍的基本法则，你能例外？"

孙多慈眼睛看向窗外，没有说话。

孙传瑗说："我知道你心中还惦记着徐先生，我也不是说他不好，但总感觉他的责任心不强。你看你到丽水，前后也两年多了吧，可他来伸过头没有？他要是对你有真心，早跋山涉川过来看你来了。"

孙多慈依旧不语，但眼中已经湿湿的。

孙传瑗叹了口气，"其实最初反对你和徐先生交往，主要还是不愿意你找一个二婚的年龄大的男人，现在看来，你命中就是这样的婚姻，想改也改不了，也只能随他去了。"又说，"相比之下，许先生年龄要轻一些，人也比徐先生稳重实在。你们相处也两年多了，如果没有什么大的意见，就把事办了吧，也让我和你妈妈早点抱上外孙。人老了，享受不到隔代亲，也是一种遗憾啊！"

孙多慈还是一句话也不说。

话也只能点到为止，孙传瑗抱着茶杯出去了，把孙多慈一个人留在房间里。

暮色渐渐漫进屋里来了，老春初夏的丽水，傍晚时分，仍有一些透入肌肤的寒意。

事实上，孙多慈也并不是过度封闭自己的女性，如果窗外有一丝新绿，她也会尽最大努力跻身过去。比如与画家柴时道之间那么一点若有若无的情感。

柴时道是浙江海宁人，生于1918年，小孙多慈五岁。抗战之前，柴时道就读于浙江省民众教育实验学校师范科，他的美术老师，是孙多慈国立中央大学同学施其珍。后施其珍专门带着柴时道和同学刘柏森（蒙天），到南京新新旅馆拜见徐悲鸿，请他给两位学生做一些指点。因为有这一层关系，同在浙江丽水的孙多慈，就与他走得很近。

柴时道1939年末辗转来到浙江丽水，受聘于碧湖社会教育实施区，任艺术指导员兼《民众报》主编。柴时道对孙多慈很敬重，只要有新作，都要请孙多慈第一时间评判。孙多慈总是褒多贬少，说他的绘画充分体现了徐悲鸿提出的现实主义美术。又说如果不是战乱，他肯定能得到徐先生栽培，果真如此，他的前程就不可而知了。"至少，不会窝在丽水一个叫碧湖的小镇上。"说至此，孙多慈淡淡一笑，宛若秋夜的半月。

当时汇聚于碧湖镇的画家并不多，除他们俩外，另外还有郑仁山等少数几位。1940年上半年，几位画家联手在碧湖镇举办一次名为"救济难民、义卖书画"的展览会，展览的作品不多，大概三四十幅，但带有义卖性质的门票，两元一张。之后凭门票抽签，抽中的，得画家展出的作品一幅。这次义卖展览在丽水影响都很大，几家报纸都做了报道。

这年暑假，孙多慈邀请柴时道一同去天台山写生，同行的还有孙多慈的一位叫"德椿"的学生。柴时道晚年回忆，他们徒步到华顶寺时，已是晚暮时分。方丈是位知识渊博的长者，见到两男一女三位年轻画家前来写生，十分热情，特地让厨房加做了一盘素肉为他们接风。三个人都对这盘素肉赞叹不已，尤其是柴时道，硬到厨房讨要到制作秘方，并作为家庭保留菜肴，伴其一生。

到天台山第二天，天不作美，又是雨又是风，根本不能出门。山水画不了，人也不能闲，孙多慈与柴时道就相互为模特，各画了一张人物侧面素描。孙多慈对这张素描还很满意，顺手在上面题写了三行字："二十九年七月，与时道先生、德椿同学同游天台华顶寺。雷雨不能出游，写此留念。慈"柴时道对这幅素描画像十分珍爱，始终保存在身边，直至1994年去世。

那个雷雨交加的夏日，孙多慈与柴时道谈得很深。开始还有些顾忌，后来放开了，什么心里话都说了出来，主要是孙多慈说，柴时道听。孙多慈说，她与徐悲鸿之间，难以割舍的不仅仅是异性情爱，还有浓浓的师生情感。如果不是战乱，不是世俗偏见，她愿意追随恩师一生一世。但现在，一个在四川重庆，一个在浙江丽水，一切一切，都黯淡渺茫。

20世纪50年代,台北,画家孙多慈

接下来的半个月，天台山大大小小景点，国清寺、石梁、赤城山、寒山湖、华顶峰等等，三位年轻画家几乎都跑了个遍。自然收获多多，有素描，有国画，还有诗文。但最多的，还是孙多慈一身健康肤色和一脸开朗笑容。就有同事打趣，是不是与柴时道有那么一点姐弟恋情？李家应也感觉到了，叶庭筠也感觉到了，两人半开玩笑问了多次，她只是笑笑，就是不回答。其实也不是不回答，只是懒得回答。她内心知道，与比自己年龄小或是年龄相仿的男性相处，自己总有一种居高临下的感觉。在她眼中，这些男性朋友，缺少社会处世的练达，也缺少关怀女性的温厚。而与徐悲鸿，或者与许绍棣，仿佛罩于巨大翅膀之下，就有一种省心，一种安逸。或许，真的如李家应曾经的戏言，自己或多或少有一点恋父情结？

静下心来细想，通过两年多交往，孙多慈对许绍棣的印象，也逐渐向好的方面发生变化。虽然他不属于文化人，但毕竟是从高等学府走出来的，穿行于官场，依然有知识分子的儒雅。私下和李家应谈心，孙多慈曾这样评价许绍棣："作为一个成功人士，他最大的特点，就是一个字，'诚。'这个'诚'，既表现在他为官之道上，也表现在做人的行为标准中。"孙多慈说她非常赞赏他为抗战事业做出的努力，"这两年，目睹他为办战时流亡中小学不遗余力奔走，所到之处，条件恶劣，环境艰苦，但他始终乐呵呵的，从无怨言。而对客居丽水的像我父亲这样的文化人，无论生活还是工作，都给予了无微不至的关照。听说浙江省主席黄绍竑，多次在公开场合表彰过他。"又说，"以前受鲁迅影响，对他多多少少有抵触感，实际一接触，觉得想象与现实还是有区别的。这也说明人的个性是复杂的，不能以偏概全，因一事而论之。"

李家应也催促她，"既然如此，还不快把喜酒给我这个大媒人喝了？"

孙多慈也知道，与许绍棣结合的这一步，迟走早走，都肯定是要走的，之所以一直拖着，因为在心里，始终还有徐悲鸿的影子。

但徐悲鸿远在喜马拉雅山，他能听见孙多慈深情的呼唤吗？至少孙多慈大病期间，李家应发出的紧急求援信，他没有做任何答复。也正因为如此，孙多慈更有一种无助的孤独。

父亲的劝说，朋友的推动，恰好是一个台阶，她也只有沿着这条路走下去了。

这中间，正好又发生的另外一件事，被李家应与叶庭筠戏之为"军官逼婚"的事件，也让孙多慈觉得，是该在婚姻上做一个了断了。

关于"军官逼婚"，自然是夸大其词，但分析事情前后原委，用一个"逼"字也不为过。那是一个周末，在碧湖镇，晚上三姐妹聚在一起谈心，就有人敲门，打开一看，是两位持枪士兵，也不说话，恭恭敬敬递上名片，说他们的长官特地派他们过来请孙多慈小姐前去面谈。

李家应就上前推脱，说："天色这么晚了，孙小姐出去不方便，能否改在明天？"士兵绷着脸，不同意。李家应又退而请求道，"既然如此，我能陪孙小姐一起过去吗？"士兵仍面无表情地把头摇了又摇。

孙多慈开始还有一些怯色，但反过来想，是福不是祸，是祸躲不过。好在名片上的军官，虽不认识，但大名早就听说过，估计也不会有什么太坏的想法。于是就换衣随士兵去了。

最终戏剧化的结果。原来该军官绕道碧湖镇，目的只有一个，就是仰慕孙多慈美丽且多才多艺之名，渴望结识并能更深层次的交往。

在部队驻地，孙多慈与军官长谈了将近三个小时，具体谈些什么，孙多慈始终没有向其他人说过。别人问起来，只淡淡两个字："求婚。"关于她的态度，也只有两个字，"拒绝。"但她内心，对这段长谈，还真有那么一点点甜蜜的感觉。最让她惊讶的是，军官来之前，做足了自己的功课：在绘画上的造诣，与徐悲鸿的情感纠葛，逃亡安庆之后的一路奔波，甚至孙先生的固执、孙夫人的仁厚，都一本全知。面对军官近乎亲切的娓娓道来，以及他眼中始终温和的目光，孙多慈有一瞬间真的有些动摇，去做一位随军的抗战夫人，未必不是一种选择。

经过这个戏剧化的插曲，孙多慈意识到，岁月已经逼迫她做出理智的选择。

之后不久，孙多慈便找到许绍棣，进行了一次严肃的关于婚姻的对话。

"我和徐先生曾经有过十年恋爱历史，直到现在，我的心中也放不下他。如果和你结婚，你能允许在我的心中，永远为他保留一方天地吗？"

"我的前妻方志培，在经济上，在事业上，对我帮助都非常大，我这一辈子可能都无法把她忘记，希望你能对我的这种感情充分地理解。"

孙多慈与许绍棣及长子许尔羊，1946年前后摄于杭州

"我也是个老姑娘了,性格可能有些倔,说话办事肯定有不通人情之处,你能宽容我吗?"

"我一个大男人,还拖了两个女儿过来,你堂堂大学毕业生,又是大姑娘,让你跟着我,真的让你委屈了。"

孙多慈还有什么话说?孙多慈无话可说。1941年老春,在许绍棣苦苦追求了四年之后,二十八岁的孙多慈,终于走进婚礼的殿堂。

简简单单准备了两桌便宴,浙江省政界要员都过来。虽然简朴,但规格相当高。孙传瑗坐在老丈人的位置上,兴奋异常。而孙多慈,虽然也举着酒杯,但心中淡淡地浮起一丝暗伤。突然间就想起1935年末安庆集体婚礼的场面了,那时候,还属于少女的她,心里美滋滋想着的,是挽着徐悲鸿手臂走在红地毯上。而今天,在丽水,走在她身边的,却是有两个女儿的许绍棣。

叶庭筠的儿子吴新华,当时在浙江省第一保育院读书,他对这场婚礼印象深刻。但他印象更深的,是孙多慈结婚之前与母亲的一番密谈。多少年后,他撰文回忆:

> 孙多慈与许绍棣结婚之前,把一包多年与徐悲鸿先生的通信书札,可能还有些诗稿、日记,统统交给母亲保管。母亲信守诺言,不给任何人(包括我们这些孩子)看。在抗战后期,日寇频繁扫荡,跋山涉水逃难之际,东西甩光了,但这包东西始终保存着。后来到了"文革",我们兄弟均是解放军军官,她怕连累我们,这包东西成了烫手的山芋。室外抄家、游斗的噪声不绝于耳,我们兄妹三人均不在她身边。百般无奈,她只好将其付之一炬!这包东西守护着多少徐、孙的秘密?这真是一件无法弥补的损失啊!这也是我母亲临终前的一大遗憾!

几乎与孙多慈结婚同时,由东南日报社副社长刘湘女、永康县长朱惠清夫妇介绍,李家应与韩祖德结为夫妇。萧山籍金融家金润泉与浙江省教育厅厅长许绍棣为他们证婚。

在新娘的身后,站着她的闺中密友孙多慈。

二十八、浙之水，渝之山

孙多慈初到碧湖，在浙江省立临时联合高级中学任教。它是由杭高、杭初、女中、杭师、民众教育实验学校、嘉兴中学、湖州中学七所学校，1938年秋在丽水碧湖镇合并组建而成的。碧湖联中分设高中、初中、师范三部，直属浙江省教育厅。学校以大龙子庙为主校，附近添建几间泥墙草屋做教室，理化实验室和仪器室，则设在广福寺。学生们吃住，又都在胡公庙和龙子庙。1938年夏，战时儿童保育会浙江分会第一儿童保育院在碧湖创建，院长为李家应。此时的李家应，虽然还待字闺中，但却慈祥如老祖母，带领十多位员工，日夜悉心照料从杭、嘉、湖等沦陷区收容来的数百名难童。

1939年6月20日，联中改组，将原高中、初中、师范三部分开，单独成立"浙江省立临时联合高级中学"（校长张印通）、"浙江省立临时联合初级中学"（校长唐世芳）和"浙江省立临时联合师范学校"（校长徐旭东）。孙多慈任职的浙江省立临时联合高级中学，简称为"碧湖联高"。有千余名学生在"碧湖联高"受到教育，其中不少后来成为国家栋梁之材。如"额非尔士"班上的四五十名同学，毕业后分别进入中央大学、浙江大学、交通大学等。

"课堂上老师传授学生科学文化知识，用《出师表》《正气歌》来激发大家的抗日斗志。在这里就读过的学生，永远不会忘记龙子庙和广福寺，破庙中所受到的教育，使大家一辈子受用不尽。"六十年后，当年的学生回忆碧湖联高的生活，仍感叹不已。

有一个学生，叫查良镛，当时才十六七岁，读高一，他在学校壁报贴了篇文章，叫《阿丽漫游记》，但明眼人一看，就知道这是影射学校的训育主任。因言罹祸，训育主任不高兴了，硬要把他从学校除名。老校长张印通不同意，但也不好得罪训育主任,最后还是利用自己的关系,将查良镛转到了衢州中学。这个查良镛,就是后来大家熟知的"世界第一侠笔"金庸。"我因壁报事件被学校开除,张校长曾极力为我争取较轻的处分,但那位训育主任是国民党分子,权力凌驾于校长之上。后来张校长努力帮我转学,这份大恩大德对我一生影响极大。去年张校长的纪念铜像揭幕,碑额是我书写的。"后来金庸在他自传中这样写道。

碧湖镇史称西乡,上下有千年历史,它地处青田、松阳、宣平、云和四县边境。水路走瓯江上通云和、龙泉,下达青田、温州,至今仍有"邑西都会"之誉。抗战爆发,杭州、嘉兴、湖州沦陷,浙江省政府南迁丽水,大批机关如省保安处、省审计处、省交通管理处、省地方行政干部训练团、省妇女联合会,以及浙东电力厂、浙江化工厂、浙江制革厂、浙江富民磨粉厂等企业,纷纷迁移碧湖镇。一时间,碧湖镇成了战时浙江省的大后方。

碧湖镇离丽水城只有二十公里,由于交通不便,每次进城都需要半天时间。因此更多的时候,孙多慈都住在这里。碧湖镇格局不大,一条青石板老街,由南至北,大概十来分钟就走到了底。抗战期间,老镇人口增加,逢星期日,窄窄的老街被挤得水泄不通,十分繁华。这个时候,孙多慈总背个画夹,独自到小镇之南的瓯江边来写生。枯水季节,瓯江蜿蜒,如少妇腰间一条清丽的裙带。而春汛水起,瓯江漫漫,又宽如男人的胸怀。面对瓯江,面对画板,孙多慈就不由想起徐悲鸿,有时整个情感都陷进去,一坐就是一个下午。

  风雨潇潇陷瓯海,飞帆有路自天来。
  欲把剪刀比孤屿,雪绡撒野不堪裁。

身在异乡,心在域外,那种隐隐忧愁,清淡不解,瓯山隔不去,瓯水化不开。在时间一日日打发中,她也渐渐有了老意。

到天色渐渐黑,风带有掠过水面的寒意,而无例外,远处又传来李家应的寻觅的喊声,她才极不情愿地起身往回走。

2003年8月,孙多慈的外孙女,台湾"中国文化大学"教授李既鸣,在台

北策划举办"回眸有情——孙多慈百年纪念展"。谈到外婆孙多慈1940年前后在浙东的生活,她对记者做有这样的描述:

> 听我母亲回忆外婆她少年时期,抗战期间她们曾住在浙江省的山区里避难(很多个家庭一起,好像还有一些文人,如溥心畬等人),因躲警报终日无所事事,所以就请了老师来教画国画,应该是此时期才开始学习水墨画的。早期有深厚的西画素描根底,所以她的水墨画有水彩的感觉,但因书法底子很好,笔墨功夫仍然可见,中西并用。

不少曾在碧湖镇生活的旧人,回忆孙多慈,都有深刻的印象,其一是她天才的艺术表现,其二是她时尚的开缝旗袍。

这年秋天,一个喜爱美术叫王思雨的年轻人,和他的朋友王以强,在镇上建了一个叫"特强"的画室,以画会友,以画励志。也就是这个特强画室,吸引来了在碧湖联高任美术教师的孙多慈。

在这之前,王思雨他们听说过徐悲鸿与孙

孙多慈《梅》。许绍棣题字:"故国秋来物候新",现藏安庆市图书馆

多慈的师生恋，总觉得这"恋"之中，男才女貌的成分大一些。见孙多慈面，见其文静，见其秀气，一下子就被她的气质给征服了。再看她作画，行笔流水，落笔卷风，才知道徐悲鸿的"爱才"之说，绝非是普普通通的虚传。于是他们私下评议，说孙多慈是"才情过人"。有一次孙多慈正好进来，听到了，就笑着问什么是"才"，什么是"情"。大家就说，孙老师的作画轻松自然，画出来的作品形象逼真，而且充满美感，给人享受，这就是"才"。又说孙老师身材匀称，面目清秀，说话谈吐有高雅之气，这就是"情"。王思雨又补充说，孙老师为人处世以善为先，能宽容，能体谅，品格高尚，这也同样是"情"。

孙多慈就笑了起来，"我要是有你们说的这样好，那就是一个老怪物了！"

孙多慈后来和画室的学生们说："我在中大学习时，徐悲鸿先生常和我们说，'尊崇自然，以造物为师；刊意写实，唯恐不尽。盖广泛神秘之造物，乃无尽藏之画材，足资吾撷取；取而纳诸玄思妙想之中，熔冶之以成艺，夫而后博大精深，游行自在；夫而后至美尽善，其道非得物象之精华，难具真美。若借口创造，标榜主义，是周岁婴儿，方学步而先趋也，其踬也必矣。'这些年来，我一直是按先生的教导去做的，也希望你们能认真领会。对于绘画创作，这是受用一辈子的经验之谈啊。"

孙多慈很喜欢大男孩王思雨，专门为他画过一张素描，虽轻轻松松用笔不多，但勾勒出来的形象惟妙惟肖，极为传神。王思雨非常兴奋，把画紧紧抱在胸前，生怕一松手就让别人给抢走了。

结果还是有同学盯上了这幅画，不多久，就在画室里被人偷走了。王思雨非常伤心，连续多天心绪都十分低落，甚至偷偷地大哭了一场。

关于孙多慈浙江联高美术教员的形象，后为美国华盛顿李将军大学美术教授的朱一雄，有非常生动的描述。

> 她穿着白色的工作服，白皙的脸上，一对大眼睛，配上她乌黑的长头发，真是美得惊人。她一眼就看到了我这个新面孔，走过来送给我一张画纸，又说你也没有画笔，是不是？我很害羞，说不出话。她在她胸

口的袋子里抽出了一支炭笔给了我,说开始画吧!说完就走到另外一个同学那里和他讨论他前几天的画。我拿着笔,仔细地看了又看,看到上面印着法文。这笔刚刚从她的身上拿下来,所以有很浓的香水的气味,冲到我的鼻孔来。这对我这个几天前还是一个流浪四处的乞丐,实在是梦想不到的事。

朱一雄的这篇名为《绿水白鹅——追忆恩师孙多慈先生》的文章,后来结集于浙江省临时联合中学同学会编印的《百年多慈——孙多慈老师百年诞辰纪念文集》中,文章叙述很平实,文字也非常直白,但因为是从他心底流淌出来的思念,所以生动而感人。

孙老师又教同学们用色粉笔画静物,每一堂课,不是画水果,就是画鲜花。她叫同学们轮流坐在平台上做"模特儿",请大家练习画人像。那时我们买不到色粉笔的纸,只是用作纸盒的"马粪纸"。她鼓励我们作自由画研究构图和用色。我画了一幅夕阳下山,古城的墙楼上站着一个白发老兵,正在吹"入睡号"的粉笔画。这是我小时在江阴的老家里,每个晚上都看到的景象。她看了很是欣赏。

孙老师每天从收集同学们的作品中,把她认为画得好的作品,贴在一处,成为美术"壁报",来给大家欣赏。她布置这"壁报"总在同学们入睡以后,我这张回忆的画入了选,她曾经把它贴在"壁报"的正中央。

因为那布置美术"壁报"的地方,就在我寝室门外的走廊上。我记得每当我睡不着的晚上,都可以看到她独自一个人,一手抱着学生的作品,一手拿着蜡烛(那时我们学校没有电灯),很小心地把作品一一贴上,要到夜深才回去休息。她不想惊动大家,也不要我出去帮她的忙。我的印象中,她不但是个好老师,而且还是一个好妈妈。

关于孙多慈与许绍棣的结合,朱一雄在《绿水白鹅——追忆恩师孙多慈先生》

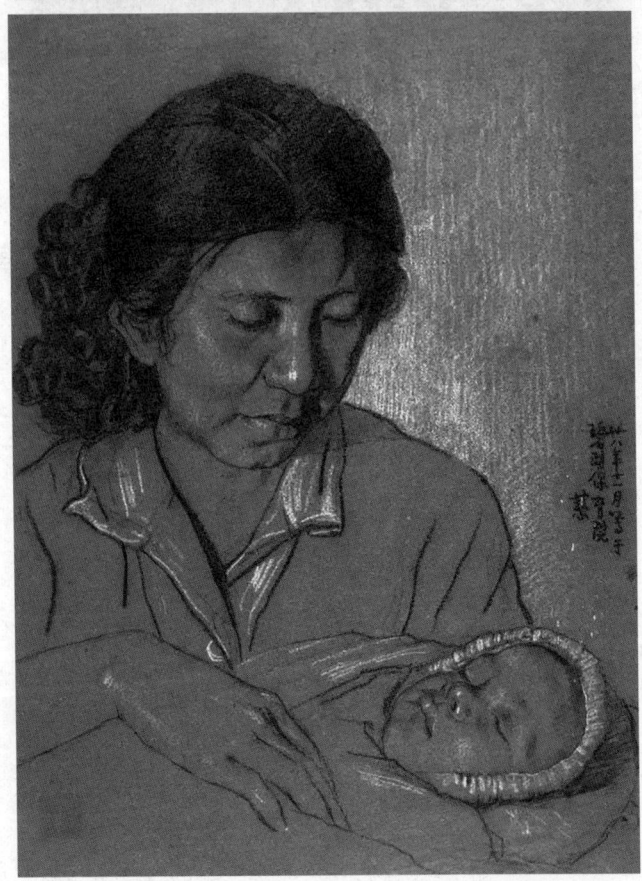

孙多慈《灯下缝补》《抱婴图》,1939~1941年间创作于浙江碧湖镇

也有描述,其中提到学生对这段婚姻的反应,用的是"晴天霹雳"四个字。常规思维阅读,感觉有些不可思议,但作为孙多慈的学生,在老师百年诞辰之际仍坚持用这样的成语表述,可以想见,当年他们的婚姻对学生的触动还是很大的:

> 我记得周末或是礼拜天,她的衣着就和平时不一样。她往往穿着白色短裙,短袖上衣,跟我的国文老师去打网球。她的头发向上卷着,看起来更加年轻。那时我们并不知道她还有别的男朋友,也不知道她加入了什么诗社,有一个诗友向她求婚。我们只知道她的诗,写得非常的好。我读过她写的诗,可是我还不懂得欣赏,读后也就忘了。等到有一天,有人说:孙老师已经搬出我们的中学,跟她的诗友、浙江省教育厅的厅长许绍棣结婚去了。这个消息对我们跟她学了两年画的学生,真是晴天霹雳,大家吓得说不出话来。
>
> 我偷偷地走进我们的美术教室,看到那些石膏像还在,画板等等也没有搬动。心里一阵辛酸,可是哭不出声来。池塘里的白鹅像往日一样,悠悠然地在水面游着。我记得孙老师曾告诉过我,她选这个傍着水塘的地方做画室,有她的原因:这个水塘使她回想到她的家乡她生长的地方。而那两只白鹅,则使她记得她老师徐悲鸿送给她的画。这张画上面就有两只白鹅,因为战争而丢失,竟再也找不到了。她说,她的老师说过:这两只白鹅是友情,也是爱情的象征。

"她说这个水塘使她回想到她的家乡她生长的地方。"这句话听上去淡淡有一种感伤。孙多慈离开安庆前,住在宣家花园方家大屋,她家西边隔一条街,就是四季洗衣棒槌声不断的汪家塘。身居浙江丽水的碧湖镇,身处动荡不安的战乱时期,对家乡安庆的思念,绝对是日日缠绕于胸的乡愁。而"两只白鹅是友情,也是爱情的象征",更表明在孙多慈内心深处,依然无法割舍与徐悲鸿之间那一段道不清说不明的复杂情感。

20世纪40年代初的浙江丽水,对于孙多慈,是一方留不住身也留不住心的山水。

好在有抗战的大背景,在碧湖镇的日子里,孙多慈能把她更多精力,倾注于教学之外的抗战宣传之上。

《战地》是校园画刊,《花溅泪》是校园话剧,两者宣传目的都十分强,都是孙多慈手上扶持起来的。多少年后,高炳生回忆:"《花溅泪》内容是讲一个音乐家在时代的激荡下投身抗战的故事,在彩排和演出时都请孙先生为演员化妆"。在剧中,高炳生扮演一个开汽车的司机。化妆时,孙多慈以商讨的口气向他建议:"演出时,我觉得你用北京话不如用上海话。为什么?因为上海话一讲,就显示出剧情发生的地点了,舞台也因此增添了上海地方色彩。"

1942年夏,日军窜扰浙南,碧湖镇上空,也经常出现日机的影子。这让学校始终处于一种恐怖感之中。也正是这个缘由,孙多慈带着一腔热血,创作抗日宣传油画《轰炸后》,画作基本延续徐悲鸿创作的影子,一个青年妇女,抱着被日军飞机炸死的孩子,双目愤怒地凝视着天空渐飞渐远的敌机。画面无声胜有声,孙多慈内心深处对日本侵略者的仇视,通过她娴熟的笔触,强烈地表现了出来。

当飞机压低翅膀从龙子庙、广福寺屋顶掠过时,碧湖联高以及其他两所学校,就不得不考虑搬迁之事了。浙江省教育厅也有这方面考虑,但战争时期,浙江省政府经费十分有限,根本无力解决搬迁费用。因而学校搬迁之事,一拖再拖,迟迟不能落实。

那天许绍棣来碧湖镇看孙多慈,到的时候已经傍晚了,他悄悄地,没有惊动任何人,但学生们还是知道了。他们自发组织起来,连夜围在孙多慈住处之外,嚷着要和许绍棣就学校搬迁之事进行谈判。

许绍棣不想出去,赖在床上一动不动,他怕事情如果弄僵,会出什么意外。孙多慈就埋怨他说:"你连这些可爱的穷学生都怕,还顶着你那乌纱帽干什么,干脆把教育厅长辞掉算了。"

于是就出来和学生代表对话。孙多慈不放心,也坐到了会场上。学生代表十分理性,虽然情绪激烈些,但还不失分寸,有关学校搬迁的理由,讲得很充分。

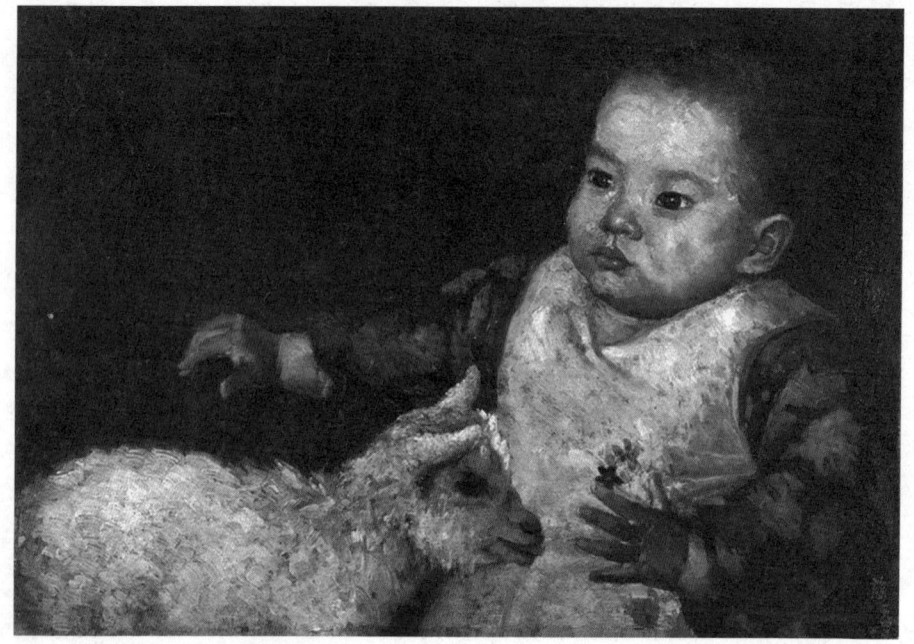

孙多慈《尔羊》｜油彩｜画布｜39.5cm×56.5cm｜签名"慈 一九四三"

许绍棣一口浙江话，虽然语速很快，但讲话极有条理，一条一条，滴水不漏。学生们是从学校的小圈子考虑，强调战火一旦烧到碧湖镇，可能会对联中数百名师生带来危险；许绍棣和同学强调的，是政府的经费困难。相比之下，他的理由更充分，也更具有说服力。说到关键处，还声情并茂地求学生，应该"个人利益、学校利益服从国家利益，服从于整个抗战大局势"等，让学生一时语塞。

校长张印通当然是站在学生立场这边的，但许绍棣是顶头上司，也不敢轻易得罪，所以在整个沟通过程中，他始终一言不发。

最后还是孙多慈站在学生立场说话了。孙多慈说当前国家的最大的利益，就是保护这些青年学生，因为他们是抗日栋梁，是未来的抗日生力军。保护好他们，就是保护好了抗日力量，也就保证了抗日的最后胜利。相比较而言，政府的其他工作，都在此之后，也不如它更具重要性。孙多慈说话声音不高，也很轻柔，但话里话外都很有骨子。学生代表后来回忆，说双重身份的孙多慈，作为学校教员，作为教育厅长夫人,对许绍棣晓之以理,动之以情,无论情理,都深深打动了对方。

许绍棣最后答应拨付一定资金作为学校搬迁费用,但同时也希望学校能采取各种方法,自己解决一部分。

学生欢呼雀跃,也记住了孙多慈这位美丽善良温柔的美术教师。

后来联高师生到大港街头义演,孙多慈等师生也画了些画进行义卖,基本补足了迁校的费用。之后不久,碧湖联中分别迁址双港、云和沈村、景宁汇边、青田南田等地。碧湖联高则迁至温州文成。孙多慈也因此结束了在碧湖镇的生活。

1943年春节是少女孙多慈演变为少妇孙多慈的关键节点,到开春,她的小腹便微微向外凸起,且随着春风荡漾而日日发生变化。始终被人称赞的高挑身材,到了这年的夏天,已经完全遮掩不住身孕,年末的12月18日,在浙江景宁许绍棣称之"芥庐"的温暖小家,她和许绍棣的大儿子许尔羊,在温州出世了。

"尔羊"之名,取自《诗经》,"尔羊来思,其角濈濈,尔牛来思,其耳湿湿。或降于阿,或饮于池,或寝或讹。"这恐怕是许绍棣第一眼看到自己儿子的特别感受吧。此时孙多慈躺在产床上,看小尔羊在自己怀中如羊羔般蠕动,脸上也淡淡散开初做母亲的幸福与甜美。

许绍棣特别看重他与孙多慈的这个婚姻结晶。这个看重,一半是满足,一半是舒心。《芊儿诞生纪事一首(有序)》,就是带着这种心情创作的。其"序"对许尔羊乳名"芊芊"的由来,以及儿子出世前的奇异征兆,做有翔实叙述:"癸未嘉平二十二日,即三十二年十二月十八日,芊儿诞生于景宁寓所芥庐。内子于分娩前一夕,梦游一果园中,见百果累累,一金翅黑凤自天而降,俄而太夫人如丈六金身,抱一子与之。是晚腹痛,舅氏为诵金刚经,及晨,儿呱然下。因生肖属羊,外舅氏为锡,乳名为芊芊。"其诗如下:

> 芥庐钟神秀,祥云护德门。
> 百灵齐下集,列宿耀黄昏。
> 熊黑已兆梦,兴寝候临盆。

忉忉老舅氏，诵佛祷世尊。
冬夜何漫漫，欷为旭日暾。
呱然一雄出，宏啼惊四邻。
举室庆双安，欢娱难具论。
劬劳念周极，翻思拭泪痕。

之前不久，孙多慈的母亲汤毅英，一个晚年完全沉迷于佛教的女子，在浙江景宁黯然去世。因为两个儿子早夭，又因为战乱的奔波，晚年的汤毅英，已经完全蜕变为一个大门不出的寡言女子。虽如此，对女儿的爱，均在无言之中呈现。同样，孙多慈对母亲的思念，也久久不能放下。母亲托梦于"丈六金身"，且有"金翅黑凤"引路，更多的因素，是把母亲信念与母亲形象化为一体，从而构造出"仙人送

中国画《秋意》。"壬午始寒，孙多慈作于重庆。"这是一个悬念，1942年初冬，孙多慈去重庆，与徐悲鸿有没有最后一见？

子"的美妙画图。

"祖孙逢地下，双榇若为邻。未识生前面，何能死后亲。云山同旅泊，风雨共酸呻。即此长相慰，毋为自苦辛。"许绍棣对岳母汤毅英十分尊重，1946年秋，移葬岳母灵柩于杭州白云山，许绍棣还特别作《九月朔移厝先外姑汤太夫人灵柩于白云山，距俪儿葬地仅咫尺。再哭以诗》表示哀悼。

几乎与孙多慈挽着许绍棣臂膀走向婚姻殿堂的同时，徐悲鸿抵达山城重庆，重返战时国立中央大学。

徐悲鸿是1940年春应泰戈尔邀请，赴印度国际大学讲学的。在印度期间，他耗费精力最多的，就是在圣蒂尼克坦、加尔各答等地以画展的形式筹款，以

支持祖国救济难民。这年11月，徐悲鸿从印度转道新加坡，之后先后于吉隆坡、槟榔屿、悒保等城市举办救灾画展，所筹十余万元美金，全部捐到了国内。1942年元月，徐悲鸿经缅甸仰光转滇缅公路抵达云南边境保山，后应云南大学校长熊庆来邀请前往昆明，最终于这年6月下旬回到重庆国立中央大学。

浙之水，渝之山。但徐悲鸿对孙多慈的那一份情感，并不因相隔太远而断绝。七十年后，我们通过他们学生的回忆，能够强烈感受到这一点。

清华大学建筑系美术教研组副教授康寿山有过一篇《我收藏孙多慈画像的经过》，其中提到：

一九四三年之初，在雾都重庆的沙坪坝，我们中央大学的师生们聚居在一座树林周围正过着极其艰苦的战时生活。

有一天，我照常和同学们在教室学习，忽见悲鸿老师带着一个衣着朴素的女同学来到我的窗前轻声向我介绍："她叫孙皖妹，是本校地理系二年级同学，孙多慈曾是她中学时代的老师，现在有事请你们跟我来。"说完转身就带我们穿越一座座同样简陋的教室和宿舍，最后来到他的住地。这也是一座如其他宿舍一样的房子。中间一条走道两旁排列着同样大小的房间。每间约十二平米，但他在房门入口处搭了一个小搁铺。那是与他同住的费成武睡的，屋内十分简单，除床铺桌椅之外别无长物，一进门他径直走向桌椅，打开他早已准备好的一口不大的箱子，箱内很空，只见除一件深棕色毛线衣之外，满箱是白色杀虫用的卫生球，球上散放着许多照片，他用双手将照片拢起，一股脑儿交到孙皖妹的手里，而将唯一的一张素描画交给了我，我们低头一看内容全是孙多慈，对此我们面面相觑不知所措，只是老师用手一挥："拿去吧！一起拿去吧！"我只好默默地又退出房间。一开房间门，正传来走道尽头昆曲之声，那嘹亮的笛声伴着如泣如诉的歌声："原来姹紫嫣红开遍，似这般都付与断井颓垣……"老师倾听片刻长叹一声说："真是长歌代哭啊！"旋即闭门入内。

康寿山写到此处时,特别加注"此情丝毫非虚拟"强调它的真实性。她知道这是徐悲鸿特别珍惜这张素描,但因为当时他正与廖静文谈婚论嫁,不便继续保存,只好委托两位学生代为珍藏。

后任北京林业大学风景园林设计研究室主任的孙晓翔,在浙江大学龙泉分校读书时,孙多慈父亲孙传瑗是他的担保人。1944年暑假,孙晓翔准备报考重庆国立中央大学。孙多慈知道后,不仅答应资助相关费用,还给徐悲鸿写了一封推荐函。孙晓翔一路搭"黄鱼"木炭汽车,千辛万苦抵达重庆时,中央大学开学已有一个多月,而徐悲鸿此时又重病在身。但听说是孙多慈介绍过来的,仍躺在床上以"满脸胡子、满头乱发"的形象接待了他,并给他出了三个主意:"第一,因为学校开学一个多月,你没有在开学前赶到,考期早过,我请中大美术主任,我的学生吕斯百给你补考一次,你能考取的;如果不成,第二个办法,我托教育部热心,把你分到中大美术系;如分发不成,第三我个人为你解决一切问题(徐悲鸿正筹划有美术研究院)。"

更让孙晓翔感动的是,1947年他与孙多慈相见,孙多慈把他在丽水碧湖跟她学画的全部习作全部交还给了他。

二十九、南京的晚霞

1946年元月14日，抗战胜利后不久，徐悲鸿与廖静文在重庆中苏文化协会举行婚礼。婚礼的规格，在当时绝对是超一流，两个证婚人，一个是原国民政府军事委员会政治部第三厅厅长郭沫若，另一个是中国人民救国会主席沈钧儒。郭沫若还当场赋诗一首："嘉陵江水碧于茶，松竹青青胜似花。别是一番新景象，磐溪风月画人家。"

湖南姑娘廖静文，是1942年底报考中国美术学院筹备处女资料员时，与徐悲鸿相识的，当时她才十九岁，刚刚高中毕业。报考之前，她是桂林一个文工团的合唱队队员。当时共有五十位年轻女性争夺这唯一的名额，廖静文一路过关斩将，最后睁着一双水灵灵的大眼睛，站到口试考官徐悲鸿面前。

经过三年交往，或者说经过三年漫长的与蒋碧微的离婚纷争，1946年初，这对年龄差异达到二十九岁的恋人，终于走到了一起。

"别是一番新景象。"其中的"别"，不知道郭沫若是不是有意而为之。如果没有这个"别"，那么挽着徐悲鸿胳膊走进婚礼殿堂的，可能就是孙多慈了。

稍后不久，已经从温州回到杭州的孙多慈，从报上得到了这条消息。尽管此时她与徐悲鸿分手已经六年，与许绍棣也共同度过了四年的夫妻生活，但她的内心，还是泛起淡淡的一丝醋意。

    倚翠竹，总是无言。
    傲流水，空山自甘寂寞。

这年春天，她应友人之邀去弧山游玩，在眉月楼，大家硬拉着她要现场作画，

孙多慈《华岩画像》｜油彩｜画布｜80cm×62cm｜作于 1965 年

也不推辞，就画了一幅《梅花》立轴，画的右上方，她就信笔提上了这么几句。其他人不知其意，只是为词句的优美而叫好，立在一边的许绍棣心里却清楚，她的心中，仍解不开她与徐悲鸿的那个结。"总是无言。""自甘寂寞。"这些都是她内心怅然与无奈的宣泄啊。

也真是巧，孙多慈画于弧山眉月楼的这幅《梅花》立轴，几经周转，最后居然到了徐悲鸿的手里。看着画面上的题识，徐悲鸿内心也不好受，后来他在梅枝之上，补画了一只喜鹊，并题下"悲鸿补鹊"四字。喜鹊回首翘望，欲说还休。而"悲鸿补鹊"其中的"补"字，则道出了他内心的思念之情，也道出了他内心的后悔之意。

时隔五十七年，2003年北京华辰春季拍卖会，这幅尺寸为107×33厘米的《梅花》立轴，以及画作背后的情爱故事，引起收藏家的高度关注，估价只在一万五千元左右的画作，经过数次竞拍，最后以五万零六百元落槌成交。

而"倚翠竹，总是无言。傲流水，空山自甘寂寞"这句词，也是孙多慈晚年最爱，后来她在台湾，画过多幅梅花，上面题款，多是用这几句。

战后不久，1946年暑假，孙多慈带着她不到三岁的儿子尔羊，和家人一道，回到了阔别差不多十年的安庆。

安庆城一片狼藉。从招商局码头下船，踏上安庆的街道，孙多慈愣在那儿，半天不敢挪步。父亲牵着尔羊的手，在前边走得好远了，见她没有跟上来，喊她，这才把她惊醒过来。脚下的临江马路，是当年市政重力打造的，宽有八九

孙多慈《梅花》，题"倚翠竹，总是无言。傲流水，空山自甘寂寞……"徐悲鸿后在画上补鹊

米，碎石路面，曾被认为是省城样板街道。临江马路西从柴家巷招商局码头始，往东一直通至枞阳门外月城街。沿江江岸，间或建有水泥柱铁扶手的栏杆，并栽有法国梧桐。临江马路东为沿江花园，其间建有供游人休息的六角亭。江岸路灯早在光绪三十四年（1908）就安装了，当时传言光绪皇帝来安庆视察太湖秋操，巡抚衙门特地创建电灯厂，安装路灯以装点城市门面。但现在，孙多慈眼中的安庆江岸，满目疮痍，一片破败。就想起安庆诗人朱湘描写安庆的诗歌《一个省城》来，"东门的城墙拆了一半，还有一半剩了下来；城外有茅房，汽车站……"

当天就去了汪家塘方家大屋，虽院落还在，但房屋破烂不堪。走进大门，杂草丛生，院墙坍塌，一片苍凉景象。原以为当初留藏在家中的物品，包括徐悲鸿画作等，还能找到一二，现在看来，只是一个梦想。他们家的几间住房，房客早已易主，新住户也是刚刚逃亡回来的，面对他们的询问，一问三不知，只是摇头。唯一让孙多慈感到欣慰的，是院内的那棵葡萄树还在，新绿盎然，幼果累累，这让她又忆起当年和括弟围着父亲，坐在树下聊天的情景。

从方家大屋走出来，她和父亲都很沮丧。

接下来的两天，孙多慈带着小尔羊，以母亲的身份，在城内城外转了一大圈。

孙多慈对父亲说，她想把她从小到大，那些曾经学习，曾经工作过的地方，都走一走，找找童年时代和少女时代的感觉。但她内心，还是想重温当年和徐悲鸿在安庆共同走过的地方。不知为什么，一回到安庆，对徐悲鸿的那份情，那份意，那份思念，反过来又加重了。

孙传瑗一眼就看穿了女儿的心思，但不说破。回过头看，在女儿的婚姻问题上，自己确实"封建"了点，"霸道"了点。虽然现在女儿和许绍棣的婚姻也算美满，但论起感情，自然不如与徐悲鸿那般深厚。十年磨一剑，何况有血有肉的人！

孙多慈去了城东的迎江寺，去了城西的大观亭，也去了自己当年任教的安庆初中和安庆女中。迎江寺庙宇建筑残破，院角杂草有半人多深，振风塔上也明显能看到战火留下的痕迹。大观亭经过八年战火，已经毁为残垣断壁，一路登上来，只见雕有兽纹的青石构件，四处散落。从司下坡往上走到"白日青天"，谯楼依旧，但破破烂烂，门楼两侧，居然长出几棵杂树来。本来还想带尔羊进去看看，包括前边的安庆初中，后面的安徽省立图书馆，以及安庆公园，但仅看了谯楼一眼，这个念头就打消了。既然已经找不到当年的风景，那还不如在脑海中，保留原先那个相对完美的记忆吧。

从梓潼阁下来，走府西街，府东街和市政路，又抱着尔羊转到三牌楼，转到当年和徐悲鸿吃饭的海洞春酒楼来了。奇怪的是，酒楼建筑依旧，酒楼生意依旧，反过来，战争的影子，在这里一点也找不到。孙多慈走了进去，找了张相对安静的桌子，要了两盘炒菜和一个汤，她要让儿子尝尝地道的安庆菜肴。

尔羊吃得很高兴，一边吃还一边东张西望。"妈妈，哪儿？妈妈，哪儿？"

孙多慈不知道儿子要问什么，即使知道了，她也不知道怎么回答。

十年前，也是夏天，就在这家酒楼，徐悲鸿向自己学安庆方言的镜头，又浮到眼前来了。仿佛就是昨天的事，那时的幸福，那时的快乐，就好像在嗓子眼一样。可一晃多少年过去了，自己由少女变为少妇，由单身变为母子，而面前的儿子尔羊，应该是他徐悲鸿的骨肉，但偏偏不是。

就感叹，人的这一生，命抗不过运，运抵不过时。时局不变，运程不变，也许命中再多波折，最终还能和徐悲鸿走到一起。但运程随时局变了，长达八年之久的战争纷乱，分居两地的山水相隔，即使有"命"，也脆弱如纸了。

孙多慈此次在安庆，住在自己的姑父家中，正好表妹陆汉民，也从南京回安庆探亲。两人相见，自然有说不完的话。抗战期间，陆汉民在重庆大学国文系毕业，1945年和安庆老乡杨训浩结婚。杨训浩当时在粮食部工作，后担任过淞沪地区督导员。粮食部1940年设于重庆，初为粮食管理局，直属于行政院，1941年改粮食部，下设总务司、军粮司、民食司、调查处等。1949年撤销。

后来陆汉民回忆，1946年夏天的孙多慈，虽然年过三十，但依然保持当年的纯美和清丽，但这之中，更多了一分少妇沉稳、端庄和高雅。但仔细看，她那平静的脸上，始终带着一份淡淡的忧郁。

正因为如此，陆汉民对表姐的婚姻，始终心存遗憾。晚年，在回忆这段往事时，她仍这样固执地表达自己的感觉——

我不明白才貌俱佳又年轻的表姐如何竟看上了这官僚政客？须知许绍棣身体瘦小，比孙多慈还矮半肩，并不般配，气质爱好又不相同。我想表姐在1938年作出此抉择可能是出于想摆脱"师生恋"造成的巨大精神压力，也是想借嫁一位高官满足女性的某种虚荣心吧。在重庆读大学时，与表姐来往甚少。因为我一向讨厌我这个庸俗世故的表姐夫，不愿见到他。我甚至因而对为许绍棣做媒让他娶了我表姐的郁达夫夫人王映霞心生不满。就我所知，郁达夫很反感美貌动人的老婆与许绍棣走得近，交往较多。重庆报纸上也曾出现过某些言有所指的花边新闻。而郁达夫与王映霞离婚似乎也与某些桃色传闻有关。在重庆时，我听说王映霞与钟贤道的盛大婚宴很铺张、排场，听说钟贤道是中央信托局的高级职员。王莹、胡蝶、金山这些大明星也前去赴宴，显然是冲着王映霞的面子去的。给我印象最深的是表姐落寞的神态，我知道她对自己的婚姻非常不满意。抗战胜利后，1946年我与她在安庆老家探亲相遇，她对我流露过她心灵深处挚爱的仍是徐悲鸿，对这一点我深信不疑。我记得当年重庆一些报纸上多次报道徐悲鸿与蒋碧微的婚姻破裂，这对夫妇争吵了十几年，矛盾日深，互生厌倦。到了重庆后，在中央大学执教的徐悲鸿多次在报纸上刊登"声明""启事"，作为对早已与国民党高官张道藩勾搭上的蒋碧微的反击，选择离婚终于使他得到解脱。而且这位大画家很快娶了他的女学生"湘妹子"廖静文为妻，他的饱受折磨的心灵得到了慰藉。我坚信他的心灵深处一定留有我表姐孙多慈的永久位置。因为我至今记得1936年徐悲鸿在安庆与我表姐分别时的依依难舍和他悲苦欲绝的泪眼……

因为都是已婚女人，陆汉民说话就不顾忌，私下里她悄悄问："表姐，你说老实话，在丽水答应嫁给许绍棣，是出自你的真心吗？"

孙多慈无可奈何地笑笑："是真心如何？不是真心又如何？"

陆汉民追问道："那就是说，你心里还是放不下徐先生？"

孙多慈叹一口气,"时过境迁,放得下放不下已经无所谓了。人的一生,错一步就是错十步,错百步啊!"

作为过来之人,陆汉民特别理解表姐的这种心理,她为表姐的命运感到惋惜。"你肯定怪姑父对你横加干涉吧?不是他,也许你们……"

孙多慈摇摇头,"谁也不能怪,要怪,也只有怪这场战争吧。"又说,"你要好好珍惜和杨训浩的感情,这是一辈子的事情啊!"

两天后,孙多慈一家乘江安号客轮离开安庆。船是半夜两点多钟开的,江风有些凉。十五之夜,春月如盘,江水在月色下,波光粼粼。孙多慈立在船尾的甲板上,带着割不断,理还乱的复杂

报纸截图《孙多慈近影》,原刊1946年11月4日第35期《海涛》

感情,默默地注视着这座城市。远处青黑色的振风塔,巍然矗立,仍旧有刺破云天的霸气。塔下的迎江寺建筑群,白墙黑瓦,层层叠叠,透着夜的宁谧。远处依然高耸的枞阳门城楼,虽然历经战火,颓意可见,但仍有一种不屈不服的守城尊严。只有朱家坡那条青石板小街,在夜色中,温柔如诉,重复着一天又一天的小城故事。

孙多慈知道,安庆,这座载有她无数少女之梦的小城,不再有可能回来了。

从丽水回到杭州,许绍棣已近"知天命"之年,加上受孙多慈影响,为人处世,都多了一层暮气。1946年,许绍棣离任浙江省教育厅厅长一职,改在杭州《东南日报》支薪,但依旧是国民党中央执行委员和立法委员。1947年,许绍棣重新接手《东南日报》,出任杭州分社社长。

《东南日报》的前身《杭州民国日报》,创刊于1927年3月1日,当时的

总编辑,是共产党人杨贤江,主笔唐公宪。后浙江承蒋介石之命发动"清党",《杭州民国日报》上层人事大变,许绍棣兼任《杭州民国日报》社长。许绍棣复旦大学同窗好友胡建中,应邀出任总编辑。在这之前,许绍棣任浙江省立甲种商业学校校长。他的另一个身份,是国民党浙江省党务指导委员会宣传部长,属于浙江"CC派"核心人物。"九一八事变"后,许绍棣任蒋介石南昌行营秘书兼设计委员,后奉派赴欧洲考察。《杭州民国日报》社长一职,转交胡健中代理,总编辑则先后由徐世衡、刘湘女出任。1934年6月16日,《杭州民国日报》更名为《东南日报》。这一阶段,也是《东南日报》发展的鼎盛时期。在全国,尤其在东南沿海地区,《东南日报》拥有广泛的读者群。其销量,始终列在全国大报的前五位。胡建中曾在各种场合多次表示,《东南日报》是几个对文化事业有兴趣且忠于新闻事业的国民党党员集资创办的报纸,是一份民办大报。

抗日战争爆发后不久,《东南日报》迁至金华出版,1941年5月后又迁丽水、云和。当时《东南日报》的"壁垒"副刊和周末版,由张慧剑主编。张慧剑和张友鸾、张恨水,当年在南京报界,曾被誉为"金陵三张",又被称为"三个徽骆驼"。其实"徽"字并不精确,严格地说,这三位报界大腕,都和孙多慈一样,是从安庆城走出来的。其中张友鸾是安庆市人,张恨水老家在潜山,张慧剑是石埭人,与安庆仅一江之隔,一度也曾划为安庆管辖。《东南日报》周末版设有"七日谈""半闲山房抄书""周末诗选"等小栏目。在浙江大学龙泉分校任职的孙养癯,是《东南日报》周末版的重点作者,隔不了几天,就会有他的诗作在"周末诗选"上发表。

许绍棣再度接手《东南日报》,情况已经大不如以前。1945年8月,日本战败,《东南日报》云和分社捷足先登,抢先接收了杭州原《东南日报》的财产。发行人虽仍挂名胡建中,但刘湘女一手遮天,他实际已经不能问事。1946年6月16日,上海《东南日报》出版,一家报社又分为两处。许绍棣出任杭州分社社长,左也是难,右也是难,加上国内局势不稳,物价飞涨,他即使再有能力,也无法改变《东南日报》最终停刊的命运。

孙多慈随许绍棣到杭州不久,便被国立杭州艺术专科学校聘为副教授。在这之前,1944年秋,在云和,应校长杜佐周之聘,孙多慈在国立英士大学担任艺术专修科讲师。国立英士大学创办于 1928 年，初名省立浙江战时大学。1929 年 5 月，为纪念民国第一豪侠、中国同盟会元老陈英士，改称浙江省立英士大学。1943 年 4 月，升格为国立英士大学。相比之下，国立杭州艺术专科学校更接近孙多慈专业。国立杭州艺术专科学校前身为国立西湖艺术院，创办于 1928 年 3 月 1 日，地址在杭州西湖罗苑，当时设有绘画、图案、雕塑、建筑四个系。同年秋又开办研究部，并增设音乐研究会及教职员研究室。1930 年秋，改名为国立杭州艺术专科学校，并附设高级艺术职业学校。1932 年添办音乐组。抗战期间，先后数次辗转，1942 年迁至重庆，1945 年冬重回杭州。作为国内知名的艺术学府，国立西湖艺术院隶属于教育部。历任校长有：林风眠、腾固、吕凤子、陈之佛、潘天寿、汪日章等。

国立西湖艺术院的倡导者是蔡元培。1927 年 11 月，国民政府最高文化教育领导机构，中华民国大学院召开全国艺术教育委员会第一次会议。在会上，大学院院长蔡元培提出了"创办国立艺术大学"的提案。他认为，"美育为近代教育之骨干，美育之实施，直以艺术为教育，培养美的创造及鉴赏的知识，而普及于社会。"并认为，"以中国地域之广，人口之众，教育当务之急，应在长江流域，设一国立艺术大学以资补救。"不仅仅如此，他还指出办学地址最适宜者，为杭州西湖。1928 年 4 月 16 日，蔡元培出席西湖国立艺术院开学式，在上面发表了激情洋溢的演说，"人类有两种欲望：一是占有欲，一是创造欲。占有欲属于物质生活，为科学之事。创造欲为纯然无私的，归之于艺术。人人充满占有欲，社会必战争不已，紊乱不堪，故必有创作欲，艺术以为调剂，才能和平。艺术纯以创作为主，无现实上的一切因占有欲而起的束缚，艺术家不要名誉、财产，不迎合社会，因此中外的艺术家，每每一生很苦。中国古话说：文人贫而后工。并不是贫而后工，是去掉了一切个人的、现实的私欲，而能纯以创造为主才工。大学院设立艺术院，纯粹为提倡此种无私的、美的创造精神。所以艺术院不在学生多少，而在能创造。能创作，就是一个学生也可以。不能创作，一百、一千个学生也没有用。艺术院的林先生及教职员，他们都是有创作能力的人，希望他们自己去创作，不要顾到别的。"

抗战之后，孙多慈南京旧地重游，但此时的危巢，早已物是人非

　　孙多慈到学院不久便读到这篇演说词，她不由暗暗为蔡元培精辟分析而叫好。这一时期，在西画组任教的画家，主要有常书鸿、王曼硕、秦宣夫、关良、丁衍镛、胡善馀、吕霞光、倪贻德、赵无极、朱德群、赵春翔、李仲生、庄子曼、周碧初、谢投八等，孙多慈是其中唯一的女画家。

　　八年一梦。杭州的宁静生活，让孙多慈感觉，人生轨道经历一个大幅度的急转弯之后，又重新回归于平缓前行的状态。而此时，她的画家梦，又重新在她心底复燃。

　　对于夫人画家旧梦再圆，许绍棣是尽最大努力给予了支持。本来对艺术就有一种敬慕，而这种敬慕，因有夫人这一层因素，又上升到一种明洁的纯净的高度。读许绍棣作《内子作双柏图，为居停、楚狂伉俪寿，因题八韵伸华祝》，就特别有这种感受：

> 双凤龙凤姿，啸傲双溪前。
> 托根良深厚，柯叶已万千。
> 仰承月露精，黛色浮云烟。
> 常有凌霄志，不作时俗妍。
> 神灵震遐迩，故老竞相传。
> 我来盘桓久，岂因凤昔缘。
> 漂泊风尘际，羡此金石坚。
> 展谒虔礼致，感叹赋斯篇。

这年秋天，在许绍棣支持下，孙多慈集中在丽水创作的百余幅作品，在上海慈淑大楼，举办了她的第二次个人画展。此时仍在战乱之尾，又是两岁孩童之母，再加上繁重的教学工作，无论是精神，还是能力，办这样的画展，应该都非常吃力。许绍棣心疼她，有意无意相劝她暂时缓一缓，但孙多慈不愿意，坚持要按时展出。其实在内心，她是在赌一口气，她要展示这些年在绘画方面的努力，让远在北平的徐悲鸿知道，尽管经历了八年战乱，尽管也已经成为人母，但她孙多慈追求艺术之心，仍然没有放弃。也借此证明自己当年所说"艺海之广博浩瀚，诚无涯际，苟吾心神向往，意志坚定，纵有惊涛骇浪桅折舟覆之危，亦有和风荡漾，鱼跃鸢飞之乐。果欲决心登彼岸者，终不当视以为畏途，而自辍其志也"，不是一句空话。

慈淑大楼在上海繁华的南京路，房产归于哈同集团名下，当时南京路两侧的大楼、里弄，凡是以"慈"字命名的，如"慈淑大楼""慈裕里""慈庆里""慈顺里"等，无一例外，都是哈同集团的产业，其数字之大，占南京路地产的百分之四十四。1931年哈同病逝时，哈同集团中光哈同自己的资产，就高达一点七亿元，其中包括四百六十亩地，一千三百多栋房屋，以及大量的金银财宝。能在这样的慈淑大楼里办个人画展，费用自然也很可观。这中间，许绍棣功不可没。

展览首先在10月16日《申报》第五版刊发消息，预告"名女画家孙多慈，将以近作中西绘画百余幅，在沪展出"。10月25日，孙多慈个人画展举行发布招待会，李苦禅、吴作人、刘海粟等画坛名家，纷纷前来参观，并对孙多慈的画作给予了极高的评价。因为有这样一批画坛名家参加开幕式，《申报》《大公报》《中央日报》《东南日报》等，纷纷发表新闻报道和评介文章，其中10月26日《申报》新闻介绍："画家孙多慈女士举办画展，昨日招待文艺界，廿七日至卅一日为正式展览之期，在慈淑大楼里万里餐厅展览，不收门票。"在上海，在南方画坛，又掀起了一阵小小"孙多慈"旋风。

对于孙多慈，那是一段平静的生活。也就是这前后，她怀上了她的第二个孩子。

1947年春天，孙多慈一家专门从杭州赶到南京，在表妹陆汉民处小住了几天。

那时陆汉民在南京一所中学当老师。课间休息时间，就看见有辆黑色的小轿车，径直开到学校门口来了。还在议论是哪位高官过来视察学校，便听门卫喊"陆老师有人找"，出来一看，孙多慈、许绍棣夫妇立在车旁，正笑眯眯地看着自己。

陆汉民第一次看到表姐夫许绍棣。

平心而论，陆汉民对许绍棣的第一印象十分平平，觉得他瘦弱，觉得他单薄，和表姐站到一起时，甚至比表姐还要矮一些。那一瞬间，仪表堂堂的徐悲鸿，器宇轩昂的徐悲鸿突然浮现在眼前了，两者相比，她感觉，差距实在是太大了。也就在这一瞬间，她有一种强烈的为表姐抱不平的冲动。

带有浓重浙江海临口音的许绍棣，握着陆汉民的手，转过头笑笑地埋怨孙多慈，"在你的口中，小表妹是个长不大的幼稚孩子，今天一看，既有少女的秀丽，又有少妇的庄重，和你介绍的出入太大嘛！"

孙多慈就笑，"表妹可要注意了，你表姐夫这一招可厉害，千万别让他给迷了心眼。"

但已经晚了，许绍棣一开口说话，陆汉民为表姐抱不平的冲动，就消失得无影无踪。

那时粮食部已从重庆迁回南京，陆汉民夫妇也在南京安了家。他们买的，是一幢西式平洋房，后面带有一个小院，周围环以树木和竹篱笆，环境十分幽静。

也是巧，这幢西式平洋房，也在傅厚岗，门牌是23号。而徐悲鸿的别墅危巢，在傅厚岗6号，两者之间，只相隔有百十米。

当小轿车缓缓驶进傅厚岗时，孙多慈的心突然收紧了。她并不知道表妹的新居与危巢，居然在同一条街上。十多年前的往事，陡然如电影快速过片，在脑海迅速一页页翻开。那一刻，她的内心是复杂的，说不上是甜是酸是苦是辣。她知道，命就是命，是你无法违抗的。如果不来南京，来南京不到表妹这儿来，表妹家又不在傅厚岗，那么这一切，也许在安庆，就已经画上了句号，可是偏偏来了，又偏偏一步一步走近傅厚岗，那么，这记忆，是痛苦也好，是幸福也罢，就必须在心中再过一遍。

陆汉民偏过头看了表姐一眼，从她脸部复杂的表情变化中，陆汉民知道，傅厚岗这条街，肯定又勾起表姐心里那些说得出和说不出的往事了。

下午，许绍棣出去处理公务，尔羊疯玩了半天，累了，睡了。腹部微微隆起的孙多慈，撑一把雨伞，独自走了出来。

傅厚岗街道如旧，建筑如旧，只是时光变了，主人变了，旧时的故事也就不再延续。

孙多慈《放鹅图》｜设色｜纸本｜27cm×48.5cm｜印"多慈" "寿春孙氏" "翦秋馆"

一切恍若昨日。

就想起从天目山写生回到南京的那天晚上了，徐悲鸿发现蒋碧微不在家，兴奋异常，马上打电话让自己过去。也害怕别人有闲言碎语，便拉上了好几位男女同学。徐悲鸿打开危巢大门时，见这么多同学过来，眼中略有抱怨，但很快便掩饰过去了。那真是一段无忧无虑放纵而快乐的时光啊，徐悲鸿彻底放下了教授的外衣，与他们这些学生一样，笑就是快快活活的敞怀大笑，说就是高高兴兴的放声大说，偶尔与孙多慈的身体碰在一起时，他又会像个小孩偷偷伸出手来，在她的身上悄悄地掐上一下，自然是温柔的带着爱意的，有过电一般的感觉。整整一个下午，在危巢，孙多慈都被这种幸福的电流触击着。对傅厚岗这段美好的记忆，如一幅永远的油画，伴随孙多慈一生，直至老去。

六十年后，陆汉民写文章回忆孙多慈在傅厚岗的寻访，用的是一段非常清丽的文字——

这是充满悲情的寻梦之旅，是为了寻觅昔日的爱情之梦。她和儿子在我家吃了顿饭，叙了别后之情。那天下着淅沥春雨，远近弥漫着迷蒙的雨雾，路边法桐树透着新绿，行人都撑着雨伞或披着雨衣。我表姐哄睡了儿子，撑着伞，独自来到徐悲鸿家院墙外，久久地徘徊。雨雾中的洋楼门窗关着，冷寂无声。主人已去了北平筹划北平艺专复办事宜。他忙着事业。而孙多慈旧情难忘，心境凄凉。她背着丈夫许绍棣前来傅厚岗，为的是哪怕再看旧日恋人一眼啊！可是生活的潮水已淹没了前尘往事，我表姐是含着眼泪离开那洋楼的，"春蚕到死丝方尽，蜡炬成灰泪始干。"她一步一回头，步履沉重……

一位八十五岁的高龄老人，时隔六十年，在回忆表姐这段寻梦之旅时，还能流出如此富有感情的文字，可见这段凄美的爱情故事，当年是怎样深深印在她的心中。

其实孙多慈走得很慢，这种慢，是对往事的细细品味。春雨绵绵，在天空漫漫飘零。天色将晚，薄薄暮气正夹着细雨从半空落下来。孙多慈就在这薄暮中，在这春雨中,一步一步走近傅厚岗6号危巢。她的心,也由此一步一步紧拎起来,她真害怕,在她走近时,先生仍如以往一样看见她,眼一亮,匆匆奔过来,紧紧抓住她的双手。

但这只能是她的一种期盼,傅厚岗6号早已易主,无论是徐悲鸿,还是蒋碧微,都不可能在这个地方出现了。

此时,孙多慈心中永远的徐悲鸿,应教育部邀请,正准备与新夫人廖静文一起,北上北平,接管北平艺术专科学校。

对于孙多慈,1947年具有特别的意义,从南京回来不久,农历闰二月十九,公历4月10日,她和许绍棣的第二个儿子呱呱落地。此时她已经三十五周岁,而许绍棣,也已经临近知天命之年。老年得子,许绍棣自然欣喜若狂,翻遍《词源》《康熙字典》,最后才找出"珏方"二字。双玉而合,自然格外珍罕,对子女的疼爱与期盼之情,由此可见。

晚上,独自坐在书房,许绍棣以《丁亥观音诞辰次子生于湖上寓庐赋》为题,写下自己的感受:

  岁次丁亥春,闰二月十九。
  豚儿忽以降,遘时际寅首。
  万籁正无声,欻开龙虎吼。
  出门望星月,湖光映牛斗。
  百卉逢春阳,化生德何厚。
  儿其泰来时,此乐应不朽。
  乱世多忧患,余生不我厚。
  自从庚子还(余生于己亥年),人念太平狗。
  倏忽知天命,宁忘老与丑。
  在昔成康时,麟凤处郊薮。
  国事犹蜩螗,太息将谁咎。
  射矢志四方,敢望补天手。

　　许绍棣对这些诗句非常满意,他将它抄录多份,遍送他的亲朋好友。孙多慈也不拦他,只是眯眯地笑,她觉得男人无论多大,遇上开心事,依旧像大男孩一样。

　　而在许珏方出生前不久,孙多慈应邀为中华全国美术会筹办的美术节进行创作的作品,也在上海进行了公开展出。据1947年3月24日《申报》刊发的简讯称,"中华全国美术会积极筹备,美术节举办美展,本月二十五日起展览五天。"虽只是一则消息,但在文中特别介绍展览展出"西画四百余件,为吕斯百、秦宣夫、孙多慈、方君毅、李瑞年、黄显之等作品"。

　　这一年还让孙多慈高兴的是,父亲孙传瑗的诗作《雁后合钞》,也由浙江文化印刷公司结集出版了。孙传瑗一生喜爱文字,也有不少成果,但以前的文章,多发在安徽省立图书馆杂志《学风》上,如4卷1期上《中国上古时代刑罚史》,6期上的《安徽革命纪略》,5卷2期和6期上的《今雅》,等等。《雁后合钞》是他的著作第一次结集出版。在扉页,专门附有孙传瑗墨笔精心书写的题记。看到父亲手捧著作孩童般的开心,孙多慈的眼中,也荡起幸福的泪花。

　　孙传瑗的兴奋,可能更早一些,1946年11月10日,《申报》"春秋"副刊,刊发了他的诗作《芊芊放鹅曲》(署名癯翁):

　　　　鹆咓鹆,鹆咓鹆,柳摇晴浪燕低飞。
　　　　周晬婴孩能解事,长竿檐帽唤鹅归。

　　　　鹆咓鹆,鹆咓鹆,鹤溪春涨荻芽肥。
　　　　且放鹅儿踏浪去,碧波红掌雪毛衣。

　　　　鹆咓鹆,鹆咓鹆,放鹅好是晚凉时。
　　　　堤上行人齐拍手,聪明谁似许家儿。

　　自然是女儿孙多慈的推荐,诗末特别有一小段注解文字"家父养臛公,曾作

'放鹅曲'三阕,嘱多慈为绘一图,因成以娱亲焉。复录原词如上。时客鹤溪,芊儿正一周岁。寿春孙多慈识"。可惜孙多慈《芊芊放鹅图》没有随文刊出。

更早一些,国民政府为表彰抗战有功人员,由国民政府主席授发"抗战八年胜利"纪念勋章。在《中央日报》首批公布名单中,有三位妇女列入:第一位是宋美龄,第二位是北京香山慈幼院院长熊芷,另一位就是战时儿童保育会浙江分会第一战时儿童保育院院长李家应,其理由,是"维护地方救助灾难保育难童者"。

孙多慈自然也不示弱。据1948年1月29日《申报》"各地立委选举开票续志",杭州名单中就有"孙多慈"的名字,公布票数为11134。

1948年7月15日,《申报》刊发"松江女中书画展览"消息,称"松江女中因增建校舍,由中央艺人暨教育界名流代为发起,募得名人书画及珍贵艺术品众多",其中有吴稚晖、冯超然、张大千、马一浮等,也包括女画家孙多慈。展售于7月18日至20日,在南京东路中国国货公司二楼中国艺苑举行。

孙多慈打电话给李家应说:"在某些人眼里,我们还不是弱者吧?"

李家应知道她话中所指,在电话那头,笑得抬不起身来。

孙多慈《我们的园地》,浙江第一次全省美展展出作品,刊《浙江第一次全省美展纪念特刊》(1949年)

三十、隔海相思

　　与台湾相隔的那一片海水,孙多慈跟随许绍棣,带着他前妻的两个女儿,和自己的两个儿子,拖着老父亲孙养癯,不知是怎么过来的。但走上台湾这片土地,她的内心一定十分复杂。

　　1949年的台湾,给孙多慈最深的印象,就是安静与简朴。那时候的台北,街头几乎看不到什么人,在街的这一头,抬眼就可以把另一头看得清清楚楚。过马路自然不要什么斑马线、红绿灯,什么时候你想到街的另一边去,一转身,大摇大摆就过去了。街上很少看到轿车,最便利的交通,就是三轮车,偶尔也能看到拉着黄包车奔跑在街头的车夫。

　　到台湾后,许绍棣是政坛有分量的人物。但孙多慈不习惯做政要夫人,她放不下的,仍然是她的绘画创作。其实到这个远离大陆的海岛,除了绘画,没有什么东西可寄托,她甚至无法打发日复一日的无聊时光。

　　思念长江边的那座小城安庆,思念在南京中央大学读书的时光,思念长沙跑反的动荡生活,思念桂林山水,甚至思念浙江丽水那段苦苦相思的日子。她的闺中密友,李家应、吴健雄等,也经常在她的眼前晃动。当然,在她脑海里浮现的最多的,还是徐悲鸿。

　　这些思念,也只有通过绘画,才能够完完全全地宣泄出来。

　　那一阶段,孙多慈创作了大量的作品,当然国画更多一些,也有油画、水彩,还有少量的素描。看到这些作品堆在房间里,她又生出去香港办个人画展的冲动。

　　1950年大年三十的晚上,孩子们疯累了,都上床睡去了,孙多慈和许绍棣躺在床上,谈到了自己的想法。许绍棣当时并没有多说,只是含含糊糊的"唔"了两声。孙多慈以为他有难处,也就没有再逼。

孙多慈在香港思豪酒店个人画展留影

但隔不了多久,许绍棣回来,在饭桌上,一边吃饭一边对孙多慈说:"香港展览的事已经给你办好了,地点定在思豪酒店,正月过后就可以过去布展。"

孙多慈睁大眼睛,十分吃惊地望着许绍棣。这个矮矮小小的男人,平日里并不喜多话,双方在一起交流,听的时候多,说的时候少,但对孙多慈,无论是大的变故,小的细节,无不考虑得面面俱到,甚至你这边还没有想到,他那边已经帮你办好了,就忍不住和他说了句玩笑话:"真不愧是政府高级官员,无论什么事情,都在你运筹帷幄之中啊!"

孙多慈是2月初过来香港的,她只负责布展的事,许绍棣则负责方方面面的宣传打点,前前后后忙了十多天,到正式开展,已经是2月中旬了。展出作品有百余件,国画五十余幅,西画近三十件,素描十来幅,还有二十多件书法作品。除极个别心爱之作外,大多画作都标有出售价格。这不是孙多慈的本意,但许绍棣坚持要这样做,"你是画家,画作好坏,市场也应该是检验的标准。"想一想,也对,就豁出去了。

1933年，苏雪林在武汉大学

展览比他们预想的要成功。开幕之日，好友至交、政府官员、文艺同行、地方绅士，来了将近两百人。香港的大小媒体，也都安排记者过来采访。这之中，冲许绍棣老面子过来的有一小半，另外一大半，则更多是冲徐悲鸿女弟子名义过来的。

同是安庆女中毕业的校友苏雪林，当时也在香港，她供职的真理学会，与思豪酒店只隔有两条街。思豪酒店隔三岔五就有书画展览，像丰子恺、黄永玉等，都在思豪酒店举办过画展。苏雪林后来回忆说："虽然也有几个画展不大像样，但大多数很好。"相比之下，孙多慈画展给她留下了极深的印象。"我可说这是思豪饭店自有画展以来，最为热闹的一个，整个港九都轰动了，每日来参观者络绎不绝，几乎踏破了饭店的大门；也是最为成功的一个，展出的百余幅作品，除了非卖品以外，都被订购一空。画展引来大批观众，作品很快卖光，绝色的画家加上老师徐悲鸿锻造出来的技艺，轰动是应该的。"

在《记画家孙多慈》中，作家苏雪林这样写道——

回忆黄山狮子林的相见，前后相隔已十四年，我们画家的天才已到完全成熟之境。西画造诣固高，国画的笔法也已脱离了她老师窠臼，而独树一帜，并能作多方面的发展：山水、人物、花卉、翎毛、虫鸟，无一不能；工笔与写意，也兼擅其妙。书法摹王右军，及怀素四十二章经，刚健婀娜，富于神味。动物中她最喜画鹅，有一幅非卖品的《芊芊牧鹅图》乃一小横幅，鹅十余只排队前行，伸颈舒翼，顾盼长鸣，姿态各异，栩栩欲活，其后一小儿挥鞭赶之。芊芊乃画家长子小名，牧鹅大约是当时的一桩实事，图后有画家之父所题小词数首，而由画家手书，家庭乐事，令人欣美。今日台湾梁鼎铭三兄弟以善画马、羊、猴著名，林玉山善鹤，林中行善猫，多慈之鹅亦称一绝。我常援诗人"郑鹧鸪""崔黄叶"之例，戏呼之为"孙鹅儿"，多慈亦笑受不以为忤。她现在又喜画台湾名卉蝴蝶兰了，我或者会再送她一个美丽的名号"蝶兰"。

但那天苏雪林去参观画展时，孙多慈并不在画展现场。后来孙多慈在留言簿上看到苏雪林的名字，就想约着见一面。可是画展前后事情太多太杂，这事就耽搁下来了。等到苏雪林多方打听到她住的地方，想去拜访时，他们夫妇已经离港返台了。

1951年，孙多慈又在台北举办她来台后的首次个人画展。当时台湾的美术界，并不是十分活跃，西画相对更弱一些，而西画中的女画家，更是寥寥无几。据台湾美术史料介绍，"移居台湾的女性画家中，首推的吴咏香（1913—1970）与孙多慈（1912—1975），两位女画家皆为闺阁派的典型，来台后均受黄君璧之邀在师大美术系任教。此时女性从事创作的主要两种类型，若非夫妻档的另一半——例如许玉燕（1911年出生）、吴咏香、邵幼轩（1918年出生）等，便是献身于美术教育工作者，例如上述的吴、孙氏两位以外，还有袁枢真（1911年出生）、钟桂英（1931年出生）等。其余以笔墨丹青油彩自娱的女性，多数为业余性质，极少专业的艺术工作者。"

孙多慈任教的台北师范学院，创建于1946年6月5日，址于台北市和平东路，1955年6月5日易名台湾师范大学。其中美术学系设立于1947年8月，初为制图画劳作专修科，1949年更名艺术学系，1967年又改为美术学系。1981年又增设了美术研究所。和孙多慈共事的，都是台湾美术圈的精英，如林玉山、黄君璧、溥心畬、吴咏香、李石樵、陈慧坤、廖继春、李泽藩、马白水、王昌杰、余勤伯等。

台湾华冈博物馆陈明湘馆长，早年为孙多慈得意门生，回忆恩师，感叹不已。"孙教授是一名很慈祥，很有气质与气度的人，她的作品很有个人特色，西画中有国画的意境、气韵，而国画中又有西画的基础。"又说，"受徐悲鸿影响，孙教授的画风融合中西，信手勾勒、生动传神。"

孙多慈把徐悲鸿的画风带到了台湾，但更多的，她还把对徐悲鸿的思念，带到了一水之隔的宝岛。

1952年台北街头的暮春，潮湿又带有寒意。在台北师范学院画室，孙多慈独立在窗前，看迷蒙细雨漫天而落，莫名的孤独与忧伤，又从她心里升起。与徐悲鸿在桂林最后一别，晃眼十五个年头过去了，当年的亭亭玉立的纤弱女子，现在已是风韵半存的少妇。而徐悲鸿，也已经五十八岁，眼看就是花甲之人了。岁月匆匆，情感依旧，或者说，对于自己，这一份遗憾永远依旧。

回到画案前，铺开宣纸，带着这样一种心情，孙多慈提起了笔。

远处如带的，应该是长江吧，长江是从安庆城西流过来的，在西门外沙漠洲一带弯了两道之后，增添了秀丽之色。江南如林的，应该是秋天的芦苇，茫茫一片，只看见风在上面浮动。突兀而立的，自然是大观亭，虽然不是形似，但神韵却勾出来了。立在大观亭内，面对浩浩长江而感慨的，当然是徐悲鸿，一身红袍，那是生命的颜色，也是他一生执着追求的勇气啊。天高高，水淼淼，秋帆远尽，载走了多少情，多少意，留下的，只能是如秋林如秋水如秋雾一样的思念了。

落下笔，退后两步，整体看一看，应该还满意吧，画意到了，情意到了，想要表达的东西，至少自己认为，已经全部表现在其中了。"极目孤帆远，无言上小楼。寒江沉落日，黄叶下深秋。风厉防侵体，云行尽入眸。不知天地外，更有几人愁？"题款是当年写给徐悲鸿的诗句，而如今，依然还是一个"愁"字了得。就有些后悔，"极目孤帆远"，为什么就不能跟着过去呢！补上"壬辰春暮多慈写于台北师院画室"，再盖上"寿春孙氏"和"多慈书画"两方印章，孙多慈深深叹了口气，走到这一天，走到这一步，她与徐悲鸿之间，也许就是一个"命"字吧。

孙多慈的这幅《寒江孤帆图》，后来为徐悲鸿和孙多慈共同的好友王少陵收藏。

王少陵长孙多慈三岁，广东台山人，四岁时随父母移居香港。王少陵学画较晚，差不多是与徐悲鸿接触后才开始学习绘画的，尤其是西画。1928年，王少陵参加北伐，在国民党中央宣传委员会驻沪办事处担任宣传干事，开始从事漫画创作。1931年对西画发生兴趣。1933年，王少陵与陈福善、杜格灵等，发起组织"香港文艺协会"。1938年王少陵出国深造，就读的学校，是美国三藩市加州美术专科学校。1947年应邀担任南京国立中央大学艺术系教授。1948

孙多慈画马。提笔的那一刻,她是不是想到了老师徐悲鸿?

年在纽约大都会博物馆筹办"中国现代画展",后长居美国。王少陵擅长油画和水彩画,尤以风景和人物肖像为最。其画作,受欧洲学院派古典主义绘画的影响,之中又富有东方式的诗意浪漫,色彩斑斓和谐,富有东西方文化结合的生命力。代表作有《金门渡桥》《纽约远眺》《红巾女郎》《烽火余生》等。

王少陵与徐悲鸿的交往,可以用"挚友"来形容。既然执手相处,有什么心里话,有什么烦心事,也自然向对方倾诉。正因为如此,徐悲鸿与孙多慈之间的爱情纠葛,王少陵一本全知。1938年末在香港,徐悲鸿与孙多慈感情大裂变,王少陵是忠实的倾听者。

几年前,王少陵去北京,临行前,去徐悲鸿家告别。徐悲鸿正在画室写字,听说王少陵即将赴美,内心多少有些失落。此一去什么时候才能重逢,人生无常,尤其是他

充满传奇色彩的《寒江孤帆图》
| 立轴
| 设色纸本
| 60cm×28.5cm
| 1952年孙多慈作于台北

这个年龄，真的不好说了。因此他就想送一幅画给王少陵，画之中，最好能将他的这种心情表现进去。但王少陵要赶飞机，时间来不及了，就要徐悲鸿赠他一幅书法作品，算是分手纪念。"急雨狂风势不禁，放舟弃棹迁亭阴。剥莲认识心中苦，独自沉沉味苦心。"徐悲鸿拿起笔，略做思考，就写下了这样的诗句。后面补题的是，"小诗录以少陵道兄。悲鸿。"

之后孙多慈去美国，在王少陵家中，两人聊到徐悲鸿，王少陵便说起这件事，并把这幅书法作品拿出来，请孙多慈欣赏。孙多慈只瞄一眼，就心酸难抑，泪水夺眶而出。

1936年，徐悲鸿在广西桂林，孙多慈在安徽安庆。天地隔长，相思苦短，孙多慈从安庆寄了枚红豆给徐悲鸿，以表示对他的思念之情。徐悲鸿接到红豆，激动不已，当即作了三首《题红豆诗》。这是其中的一首。"剥莲认识心中苦。"想不到，这一苦就是十多年，而徐悲鸿始终烂记于心啊！

也正出于这种情感，孙多慈把《寒江孤帆图》送给了王少陵。一诗一画，一"放舟弃棹"，一"寒江孤帆"，也算是他们情感的一种呼应吧。

2004年11月9日，北京嘉德秋季拍卖会，《寒江孤帆图》首次亮相，结果以一万一千元价格拍出。

丹青年华牵引出来的这段依恋，1952年在台北，又引出一幅饱含深情厚谊的画作。而藏坛，也由此多了一件无尽话题的佳品。但孙多慈不知道，此时在北京，她日夜思念的先生徐悲鸿，正一步一步走向他生命的终结。"我最近两年来患血压过高之症，遵医生嘱作长时间休养，除参加一些必要的活动外，还不能作画……"他在给日本现代版画家尾崎清次的函中说。

仅仅一年之后，1953年9月26日，清晨，一代艺术大师，在北京医院，永远闭上了他那天才之眼。

对于孙多慈，徐悲鸿的离去，是她生命旅途的一次重创，用"五雷轰顶"，用"晴天霹雳"，用"天昏地暗"，怎么形容都不过分。但有一点，与大陆基本隔绝通讯的孙多慈，是如何得知徐悲鸿的死讯的？

现在比较流行的版本，说传递噩耗者，是徐悲鸿的前妻蒋碧微。

1953年，徐悲鸿在北京病逝。旅居台北的蒋碧微得到消息，心中一片惘然。当时中山堂有一个画展，蒋碧微应邀参加了，在展厅门口，刚签完名字，一抬头，正好发现孙多慈站在她面前。南京一别，将近十八年，但当年的这对情敌，现在都不是徐悲鸿身边的女人，而且同样都流落到了台湾。再多的恨，再多的怨，再多的怒火，十八个三百六十五天的大轮回，也早冲洗得干干净净了。

是蒋碧微主动伸出的手，孙多慈略有些迟疑，但最后还是和她握到一起了。蒋碧微就说了徐悲鸿逝世的事，她以为孙多慈应该知道，但孙多慈不知道，那一刻，她看到孙多慈脸色如土，苍白无一丝血色。泪水也是这一刻夺眶而出，大颗大颗，如注，久久不息。

时隔多年，与蒋碧微唯一一次对话，却是从她口中，得知徐悲鸿的死讯！

如果是爱情传奇，这个细节，无疑是最能打动人心的。

可惜事实并非如此。

因为1953年秋天，孙多慈正在美国纽约。

作为知名画家，徐悲鸿的逝世，应该是震动世界的。在台湾，这个消息可能会受到封锁，但在美国，在纽约，绝对会在第一时间报道。

有版本说当时孙多慈正在纽约参加一个艺术研讨会，会议之中，突然宣布休会，为艺术大师徐悲鸿默哀三分钟。参会人员全体起立，会场鸦雀无声。就在这个时候，就听到后面传来"通"的一声巨响，有人控制不住悲伤情绪，晕倒在地了。

这个人，就是孙多慈。

而据孙多慈外孙女李既鸣介绍，1953年孙多慈得知徐悲鸿死讯，是"吴健雄去信寄往巴黎 44 Rue der Bernardins, Paris 5e France 给孙多慈，告知从王少陵先生处得知其师徐悲鸿在9月中去世"。

无论哪种版本，孙多慈得知徐悲鸿死讯，伤心欲绝是真实的。

远离大陆，也远离台湾，孙多慈孤身一人在美国，得知自己心爱之人离世，悲痛心情，可以想见。而这个时候，唯一能够哭诉的对象王少陵，又临时去了法国巴黎。她只有通过远洋电话，把这个消息告诉了他。

"就这么走了？"

"就这样走了。"

两人在电话里，能说出来的，就只有这两句。

这一天，是1953年9月27日。

王少陵当即写下了一首《哭徐悲鸿》："凄风苦雨夹飞雪，消息传来肝胆创。一代艺人虽已渺，廿年挚友岂能忘？生死离别情难泯，弦数琴焚我欲狂！凭吊英灵悲万里，束刍遥奠泪千行。"这首诗，后来发表在美国纽约《华美日报》上。

放下电话，孙多慈久久无语。无语的空气在房间里流了多长时间，不知道。只知道天在窗外白了，天在窗外黑了，天在窗外又白了。后来她硬撑着身子走到画桌前，铺开纸，作了一幅题为《春去》的中国画：老春暮寒，山雾四起，纤弱女子身单影孤，独自坐在溪岸。流水碎浪，落花残红，放声喊不住，伸手拦不住，只能眼巴巴看它们从脚下滑过。女子双肩瘦削，内中哀怨，如山如水如这暮色。女子两眉紧蹙，强咽下的，又是多少伤痛。"江南江北旧家乡，三十年来梦一场。吴苑宫闱今冷落，广陵台殿已荒凉。云笼远岫愁千片，雨打归舟泪万行。兄弟四人三百口，不堪闲坐细思量。""又见桐花发旧枝，一楼烟雨暮凄凄。凭阑惆怅人谁会，不觉潸然泪眼低。层城无复见娇姿，佳节缠哀不自持。空有当年旧烟月，芙蓉城上哭蛾眉。"小时候读李煜的诗句，只觉得字里行间透着一种凄美，现在再来细读，几乎就是自己真实心情的写照啊！

画笔放下，泪水流空，而对徐悲鸿的怀念，丝毫不减。

大概就是这个时候吧，身在异国的孙多慈，决定以中华传统女性的身份，为徐悲鸿戴三年大孝，以表示自己对他，对他们之间长达十年感情的追思。

不知道孙多慈戴的这个"孝"，具体用的是什么方式，三年如一，始终一头素发，一身素衣？或是头上永远有一朵白色的小花？也许她还有她更隐秘的方式，只是不为人所知罢了，包括她的丈夫许绍棣。

也许许绍棣心知肚明，只是不愿挑破。对于孙多慈，他做到了一个男人应该做的仁厚与宽容。

有一个人是肯定知道的，这就是孙多慈的闺中密友吴健雄。

吴健雄后来是从报上得知孙多慈来美国的，当时孙多慈在哥伦比亚大学读研究生,期间举办了一次个人画展。画展很有影响,纽约不少媒体都发了消息。于是吴健雄和丈夫袁家骝便驱车赶过去了。多少年不见,感情依旧,两个抱着又是蹦又是跳,完全回到少女时代。

吴健雄个性如旧,对孙多慈,仍摆出一副大姐姐的姿态,而且对她是实实在在的关怀。

孙多慈租住的房间,在哥伦比亚大学附近,是一栋二三十年代的旧大楼,底层,又小,又阴暗潮湿。吴健雄看了很不是滋味,当时就让孙多慈把房退了,要她随自己住到家里去。孙多慈百般推辞,高低不同意。但第二天,吴健雄还是开车过来,强行把她接走,并腾出一间既宽敞又明亮的大房间,给孙多慈做卧室兼画室。

当时孙多慈正准备去法国巴黎国立美术学院继续深造,因此没日没夜地强化法语,这边画笔一放,那边咕咕噜噜就死背法语单词。吴健雄觉得她这种方法太呆板,缺乏互动性,便在哥伦比亚大学请了位教法语的老太太,专门对她进行口语辅导。

为筹集到巴黎深造的费用,孙多慈在美国,既没有教授架子,也没有画家架子,只要是有收入,什么样的工作也不推辞。有一阵子,一早起来就背着工具往外赶,在周边一些小餐馆,画那种大红大绿粗俗到家的广告画。吴健雄先还为她感到高兴,以为收入很高。后来在家休息,烧了两个可口的菜,就让袁家骝开车给她送去。袁家骝在餐馆与老板聊天,这才得知,画这样一幅广告画,只有一百美元的收入。

"算了算了,我们不画了!你就待在家里给我画好了,一幅画给你双倍的价格,二百美元,这总可以吧!"吴健雄冲着她大声吼道。

孙多慈非常感动,虽然一句话也说不出口,但泪花始终在眼中闪动。

1988年,已是美国国家科学院院士、美国物理学会会长的吴健雄,回到南京,参加东南大学校庆活动,就是在校园内六朝松旁,她亲口向徐悲鸿与蒋碧微的女儿徐静斐,道出了孙多慈生前为徐悲鸿戴孝三年的秘密。

说者有心。

听者愕然。

三十一、吾尽力以搜求

1935年9月,《孙多慈描集》在上海中华书局出版,在《述学》的最后一段,孙多慈以激情洋溢的文字,表达了她对艺术执着追求的决心——

> 艺海之广博浩瀚,诚无涯际,苟吾心神向往,意志坚定,纵有惊涛骇浪桅折舟覆之危;亦有和风荡漾,鱼跃鸢飞之乐。果欲决心登彼岸者,终不当视以为畏途,而自辍其志也。抑吾探险之程,初未经历,或竟遇平泉曲涧,茂林修竹,鸟鸣嘤嘤,花香载道;则吾安步倘佯,浩歌而跻远山之巅,亦未可知也。虽然,吾终觉此世惟多残酷、险诈、猜忌、虚伪,则吾所指为真善美之资,实无尽藏,一如造物之形之色,千变万化,罔有纪极也。吾尽力以搜求之,撷取之,熔冶之,纳之入吾微末之艺,其无憾乎?其无憾乎?

二十年之后,在台湾,孙多慈对艺术的这种执着追求,没有丝毫改变。2013年,孙多慈百年诞辰,孙多慈外孙女李既鸣写有纪念文章,在她的印象中,童年时的外婆基本都与绘画相关:

> 我的记忆里,她在新店七张家里的画室,画的大多是水墨画。画室里总是一大桌子的纸卷,还铺着一张深蓝色的很厚的羊毛毯和一张草绿色军毯,桌上放着一个很大的砚台和过年时装糖果的果盘似的调色盘,但因为我们回外婆家总是假日,她很少在家画画,也不记得看过她画油画。我自己也没有跟她学过画,她的设色花卉常有西画水彩的彩度和传

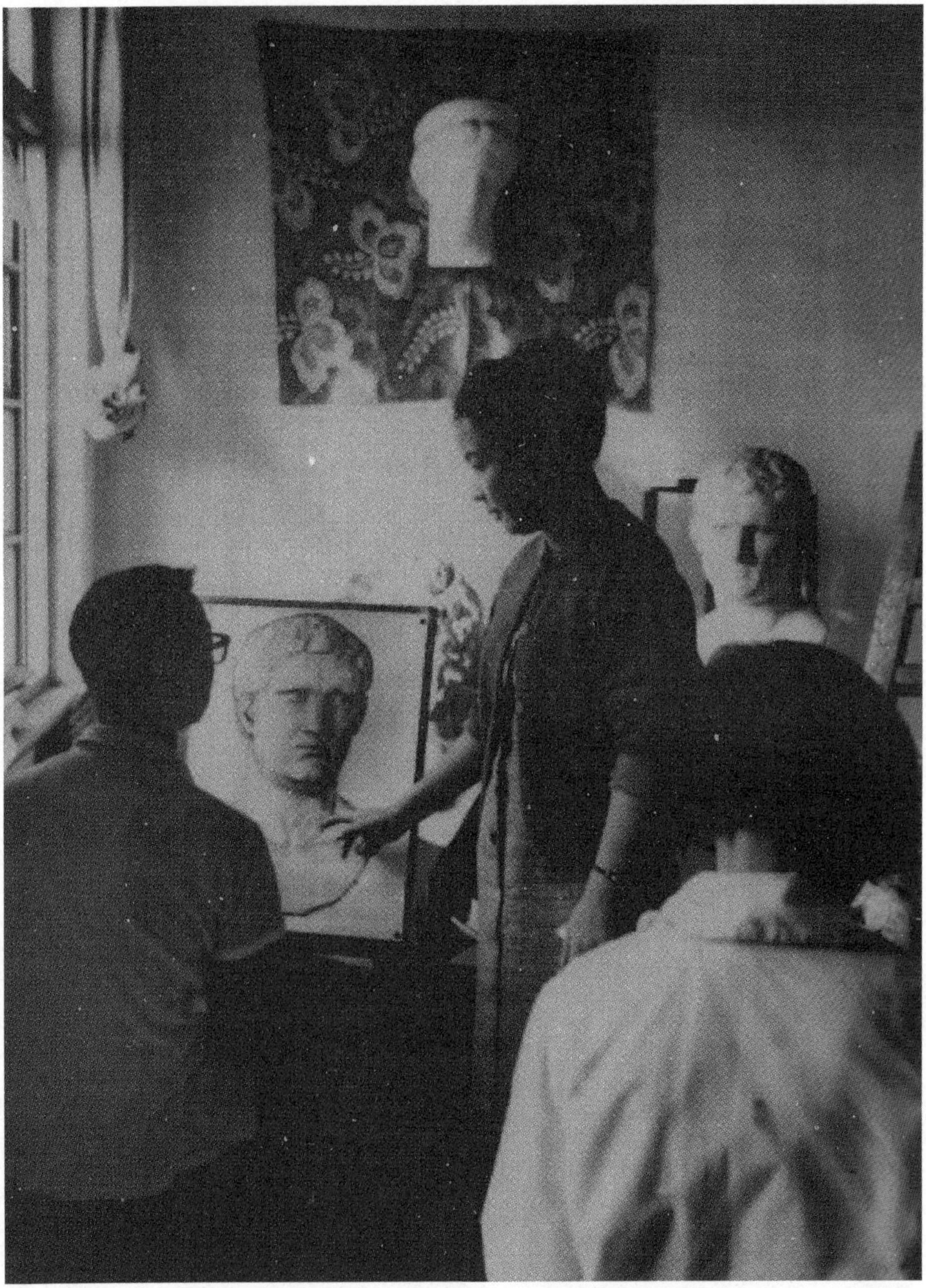

20 世纪 50 年代，孙多慈在台北画室教学

统水墨勾勒的笔墨劲道，那种笔墨韵味我非常喜欢，在我高一、高二想要考美术系前，外婆曾在家拿芥子园画谱教我画过几次水墨山水的基本树石法，后来她认为画画还是要从基础素描好好学起，我的水墨画学程就此结束了。

……

她早先有一个画室在和平东路北师附小后面，是早期师大分配的宿舍，她改来当画室用，也有几位学生。那时画室有林小蝶、李明明、李渝、曹志漪、宋宇等学生，跟她学画大概都是因为家中长辈往来的关系，也有几位师大的学生如谢里法、徐孝游担任助教帮忙，这些学生们现在都有相当的知名度。

大约是我小学二、三年级时，她离开师大收起画室，上华冈筹备中国文化学院的美术系，吴承砚、单淑子夫妇都是徐悲鸿中央大学艺术系的学生，在学时期就经常听闻孙多慈之名，因得此机缘就主动探询，吴老师和单老师也就得以至文大任教。文大美术系筹设之初期，大多还是聘请了原先师大的老师们，后来才逐渐有专任的老师。

在《回眸有情——孙多慈百年纪念》中，李既鸣为孙多慈做有简单年谱，其中1952年与1953年，是浓墨重彩的两年：

1952年：5月，自费进修，赴菲律宾展览后转往美国；9月，《新闻日报》礼拜六杂志报道女画家孙多慈应陈香梅女士邀约赴美，计划以一年时间在美国及欧洲各地考察；10月，应菲律宾华侨福利促进委员会邀展，展出在台近作五十幅；12月，初抵美国，孙多慈"现代中国女性艺术家展"在比佛利山举行，展后转往美国东部，预计在美国停留一年后，前往法国进修。

1953年：5月，孙多慈画展"Athena Suntoze Hsu"于纽约民铁吾区57街东48号却泼利画院开幕，画展由"中美联谊会"于斌、胡适博士、林语堂博士及顾维钧大使夫人等赞助，展出作品有《自由之歌》《飞鹰苍松》《秋山远眺》等，中西作品共五十幅。"中美联谊会"赠送艾森豪威尔总统孙多慈作品《自由之歌》；6月，应陈香梅邀请，赴美南陈纳德将军故乡Louisiana的Monroe拜访，参加顾维钧大使和蒋廷黻博士主持之"蒋介石日"庆祝酒会；9月，离开美国，赴欧洲法国、西班牙、意大利等各国参访，回程船经锡兰、巴基斯坦等。

1954年初，孙多慈回到台湾。这在当时的台湾，也算是一件轰动全岛的大新闻。

回到台湾之后的孙多慈，先是应台北师范学院刘真校长之聘担任艺术系副教授，后又应台北师范学院之聘，出任艺术系教授。

这一阶段，也是孙多慈绘画艺术突飞猛进，绘画事业如日中天的重要阶段。

1935年，徐悲鸿从培养人才角度，四处奔赴，想为他的得意门生孙多慈争取一个庚款出国留学名额。可惜的是，他的这个善良愿望，不仅被夫人蒋碧微，也被其他许多旁观者，误以为是替情人寻找留洋的"后门"。接下来的战乱，更堵死了他为孙多慈争取走出国门的路。但孙多慈求学之心并没有泯灭，十八年后，她依靠自己的努力，完成了徐悲鸿对她寄予的出国深造厚望。也正因为如此，在异国，她对徐悲鸿的怀念之情，更加强烈。在巴黎，她追寻徐悲鸿的步迹，流连于各大博物馆之间，想尽可能复制先生在此的感受。在新加坡，她前往黄曼士家中，听他追忆当年徐悲鸿在新加坡的旧事，并且由黄曼士陪同，专门去江夏堂，实地体验徐悲鸿在此办展义赈的民族之情。在纽约，她与王少陵走得最近，一个旧友，一个情人，两人经常一聊就是半天，而谈的最多的，不是对徐悲鸿的个人情感，而是徐悲鸿对艺术的特别感悟和理解。

孙多慈对艺术无怨无悔追求的观念，起于先生徐悲鸿，徐悲鸿逝世之后，她又把先生传授给自己的这种艺术追求观念，像当年先生一样，传授给无数追求艺术的后生。

孙多慈在美国时，抽象派绘画已经成型，其中重要画家之一的日本林木大佐，

1959年，孙多慈在泰国"孙多慈教授国画展"现场

曾在上海精学草书，他用禅宗思想和中国书道，融入纽约的抽象表现主义，创作出来的作品，很有新意。回到台湾，在台湾师范大学艺术系讲坛上，孙多慈多次劝告学生，让他们也尝试中国传统艺术和西方抽象艺术的结合，变化中求创新，创新中求突破。台湾师范大学艺术系毕业的学生，有不少，按她的思路，在台湾实现得很成功。在《孙多慈描集》的《述学》中，孙多慈说："吾承悲鸿先生之教……若借口创造，标榜主义，是周岁婴儿，方学步而先趋也，其踬也必矣"。后来她也经常把这句话挂在嘴边，但她对现代艺术没有任何排斥，可见徐悲鸿的得意门生，也同样用发展的眼光看待绘画，并非大家想象的那样固步自封。

香港中华文化促进中心理事会主席、雕塑家文楼，是1958年从台湾师范大学艺术系毕业的。谈到他的老师，依旧非常深情，在他的印象中，孙多慈"非常的温和，非常的文雅。她对学生很亲切，从来不急不躁。穿一身旗袍，人到中年，还是蛮漂亮的"。那时候，他们都为是孙多慈的学生感到骄傲，"我上大学在20世纪50年代，就是孙多慈教的。孙多慈老师是徐悲鸿的学生，那是我们都知道的，她时常给我们讲徐先生的绘画理念，徐先生的基本功训练，很多的方面。这样看起来，徐悲鸿等于是我的师祖了。"

洋洋十二册史学巨著《中华通史》的著者、历史学家陈致平，1938年4月20日，在成都生下一对龙凤胎，男孩取名麒麟，女孩取名凤凰。"一男一女同时生，喜煞小生陈致平。待到男婚女嫁后，一声阿丈一声翁！"当日陈致平乐不可支，顺口写下这首打油诗。而这个小凤凰，日后让万千读者迷倒，她就是风靡世界的华语作家——琼瑶。两年后，琼瑶小弟陈怀谷出世，与姐姐不同，他更沉醉于绘画创作。他的作品，后来多次获中外艺术大奖。陈致平在培养儿女的问题上，也是下了血本，当年为儿子陈怀谷请的美术老师，就是台湾师范大学美术系的孙多慈教授。后来琼瑶把她的这种感受写进了她的小说，在《浪花》《几度夕阳红》中，都留有孙多慈的影子。

画家谢里法后来撰文回忆了他在大学生活对孙多慈的印象：

二年级的课程每周有三个早上是孙多慈的素描，从上午八点上到十二点。刚开学的第一个礼拜，每当我匆匆赶到时，教室里早挤满了人，画架已摆到门口来，中间一座半身石膏像，被早来的同学团团围住，不得已我只好退到进门的地方竖起画架，把门前通道也堵住了。因此，等孙老师来时，自然就被我的画架挡在门口，也没见她要我让路，却站在我的画前用几分夸奖的语气讲评起来，时而又动手在画上改了几笔。讲的时候她有意提高声调让全班同学都能听到，约二十分钟后把炭笔交给我，而馒头还捏在她手上就回办公室休息去了。所幸我手脚快，下课后又花一两小时画它，每次都能让她看出有新的进展。像是有一股压力在逼迫我把素描画好，在短短一星期里意外学到很多，一部分是老师的指导，另一部分是下课后自己的摸索，对绘画这条路于是有了更大的信心。

记得她是这么说徐悲鸿的:"先生在绘画上是个非常保守的人,不用说现代画,连野兽派他也不接受,把马谛斯讲成'马踢死',恨不得用脚去踢死人家……在欧洲时梵谷的画他看都不看,是非常固执的一个人。"虽然在绘画上追随过徐悲鸿,显然对现代画的观点并不完全苟同,而对西方画家的评断她更有自己的看法。日久之后,又知道她所最鼓励的竟然还是徐悲鸿所最反对的前卫艺术,尽管自己也不见得完全接受,但她认为年轻人要多方去尝试,最后寻找出自己的一条路,这才是作为艺术家所应有的态度。

同一篇文章里,谢里法还有意将孙多慈绘画与徐悲鸿绘画做了一个横向比较,得出的结论是各有所长。当然,这种评价明显包含有对老师的偏爱:

在孙老师画室的日子里,我看她画过许多人像画,被画的人皆称赞她画得又像又好看又有学养。我想这就是所谓徐悲鸿的"看家本领"吧!不过孙老师学到的较偏向静态的表现,因而多半以端正坐姿来描绘一个完整美好的体态。反观徐悲鸿,所画人物多属动态,且往往是多人的组合,不用说有名的《愚公移山》《田横五百士》等巨构,即使一般的作品也都努力在捕捉形体的动势,这点上孙老师似乎始终没有达到。不过对于脸部的神情却是特别敏锐,好几次站在背后看她作画,发现她画脸部时处理眼珠与眼眶,以及嘴角与脸颊之间的微妙关系,都特别要花一番心思,可以说把这两处画好,就是成败的关键所在。

多少年过去,从这些学生的文字中,我们依然能感受到孙多慈以她恩师之心、慈母之心,感染着每一位受她教育的弟子。用桃李满天下来形容孙多慈,并不为过吧。

民国初期,中国画坛女性画家寥寥无几,能在西画方面有成就者就更少。有媒体将潘玉良、蔡威廉、方君璧、关紫兰、丘堤、孙多慈,称之为民国六大"新女性"画家。她们的共同特点,是都勇敢地冲出封闭的闺阁,积极投身于新文化的社会运动。走出国门，漂洋留学，更让她们打开了视野，提高了素质。她们的绘画作品，明显可以感受新思潮的影响，以及强烈的反封建意识。她们以前无古人的开拓精神和勇气，在中国油画发展进程中，留下厚重一笔。

有人形容包括孙多慈在内的"新女性"画家，是雪后草地间的那片鹅黄，是早春枝头那抹新鲜的翠绿，是一树一树绽放的红桃白李，也是叠石之中潺潺流动的那捧山泉。她们的银铃之笑，点亮了中国油画清明的风。她们是温柔的爱，是宽容的暖，是灵动的希望，是中国油画充满感性色彩的四月天。

在民国六大"新女性"画家中，孙多慈是年龄最小的一位，也是命运相对坎坷相对曲折的一位。

作家苏雪林早年在安庆时，也曾以绘画天才而闻名，当时父亲常拿她的"作品"送人，也有送纸绢、送扇面上门索求"墨宝"者。1924年，苏雪林二十八岁，还专门在法国里昂国立艺术学院，学过一年多绘画。正因为如此，她对孙多慈的画有更深的理解，她对孙多慈绘画艺术的评价，也相对客观——

> 多慈本是学西画出身的人，素描称国内第一手。她的西画是纯粹的正统派，赋色沉着，笔法细腻，给人以一种庄严深邃的感觉。游历欧美时，看了不少现代画家作品，她当然不免受了若干感染。在巴黎时她喜去的地方是巴黎印象画派的陈列所。印象派大师蒙蔜（Monet）、台卡（Degos）、雷诺霭（Renoir）的作品，尤为她所心折，常徘徊其下，久不能去。她对毕迦索仅欣赏他某一时期的作风，至于毕氏最近十余年之矜奇吊诡，走入魔道，则为她所深恶。意大利邦贝侬古城的壁画给她的启示最为重大，这在她前冬返国时对各报记者发表的谈话已经提及，现不赘叙。
>
> 她目前作的西画，奔放的笔意，多于矜严的设色，作风显有改变。但她艺术修养既有相当的高深，也绝不至因步趋时尚，迎合庸俗之故，而走到那鲁莽灭裂的道路上去。她以后的路线大约是要以国画空灵的意境，渗入西画质实的造型，而又以西画写生的技巧，补救国画过于象征，脱离现实之弊。似她这样对于国画西画均曾下过工夫，天资又如此高朗，

将来一定可以融会中西，产生一种新艺术，为祖国的光荣，供国际的取法。

《记画家孙多慈》

多慈出国以前，作风倾向写实，游历外国后，受印象派及各派的感染，画法渐变，尤其意大利庞贝古城壁画与雕刻给予她的影响更大。但她究竟是个东方文化孕育出来的人，祖国的敦煌壁画也深刻铭感于她脑海，在伦敦博物院里她重见这些散失国外的国宝，当然又唤起她久经蕴藏在内心的感应。她现在所作油画，采取庞贝和敦煌壁画的笔意，融汇于西画之中，质朴而复清华，沉着而不失浏利，像她最近所作静物、风景和小鹿，可见其新作风之一斑。西洋野兽恶魔各派叫嚣跳掷，令人神经痉挛，应该来领略一下这位中国女画家性灵里澹远宁静之美，至少对于他们企图发现的那个艺术新天地，是有所帮助的吧。

多慈女士乃笔者心目中所认为天才荦卓而又具有全能的画家，西画之外，又能绘作国画：山水、人物、花卉、翎毛，无不工妙，画鹅尤有独擅：晴沙晒羽，春波试浴，舞态翩跹，活跃纸上。台湾梁鼎铭、又铭、中铭三弟兄以善画马、羊、猴出名，多慈之鹅亦称一绝，足与颉颃。多慈曾受西画训练，所以能应用西画原理来改良中国画，正如宗白华所批评她的"引中画更近自然，恢复踏实的形体感"，她画人物与禽兽胜于一般旧画家在此。但她虽将中国画引入写实的境界，而对中画那种潇洒的诗意，高远的气韵，仍能尽量保存。而且她所作的画无论工笔写意，均有一股葱茏的秀色，沁人心脾，令人一见便知这幅画出于一个慧腕灵心的艺术家笔下。这种好处实由她那种特殊的气禀而来，不是普通画家所能企及的。艺术家的性格每多乖僻不近人情，而多慈则温厚和婉，事亲孝，待友诚，与之相对，如沐春阳，如饮醇醪，无人不觉其可爱。她于绘事之余，又善属文，国内刊物，常有她的大作。这位画家方在盛年，又复力学不倦，前途当然有无限的辉煌。

《孙多慈女士的画》

孙多慈历史人物画《秋瑾像》，作于20世纪60年代

苏雪林对于孙多慈的赞赏，是出自内心的。"至于读者们或者批评我：所见肤浅，不足以尽这一画家之美；或者骂我：狃于私交，阿其所好，胡乱替人捧场，我一概不管，我只把我所感受于多慈者，如实写出，便于愿已足了。"

当年孙多慈与徐悲鸿分手，避难于浙江丽水，徐悲鸿十分焦急，他害怕他的学生会因此而消沉。在舒新城，在沈宜甲，在王少陵面前，他曾多次表现出他的这种焦虑。"至于作品，你真是个糊涂蛋，你未能用你一点真正才能贡献于国家，你仅仅比得五十块钱一月的寻常人。当不知羞愧，你带布与颜色到碧湖是作画么，你的成绩安在？"在给孙多慈的信中，他也这样言辞激烈地批评。

徐悲鸿实在是多虑了些，孙多慈可能在情感上有对不起他的地方，以至于最后劳燕分飞，天各一方。但在对待绘画艺术上，孙多慈从来都没有放弃，即使是战乱期间，在丽水那个叫"碧湖"的小镇上。

与许绍棣同为浙江老乡的罗家伦，在孙多慈就读国立中央大学艺术专修科时，就是国立中央大学的代校长，他的这个"代"，从1932年开始，直到1941年结束，前后长达九年。

1958年的一天，孙多慈接到了老校长的电话。在电话里，罗家伦谈到了当年孙多慈"图画满分"引起的风波。"你和徐悲鸿的师生之恋，当时在中央大学，是第一桃色新闻，我这个当校长的，也不知听到多少非议，可是受到了不少压力哦！"电话那一头，老校长风趣地说。

孙多慈很兴奋，想不到时隔多年，老校长还对自己有这么深的印象。

罗家伦打电话的目的，是想让当年国立中央大学的美术高才生，为"国史馆"

创作一组大幅历史画。

孙多慈很惊讶，也很犹豫。惊讶的是，如此重大的任务，老校长能相信自己，确实有受宠若惊之不安，另一方面，这种命题绘画，既要真实地再现历史风貌，又要体现相当的绘画艺术，她怕自己把握不好。

罗家伦鼓励说："人的一生，本来就是充满挑战的一生，绘画挑战只是其中之一。既如此，为什么不勇敢面对？"

这不仅是一个艰难的寂寞的创作过程，也是一个漫长的痛苦的创作过程。

苏雪林后来专门到"国史馆"欣赏过孙多慈的这组历史画，那时已经完成的历史人物，有《黄兴马上英姿》《黄兴与夫人徐宗汉》《秋瑾像》《陈英士像》等。苏雪林不由击掌叫好，她对孙多慈说："你的这些人物画，英风壮慨，凛凛犹生，谁看了都会肃然起敬。"又感叹道，"画家所传者，不只是些伟人的容貌，而且还是这些伟人的精神啊！"在秋瑾肖像前，苏雪林站的时间最长，感觉也特别好，"我喜欢你笔下秋瑾的那双眼睛，十分英秀，也十分灵活，竟把个才情倜傥，意气干霄的鉴湖女侠，从画布上完全复活起来了。"

有一年在博物馆的联展里，孙老师的一幅描绘中日战争（或许是辛亥革命）军队攻打城墙的油画（约三〇〇号）参加展出，据说画中人物大部分是以学生时代的王家诚当模特儿所画的。我去看的那天，偶然间听到旁边两位中年男士说了一句话："敢画这种题材，实在也太过大胆啦！"对没有战争体验的她却又敢画进攻城墙的大场面，多少表示不能苟同的意思。这类的历史画，孙老师都是受机关委托而画的。我当学生的那几年，每次孙老师接受委托，就要我找中山北路天桥下的学校美术社姜先生订购画布和颜料，然后由我按照自己意思把主题画出来，她说这叫作"打底"。然后等干到差不多程度时，她才亲自动手，拿起画刀在主面上又刷又刮。面对自己的"画"遭受破坏，看得我好心疼。待她再度执笔画时，已经面目全非，原来她自己另有草稿，只是习惯上希望在有底色的画布上作画而已。这些作品未知是否还保存着，珍藏在什

孙多慈与画作《卢沟桥抗战》合影

么人手中？真希望有机会再看到它。

作为孙多慈的学生，作为台湾知名画家、美术史家、艺术理论家，谢里法目睹过老师创作这些作品的过程，因此他对这些细节的回忆，生动而真实。谢里法所说"描绘中日战争（或许是辛亥革命）军队攻打城墙的油画"，名《卢沟桥抗战》。创作过程中，罗家伦有几次去她画室观摩。他对正在进行的大幅油画非常满意，他认为画面色彩浑厚而深沉，极准确地把握住了特定时代的历史背景。

孙多慈《苏东坡》｜水墨，绢本，38.2cm×28cm

孙多慈笑着解释："若不是罗家伦馆长心细如发，详加领导，我哪有本事画到如此精细？"

苏雪林道："馆长心细如发，画家笔力雄厚，两者相得益彰，自然出此佳作哦！"

苏雪林也认为《卢沟桥抗战》是孙多慈不可多得的作品之一。巨幅画面上，抗日将士扼守在卢沟桥头，目光如炬，怒火中烧。画面上，长天如墨，残月如钩，雪刃纵横，飞丸如雨。其惨烈，其悲壮，惊天泣地。面对画作，面对画面上英勇的中国将士，仿佛自己也置身于战场，血在涌，恨在烧，手中若有一杆长枪，扳机一勾，愤怒的子弹就会冲膛而出。

孙多慈对苏雪林说："你注意到画面上方的那轮残月没有，事发当天，是上弦还是下弦，罗家伦馆长帮着向天文气象学者考证过。他对画作所倾之心，也绝不比我少啊！"

当时台湾的几位学者作家,参观过"国史馆"的这些历史画,便向孙多慈建议,让她尝试作一些新历史人物画。孙多慈欣然答应。这些新历史人物,多是中国画单纯的线条勾勒而成,相比较油画,用时虽然少些,但对历史人物的研究,只有到一定程度,才能坦然落笔。孙多慈创作的新历史人物画,思想杰出人物有孔子、孟子、朱熹、王阳明等,文学人物有屈原、李白、杜甫等。在短时间内集中创作这么多的新历史人物画,工作相当艰巨。孙多慈是肩负着崇高而神圣的使命,竭尽全力去做工作的。

  她把这些基本功变成创作,也不是随便胡来。她曾做了一系列的孔圣先贤的画像。对于孔子到底长的是什么样子的?我们依据最早吴道子画的孔子像。每个人心里理想的至圣先师孔子都不一定是这个样子。孙多慈也做了一些研究,对每一个古人先贤,有特别去思考,去考证过的人像。所以她画的人像虽没有看过陶渊明长什么样子,可是她依据古书里面说,他可能是长的这个样子,所以这是陶渊明。苏东坡是不是长这样?不知道。她考证过他的衣着、神情后,可能让他留了一点胡子。根据这样的考证,她画了这几个人像,可以说是她的创作。

作为大学教授,李既鸣对外婆孙多慈创作的理解,应该是非常透彻的。相比之下,罗家伦的评价更为客观:

  多慈有画的秉赋而好学,她是从西画的素描入门的。所以控制线条极有把握,这不是一件容易的事。她对于颜色的感觉极锐敏,可是能选择从复杂的颜色中抓住其调和性,所以得藉此不乱不俗的色调,以发挥其最高的情调,既能准确的控制线条,又能多方的运用颜色,又有她自己的灵感和体会,所以她的画能从人体和风景两处见长。
  画家是不应当自己满足的,是不应当拘禁自己在一块园地里的,于是多慈在近十年来,颇致力于国画,欲发展新天地。这是极可鼓励,也是对她画的前途极可乐观的一点。艺术在每一时代都有它的时代性，所以也不能并且不会不变，在这东西文化交流的时代，岂特他山之石可以攻错，而且他山之铜更可借镜。技巧方法定有许多可以通融互证的地方。多慈有这样好的西画根底来从事国画，是多么便宜。我看唐朝周昉、张萱表现出来的线条的美，不禁对多慈将来更高的成就，流露出预贺的心情。

苏雪林后来也对孙多慈说："我们做朋友的人，对于绘画虽完全门外，在旁边拍拍手掌，叫喊几声，替她打气，那也是义不容辞的吧。"她在《孙多慈女士的史迹画及历史人物画》写道——

> 多慈是学西洋画出身的人，对于造型之学，筑有坚实的基础，她每画一名贤之像，必先求前人所作，参伍折中，求得一个比较近似的标准。这比较近似本来是难说的，我们既未及身从古人游，前代画家所作，又大都出于想象，有什么标准可以依据？所以她想出一个不画形貌而画灵魂之法。古人的灵魂寄寓于他们自己的作品，熟读他们的作品，则可以想象出他们声音笑貌，最后神光离合之间，整个法身，倏然涌现，摄之毫端，也许比当时对面写真，更能肖似，所谓"以神遇，而不以目视，官知止而神欲行"，所谓"求之于牝牡骊黄之外"者是也。

孙多慈从小受的是传统教育，在父亲孙传瑗的引导下，对中华传统文化的博大精深，既有了解，又有敬仰。而对这些历史先贤，更有高山仰止之尊重。她之所以愿意投身于这批新历史人物画的创作，就是想通过这批历史人物画的宣扬，使外人景仰我们的先贤，认识中国五千年传统文化的伟大，尤其是要告诉移居海外的侨胞，中国历史上有这么多的杰出人物，从而使他们能够更热心地拥护祖国文化，并以生为中国人为荣。

从这个角度，这批历史人物画，就不仅仅只限于绘画本身了。

三十二、最后的烛光灭了

"与之相对，如沐春阳。"现在报刊介绍孙多慈，多用这两句话来形容。

用诗的语言，"春阳"是灵动的音符，是生命的鼻息，是希冀的火种。沐浴于春天的阳光，那是一种什么感受：暖暖的？柔柔的？醉醉的？

能用这样语言来形容孙多慈的，也只有作家苏雪林了。

1952年，苏雪林从香港来到台湾，在师范学院，与孙多慈成为同事。因为曾经在同一所中学读书，曾经在同一座城市生活，作家苏雪林与画家孙多慈，两人之间走得非常近。那时候，孙多慈正在做出国前的准备，而苏雪林，因为刚来台湾，一切都还不适应，老是有一种陌生感。

孙多慈在师范学院的画室，在第六宿舍，是楼下，学校分给苏雪林的宿舍，也是第六宿舍，在楼上。苏雪林觉得不方便，知道孙多慈马上就要出国，而且要有一段时间，就过来与孙多慈商量，能不能把她的画室暂借给自己。孙多慈几乎没有思索，马上爽快地答应了，而且在离开台湾的头两天，特意上门把钥匙送过来。苏雪林很感动，因为和第一次相见时相比，"她已不再是黄山时的女学生，而是一个盛名之下的画家了。"也因为如此，在苏雪林的眼中，已经四十岁的孙多慈，"还是那么年轻，那么漂亮，那么甜蜜。光阴和频年战乱的忧患，似乎没有在她身上留下什么痕迹。"于是苏雪林总结，"艺术家烟云供养，善葆天和，每多克享期颐之寿，驻颜亦其自然结果。那些终日追逐声名利禄的人，膏火熬煎，自戕年命，同陆地神仙一般的艺术家比较起来，未免太可怜可笑了。"

孙多慈当年在台湾的心态，由此也可见一斑吧。

孙多慈在国外待了一年多的时间，回到台湾时，苏雪林仍住在孙多慈的画室里，而苏雪林在楼上的房间，此时又搬进了其他同事。这样一来，就等于把孙多慈的画室晾起来了。苏雪林知道，孙多慈两女两儿，夫妻俩再加上老父亲以及佣人，有近十口，当时住的地方并不宽敞，甚至可以用"逼仄"来形容，至少孙多慈从国外带回来的一腔创作冲动，没有一个能尽情发泄的地方。苏雪林不好意思，再三向孙多慈表示歉意，可孙多慈并无怨言，还半开玩笑地宽慰苏雪林，"一个才子作家，一个才女画家，学院领导再心狠，也不会把我们丢在一边不管的。"

"她对待朋友之宽宏厚道，也是天生美德之一端，至足令人感念。"多少年后，苏雪林与朋友聊起，依旧充满怀念。

好在第六宿舍有一位同事搬出，腾出了两间空房，苏雪林赶紧向学校当局申请，化解了矛盾。安庆女中毕业的两大才女，由此也相邻而居。苏雪林在南，孙多慈在北，中间相隔一个走廊。每天只要有空，孙多慈就到画室来创作，她的许多带有突破性的作品，就是在这一阶段完成的。而苏雪林，写作之余，也会敲开孙多慈房间，聊聊天，聊聊地，聊聊她们共同生活的安庆小城。孙多慈对安庆的许多记忆，苏雪林对安庆的许多理解，就是她们在聊天中相互补充，相互启发而生出的。有段时间，苏雪林看孙多慈杰作不断，手也有些痒痒，想重操旧业，非逼着孙多慈收下她这个"笨拙的弟子"。孙多慈就笑，"你一个大作家，每日文思如泉涌，哪有时间面对画布打发寂寞的日子？"也真让她说中了，自此开始，荏苒数月，苏雪林只顾杂碎文债，根本没有时间安安静静地坐到画布之前。"何时我才能摆脱这被动的膏火熬煎之苦，而分享点陆地神仙的乐趣呢？说来唯有长叹而已！"

在台湾，孙多慈与作家陈香梅走得也非常近。孙多慈是陈香梅的老友，也是陈香梅作画的老师之一。那时候，《新生报》社长赵君豪先生还健在，他组织了一个"午饭团"，陈香梅和孙多慈都是活跃分子之一。每周例行的午餐叙会，多在"状元楼"进行，那里生意特别好，要想吃饭，得提前两三天才能预订包间。吃饭当然不是目的，只是客居台湾，思乡情切，大家找由头聚在一起，什么也不想，就是轻松地谈论谈论世界大局，扯扯日常生活中有情有趣的杂事，相互推荐一下近期读过的好书和好文章。"谈笑有鸿儒，往来无白丁。"纯粹是文人之间的一种很随意的交流。孙多慈大多时间话语不多，但聊到徐悲鸿，聊到徐悲鸿的画作，她的眼睛就亮了，眉目神情也格外地生动。

有时候大家也相邀去郊外游玩,如去阳明山看满山的杜鹃花,去北投山泡泡温泉等。孙多慈总是最有力的支持者。陈香梅说孙多慈对旅行有特别的爱好,其实她是画家习性难改,习惯野外写生罢了。后来陈香梅在《太太的假期》里回忆,有一次她牵头相约,专门找一些太太,想找一个清静的地方休息休息,连打了几个电话,包括孙多慈在内,都爽快地答应了。可是11月中旬预备出发时,大家都打起了退堂鼓,或是孩子无人领带,或是手头临时有了工作,或是另有其他原因等。只有孙多慈每次见到,都迫不及待地催问:"我们到底什么时候起程啊?"陈香梅最后自己都不好意思了,只能一笑了之,"女人们的假期,天晓得啊!"

作家琦君是1949年夏天渡海来台的。她与孙多慈,在温州就有交往。那时候,琦君随她的恩师夏承焘,避居于温州,在永嘉中学教授国文。夏承焘是词学家,他与另两位词人王季思、余园,与孙多慈的父亲孙传瑗走得很近。他们组织了一个"风雨龙吟楼",经常聚在一起唱和。余园画作得极好,特别是梅花,有特别的造诣。孙多慈受他影响,也对梅花产生了浓烈兴趣。到台湾后,孙多慈多画梅花赠友,其原始,出于此。

琦君到台湾后,在立法机构工作,平日空闲,

1967年7月22日,孙多慈在美国纽约圣若望大学展览会场挥毫示范

1953年美国纽约画展,孙多慈与美国画家Hapellier、评论家Feber,右一为胡适

常和丈夫李唐基到孙多慈家走动。因为有温州避乱这一段共同的经历,双方显得格外亲切。琦君比孙多慈小六岁,喊孙多慈为大姐。孙多慈与丈夫许绍棣十分好客,夫妻相敬相爱,家庭十分和睦。

1970年前后,年近六十的孙多慈,突然发现左侧乳房有不适之感,也说不上是什么疼痛,但总感觉不舒服,好像是一个牵引作用,左侧的肩背部也感觉到发沉和酸胀,遇到阴雨天气,左上臂往上抬一点都吃力。先开始并不在意,以为是绝经后的正常反应,还和许绍棣开玩笑说:"你老说你夫人年轻,配你是鲜花插在牛屎上,现在看看,我也是小老太婆了!"

但接下来的情况并不好,自己可以摸到里面的硬块,不大,状如蚕豆,但硬,似乎还能在里面游动。大多时候都相安无事,但偶尔发作,有针刺一般强烈的痛感。许绍棣很着急,就要拉着她去医院检查。但孙多慈无所谓,一拖再拖,又过了两三个月。

后来情形恶化了，乳房肿块处明显可以看出皮肤隆起，呈橘皮状，还稍稍有些变色。乳头也回缩下陷，偶尔还有乳液外溢。就去台北市联合医院检查，诊断出来的结果不容乐观，怀疑是乳腺癌。医生是背着孙多慈向许绍棣说的。听到消息，许绍棣当时就蒙了，忙和在美国工作的两个儿子许尔羊和许珏方通电话，商量的结果，是以最快的速度飞往纽约治疗。

　　登上飞机的那一刻，孙多慈就清楚自己的病情了，她半开玩笑地向许绍棣说："我这一去，不会从此离别台湾吧？"

　　许绍棣就骂她"臭嘴"，说："也不瞒你，你乳房的病肯定不轻，但也还可以治疗，不像你说的，坐飞机出去，连台湾也回不来的地步。"

　　那时候，吴健雄与孙多慈他们已成了儿女亲家，许绍棣的女儿，嫁给了他们的儿子当媳妇。听到消息，她专门赶到机场来接孙多慈，立即安排住院。也耽误不得，第二天就进了手术室。手术过程很快，手术效果也很好，半个月后，孙多慈便能下床四处散步了。虽然那地方空空荡荡少了女人味，但毕竟快六十岁了，丈夫许绍棣也不嫌弃，所以也无所谓。

　　从美国回来，孙多慈感觉不错，那一阶段，还特别愿意待在画室里，油画笔是拿得少了，但新历史人物的构思仍有继续。

　　孙多慈这一阶段的状态，她的学生朱一雄有生动的描述：

　　　　我最后一次见到孙老师是1974年的春天，我的美国学生住在台湾南投县的草屯镇，跟台湾画家李国谟学画。我抽空到台北去拜见孙老师。到了她的家，她正在替她读中学的孩子烫制服。她说：你来得正好，是吃午饭的时候。我今天烧了一些你也会爱吃的家乡菜，坐下吧，我去叫许先生。许先生出来，和我打了一个招呼，大家开始用餐。孙老师忙着端菜盛饭，只有那位看来已经颇露老态的许先生，大声地打开了话匣子，他批评党的衰微，政府的腐败，愈说愈起劲。孙老师过来，轻轻地叹了一口气。她说：快快不要再说了。你忘了此刻坐在你对面的这个人是谁了吗？他就是在浙江的碧湖，那个拿着火把，在我们家门外大叫大喊的高中生啊。

　　那一天我没有多留,吃完就告辞了。我只记得她家里的房子,空空洞洞,墙上没有挂什么画。我回南投的路上,心里非常难过,往事重重,都奔来我的眼前。今天孙老师手拿着熨斗烫她的中学生孩子制服的情景,和当年她在画室里教我素描画的情景,真有天壤之别。我不禁从心底里发出悲呼:老天爷为什么不让孙老师多多发展她的天才,让她有机会画出更多伟大的作品来呢?

　　就这样过了一年多时间,右侧的乳房又开始疼痛,这下孙多慈有经验了,二话不说,立即与许绍棣再度飞到美国。同样的病情,同样的治疗方案,但这次效果不如以前,在美国待了半年,还持续了相当一段时间化疗。那一阶段,孙多慈的身体特别虚弱,也不能吃,也不让吃,每天主食就是稀饭、面包、馒头等。两个儿子也煲一些鸡汤、鱼汤送过来。许绍棣陪着她在医院里,虽然也有专人护理,但他不放心,什么事情都要自己动手。

　　稍好些的时候,孙多慈在许绍棣搀扶下四处散步,虽说话有气无力,还是忍不住叹,"少来夫妻老来伴,你看我们俩,现在是真正到这一步了。"由此也有些内疚,"我比你小十多岁,你是大猪,我是小鼠,应该是我照顾你的,现在倒好,反过来要你照顾我了。"

　　从医院出来,本来说好是在美国休养,暂时不回台湾的。但住了还不到半年,孙多慈嫌烦了,或者说,对台湾的思念日趋加深,到最后,脑子里浮现的,都是台北的那些街,那些景,那些人,那些物。这期间,孙多慈还专门去圣地亚哥她的学生林小蝶那里小住过。林小蝶后来在《怀念我最敬爱的孙多慈老师》中介绍说:"孙老师曾对我说出她最后的愿望——躺在一片草地上,仰望蓝色的天空。于是,我带她去 lajolla 海滨公园实现了她的要求。"

　　立身面对的是一望无际的海水,仰卧看到是万里无云的蓝天。秋风轻轻,秋日融融,那一刻闭上眼,天地无杂物,不知道孙多慈能否顺着海水漂到一海之隔的家乡。

那一阶段，她的病情不稳定，时好时坏，癌细胞转移恶化的可能性非常大。许绍棣和儿子私下同吴健雄商量，觉得她这是故土难离，实在是想回台湾，就让她做最后的诀别吧。

最后一次回台湾，是1974年末的事，本想在台湾过传统春节，到明年春天再返美国，但元旦之后，病情骤然急转，一天也不能在此久留，又坐飞机往美国赶。虽然住进了医院，但医生很明确地告诉家人，这也只能是给病人心理上的一个安慰，即使靠药物支撑，她也拖不过十天半月了。

孙多慈一生挚友，物理学家吴健雄

这一年的春节，他们一家包括吴健雄，都是在医院陪伴孙多慈度过的。到大年初三，一直处于昏迷状态的孙多慈突然的一些清醒。当时吴健雄正陪伴在床前，见她睁开眼，非常高兴，"多慈，你一定要撑着好起来，我们还相约回去看看的啊！"

孙多慈见到闺中密友，很感动，泪水不由潸然而下。"今天是……"她的嘴唇轻轻动了动，非常吃力地问道。

吴健雄握着她的手，大声告诉她："今天是2月13日，1975年的2月13日，明天就是西方的情人节了！"

孙多慈眨动了一下眼睛，之后她用她的手指，在吴健雄的掌心，费力地画动着。吴健雄并不知道她要表达的是什么，但她立刻猜出，孙多慈最后想说的，或者说，最后在她掌心留下的，是"慈"和"悲"两个字。吴健雄拼命地点头，一语双关地说："我知道，我知道，你这一生，就是慈悲为怀啊！"

孙多慈脸上泛出淡淡笑意，就这样离开了这个世界。

1975年2月13日，孙多慈因病辞世，享年六十三周岁。

漫漫数十年爱情苦旅，到这一年，终于走到了它的尽头。

孙多慈始终不离身的钱包，最后交到吴健雄的手里，里面有一封徐悲鸿写给孙多慈的信。信里写了什么，看过的人，包括孙多慈的子女，都不愿提及。这是孙多慈守了一生的秘密。他们愿意继续再守下去。

"如此孤高标格，归魂只合傍梅花。"远在台北的琦君听到噩耗，不由放声大哭，后来她在文章中这样表达她对孙多慈的追思与敬意。

三年后，1978年12月，徐悲鸿生命中另一位重要的女人，孙多慈爱情苦旅中的强劲对手蒋碧微，在台湾，也永远地闭上了那双漂亮的丹凤眼。

"才识迥超群八十年阅尽沧桑独往独来奇女子；是非俱有说平生事脱略尘俗可歌可泣一强人。"曾担任过国民党高官的余井塘，这样浓缩了蒋碧微的一生。

《申报》社长潘公展的挽联是："秋水长天同碧色，落霞孤鹜逐微飞。"同样是把"碧微"嵌入挽联，王人麟写的是"天黏芳草碧，山抹暮云微。"

"落霞孤鹜"也好，"山抹暮云"也罢，应该都是蒋碧微生命的最后写照。

孙多慈去世时，许绍棣独自一人在台湾。之前之后，他以《繁忧三章》和《迎灵》《安灵》《遗像》四组诗作，记录了他的哀伤之情。

繁忧三章

　　珏儿二月八日晨隔洋电话，谓母病危，定于除夕（二月十日）飞抵台北，弟兄两人随行，请先为洽妥病房。隔晚又来电，谓自纽约飞抵洛杉矶后，母体力不支，再送医院，尚在昏迷中——忧心中搞，赋此为纪，时在乙卯元旦。

　　邻家欢乐独悽悽，隔海妻孥久病睽。

　　客路两儿虽作伴，料应相对各眉低。

忽传苏醒复昏迷，遥想儿曹饮泪啼。
颠沛旅魂何所似，云山渺渺苦难稽。

睽违无计得相随，绕室彷徨强自支。
默祷但求归有日，白头吟望泪垂髭。

迎灵

二月十七日，尔羊、珏方两儿，护送母亲灵骨抵台。予接捧骨坛，姨妹多琴，内侄女玉方，随予登车，一路哭甚哀，酸楚入骨。

情景异今昔，默念泪自滋。
当时从此别，谁料永乖离。
汝言隔月回，大儿或同归。
轮车既已入，回首犹依依。
今日迎汝骨，两儿相扶持。
恸哭侄与妹，恻怆酸骨髓。
昔日同车来，今日异生死。
契阔晚来共，谁知忽异轨。
折翼在天涯，衔哀何能已。

安灵

二月廿三日，瘗骨于兴福墓园。自此天人永隔，俗世中无复相见日矣。

寂寂兹山阳，翠微拱其前。
两儿卜此穴，为母灵安眠。

临穴百感涌，不觉涕涟涟。
鲜花聊以供，为尔爱其妍。
魂魄尚有知，独赏应自怜。
结褵卅三载，临诀在暮年。
念兹心摧裂，哀诔永难宣。

遗像

悬亡妻自画像于书室中，相对无言，怵焉心酸。
悬像在书房，出入增孤伤。
画笔犹在手，凝视若端详。
楮素终不移，欲挥似未遑。
昨夜梦魂里，款接如平生。
擎起空自失，绕林结中肠。
昔日同此居，存殁忽异方。
主临固有日，重逢事微茫。
逝者不复返，郁结终难忘。

虽然生有四个儿女，但天各一方，只剩下他孑然一身，默默地守着挂满四壁的孙多慈画作。其中《玄武湖春晓》，是他最愿意面对的一幅作品。

几多人物在他乡，
枕绕泉声客梦凉。
白首思归归不得，
海天东望夕茫茫。

思乡之情，思妻之情，几多愁绪，几多感伤。而这种"望故乡之渺渺""览镜白头嗟耄及，可怜归计日迟迟"的感受，始终弥漫在他的心中。

五年之后，1980年10月24日，82岁的许绍棣，在台湾也走完了他生命的旅程。"一室羁栖，孤零滋味，伤心触景情先醉，人生安乐总无方，凭栏不觉洒清泪。"这首《踏莎行》，是许绍棣最后在病榻上，寄留给他的好友的。

许绍棣逝世后，他们的四个儿女，把他和孙多慈的骨灰，合葬于阳明山。

两年后，他们的女儿许绛烟，将孙传瑗的诗词作品《今雅堂诗存》，整理成册出版。这是孙多慈生前最想做的一件事，现在由她的女儿完成了。

主要参考资料：

《孙多慈描集》（孙多慈）

《记画家孙多慈》《孙多慈女士的画》（苏雪林）

《蒋碧微回忆录——我与悲鸿》（蒋碧微）

《徐悲鸿年谱长编》《徐悲鸿文集》（王震）

《回眸有情——孙多慈百年纪念》（李既鸣主编）

《今雅堂诗存》《眉月楼词》（孙传瑗）

《许绍棣先生诗词集》（许绍棣）

《我所知道的孙多慈》（吴新华）

《吞吐大荒——徐悲鸿寻踪》（傅宁军）

《义林奇遇九十年》（屈义林）

《百年多慈》（浙江临时联合中学同学会编）

《艺游心曲——孙多慈艺术展》（安徽博物院编）

《申报》

画家孙多慈。她的微笑,永远留在画坛